哲学家的密室

上

[日] 笠井洁 著

杜星宇 译

台海出版社

◇千本櫻文庫◇

文库，原本是指收纳书物的仓库和书库，也指收纳书与记事簿以及不常用物品的小箱子。以前者为例，京浜急行线的"金泽文库站"就是以前镰仓时代北条氏用来收藏汉书的，"金泽文库"名字的由来便是如此。东京都的世田谷区也存在收集着珍贵汉书的"静嘉堂文库"。后者则更多地被称为"手文库"。

江户时代以来，可以放入袖袂的小开本书籍逐渐流行起来，被称为"袖珍本"。明治三十六年（1903年），富山房发行了小开本的丛书，起名"袖珍名著文库"。随后，明治四十四年（1911年），讲述日本战国时代猿飞佐助和雾隐才藏系列故事的讲谈社"立川文库"发行出版。讲谈是日本民间艺术，以口语化的方式讲述历史故事。而"立川文库"则是将讲谈收录成册集中出版的丛书，据统计，当时刊行量为200册左右。从那时起，文库就脱离了原本的释意，逐渐演变成了现在的类书集丛。

文库说法借鉴了日本出版业界的传统说法。而千本樱源自日本奈良县吉野山樱花盛开的奇景，世人皆以"一目千本樱"来形容樱花美景。千本樱文库纳入的作品皆为日系作品，题材包括推理、悬疑、幻想、青春、文化等类型，正如千本樱满山盛开的绝景。

现代日本，以"文库"命名刊行的丛书系列有 200 种以上，所谓"文库本"只不过是统称而已。日本传统的"文库本"常用的是 A6 尺寸的 148mm×105mm，也叫"A6 判"。千本樱文库的所有书籍将在"文库本"的基础上提升，达到 148mm×210mm 的开本标准。追求还原的前提下，力图带给读者更清晰的阅读体验。

传承与发展是日本文坛的传统，从 19 世纪末一直延续至今。其中既有已出道的作家对于新人的提携，也有受到老一辈作家作品的影响，从而走上文学之路的年轻人。当下的畅销作家西尾维新就是其中之一，这位个性鲜明的作家曾在文学杂志《梅菲斯特》与艺术评论杂志 *Eureka* 上提到，其在小说方面深受五位作家的影响，而这五位作家被视为"神一样的存在"。这不仅是畅销作家本人的观点，也受到了很多读者的认可。这五位作家都有"别开天地"的功绩，而笠井洁就是西尾维新心目中的"五神"之一。1979 年，笠井洁出道成为职业作家，除了小说创作以外，还对类型文学有很深的研究。其在思想和哲学领域也颇有建树。当新本格推理潮流兴起之时，笠井洁也积极响应，写了数十部相关的理论著作，对年轻的新本格作家产生了很大影响。他作为老一辈作家，曾经多次被邀请担任文学奖的评委。笠井洁对于日本类型文学的理论研究和新人培养都有不可磨灭的卓越贡献。

笠井洁在小说领域也非常成功，至今创作了五十多部小说。涵盖推理、科幻、奇幻等不同风格。其中"矢吹驱系列"是相当有代表性的作品，该系列的第一部《再见，天使》也是笠井洁写作的起点。由于写作期间笠井洁在法国巴黎生活，该系列的风格非常独特，故事通常都发生在欧洲，而贯穿全文的哲学理论也是西方体系，这些特征在日本推理作家中几乎绝无仅有。《哲学家的密室》是"矢吹驱系列"的第四部作品，发行于 1992 年。三十多年过去了，该作却有超越时代的力量，即便在这个时代阅读，其魅力也丝毫不减。对于初次阅读笠井洁的读者来说，或许会对哲学与历史的晦涩略有不适，还请静心领略笠井洁的思想狂宴。

千本樱文库编辑部

MULTI-NEW ROUTES OF MYSTERIES

推理的多元新航路

如今，推理已经成为全世界都非常热衷的娱乐元素，冠以推理概念的动漫作品、影视作品、游戏作品更是层出不穷。

随着这些娱乐形式深入生活的方方面面，作为原生土壤的推理小说却日益被边缘化。为了适应不同时代读者的需求，推理小说也会进行相应调整，因此世界各国的推理小说都在探索新的内容与形式。

不同的时代会涌现不同风格的文学作品，推理小说也无法脱离时代背景。在经济全球化愈演愈烈的现在，推理也在多元化的大航海中不断开辟着新的航路。所以，我们不仅要挖掘深埋于历史中的名作，也要竭力推广优秀的新作品。

从某种程度来说，奖项和销量是衡量一部作品的重要参考指标，获奖作品与畅销作品代表着所处时代的文化趋势。但是，任何时代都有很多充满创作热情的作者，他们的作品或许没能满足当时市场的需求，却同样富有个性与魅力。

"推埋的多元新航路"旨在敢为人先，在发现、传播新人佳作，为推理文化注入活力的同时，我们也想将埋藏于历史的杰出作品传递给热爱推理文化的读者。宛如大航海时代一样，联结古今文化，共享推理盛宴。

千本樱文库

致虚无的《献给虚无的供物》作者

目　录

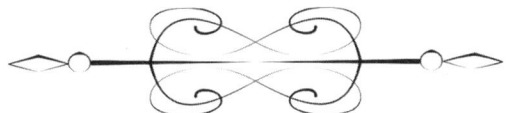

弗朗索瓦·达索	巴黎的犹太资本家
埃米尔·达索	弗朗索瓦的父亲
亨利·雅各布	医生，埃米尔的老朋友
埃德加·卡桑	修车厂老板，埃米尔的老朋友
丹尼尔·杜波	拉比，埃米尔的老朋友
克劳迪恩·杜波	丹尼尔的女儿
莫里斯·达朗贝尔	达索家管家
弗兰兹·格雷（格雷格罗瓦）	达索家男佣
莫妮卡·达尔蒂	达索家厨娘
路易斯·隆卡尔	玻利维亚旅者
伊莎贝拉·隆卡尔	路易斯的妻子
彩特·凯亨	以色列大使馆馆员
丹尼尔·科恩	以色列籍男子
伊曼努尔·加德纳斯	巴黎大学哲学教授
吉恩·康斯坦特	里拉大门案被害人
纪尧姆·皮雷利	加油站员工
马丁·哈尔巴赫	二十世纪最伟大的德国哲学家
保罗·施密特	德国退休警察，原党卫军中士

登场人物

海因里希·威尔纳	党卫军少校
赫尔曼·胡登堡	考夫卡集中营营长
雷吉娜·胡登堡	赫尔曼的妻子
汉斯·哈斯勒	党卫军驻考夫卡中尉
费多伦科	在考夫卡工作的乌克兰雇佣兵
伊利亚·莫查诺夫	乌克兰雇佣兵队长
汉娜·古腾堡	考夫卡集中营女囚

雷内·莫伽尔	巴黎警局警督
娜迪亚·莫伽尔	雷内的女儿
让-保罗·巴贝斯	巴黎警局探长
玛丘·杜兰	法医
玛森	巴黎警局警督，莫伽尔的同事
博恩	巴黎警局探员
马拉斯特	巴黎警局探员
达特斯	巴黎警局探员
矢吹驱	神秘的日本青年
尼克拉·伊里奇	神秘的俄罗斯人，矢吹的宿敌

恶龙伤口涌出炽热血浪，

浇于辉煌勇士躯干之上，

就在此际，一片宽大菩提叶飘落他双肩中央。

这正是他要害的所在，这正是我忧虑的温床。

摘自《尼伯龙根之歌》

序章 执迷追忆

1

小学放学了。三四个穿短裤的孩子在喷泉广场的石砖上跑来跑去，晃响了背上的书包，播撒着欢快的叫嚷。鸽群被喊声与脚步声惊起，挥舞着翅膀，扑棱扑棱地飞向天空。

草坪碧绿夺目，天空蔚蓝澄澈，灿烂阳光将周围照得清透怡人，舒爽的微风轻拂脸颊。卢森堡公园的花坛或圆或方，大小不一，红、黄、淡紫……春日繁花在其间鲜艳盛放。巴洛克式宫殿建筑耸立前方，宛如伸展双翼的天鹅一般优雅。

这是我记事起便深爱的五月巴黎，是无可挑剔的美丽的五月巴黎，但不知为何，我总抽象地感觉映入眼中的风景疏离如人造物。美景如同明信片上的照片，缺少官能的现实感。我坐在长凳上，将正在读的书放到一旁，轻轻咬住了嘴唇。

我明白。我无法尽情享受新绿的季节，是因为友人之死带来的冲击深深烙印在脑海中，再也不会消失。朋友……不，他不只是朋友。就在一年前的今天，安东尼被警队射杀了。

巴黎美丽的五月。

没错，有这么一首老歌。这首歌传遍大街小巷时，我还只是个读中学的孩子。

我的中学位于蒙马特，同样受到了5月10日街垒之夜[1]的波及。巴黎五区的大学城自事件前一周起，便日复一日地举行大规模学生游行，那晚发生的事却已不只是单纯的游行，而是震撼全法国的"五月风暴"的开端。有些高年级学生和大学生一起冲撞警队，导致受伤或被捕。

街垒之夜后的早晨，电视上不断播映着巷战般的光景。被砍倒的行道树，熊熊燃烧的汽车，拉丁区街巷里的无数路障，交相飞舞的燃烧瓶与棍棒……这简直就像一首叙事诗，与我刚读过的《悲惨世界》里描绘的圣但尼一模一样。

我沉醉在电视画面中。我虽然是警察的女儿，但沐浴在学生投石下，头戴威武头盔、身穿漆黑皮大衣的警官隶属国家警察机动队，和爸爸所属的司法警察没有直接联系，我可以肆无忌惮地兴奋一番。

班上同学应该也都看了早上的电视，中学教室为时隔百年出现在巴黎街头的路障沸腾不已。如果昨夜的路障只是个开始，那么，这说不定会发展为历史课上所讲的巴黎公社[2]运动以来，首起百年难遇的

1　1968年5月至6月，法国爆发了一场学生罢课、工人罢工的群众运动，史称"五月风暴"。5月10日，学生们撬起拉丁区街道的各种建筑材料，搭建了大量路障以拦截警察，故这一晚被称为"街垒之夜"。

2　巴黎公社，一个在1871年3月18日到5月28日期间短暂统治巴黎的政府。普法战争法国战败后，资产阶级政府的阶级压迫和民族投降政策令广大法国人民极度不满。1871年3月18日，巴黎工人武装起义，推翻资产阶级统治，建立无产阶级政权，于当月28日成立巴黎公社。

大事件。没错，这就是"公民啊，走向街垒"。

真是太幸运了。我说不定能目击历史性的瞬间，简直无法遏制自己雀跃的心情。我绝不能眼睁睁放过这次宝贵的机会。

第二天，为了参观学生占领下的拉丁区，我没去学校，转而前往位于蒙马特中部的地铁站。然而，我坐在拉马克戈兰古站旁边的石阶上足足等了一小时，同班的米歇尔始终没在约好的地方现身。

明明约好了却不来。米歇尔这个优等生，肯定是害怕逃学招来老师和家长责骂，临阵脱逃当了缩头乌龟。太没出息了，居然和这种男生交往，还选他做冒险伙伴。我一边生自己的气，一边脚步嗒嗒地走下地铁阶梯。我要跟那种胆小鬼绝交，再也不跟他约会了。

老师和爸爸都不知道我的冒险计划。学校那边，我打电话说感冒了要请假，至于爸爸，上周起就几乎住在警局里。街头如此混乱，无关政治的凶恶犯罪似乎也在等比激增。

爸爸虽说是个优秀的警探，想必也猜不到独生女会为了参观革命而逃学。只要给我做晚饭的钟点工弗朗索瓦丝不发现，我的计划就是完美的。

天气可真好。我迈着雀跃的步伐，漫步在浸满催泪气体臭味的圣米歇尔大道和奥德翁背后的小巷里。

街上处处皆是欢快的混乱，周遭光景如同大型施工现场。大路的路障已经拆除，烧焦的汽车和砍下的行道树却仍胡乱堆在路旁。街道散落着大大小小的石子，铺路石被撬起，露出了下层砂砾。都市中突然出现一片沙滩，残留着无数脚印，如盛夏海水浴场一般。

路上风景异于平常。这里明明是闹市，许多商店却大门紧闭，卖鞋的巴利和卖文具的吉伯特琼也不例外。院墙和楼墙都画满了政治涂鸦。但还不只如此。人们脸上生机勃勃，仿佛摘下了面具。

路上不再是围观街头卖艺的人群，而是许许多多讨论队伍。学生和市民都在大声议论。在学生牛仔服、卡其色短外套和满是灰尘的夹克组成的海洋中，还能看见身穿干净衣服的年轻女人、中年绅士、牵着狗戴着贝雷帽的老人，他们可能是圣米歇尔、奥德翁或卢森堡一带的居民。此外，还有和我同龄的亨利四世中学的学生。

索邦广场上，红黑两色旗帜翩翩飞扬，许多学生要么在发传单，要么在卖政治报。蒙田[1]铜像脚下有人召开集会，留着格瓦拉式胡须的青年正拿着扩音器演讲。身穿蓝衣的劳动者前来参观，逮着陌生人就兴致勃勃地展开讨论。这景象没有丝毫拘束之处。

街垒之夜过后，拉丁区充满了人人皆相识的开放氛围，比夏天的巴士底日[2]更像节日。人人都陶醉在畅快的兴奋、激情下流淌的蓬勃紧张感、或许会有祭品牺牲的预感，以及紧绷的斗争意志之中。

当时，我首次切身体会到硬币上雕刻的"友爱"一词的含义。用经历过西班牙革命的某著名作家的话来说，这就是"天启般的共生感"。

我那会儿仅仅是个孩子，当然并非"五月风暴"的当事人，只是个怀揣游戏心态窥探了革命现场的好奇女孩。然而，我触碰到了满溢

1　米歇尔·德·蒙田，文艺复兴时期法国思想家，著有《随笔集》。
2　即7月14日，法国国庆节。

"友爱"的神奇异世界，那段回忆镌刻在心底某处，给我的思考及感受方式带来了不小影响。

没读完的书还摊在长凳上。风撩动了书页。这是刚在法国出版的《古拉格群岛》[1]。我在一位医学生朋友的推荐下开始阅读这本俄罗斯作家的著作，被迫对安东尼之死展开了思考。

安东尼长我两岁，在政治方面很早熟。那年五月，他和好友吉尔伯特共同在巴斯-比利牛斯某地方都市的中学指导罢工委员会，热情地制订着占领政府的计划。

安东尼和我读大学时，学生运动已是风中残烛。偶尔有学生在索邦广场或大学校内礼拜堂前召开政治集会，与会者也不过三四十人，孤立无比，从旁观看都觉凄凉。这支政治小队里就有安东尼的身影。他是否是觉得大众政治运动再无希望，所以才走上了自取灭亡的恐怖主义道路？

我曾窥见满溢"友爱"与"天启般的共生感"的人间奇迹，它却终究会沦为侮辱与腐败暴力支配下的可怖地狱。它必然如此。作者引用了浩如烟海的事例，阐述着不容反驳的雄辩逻辑，执拗地向读者说明这个事实。

---

1 亚历山大·索尔仁尼琴创作的长篇纪实文学，反映的是苏联"古拉格"成立前后近四十年间的人和事。"古拉格"即"劳动改造营管理总局"，主要用于关押政治犯人，是苏联劳改制度的象征。也有学者将其简单称为"集中营"。

倘若贯彻到极点，将天堂带来人间的神圣庆典也会矛盾地化作骇人地狱。或许，这正如《路加福音》中像雷电般坠入地狱的天使。

《古拉格群岛》是读书界的话题中心，我不能无视它带来的精神冲击。

如果作者言论的真实性毋庸置疑，那我儿时曾短暂体验过的"巴黎美丽五月"的美好回忆该何去何从？为了阻挡人性邪恶的洪水，人类就不得不放弃那个辉煌的"友爱"世界，甚至否定为它感动的灵魂吗？

少年时代的庆典记忆掌控了安东尼，他硬要再次体验它，因此志愿成为秘密组织"赤色死亡"的成员，踏进了恐怖主义的沼泽。不过，他为什么要那样将自己逼向死的极限？

揭发"赤色死亡"犯罪真相的是矢吹驱，但他并不会向警察检举安东尼和吉尔伯特。那么，他又为何会让安东尼潜入危险的邻国西班牙，以那种等同自杀的方式死去？

这个疑问让我烦恼。谜题的核心是死亡。死亡形形色色，有意外死亡或病故等随处可见的日常之死，有街垒英雄之死，有集中营犯人如同大批废弃物的死，还有自我惩戒般的恐怖分子之死。可是，安东尼的死真是自我惩戒吗？

各色各样数之不尽的死，它们之间有什么联系？对于总有一天会到来的自我之死，我又该如何思考？安东尼之死让我展开了没有答案的自我提问。

时间快到了。我难耐地合上书，四下张望起来。越过公园新绿，我远远看见万神庙的白色圆顶。一抹自那个方向而来的人影正踩着宽广的石阶走下喷泉广场。我看看手表，正是约好的时间。

人影吸引了我全部注意力。体态灵活的东亚人身穿牛仔裤与黑色皮夹克，步伐规整地走在石砖路上。他及肩的漆黑头发打着小卷，脸上架着副金属框墨镜。

已经能看清他的脸了。我感觉一股奇妙的安心充斥全身，眼睑下微微发热。我拼命抑制住冲到他身边的冲动，在长凳上凝视着逐渐靠近的青年。我还担心我再也见不到矢吹驱了，但他就在我眼前。然而，我胸中满溢的并非纯粹的喜悦，而是带有复杂阴霾的陌生情感。

矢吹驱不知在哪儿晒黑了，三个月不见，他端正的容貌被染成了褐色，在五月天里颇为显眼。若不是刚度过了夏日假期，巴黎街上恐怕很少能见到晒成这样的脸。而且，他好像比之前瘦多了。

从脸就看得出来，他掉了不少肉。他脸颊到下颚的曲线原本鲜明坚毅而性感，现在却像少年般纤细透明。难道是大病初愈？我生出一丝担心。

矢吹驱站在长凳前，面无表情地盯着我瞧了瞧，然后小声道了句"哟"，就这么在旁边坐下了。态度非常随意，就像我们昨天刚分开今天又见面似的。

"好久不见啊。你去哪儿了？瘦成这样，生病了？"

我的声音因紧张而沙哑。矢吹驱瞥我一眼，沉默地耸耸肩。如我所料，他无视了我的提问。反正向来如此，也没什么好吃惊的。

重要的是，身边这个不知在想什么的青年，他无言地看向喷泉，凝视着在阳光下闪烁坠落的无数水滴，自然而然地，他的存在让我感到充实。我们之间的距离，对陌生人来说太近，对并肩的恋人来说却又有些远，我们就这样坐在长凳上，一言不发，久久凝望着公园的喷泉。

矢吹驱是在二月末——我们结束第三起"阴阳人案件"约两个月后消失的。我收到一封同城寄来的信，信文公事公办，干瘪无味，只写了他暂时不能再当我的日语私教了。

怎么回事？我极其不安，给矢吹驱的住处打了电话，却听不明白管理员老太太在说什么。不过，我知道矢吹驱去长期旅行了。

我恐惧已久的事好像终于发生了。那个青年是不是再也不会回巴黎？我是不是再也见不到他？憋闷的疑惑席卷了我，无法自我消化的不安压倒了我，我扎进卧室床铺，哭了一小会儿。

这并非不可能。那神秘的日本人怀揣他人无从窥探的秘密目的，漫无边际地在全世界流浪，对他而言，巴黎不过是个临时歇脚点。能给我带来希望、让我觉得他可能还会回来的，只有他在一月份预付的半年房租，以及尚未解约的长期居留合同。只有这些微不足道的保证。

我知道会打扰到管理员老太太，却仍日复一日地给雷阿尔的便宜旅馆打电话。一个月过去了，两个月过去了，虚浮的希望与日俱减，不知不觉，电话变成了两三天打一次。在没有结论的悬空状态里，我几乎已经放弃。无法再会的绝望折磨着我的心灵，我就快承受不住了。

然而，今天早上，我终于成功逮到了矢吹驱。老太太说，在三天前他突然回来了，瘦得干巴巴晒得黑黝黝。感动、兴奋、欢喜——猛然填满胸膛的并非这些感情，而是朦胧的不安。明明能与他再会，我为什么会不安？在那个日本人被老婆婆叫来接电话之前，我依然觉得难以置信，一直茫然地紧握着听筒。

我有无数话想对他说，然而，当他问候"你好"的低沉声音传入耳中，我难以呼吸，话语冻结在嘴边。约好下午在卢森堡公园见面后，他毫不客气地立刻挂了电话。

失去驱的音信后，我翻来覆去地想念他。我实在忍不住不想。对我来说，矢吹驱究竟是什么人？我想怎么处理自己和他的关系？

在我心中，他已经占据了无法忽视的重要位置，我再也无法否定这个事实。他消失时，我难受过，痛苦过。这些感情都是真实的。

倘若我还会在某种时候产生同样的感情，那应该是唯一的亲人——父亲下落不明的时候。不管医学生或吉赛尔这些同龄的朋友和熟人，还是前男友和恋人们，都未曾有谁在我心中留下过如他这般强烈的存在感。

如果我能像去年秋天那样钻牛角尖，咬定自己对他产生了男女之情，或许反而是件幸事。这个青年软硬不吃，我只能直接挑明自己的感情。

如果被拒绝了也没办法。虽然可能会受到伤害，可能会痛苦不已，但娜迪亚·莫伽尔可不会有失恋自杀的蠢念头。我只会像所有失恋的女人那样独自忍受，直到时间治愈心伤。

我没那么软弱，不会因为害怕痛苦就逃避必须做的事。我想如此相信自己，但情况好像没这么单纯。

试试用拉克洛[1]的方法解剖自我心理吧。想见他，想和他在一起，想和他说话，想让他关心我，想让他喜欢我……诸如此类。确实，我对他过于敏锐的心理反应很像没有希望的单相思。确实很像，实际却又完全不同。

我希望他给我什么？扪心自问，答案显而易见。我完全不想和他做恋人之间做的事，不想听他说情话，不想让他吻我、爱抚我，不想和他做爱。我没那么变态，不会对一个真心想变成石头或树木的青年产生情欲。

我莫名有种奇妙的印象，觉得他就像鱼一样，连想都很难想象。矢吹驱和性爱行为的关系就像水与油，像圆形三角这种现实中不存在的东西。

他不是不性感。驱的肢体如年轻野兽般柔韧，充满了足以让"爱情美食家"梅特伊夫人[2]也为之倾倒的性感魅力。

我们在圣米歇尔大道或奥德翁一带散步偶遇大学校友时，我总会

1　皮埃尔·安布鲁瓦兹·弗朗索瓦·肖代洛·德·拉克洛，法国作家，著有《危险的关系》。

2　《危险的关系》中主角之一，美丽迷人又工于心计。

感受到她们投来的艳羡目光。第二天刚进教室，她们就会执着地打探我们的关系。我搪塞了那些以男女关系为前提的露骨提问，老实说他只是我的日语老师，但很少有朋友全盘相信我的辩解。

她们误会了。对我来说，矢吹驱是个谜题。一个比任何谋杀案之谜都魅惑的谜题，一个我前所未见的性感谜题，一个拥有人类姿态的可怕谜题。

我体内的女性特质会对这道魅惑谜题产生类似恋爱情感的反应，不正是因为它拥有人类男性的姿态吗？第一次听到大炮轰鸣时，阿兹特克人[1]或许以为那是雷声。毕竟，他们还以为侵略者科尔特斯[2]是从天而降的白翼神明，从而打了败仗呢。面对未知事物时，人类会把它套进已知事物来理解。

很大程度上，心理只是一套系统，是基于程序做出自动反应的机械。比如，女性精神病患者就常对男性精神分析医师产生类似恋爱的感情。这类事例足以证明这个理论。

就像第一次听到大炮轰鸣的阿兹特克人那样，面对带来诱人谜题的青年时，我体内的女性特质按照已知程序做出反应，产生了类似恋爱的感情。我体内愚蠢的心理机械啊。

经过两个多月的深入思考，我姑且得出了上述结论。然而，这个结论可以让我心服，却不能缓和，也无法治愈那类似无望恋情的痛苦情绪。妥当起见，我或许应该另觅新欢，若能找到新的恋人，难题就

1　北美洲南部墨西哥的一支印第安人。

2　西班牙殖民者，曾经对阿兹特克地区展开侵略行径。

会轻松解决。

但太难了。实在太难了。除非比那个日本人更诱人，否则没谁能引起我的注意，没谁能让我沉沦。大学里有几十上百个可以成为候选恋人的青年，却很难从中找出比矢吹驱更独特迷人的存在——不，我甚至觉得几乎不可能找到。

在我心中，只有安东尼的存在感可与矢吹驱匹敌。亲近男性，喜欢男性，偶尔与他结成特别的关系，然而，两颗心却在不知不觉间背向而驰，最后分道扬镳。每个人都是在这样的循环中长大的吧，这一个又一个平凡的爱情故事啊。

我也能想到几个这样的男性。不过，我中学时那个在冒险翌日收到绝交宣告，于是毫无出息地大哭起来的米歇尔就不用算在内了。虽说不算出挑，但娜迪亚·莫伽尔也是个有魅力的巴黎丽人。

然而，安东尼不同于我人生中穿梭而过的几个男朋友，不会在我心底静静腐朽。实际上，我至今仍在不断思念他。

我并非还爱他。他那样欺骗我，把我当道具利用还杀了人，我不可能继续爱他。以一种极其糟糕的方式，安东尼亲自残忍地摧毁了我们爱情的可能性。

可是，有关安东尼的追忆宛如恶魔，时不时就会向我袭来。我之所以忘不了他，或许正因为他是死者。他已经去了生者绝对无法抵达的地方，去了不知是否存在的彼岸。他那样活过，他那样死了。青年的谜题让我感觉他至今仍在身边，让我难以忘却他的存在。

我有时觉得，安东尼脸上始终镌刻着死亡的阴影。这并不是说他病弱或身患绝症。他和我一样健康，绝症不在他的肉体里，而是在他灵魂深处筑了巢。

我有这种感觉，并非因为他是为达政治目的不惜杀人的秘密恐怖组织成员。在那之前，我已经隐隐觉得他的生存方式里潜藏着死亡的阴影。

我分析着安东尼的性格。他有孩童般的真挚纯粹，因此也有几乎不堪一击的纤细。他时不时故意装作刻薄的恶人，难道不正是为了隐藏性格中的脆弱？

然而，安东尼不是个明哲保身的青年，不会为了安稳地活下去而用刻薄面具掩藏脆弱内心。我认识好几个这种任性的家伙，却从不觉得这种人有男性魅力。

安东尼吸引我的，会不会正是那种近乎自我毁灭的坦率热情，以及几乎让旁人窒息的、摇摇欲坠的紧迫感？

确实，安东尼活得匆忙，死得焦急。像他那样激烈渴求浓厚生存实感的人，我从没见过第二个。他总是饥渴得像头野兽。我想，这或许与那年五月如人间奇迹般降临的乐园记忆有关，与展现"友爱"真意的天启——共生感有关。

恐怖分子的理论将城市社会定义为战场，安东尼的信念则远超理论。他或许真心实意地认为，若没有用他人或自己之死做交换的决心，就品味不到浓厚的生存实感，人生就得不到真正的意义。

他不由分说地贯彻着自己的理念，有一股让我这种平凡女孩不得不相信自己无法企及的迫力。这就是他的魅力所在，当他沐浴在无数枪弹中断气时，他在这条道路上坚守到了最后。对安东尼而言，他母亲芭提克夫人那种在世界一隅边忏悔自己罪孽边悄悄活着的人生，大概毫无魅力可言。

大概是那样。那么，在死亡瞬间，他抓住自己渴望已久的真实生命了吗？

如果他抓住了，那么，对于这位与我的生死观极为不同的青年，对于这位安东尼，我就可以将有关他的回忆埋进记忆收纳柜的角落了吧。不过，事实果真如此吗？以自己的生命为代价，安东尼真的抵达了浓厚生命的极点，抵达了完美的瞬间吗？

2

舒爽的五月微风轻抚脸颊，喷泉洒下的无数水滴裹着午后阳光闪闪发亮。我向身旁的青年抛出一个问题，仿佛是在向自己提问：

"你记得今天是什么日子吗？"

驱略一皱眉，轻轻点了点头。他也忘不了安东尼死的日子。我一边思考，一边继续说：

"安东尼离开巴黎后，我们聊过他两次。一开始，我以为是你的检举逼死了安东尼，觉得你是个打着正义幌子制裁罪犯的傲慢冷酷的人，甚至很反感你。

"第二次谈话时，你说如果真有制裁，也是安东尼的自裁。我想知道，你对他的自裁有什么看法？安东尼可以一边赎罪，一边静悄悄地活在世上某个角落，就像他母亲芭提克那样。然而，他却毫不留情地把自己逼向了死亡的极点。

"他为什么会那样逼自己？我不明白。驱，你怎么想？你会肯定安东尼生存和死亡的方式，还是会否定？我想知道答案。"

青年稍作沉默，然后看着我微微一笑。这抹微笑带着复杂的阴霾，仿佛在忍受内心的痛楚。消瘦的驱有种透明感，当他露出这种微笑时，给我的印象和从前略有不同。

不过，究竟是哪里有什么不同？我虽有这种感觉，却无法理解他的变化意味着什么。我以为自己很了解他，他却似乎突然离我远去，让我又生出一股沉郁的不安。带着一副饶有兴趣的表情，他终于开口了：

"我必须感谢你。我虽然无意以但丁[1]自居，但你可能是我的贝阿朵莉切。"

"你要我？"居然把娜迪亚·莫伽尔比作贝阿朵莉切，就跟把玛蒂尔德比作阿弗洛狄忒[2]一样，他绝对没安什么好心。

"没。就算有一半是开玩笑，另一半也是认真的。过去一年半，在你的带领下，我遇见了很多个性强到异样的人。玛蒂尔德、西蒙娜，还有吉尔伯特。如果没有你，我甚至不会知道他们的存在。

1　阿利盖利·但丁，著名叙事长诗《神曲》的作者。诗中，但丁叙述自己在古罗马诗人维吉尔的灵魂的带领下穿过了地狱和炼狱，又在从前的单相思对象贝阿朵莉切的灵魂的带领下游历了天堂。

2　古希腊神话中爱与美的女神，也是性欲女神。

"玛蒂尔德不得不破坏堵在面前的墙，西蒙娜却用自己的方式翻过了那座墙，但我觉得，她并没有解决问题，只不过是解除了问题。至少，我没法用跟她一样的方法越过自己的墙壁。那是只属于她的特权选择，是她的解决方案。她把所有难题都推给还活着的我，自己去了另一个世界。"

怀念的名字不断自驱口中浮现。在足以令我这个同性也为之倾倒的华贵美貌后隐藏着邪恶思想的玛蒂尔德·杜·拉芙南，拥有奇妙魅力与真正高洁灵魂的赛特女教师西蒙娜·卢米埃，以及我们见到时已经变成碎尸的生前解脱者吉尔伯特·利维。

去年一月的拉鲁斯家谋杀案，七月的启示录谋杀案，十二月的阴阳人案。在我们拼命探索谜题的这三起连续谋杀案中，他们就算不是凶手，也是各自案件的核心主角。驱如今正在对我坦白，说邂逅他们是自己无可替代的宝贵经历。

若我不爱探案也不好事，矢吹驱这种厌世者想必不会自愿卷入三起谋杀案的侦查。如此说来，他的道谢应该有一半真意。贝阿朵莉切的比喻有些夸张，但就结论而言，我或许的确带矢吹驱游历了地狱或炼狱。

我在驱心里占有一定的特殊地位。想到这里，那股不安烟消云散，甚至瞬间化作幸福。然而，我必须警惕恋爱心理的自动反应，如果随便信任它，我显然会遭到背叛。我自戒似的抿紧嘴唇，继续向驱发问：

"不过，对我们而言，吉尔伯特始终是个虚幻的人啊。很抱歉我要这么说，但在我们眼前出现时，他已经是具被凶手切成碎块的尸体了。既然如此，驱，你说起他的时候，怎么好像很了解他，就像了解玛蒂尔德和西蒙娜一样？"

"照乔治·雷诺阿的说法，吉尔伯特是天使。说得更准确些，是实现了生前解脱的真圣人。

"我难以相信世上有这种人。西藏的上师也说过，密教的血脉已经断绝，太古的灵智碎片早已失落，自己继承的东西寥寥无几。或许正因如此，师父才把我从喜马拉雅的高峰赶回了人间。

"如果吉尔伯特是生前解脱者，难题就能迎刃而解。如果生前解脱可能实现，我只要以此为目标不断修行就好。至于能否跨过此岸和彼岸的界线，那不是我能决定的。我能做的只有努力，除此之外，再无其他。

"超越性——或者像吉尔伯特一样，称它为'不存在的神'——不存在于可以学习的知识里，只可能极罕见地出现在独特的体验之中。它不是努力就能得到的，而是从彼岸单方面到来的。

"至于来或不来，做决定的并不是我。就算同样努力，也不是人人都能体验超越性，终生未能体验的修行者反而多得多。这就像战场上中枪，决定中不中的不是我，而是子弹。"

"照你这么说，修行都是没意义的？好像赌轮盘啊。"我边想边问。

"就算它来了，如果当事人闭着眼睛，照样什么都看不到。他不会意识到超越性在这一瞬贯穿了自己全身，就这么不了了之。修行就是努力始终睁开双眼。然而，哪怕不眠不休地睁大双眼，它不来也什么都看不到。哪怕渴望神明，始终忍受凡人所难忍的苦行，最后它也常常不会到来。不，应该说，绝大部分场合都不会来。"

驱烦恼地述说着。看着他的侧脸，我忽然想起了西蒙娜·卢米埃那句令人费解的话："比起对神抱有模糊信仰的人，彻底的无神论者离神反而近得多。我一边告诉自己世上没有神，一边向他祷告。或许，只有这样才能实现真正的祈祷。"一面想着世上无神，一面拼命祈祷……这句话扑朔迷离，我实在无法理解。驱还在淡然地继续：

"创立普遍经济学的乔治·雷诺阿是位公认的卓越智者，也是一位对密教事物拥有敏锐感性的思想家。如果是他下了论断的对象，我觉得认真研究一番也无妨。然而，我到底是没能和吉尔伯特说上话。很遗憾，问题又回到一审阶段了。"

"那安东尼呢？"

"我大概明白他围绕生死做出的选择有何意义，但并不承认他的活法和死法与玛蒂尔德的相同。"

"为什么？"

驱沉默地耸耸肩。我继续追问：

"安东尼好像觉得，死才能让人类变得伟大。你应该知道吧，我喜欢他。他有种让我心惊胆战的危险魅力，这是我在其他人身上感觉不到的。

"他精神里有台和普通引擎不一样的引擎，或许正是这台引擎让我觉得他很性感。死亡的危险就像涡轮装置人工压缩混合气体那样压缩着生命的密度，要让它的浓度抵达极限。他如此坚信，如此生存，然后死去。这样的活法和死法，你还是无法承认，还是要说它们是错的，是吗？

"那么，安东尼该怎么办？他该怎么处理自己对灵魂中栖息的高贵、真实和美丽的向往？"

话到最后，已经变成我对自己的提问。用涡轮装置打比方，应该是因为我最近看了不少新车宣传手册。驱在蒙特古一通乱开我的雪铁龙梅哈里，它几乎成了个"哮喘重患"，才一岁就老熄火，根本没法好好行驶。

得知我的梅哈里险些为"夫姐"西蒙娜牺牲后，吉赛尔来信说她会赔偿，顺带寄了好几款新车宣传册，其中甚至有刚上市的保时捷Turbo。

坐拥三百马力跑车的可能性摆在眼前，贫穷如我不禁大为动摇。然而，就算吉赛尔是南法金融界霸主洛舍福尔家的当家，就算她买保时捷Turbo跟买玩具车差不多，天下毕竟没有免费的午餐。因此，我谢过她的一番美意，去信郑重表示了回绝。

她邀我今年夏天也去埃斯卡蒙德别墅做客，但我实在没那个心情。因为我知道了她挚爱的丈夫可憎的真面目。就算只是短短几天，我也没法在同一栋宅子里天天对着朱利安那张脸。

"很遗憾，我暂时无法回答你的问题。我还得再梳理梳理自己的想法。"驱忧郁一笑，低声说。

"你在想什么？"

"哈尔巴赫哲学之谜。"

青年只答了这一句。马丁·哈尔巴赫是德国的哲学家，他战前发表的代表作《实存与时间》横跨莱茵河，给对岸的哲学界及思想界带来了前所未有的冲击。

他的名声如雷贯耳，有哲学界"无冕之王"的尊称。"无冕之王"哈尔巴赫的压倒性影响同样传到了法国。说到法国的战后思想和现代哲学，绝对少不了二十世纪伟大的哲学家哈尔巴赫。

哈尔巴赫是现象学创始人的高徒，在其代表作中用现象学方法阐述了人类存在论。我曾和安东尼一起在里维埃教授的研讨班上读过这本书。安东尼一度沉迷于《实存与时间》，张口闭口都只谈这本书。

驱对现象学颇有兴趣，从他嘴里听到哈尔巴赫的名字并不稀奇。不过，这跟安东尼的死有什么关系？驱回答了我的提问：

"我实在确定不了自己对哈尔巴赫代表作的评价。这本书一定和他的变身之谜有某种联系。"

第二次世界大战后，哈尔巴赫哲学面貌大变。他放弃构思以现象学存在论为主旨的《实存与时间》续篇，逐渐离开了现象学。

现象学创始人对弟子的学识和才能评价极高，甚至说"现象学当数我和哈尔巴赫"，让哈尔巴赫继承自己弗莱堡大学教授的位子。然而，两人最终还是走向了陌路。提出现象学的哲学家是犹太人，而哈尔巴赫加入纳粹党一事颇为有名，他们的亲密关系急剧冷却，背后可能还有这种政治原因。

受第三帝国教育部长之邀担任弗莱堡大学校长后，哈尔巴赫致力于大学的纳粹化。据传，当时他甚至冷血地禁止恩师使用大学图书馆。岂止关系冷淡，哈尔巴赫或许还逐渐对老师这位犹太哲学家产生了憎恨情绪。

大学课本有载，哈尔巴赫使用自己的术语，将人类存在称为"此在"（Dasein）[1]，然而，他战前的研究方向是"从此在到存在"，战后却走上了"从存在到此在"的回头路。

驱应该觉得哈尔巴赫前后期哲学之间的断层是个谜。我不是不理解他这种感受。我津津有味地读过哈尔巴赫战前写的部分代表作，却对其后的任何一本著作都毫无兴趣。

"驱，你对哈尔巴赫后期的书有什么评价？我觉得太蠢了，根本不想认真读。他居然说只有德语是真理之语，简直厚颜无耻。要是那样的话，法国人该怎么办啊？"

"在哈尔巴赫看来，只要研究哲学，法国人也会立刻开始用德语思考。"驱露出苦笑。

"他那是夜郎自大。你们日本人也被看扁了哦。"

"我几乎无法评价战后的哈尔巴赫。战后的他不太像存在的思想家，反而更像拜神秘主义存在教的教祖。教祖也好，弟子也罢，他们那群人全是冒牌货。我虽是现象学的门外汉，但说到神秘思想……"就是专家了吗？我正想发问，驱已经接着说了下去：

1　本书中哲学术语的译法均参照《存在与时间》（修订译本）（马丁·海德格尔著，陈嘉映、王庆节合译，生活·读书·新知三联书店）。

"对于自称神秘家的人，我多少有些判断能力。西蒙娜·卢米埃是真正的神秘家，吉尔伯特·利维或许也是。然而，战后的哈尔巴赫和他那群教徒，无一例外都是假货。马丁·哈尔巴赫怎么会变成那种废人？"

驱毫不留情地下了断论。我本为哈尔巴赫夸大其词的德国特权化倾向愤慨不已，听了他的话，情绪似乎略有平复。

总之，驱这番话的意思是，如果定不下对哈尔巴赫代表作的评价，就得不出安东尼问题的答案；如果要决定对代表作的评价，就必须探明哈尔巴赫哲学改变的秘密。我隐约看清了研讨走向，却还是无法推测他思考的内容。

关于德国代表性哲学家加入纳粹党一事，我曾询问过里维埃教授的意见。教授似乎认为，哲学家的政治立场无法抹消其思想果实。

他回答我时说："直到希特勒政权成立初期，哈尔巴赫的确对纳粹主义抱有共感，因此，他以纳粹党员的身份展开了积极活动。然而，哈尔巴赫逐渐认清纳粹的真面目，一年左右就辞去了大学校长职务，远离政治，重新过上了安静的学究生活。

"就算哈尔巴赫曾经将理想托付给纳粹主义，也不过是政治判断失误的结果。从校长时期的经历来看，不能说他的哲学和纳粹主义有必然联系。我们可以批判他对纳粹的误解、过大评价和美化，乃是一个不懂政治的学者的愚蠢判断。不过，这还是和哲学家哈尔巴赫的功绩分开考虑为好。"

战争期间，哈尔巴赫仍然一直以弗莱堡大学教授的身份埋头研究荷尔德林[1]和尼采[2]，然而，1945年德国战败后，他到底还是遭到了免除教职的处分。他于1951年复职，如今偶尔还会作为名誉教授授课，是个老而不衰、精力旺盛的哲学家。

我突然想问个问题。

"驱，你对哈尔巴赫加入纳粹这事有什么看法？"

"是哈尔巴赫体现在代表作中的哲学的必然归属。"驱肯定地说。

"那哈尔巴赫就跟纳粹同罪了。"

"跟纳粹同罪。"

"莫名其妙。"

"哈尔巴赫哲学是有背景的。在不安于死亡的二十世纪精神疾病面前，在历史性展露的虚无深渊面前，人类遭遇了严峻的自我解体危机，哈尔巴赫哲学则想通过死亡哲学跨越这种危机。因此，哈尔巴赫哲学是革命与战争的哲学，是在要彻底唤醒受不安诅咒、为不安忧虑的时代的革命与战争中承担主体经验的、立下死志的革命家与战士的哲学。

"纳粹党党名冠有社会主义一词[3]，可见纳粹也是大众革命运

1　弗里德里希·荷尔德林，德国诗人、思想家。

2　弗里德里希·威廉·尼采，德国哲学家、语言学家、文化评论家、诗人、作曲家、思想家。

3　纳粹党为德意志民族社会主义工人党（德语：Nationalsozialistische Deutsche Arbeiterpartei）的简称。此名字是"民族的"和"社会主义的"两个词的德文缩写。

动。哈尔巴赫深爱故乡黑森林的自然与传统，又想体现自己德意志民族成员的身份，或许正是出于这些私人理由，他才选择了国民社会主义革命，选择了在这个已经完成存在遗忘[1]的近代世界打破其技术秩序的革命战争。不过，如果对哈尔巴赫哲学的结论部分略作修改，他的死亡哲学就能当作左翼革命主义书籍来读。安东尼大概就是这么做的。

"能这么做的原因在于，哈尔巴赫虽然在结论部分将死亡哲学与德国民族主义相联系，但归根结底，这和他此前的阐述之间并没有逻辑必然性。准确地说，哈尔巴赫哲学的必然归属不止纳粹。不管民族社会主义还是别的什么，他的哲学一定会和左右过激革命主义产生必然联系。

"所以，那些指责哈尔巴赫加入纳粹的人，一开始就搞错了问题。按他们的想法，难道哈尔巴赫加入其他政党就行了吗？

"那些嚷嚷着哈尔巴赫加入纳粹是二十世纪伟大哲学家丑闻的家伙，几乎都跟求恶行善的梅菲斯特[2]完全相反，他们回避人类寻求解放却筑就虐杀尸山的世纪宿命，对这恐怖的事态视而不见。就此而

1　马丁·海德格尔（即本作中马丁·哈尔巴赫的历史原型）提出的哲学观念。海德格尔将基础存在论作为"此在形而上学"的第一阶段，以此构建了以人类存在为渠道的基础形而上学，同时，他认为从前的存在论和形而上学虽然讨论了"存在者"和"存在状态"的区别，却"遗忘"了存在者和使存在者成为存在者的"存在"之间的区别，也即"存在论差异"。他认为，现代人的义务，就是在遍布这种"存在遗忘"的世界里等待"存在发声"。

2　《浮士德》中引诱人类堕落的恶魔。

言，他们和哈尔巴赫的弟子差不多。那些蠢货认为加入纳粹只是伟大哲学家生涯中宛若书页角落小污渍的微小判断失误，想要以此掩盖问题。"

二十世纪被称为"战争与革命的时代"。照驱所说，哈尔巴赫哲学对战争与革命都无法回避的死亡主题展开了严谨思考，因此才是二十世纪的代表哲学。他还说，如果试图否定二十世纪的革命与战争，就必须先摆脱哈尔巴赫死亡哲学的诅咒。

驱语气一转，向我发问："对了，我待会儿要见个认识安东尼的人。有时间的话，你要不要一起？"

他从没这样主动邀请过别人。我满脸疑惑地回视他，只见他面露带有复杂阴霾的微笑，似乎有所烦恼。

这副模样，还有这出人意表的同行之请。或许，在消瘦的外表之下，驱还有更深更大的变化。他的邀请让我很开心，但他自说自话地发生改变，似乎要抛下我渐行渐远，这又让我很不安。为此，就像已经遗忘的蛀牙重新发作，我心底又开始阵阵作痛。为了扼杀这股不安，我反问：

"谁啊？安东尼的熟人？"

"伊曼努尔·加德纳斯。"驱漫不经心地回答。

"哲学家加德纳斯？那位教授怎么认识安东尼？"

"跟我一样，都是请里维埃教授介绍的。安东尼去加德纳斯家拜访过两次。"

加德纳斯这个名字，我也是在里维埃教授的讲座上知道的。哈尔巴赫是提出现象学的犹太哲学家最杰出的弟子，教授在讲座中也使用了他的代表作，至于伊曼努尔·加德纳斯，则是战前将现象学介绍到法国的第一人。

自然，加德纳斯和创始者相识，和其高徒哈尔巴赫也直接认识。然而，他却逐渐走向了批判哈尔巴赫的立场。加德纳斯是在集中营待过的犹太人，哈尔巴赫哲学与纳粹主义的关系又众所周知，或许，正是这段经历孕育了他的批判情绪。

不过，我只粗略知道这些。里维埃教授虽然向我推荐过加德纳斯的代表作，但我并没有看。而且，加德纳斯教授是巴黎第四大学的老师，校区不同，我连在校内跟他打照面的机会都没有。

"你们约的几点，在哪儿？"

"约的五分钟后。不过，加德纳斯先生已经来了。"

驱用眼神示意喷泉对面的长凳。长凳上坐着位姿态文雅的小个子老人。他正接二连三地朝鸽群丢面包屑，认真得像在工作。那就是刚才说的伊曼努尔·加德纳斯？

老人满头银丝梳成背头，身穿过时西服，一板一眼地系了根条纹领带。他胖乎乎的身材很像怪医杜立德，方正的大脸却有股威严感。

驱站起来，慢吞吞地横穿喷泉广场，我也跟了上去。他在几步开外与老人打着招呼。

"不好意思，您是加德纳斯教授吗？"

"没错。你是驱同学？"

"嗯。"

老人抬头看着驱,露出了微笑。他的微笑温暖温柔,像乡下的祖父,又像会把我们裹得舒舒服服的老沙发。

他的声音也吸引了我。就年龄而言,如此响亮有张力的声音实属难得。虽然像长期过度吸烟的老人一样粗粝沙哑,高音音色却清亮澄澈。是F大调的声音,我想。驱受邀坐在长凳上,我也坐到他旁边。

驱介绍我是里维埃教授的学生,安东尼·勒特的朋友。老人看着我,再次面露稳重的微笑。他圆圆的眼睛闪闪发光,满是生机,像每天都在世上发现新事物的稚童般充满好奇心。加德纳斯教授开了口,三层下巴肉颤巍巍地抖动。

"春天真美好。然而,有些国家的春天却不像春天。春天一到,我就莫名有种解放感,真是神奇啊。在我出生的国家,五月还冷着呢。"

从名字就能看出,伊曼努尔·加德纳斯出生于立陶宛,是个犹太人。他战前在现象学中心地弗莱堡大学学习哲学,之后移居巴黎,取得了法国国籍。他口中出生的国家,应该是立陶宛吧。

"加德纳斯教授,我目前正在认真思考您的观点,但我想问的并不是哲学问题。我可能会问一些您不愿回忆的事,还请原谅。"驱直入主题。

"是集中营的事吧。里维埃多少跟我说了。"老人神色温和地回应。

"我听说,'二战'末期,您被关押在波兰的考夫卡集中营[1]?"

---

1 该集中营在历史上并不真实存在。

"是的。从一九四四年八月开始，到第二年一月成功越狱为止。"

老人说得若无其事，我却大吃一惊。我知道伊曼努尔·加德纳斯进过集中营，但没想到他是考夫卡的生还者。"二战"末期，苏联先遣军攻击了即将拆除的考夫卡集中营，趁此混乱，数百名犯人成功逃脱。如此大规模的越狱事件，在纳粹集中营史上也属独一无二。

"考夫卡集中营有没有个叫伊利亚的看守？"

"伊利亚·莫查诺夫，乌克兰雇佣兵的队长。确实有这么个人。"加德纳斯老先生点头回答。

驱眯起双眼，舌尖舔着嘴唇挤出话语："他是个什么样的人？"

"是个粗暴残忍的雇佣兵队长，用赤裸裸的暴力支配着考夫卡——光这么说好像还不够。他人如其名，是集中营'存有'（Ilya）[1]的象征。"

俄语名"Илья"和法语词"Ilya"拼写不同，发音倒很像。不过，老人口中"集中营的'存有'"是什么？它是否不同于在存在论中阐述现象学的哈尔巴赫的"存在"（Sein），也不同于受哈尔巴赫影响的萨特[2]的"存在"（Etre）？但比起这些，我还有个更想知道的答案，于是从旁插了嘴。

1　伊曼努尔·列维纳斯（即本书中伊曼努尔·加德纳斯的原型）提出的一种无存在者的存在概念，一般译为"存在"，本书为与海德格尔提出的"存在"相区分，译为"存有"。

2　让–保罗·萨特，法国二十世纪最重要的哲学家之一，法国无神论存在主义的主要代表人物。

"乌克兰人怎么会当上纳粹集中营的看守？乌克兰人是苏联国民，是德国战时敌国的人啊。"

加德纳斯教授凝视着我说："集中营警卫队名为骷髅团，隶属党卫军。'二战'期间，党卫军在外国也征了兵。你或许不知道，党卫军里还有很多法国人。三千名法国党卫军组成的查理曼部队被派往东部战线，几乎全军覆没。

"而且，乌克兰还有不少青年志愿加入党卫军，成了骷髅团成员。"

老人的话让我头脑混乱。维希政府[1]确实是亲德政府，也确实有很多法国人迎合占法军权成为其爪牙。阴阳人案中的女影星多米尼克·法兰西就是其中之一。然而，我从没听说过有法国人志愿穿上纳粹党卫军的漆黑制服，戴上他们的骷髅徽章。

驱继续问："伊利亚·莫查诺夫有孩子吗？"

"我不知道莫查诺夫在乌克兰有没有家人，但他好像强占了集中营的女囚做情妇。那女孩叫玛利亚。逃出集中营后，和她在同一个车间工作的女人说她怀孕了。如果孩子顺利出生，那就该是伊利亚的孩子。"

"怀莫查诺夫孩子的女囚没逃掉吗？"

"我们这批犯人逃进森林，三天后得到了苏军的援救。我在这些人里没见过玛利亚。她怀了看守长的孩子，可能没来得及逃跑，第二

1　存在于1940年7月到1945年期间，是德国攻入法国并迫使法国投降后扶持法国政府要员组建的政府，因其实际首都位于法国南部小城维希而得名。

天在拆除集中营时被杀了。也可能是想逃却被枪杀，或者是在森林里冻死了。不管哪种可能性都太残酷了。存在虽然是灾难，但总比不存在要好。"老人沉痛地皱起眉头。

"那莫查诺夫呢？"

"不知道。毕竟是自己的亲身经历，我对这件事也相当关心，因此尽可能收集了'二战'末期考夫卡集中营的资料。越狱事件后，有几个看守始终下落不明，其中有营长胡登堡，也有乌克兰雇佣兵队长伊利亚·莫查诺夫。"

"莫查诺夫有生还的可能吗？"

"我觉得没有。下落不明的人应该都埋在集中营的火灾废墟里，到最后也没挖出来。莫查诺夫和营长胡登堡一样，都埋在废墟里被人遗忘了。"

"还有一个问题。有谣言说，考夫卡集中营的营长胡登堡利用党卫军残党的秘密组织，战争结束后逃到了巴西。在南美展开第二人生时，他身边有个乌克兰人的老部下，那乌克兰人还带着孩子。"

"然后呢？"加德纳斯老先生困惑地催他继续。

"有个南美出身的国际恐怖分子，他和苏联的间谍机关以及西欧各国的极右势力都有关系，名叫尼克拉·伊里奇。从伊里奇这个父名就看得出来，他的父亲名为伊利亚，而且可能正是考夫卡的伊利亚。我成功挖到了好几个事实，都能成为这个猜测的佐证。"

"那么，你的问题是？"教授一脸认真地听着驱的话，然后提出了反问。

　　"党卫军军官胡登堡就算成功逃到了南美也不奇怪，不过，我不认为纳粹残党的亡命组织会连乌克兰雇佣兵也帮。如果伊利亚和胡登堡一起拿到了去南美的非法船票，只可能是因为胡登堡强力推荐他。胡登堡有可能帮伊利亚逃亡吗？"

　　"很遗憾，我是集中营最底层的犯人。关于胡登堡和伊利亚·莫查诺夫的私交，我所知的只有传言。情况有可能是你想的这样，也有可能不是。

　　"我只能说，考夫卡真正的主人是莫查诺夫。营长胡登堡可能想把那个男人用为部下，事实却完全相反。体现集中营'存有'（Ilya）的伊利亚才是考夫卡真正的主人，连胡登堡也在他的支配之下。"

　　"假如胡登堡得到了逃亡南美的机会，又受莫查诺夫威胁的话，他或许会尽力满足他的要求——我这么想有问题吗？"

　　"虽然没有事实证据，但我觉得有这种可能。对了，你运气还真不错。五月下旬，有个越狱之夜刚好在考夫卡的下级军官计划来巴黎。他是我一个叫海因里希·威尔纳的老朋友的战时直属部下。

　　"长久以来，我一直在找能为那晚事件提供准确证词的人。有位不幸的女士只可能是那晚死的，我实在想知道详细情况。然而，我的各种搜寻均以失败告终，差不多已经放弃了。

　　"直到上个月，我突然收到一封来自德国的陌生人的信。信中内容让我大吃一惊。写信的是威尔纳的部下，他说他打算五月底来巴黎，希望到时能与我面谈。

"第二天，我回信告诉他欢迎来访。这个德国人应该会告诉我越狱之夜发生的事，可能还会告诉我那名不幸的女士遭遇了什么。说不定，他还很清楚伊利亚·莫查诺夫的下落。他来我家的时候，你也一起吧。"

说完，老人又一次露出了柔和的微笑。驱接二连三的提问让我极为兴奋。虽然不知来龙去脉，但他大概成功掌握了尼克拉·伊里奇隐藏的部分经历。如此说来，他长期旅行的谜题也有了答案。他或许是为了寻找尼克拉·伊里奇的故乡，所以去南美当地做了调查。没错，一定是这样。

驱话题一转，问老人："加德纳斯教授，您认识安东尼·勒特吗？"

"里维埃向勒特同学推荐过我的书，他读了，还跟我有过两次讨论。"

"您和安东尼讨论什么了？"我问。

"主题算是死亡。勒特同学基于马丁·哈尔巴赫的哲学提出了主张，但他似乎死板地极端化了这种哲学。"

"这话怎么说？"

"他坚信，人类必须支配死亡。"

"这我可不同意。我记得哈尔巴赫在代表作中写过，'死是无法超越的可能性'。如果死亡是不祥的青鸟，就是一只没人能够拥有或支配的鸟。"

加德纳斯教授语气稳重地反驳："哈尔巴赫并没有下定论，然而，不管过去还是现在，总有些年轻人想在哈尔巴赫哲学中找出自己希望的结论。这与其说是误读哈尔巴赫哲学的结果，不如说是哈尔巴赫哲学本身的必然归属。

"海因里希·威尔纳也是这样的人。威尔纳是日耳曼的英雄，他拥有无惧死亡的严肃决心，完美体现了哈尔巴赫的理想，在这方面，他比四十年后的勒特同学决绝得多。威尔纳相信纳粹革命并为之奋斗，结果遭到了革命的背叛。他'二战'时参了军，在苏联战线晋升为少校，并因当时的战功获得了骑士铁十字勋章[1]。不过，对他而言，这都是理所当然的。威尔纳确实是个勇敢的青年。"

老人的表情十分复杂，其中有微弱的愤懑、掩藏不尽的亲近感，以及盎然洋溢的怀旧之情。在加德纳斯教授心中，有关海因里希·威尔纳的回忆似乎占据了相当特别的地位。

教授继续说："威尔纳生存的时代，名副其实是战争与革命的时代，是战后出生的年轻一代大概无从想象的时代。或许，勒特就是被命运安排活在和平年代的凡庸威尔纳。

"威尔纳渴望抵达实存的本真，一辈子都在面对死亡的可能性。像威尔纳一样学习了哈尔巴赫哲学、相信自己领悟了死亡的实存论意义的人，并不只有战时的大学生。

"无论多么平凡的男女，不论他们希不希望，只要身处战争与革命的时代，都会在某种层面面对死亡。不管是在德国还是法国，不管

---

1 在"二战"德国类勋章中级别最高，又细分为"银橡叶骑士铁十字勋章"和"双剑银橡叶骑士铁十字勋章"，后者更高一级，样式如其名。

是小官员、上班族还是学生，所有人都收到了征兵令；不管主妇、女学生还是小孩，带来死亡的炸弹平等地砸向了所有人。

"然而，勒特同学却活在和平年代，如果不付出人为努力，就不可能面对死亡。在这个年代，英雄之死只存在于小说、电影和报纸里，于是，他主动靠近死亡，虚构出死的现实性，试图在思想上拥有死亡。

"在富裕和平的年代，死亡的可能性和实存的本真状态都已经被剥夺，而勒特同学采取了这种方式，试图强行摆脱当今时代的精神贫困。然而，不管他如何挣扎，始终都只是威尔纳的凡庸模仿者。

"彻底的虚无主义迫使海因里希·威尔纳立下死志，成了英勇的战士。他大概从不相信崇高的精神性，也不相信哈尔巴赫所说的'存在'（Sein），然而，他的意志足够坚韧，一旦下定决心，甚至能扼杀自己的怀疑。

"勒特同学和当时的威尔纳同龄，脸上却没有自信，只有孩子般胆怯的动摇。他欠缺魄力，哪怕下定了决心，也无法将自己并不真心相信的哲学、思想和信念演到最后。不过，我会这么想，或许只是因为老年人习惯对年轻人挑刺。"

不是这样的，我想。安东尼始终逼迫自己走向死亡的深渊，甚至在警队的枪击下全身中弹而亡。不过，我不能告诉加德纳斯教授任何关于安东尼之死的真相，那是驱和我的秘密，连警察也不知道。我对老人用来和安东尼做对比的威尔纳产生了兴趣。

"您和威尔纳先生是什么关系？"

"他也是哈尔巴赫在弗莱堡大学的学生，也就是我的同学。当时，哈尔巴赫已经被称为德国的哲学家代表，到处都有人赞颂他是'无冕之王'。

"弗莱堡有许多慕名从各国而来的才子——对了，其中也有聪明的日本学生——不论来自哪个国家，哲学生都梦想能参加哈尔巴赫的研讨班。海因里希·威尔纳在研讨班上也是数一数二的优等生，哈尔巴赫十分看好他的前途。假如他的人生没有蒙上纳粹和战争的阴影，想必会在哲学界大有成就。

"我和哈尔巴赫一样，都不认同威尔纳的思想。他宣告参加纳粹冲锋队那天，我们的友情随之终结。当时我想，我们应该再也不会见面了。所以，越狱那天，当我看到身穿党卫军军官制服的威尔纳和部下一起访问考夫卡时，意外得直接陷入了茫然。"

带着感慨颇深的表情，老人结束了发言。是时代拆散了他们，这对挚友虽同属哈尔巴赫门下，却一个加入了纳粹，一个是被纳粹迫害的犹太人。威尔纳和加德纳斯不得不沦为不共戴天的关系，毕竟，他们分别处在杀和被杀的立场上。

然而，就算和威尔纳绝交，他也无法连过去的友情记忆一并抹杀。在我看来，加德纳斯教授复杂的表情暗示着这样的心情。谈话间，我产生了几点疑问，于是选择提出来：

"如果想了解考夫卡的情况，您战后为什么没找威尔纳先生？他作为上级，应该比手下的下级军官更了解情况啊。"

"我不可能找他。第三帝国解体前夕，威尔纳战死了。"加德纳斯教授静静地说。

老人一直用回忆的语气讲述威尔纳，原来是因为他已然战死。如此一来，哪怕战争已经结束，他也确实无法找到他的踪迹。

教授认为，安东尼和威尔纳在精神上有相似之处，他们都受到了哈尔巴赫的影响，都是体现死亡哲学归属的人格。我不太理解老人的观点。在我看来，哈尔巴赫书中所写的理论与此略有不同。

五月底，马丁·哈尔巴赫将于战后首次访法，在索邦进行演讲。我也想前去一听，在那之前，还是再读一遍《实存与时间》吧。如此一来，我或许也能对加德纳斯教授的观点得出自己的理解。

"德国那位先生要是到巴黎来了，有劳您帮忙引见。很抱歉给您添麻烦，但我实在想问他几个问题。"

驱很少找别人帮忙，如今却生疏地向加德纳斯教授提出了这个要求。

教授轻轻颔首，说道："当然。到时候，我还想听你谈谈对我作品的理解。"

对话就此结束，我们向老人道了别。他能够熬过纳粹迫害和集中营生活的残酷考验，意志想必十分坚韧，而与此同时，他身上又有种超凡脱俗、稳重温柔的气质，仿佛一位犹太贤者。

夕阳初斜，春风微凉。加德纳斯教授仍然坐在喷泉广场的长凳上，我们则在绿意盎然的夹道七叶树之间迈开了步。三四个抱着网球拍的少女蹦蹦跳跳地穿过林荫道，一边播撒开朗的笑声，一边消失在树林深处。

我边走边问驱："你去巴西了吧？所以才春天就晒成这样。"

驱一言不发地走着，而我继续追问："你是想揭开尼克拉·伊里奇的真面目，所以去他长大的地方调查了，对不对？不过，你又是从哪儿知道那个可能是他父亲的男人的？"

驱又露出了那种阴郁的微笑。他回答："这事你有知情权。毕竟，如果你没介绍安东尼和玛蒂尔德给我认识，我也不可能知道那个男人的存在。"

那当然。我一边对自己点头，一边催驱继续。他或许是在头脑中整理要说的话，沉默了一会儿才缓缓开口：

"在国际恐怖分子的地下世界，尼克拉·伊里奇和同行卡洛斯[1]一样来自南美的流言由来已久。流言十分详细，甚至提到了巴西南部亚马孙地区内格罗河沿岸一个叫乌奥佩斯的小镇。我去那地方旅游了。如果在当地调查调查，或许就能了解一些尼克拉·伊里奇的详细情况。

"镇子虽小，伊里奇在那里生活却也是三十年前的事了，查起来非常困难。我住在一家简陋的旅馆里，每天都在乌奥佩斯镇上晃来晃去，十天后才抓住有力情报。"

有证词说，战争结束后，一对德国夫妇和一个带孩子的乌克兰男人在镇外租了两栋相邻的小屋。住了大概三年后，乌克兰人和德国夫妇相继离去。据说德国夫妇去了阿根廷，乌克兰人则去了亚马孙深处

---

1 恐怖分子伊里奇·拉米雷斯·桑切斯的绰号。

的矿镇。

他们用的都是假名，基本没有参考价值。不过，驱找到了小屋的房主，那位老人回忆道，德国女人把乌克兰人的孩子叫作尼克拉·伊里奇。就算姓氏是假的，孩子的名字却说不定是真的。这引起了驱的注意。

"还有一件事。听说，德国夫妇离开后十年左右，有个推销员似的犹太人来到乌奥佩斯，执着地四处打探他们的消息。犹太调查员给老人看了一个叫赫尔曼·胡登堡的人的照片，一直问这是否就是跟他租房的人。这就是我挖到的所有情报。"

犹太人一定是追捕纳粹战犯的以色列摩萨德[1]特工，说不定还和西德的纳粹战犯中央调查委员会有关。那么，被当作战犯追捕的赫尔曼·胡登堡究竟是什么人？

西柏林的美军资料中心存有纳粹战时罪行的相关资料，驱曾想前去一看，但又决定先在巴黎的犹太人资料中心寻找资料。幸运的是，他在那里发现了赫尔曼·胡登堡的名字。

"黑森州司法当局1949年公开的纳粹战犯名单里有这个人。他是党卫军少校，还当过考夫卡集中营的营长，被摩萨德盯上也不奇怪。"

"追捕胡登堡的怎么是法兰克福检察院？"集中营位于波兰沦陷区，负责战时犯罪的为什么是法兰克福司法当局？我无法理解，于是

1　即Mossad，以色列情报组织名称，全称为"以色列情报和特殊使命局"，由以色列军方于1948年建立。

提出了疑问。

"西德有十六个州，各州检察院按地域分配了第三帝国及沦陷区战时犯罪的调查任务。比如，杜塞尔多夫所在的北莱茵-威斯特法伦州就负责特雷布林卡、索比堡和迈丹尼克这几个集中营内发生的虐囚和大屠杀事件。法兰克福市所在的黑森州负责第三帝国最大的集中营奥斯维辛，相邻的考夫卡也在他们的调查范围内。"

法兰克福司法当局在纳粹战时犯罪问题上相对热心，比如，掌握艾希曼[1]藏身地并传信给摩萨德的，就是黑森州的检察官弗里茨·鲍尔。在长官埃瑟·哈雷尔的临场指挥下，摩萨德顺利逮捕了潜伏在阿根廷的艾希曼，并通过非法途径将其成功带回以色列。

西德警察疏于追查纳粹时期的战争犯罪，鲍尔检察官对他们不甚信任。倘若通知警察，潜伏警界高层的亲纳粹分子或许会泄露情报，致使艾希曼逃脱。正是考虑到这种危险性，他才决定让摩萨德出马。

"问题在于，和胡登堡一起出现在巴西乡镇的还有个神秘的乌克兰人。孩子的父名是伊里奇，父亲的名字自然是伊利亚。胡登堡身边有没有一个叫伊利亚的男人？想到这里，我便开始寻找大战末期认识胡登堡的人。

"史上有名的考夫卡事件中，数百名犯人成功逃离了纳粹集中营。我突然想起，和里维埃教授在同一所大学任教的犹太哲学家就是成功逃离考夫卡集中营的生还者。这就是我向加德纳斯教授请教的

---

1 阿道夫·艾希曼，纳粹德国高官，犹太人"最终解决方案"的主要负责人。

原因。

"大丰收。胡登堡很可能带着伊利亚逃到了南美。假如伊利亚的儿子就是尼克拉·伊里奇，也没什么好奇怪的。"

"就算知道伊里奇的来历，你也不知道他现在在哪儿啊。"

驱耸耸肩。虽然不知尼克拉·伊里奇身在何处，但对驱而言，掌握他的过去或许十分重要，毕竟，知己知彼才能百战百胜。驱仍然渴望和尼克拉·伊里奇对决。我心底又湿漉漉地涌出莫名的不安。

"对了，你只查到这么多，怎么会去了两个多月？不是头十天就全查清了吗？"

驱皱起眉头，说："为了打探那个疑似伊利亚·莫查诺夫的男人的消息，我一路追到了亚马孙流域的矿镇。莫查诺夫的行踪消失于矿镇后的丛林，在我设法找到他搭建的小屋残骸后，一切就结束了。或许是因为沮丧，我突然在远离人烟的热带雨林里搞垮了身体，患上了地方病。

"我好不容易爬出密林，昏倒在地，被矿工用卡车送到了镇上的医院。医生把我批得狗血淋头，说我一个人进密林太鲁莽，要是再晚个两三天被发现，肯定会就此送命。"驱事不关己般苦笑。

总而言之，他旅行期间大半时间都在医院，怪不得瘦了这么多。这位青年身心俱强，远超常人，却还是敌不过热带雨林里肉眼不可见的微生物。

我不安得无所适从。我为他险些病死而毛骨悚然，为他平安归来几乎喜极而泣，然而，阴森的不安仍在我心头盘旋不去。

　　与此同时，我也有种微妙的释然，觉得驱多少应该长了点教训。从各种意义而言，矢吹驱这个青年都强得过分，强得多余。他会只身深入野兽及地方病肆虐的丛林深处，应该也是因为自信得近乎傲慢。我一直希望他能长个心眼儿，明白自己的强大有时反而会成为弱点。

　　"你今天说的话，有些地方我不是太懂。我重读一遍哈尔巴赫的书，读完你再跟我讲讲哦。"

　　我紧紧搂住驱的胳膊，一板一眼地说。驱一脸冷淡，沉默着点点头。既然他跟我约好了，重读那本晦涩哲学书就有意义了。我要在这个月内把它读完。

　　公园林荫道即将到头，铁栅门背后，通往蒙巴纳斯闹市的古旧街景在五月蓝天下绵延。这是"巴黎美丽五月"的清爽美景，它笼罩在透明亮丽的阳光里，仿佛要赶走我心中的死亡与不安。

前篇　诺顿魔剑

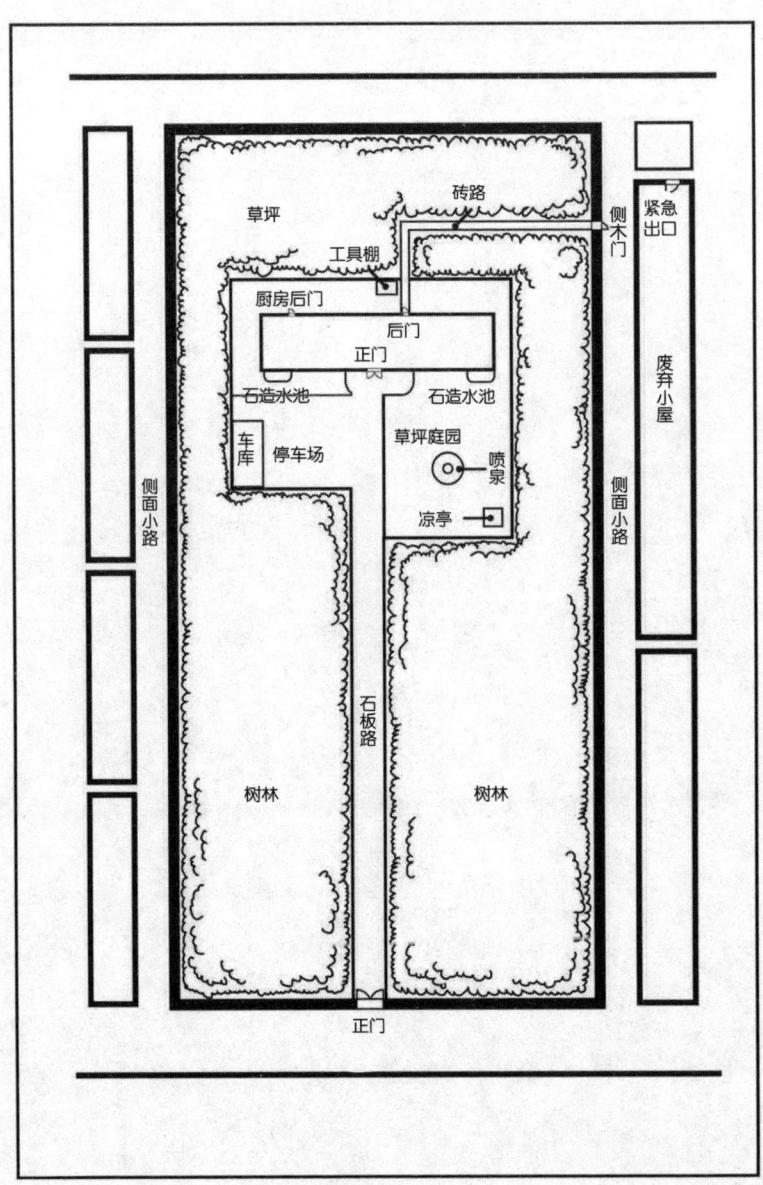

达索家全局图

第一章　午夜急报

1

五月末连下三天雨，天冷得完全不像即将入夏。冷雨打湿了深夜的环状高速，一辆警笛大作的警车正在路上飞驰。

莫伽尔警督靠坐在后排，一边眨动疲惫的双眼，一边透过湿漉漉的玻璃窗木然眺望反方向车道的光带。此行的目的地是巴黎西侧的布洛涅，从北部蒙马特出发，走外环高速比横穿市内快。

警督双眼充血，眼皮肿胀。里昂车站平民街发生了一起与毒品交易有关的大规模枪杀案，他忙于追查此事，几乎在警局住了一周。然而，有劳终归有所得，警方擒获了来自越南新兴黑帮的主犯，事件告一段落，他久违地早早回家，将疲惫不堪的身体砸进床铺。

刚睡着没多久，嘈杂的电话铃就吵醒了他。5月30日凌晨1点4分。枕边数字时钟上罗列着显示时间的数字，机械闪烁的鲜艳绿光让疲惫的眼球饱受刺激。莫伽尔并不喜欢数字钟，但这毕竟是女儿送的生日礼物，他总不能丢进仓库。

电话那头是总警监。莫伽尔是巴黎警察总部负责谋杀等凶恶犯罪的负责人之一，但警监一年到头也难得大半夜往他家打一次电话。

"这么晚了不好意思，但你能去布洛涅一趟吗？"警监神经兮兮地说。

"出事了？"莫伽尔条件反射地问。

总警监亲自来电，事情肯定不寻常。几种不祥的可能性顿时在他脑中浮现。是国际恐怖组织按宣言发起炸弹作战波及市民了，还是意大利和亚洲的黑帮为争夺势力打响巷战了？

总警监的回答却出乎莫伽尔预料："我想麻烦你去弗朗索瓦·达索家一趟。"

"那个达索？"

莫伽尔眉头一皱，低声念道。若非同名同姓，对方就是掌管法国屈指可数的犹太财团的少壮实业家。达索家战前就住在布洛涅高级住宅区一栋有"林中屋"之称的豪宅里，因此颇为有名。

总警监证实了莫伽尔的推测："没错，就是那个和巴黎市市长私交甚好，还为市长提供经济建议的达索。他在爱丽舍宫也人脉众多，甚至能大半夜打电话和总统聊天。

"大概五分钟之前，达索给我打了个电话，说他家的客人意外去世，想让我派个可靠的警探过去。区局巡警已经在他家门口闹起来了，但他说，为了保全现场，在我直接派遣的警探抵达之前，他不会让他们进去。"

达索致电总警监是大约五分钟之前，也就是凌晨一点左右。

莫伽尔继续问："警监，我不太明白，区局巡警怎么知道达索家出事了？"

"我也不知道。总之你快去现场。如果达索给局长打电话，他说不定会为了争表现直接跑到布洛涅的林中屋去。那人虽然是个优秀的警察官僚，却根本不懂现场搜索。他对着尸体能做什么啊？所以我才立刻给你打电话。如果莫伽尔警督这块司法警察的招牌亲自赶往现场，弗朗索瓦·达索应该也不会向市长抱怨。"

意外死亡不归莫伽尔管，但他总不能拒绝总警监的直接指示。警监挂断电话后，莫伽尔赶紧叩下听筒架，转动拨号盘，给十八区的地区警局打了个电话。

接电话的是值班的警探。大约两年前，蒙马特发生了一起连续谋杀案，他是区局当时的调查负责人，曾和莫伽尔共同展开调查。他没想到警督会突然来电，惊讶地问了一声好。

这位身经百战的警探豪言壮语，宣称只要是在皮加勒区非法讨生活的人，从妓女、混混到找剩饭的野猫，他都无所不知无所不晓。莫伽尔打断他的话，简单地说明了情况，拜托他用无线电联络在自家所处的拉马克街附近深夜巡逻的警车，让车子赶紧过来。

既然是总警监之令，当然得尽快赶往意外死亡的现场。与其打电话叫出租车，不如征用地区警局的巡逻车。如果鸣响警笛，警车应该会比出租车早十多分钟抵达目的地布洛涅。

倘若局长这位毕业于国家行政学院的精英官僚有此一举，被当出租司机使唤的地区巡警想必会愤慨不已。然而，莫伽尔无须顾虑。他亲临现场解决过多起疑案，地区警局的巡警也熟知他的威名，乐于担任他的出租司机。

莫伽尔穿上刚脱不久的上衣时，街边已经传来了警笛声。挂断电话还不足三分钟，叫巡逻车果然是正确的。他机械地点点头。

笛声消失，警车停靠在公寓正门入口。莫伽尔整装完毕，正要走出家门，只见女儿娜迪亚从卧室里探出了头。她手里有本正在读的书，白色封面上的标题是《实存与时间》。应该是大学的哲学课本吧，莫伽尔想。从上周开始，娜迪亚一直兴致勃勃地在看这本书。

娜迪亚已经洗过澡卸了妆，却仍散发出二十岁出头的年轻魅力。如此深夜，她不施脂粉的脸依旧光彩照人，不见丝毫疲劳。生命力太奇妙了，她和我这个通宵两晚几乎累死的五十岁老父亲真是大大不同。莫伽尔想。

娜迪亚一边不自觉地用白封皮书本敲击睡衣下的腿，一边问："爸爸，又有任务？"

"是啊，你先睡吧。"莫伽尔穿上鞋。

"我明晚可能要十二点过后才回家。"

"别太晚了啊。"

"你也是。外面在下雨，冷得都不像五月，你别感冒了哦。"

看着将手伸进湿外套袖子的父亲，娜迪亚露出了调皮的微笑。女儿五月已经满二十一岁了，凌晨一点也好，两点也罢，都不是她必须回家的时间。今时今日，应该没几个当爹的会用门禁时间约束女儿了吧。莫伽尔一边叹息，一边推开公寓大门。

最近，钢铁材质的门越来越多，但莫伽尔家的门并非此类，而是已经证明了其坚固程度的手工木门。它亮丽的米黄色镶板上有无数伤痕和斑点，还有娜迪亚儿时用指甲抠出的印记。结婚之后，他们夫妻俩省吃俭用，终于买下了这套公寓。娜迪亚就是在这里出生的。

在不久的将来，女儿应该会离开这个家。常识而言，哪怕是在巴黎大学读书的巴黎本地学生，满二十岁之后也会独立。今年春天满二十一岁的女儿之所以还住在父母家里，无非是没有独立的契机。想到这里，老警察莫伽尔的脑袋自动运转起来。

对二十一岁的巴黎姑娘来说，离开父母家的最大契机当然是恋爱。女孩一般都会为了和心上人同居而离家，如果父母管得太多，还有人会用"想自在过日子"这个理由开始独立生活。不过，莫伽尔认为自家绝不会有这种事。他的包容力向来远超普通父亲，就算女儿彻夜未归，又或不打招呼就外宿，他也在努力不抱怨不发牢骚。

总之结论是：娜迪亚还没喜欢哪个男人喜欢得想跟他同居。但果真如此吗？莫伽尔继续思考。

倘若安东尼·勒特没有成为那起案件的主角，或许娜迪亚也已租房自立。然而，勒特去了国外，那一年多时间里，女儿最关心的就是日本青年矢吹驱。这种事无须动用老警察的直觉，看看女儿的表情就自然懂了。

这对娜迪亚来说是好事吗？莫伽尔完全无法想象驱和娜迪亚略带羞涩地对父母说他们决定同居的景象。那个日本人个性独特，气质特殊，有一种近乎危险的魅力。他和莱贝特少校一样，绝不会选择被女人束缚的人生。

娜迪亚无法免疫驱的魅力，对既期待又害怕女儿宣告独立的平凡父亲来说，这或许是件幸事。不过，这会不会是父亲的一己私欲？女儿迷上了一个可能成为恋爱和结婚对象的男性，父亲难道不该提供一些恰当的建议？不管那个青年多迷人，还是放弃他为好。

毕竟，如果有拿破仑，或者因崇拜拿破仑而毁灭的于连[1]及拉斯柯尔尼科夫[2]这种丈夫，婚姻生活肯定不会幸福。就算父亲的忠告会让女儿与更平凡的青年相知相爱、更快离家，他也不希望她成为约瑟芬[3]、玛特尔[4]或索尼娅[5]。

男人真是神奇的生物啊，莫伽尔又一次想。被盖世太保拷问致死的莱贝特少校是位意志坚若钢铁的超凡人物，甚至有些半开玩笑的谣言说，他身上长的不是神经，而是钢琴线。这位抗德英雄留名课本，生前死后都备受赞誉，是孩子们的偶像。

然而，莱贝特少校本人难道不是个超越社会规范的存在吗？他被誉为完美的爱国者，但他并不是为法国的荣耀而牺牲的。法国的荣耀为平凡夫妻及子女的平安人生而存在，也是他们平安人生的别名。

莱贝特少校选择成为历史要求的齿轮，对这样的人生毫无怨言。齿轮虽只是部分，但历史这一整体的伟大同样会传给渺小的齿轮。少校是马克思主义者，当然具备这种逻辑，不过，他确实拥有凡人无法企及的威严与魄力。

1　法国作家司汤达所作小说《红与黑》的主角。

2　俄国作家陀思妥耶夫斯基所作小说《罪与罚》的主角。

3　约瑟芬·博阿尔内，拿破仑的第一任妻子，法兰西第一帝国皇后。

4　《红与黑》中诱惑于连与自己相爱的女性角色。

5　《罪与罚》中的女性角色，身为妓女却拥有高尚的灵魂。

年轻时，莫伽尔和巴贝斯正是被他这种人格所震撼和吸引。他们如同落进蜘蛛网里的小蝴蝶，久久无法摆脱莱贝特少校身死带来的诅咒——不，或许现在也未能摆脱。他们无法否定他的魅力，因此并非是摆脱了他的影响，只是记忆逐渐模糊，越来越少想起他而已。

毋庸置疑，莱贝特少校是个伟人。然而，为了成为理想的历史齿轮，他舍弃了许多东西，其中最重要的或许就是夫妻之爱、平凡家庭的幸福，又或所谓的平静安稳。他近乎苛刻地彻底否认了人类渴望平稳的弱点。

初次见面时，莫伽尔就觉得那个日本青年和莱贝特少校极其相似。他们的酷似之处，或许正是足以实现大写的正义、伟大和理想的出众个性。

然而，莫伽尔和普通巴黎平民只能想象小写的正义，他们在自己的小世界里自得其乐，对他们而言，这种个性或许是味烈性药。用得好是药，倘若使用方法有误，那就成了可能致死的剧毒。

想象一下吧。假如莱贝特少校并未遭到盖世太保残杀，战后会过上怎样的生活？他渴望的生活方式，恐怕不是当个成功的国会议员或政治家，而是成为颠覆第五共和国的革命阴谋家，成为破坏社会的"铁锤"。

莫伽尔无法摆脱这种想法。他抵抗军时代的战友、曾在拉鲁斯家谋杀案中遭到怀疑的伊冯·杜·拉芙南少校就是如此生存，如此死去的。

想得越多，结论便在暧昧的浓雾中沉得越深。唯一清楚的结论是，父亲没有干涉女儿爱情生活的权利。就算女儿爱上了恶魔，父亲也不能拒绝她选的男人，转而强迫她接受自己的选择。这是托起法国荣耀的原理之一，大革命之后二百年，法国人就是这么活过来的。

警官不是莱贝特少校那种被选中的英雄，而是路边咖啡店里平凡愚蠢又可爱的无数巴黎平民的看守。他为他们的安全与和平活了大半辈子，这就是他的想法。

警车驶过奥特伊门地铁站，在黑黢黢的布洛涅近郊住宅区一角一个急刹车，声音尖锐地停了下来。布洛涅和帕西同为十六区的著名住宅区，但后者多见高级公寓，这一带则多为豪华的带院独栋。

莫伽尔看看手表，快过一点半了。多亏巡逻车喧嚣的警笛声，前方挡路的车辆被赶到行车车道或路边，他们花了二十多分钟就从蒙马特赶到了布洛涅。

透过雨水打湿的挡风玻璃，莫伽尔看见两名巡警冲到路上。他们拼命挥舞电筒，身上的夏季制服被冷雨浸了个透。车中巡警用力踩下刹车，嘀咕道："蠢货，被撞了我可不管。"

"莫伽尔警督？是莫伽尔警督吗？"

警车车门一开，巡警兴奋的声音就涌入车内。情况特殊，案发地是金融界名人的宅邸，在总部的莫伽尔警督来之前，区局巡警连现场都不能看，大概很是束手无策。

莫伽尔让代替出租车的十八区警车回去执行巡逻任务，自己下车走进细雨之中。巨大的铁栅门在黑暗中巍然耸立。看来风言风语没说错，哪怕在豪宅鳞次栉比的布洛涅住宅区，达索宅的规模也属最高级别。冷风吹来无数雨滴，无情地敲打莫伽尔的脸颊。

寒意缠身，莫伽尔不禁一颤。这都五月底了，气温却不知到没到十摄氏度。春季雨衣不足以御寒，就算在外套下面再穿件毛衣也不夸张。

夏日将至，气候却如晚秋。莫伽尔琢磨着，季节是倒退了两个月，还是越过夏与秋前进了半年？雨沾湿了他的头发和雨衣双肩。穿制服的老巡警正不停按着门柱上的门铃。

"跟我说说情况吧。你们怎么知道这宅子里意外死人了？"莫伽尔冷静地询问身旁的年轻巡警。

"我们警局接到了紧急报案电话，一个女人说奥特伊门的达索宅出了谋杀案。她也没说别的，直接就把电话挂了。虽然可能是恶作剧，我们还是开车赶来了。可是，这宅子里的人根本不来开门，侧面木门也从院里上了锁。

"这太奇怪了。我正和搭档商量要不要硬闯，局里突然来了个无线电信息，说总部的莫伽尔警督正从自家赶往现场，让我们在门口等警督来。"

"你们是几点到的？"

"女人是十二点半报的警，我们是十二点四十五到的。"

两名警察一边监视达索家，一边等待警督，在冷雨中足足站了四十五分钟。莫伽尔慰劳他们道："辛苦了。这段时间，你们看见过可疑的人吗？"

“我监视大门时，我的搭档绕墙查了一圈，没看见什么可疑的人。不过……”

“不过？”

“我们刚到不久，就看见一辆汽车从东边小路冲到正面大路上，直接开走了。天这么黑，我们没看见车牌号，但能保证那是辆蓝色的雷诺18。这个情况，我们已经用无线电跟局里汇报过了。”

仅凭一通不明真假的报警电话，警方无法确定是否真出了事。虽然刚赶到就看见可疑车辆离开，却也不能因此就抛下现场去追车。莫伽尔沉默地点点头。这时，正门旁的便门终于开了。

“是莫伽尔警督到了吗？”

一名中年男子把便门推开了条缝。此人貌似宅中管家，正满眼狐疑地看着莫伽尔。他恭敬得略显神经质，用发油梳好的褐发沾满雨滴，个头高挑却极为消瘦。就因为这瘦弱的体格，身穿高级黑色制服的他仿佛一把会走路的蝙蝠伞，让观者颇感滑稽。

“我就是总部的莫伽尔。”警督自报家门。

“我是管家达朗贝尔。莫伽尔警督，您请进，另外两位麻烦在外等候。我家老爷说，有东西想让警督看看。”

两名巡警为管家的话愤慨不已，莫伽尔则稳重地制止了他们。屋主是巴黎市市长的好友，甚至有本事把总警监从现在的位子上踢下来。虽然不快，但他们目前也只能看对方脸色行事。

在管家撑起的伞下，警督穿过便门，踏进了达索家的地盘。不合时节的雨打落树叶，管家手持雨伞，快步走在铺满落叶的石板路上。

他神色淡定，不露情绪，但内心大概颇为动荡。

院门到屋门之间，一条古老的石板路久久蜿蜒，仿佛在眺望院中两侧的树木。暗夜中的树林不知纵深几何，顶着雨水凝然蹲踞。这哪像庭院绿植，几乎是高卢密林。

院中满是树龄不明、静静沉陷在深夜黑暗里的巨树。石路左右，除连绵不绝的七叶树之外，还有许多高大的杉树和榆树。这地方不愧有林中屋之称，无数大树的枝叶郁郁苍苍，交织出一片不似私家庭院的广阔森林。

院门到屋子的距离超过一百米。时值深夜，达索家的大小屋子却都灯火通明。屋子中央主体部分是两层石楼，左右两翼则修了第三层。大宅整体是两层建筑，屋顶两端应该是塔楼之类的结构。

莫伽尔警督想，这或许是第二帝政时期[1]贵族或富豪修建的别墅。在那个年代，绅士、贵妇，乃至高级妓女玛格丽特·戈蒂埃[2]都会乘坐私家马车在香榭丽舍集会，当时的潮流，就是在香榭丽舍与赛马场所在的隆尚之间修建别墅。

大宅正面有条气派的车廊，原本应该是供人上下马车用的。车辆西侧的铺沙空地像是客用停车场，如今只孤零零地停着一辆茶色的雪铁龙DS。主人家的车好像停在停车场左侧的砖造车库里。

这辆高级雪铁龙应该是访客的车。停车广场约能容纳三十辆车，派对或宴会之夜，房门旁的宽阔空地上想必停满了雪铁龙DS、奔

1　即法兰西第二帝国时期，1852至1870年。

2　小仲马小说《茶花女》的主角。

驰、捷豹等来客的豪车。

莫伽尔登上门口半圆形的台阶，终于来到屋门前。如此深夜，钉满青铜铆钉的豪华双开门竟左右大敞。在数倍于成人身高的巨大门扉前，一名中等个头、四十岁左右的男子迎接了莫伽尔。

共和国的新精英阶层时兴学习美国人，这名男子大概也有意减肥，在会员制的健身中心锻炼过身体。和莫伽尔那位努力健身却依旧肥胖的局长上司不同，他的身材宛如网球运动员，纤细苗条，不见赘肉。

"我是弗朗索瓦·达索。抱歉，这种雨夜还让您专门跑一趟。"

男人身穿高级毛线开衫，颈系阿斯科特式领带。他清清嗓子，用仿若咽喉疼痛的沙哑声音如此说。著名实业家弗朗索瓦·达索是位气质刚健的英俊男子，他坦然的态度与富豪身份相符，完全不见三十年前合家遇难的阴影。

据说，弗朗索瓦·达索战时隐姓埋名，在天主教的寄宿学校避难。他父亲埃米尔·达索、母亲和两个姐姐都被追捕犹太人的盖世太保抓进了集中营，只有藏身寄宿学校的他幸免于难。

父亲虽然奇迹般生还，母亲和两个姐姐却都在集中营惨遭杀害。为"最终解决"犹太人问题，日耳曼孕育了纳粹这一疯狂产物，残忍的魔爪同样给达索家留下了无法治愈的深刻创伤。

达索战前就是著名的犹太资本家。在弗朗索瓦之父埃米尔的预判下，家族大部分财产战前就被转移到了美国和瑞士。埃米尔·达索精力充沛，战后，他仿佛想夺回被集中营抢走的时间，接连创办新事业，均取得巨大成功。

在埃米尔手里，达索家的财富涨了好几倍，甚至可能是几十倍。很遗憾，莫伽尔不甚关心富豪荷包的内容，无法做出正确的判断。

埃米尔·达索约十年前病逝，家业由长大成人的儿子继承。弗朗索瓦展现出不逊于父亲的经营才能，据说还成了老友巴黎市市长的经济政策顾问。在弗朗索瓦的操办下，达索家产业越发壮大，如今已是囊括三十家大小优秀企业的大财团。

"您好，达索先生。总警监打电话跟我说，您这里好像有人意外死亡？"莫伽尔警督言辞慎重地问。

"您先来看看吧。细节之后再说。"

进门是间大门厅。厅上天花板呈圆盖状，三面墙用白色灰泥抹得漂亮平整，还挂着大幅肖像画。画中有身着正装的中年男人，有时髦的黑衣青年，还有成熟的美女。达索家代代都是著名的美术品收藏家，宅中肯定藏有地方小美术馆难以企及的大量名家画作。

莫伽尔警督推测，这些应该是被大卫[1]逐出师门后自杀的格罗[2]的作品。娜迪亚的母亲爱好绘画，他们谈恋爱时常在卢浮宫晃悠。正因缺乏约会资金，他掌握了这些知识，大致能认出在古典派和浪漫派之间摇摆不定的悲剧画家的风格。

门厅中央镇着个大玻璃盒，里面摆着一座古董模样的立方体大钟。内置机械装置的纵长外箱通体漆黑，光泽明艳，镶有宝石，是件

1　雅克·路易·大卫，法国著名画家，新古典主义画派的奠基人。

2　安东尼·让·格罗，法国新古典主义画家。

华丽的艺术品。倘若这只和莫伽尔身高相当的箱子用了涂漆工艺，那它一定产自东亚。

大钟钟盘朝上。与成人胸口等高处有五个圆形钟盘，中间的最大，四个较小的环绕四周。五个钟盘都罩在半球形的玻璃里。

中央钟盘以白银为底，饰有金色藤蔓纹路，嵌着十二颗生辰石。刨除豪华的做工，它只是件普通的产品。其余四个钟盘更具匠心。

每个钟盘中间都镶着一座少女胸像。她们梳着各国传统发型，以双臂代替指针，衣服也是各国的民族服饰。

陶瓷少女人偶色彩明艳，分别代表了英国、普鲁士王国、奥地利帝国和俄罗斯帝国，四个在滑铁卢打败拿破仑的国家。四个钟盘上的指针交叉相会，显示出四国首都伦敦、柏林、维也纳和莫斯科的实时时间。

"这是塔列朗[1]的钟。"

达索快步穿过门厅，简单做出说明。这些古董藏品真不得了，莫伽尔再次敬叹。法国外交部长塔列朗在维也纳会议上披荆斩棘，会特别定制这种时钟并不奇怪。把法国人摆在中间，把战胜国代表挤到一边，岂不正符合这位谋略家的作风？莫伽尔一边苦笑，一边理解了这个设计的用意。

门厅深处是上楼的大理石阶梯。达朗贝尔管家慎重地带领着主人达索和客人莫伽尔，缓缓登上了豪华不似私家设施的正面楼梯。

1　夏尔·莫里斯·塔列朗，法国大革命时期的政治人物，曾任法国外交部长、外交大臣、总理大臣。

　　楼梯一路通往二楼天花板，在大宅北侧的横长楼梯平台前转往反
方向。楼梯平台上方是高需仰视的天花板，天花板上挂着一盏精致的
水晶大吊灯。楼梯到头之后，只见一条道路东西延伸，正面是二楼的
中央大厅。

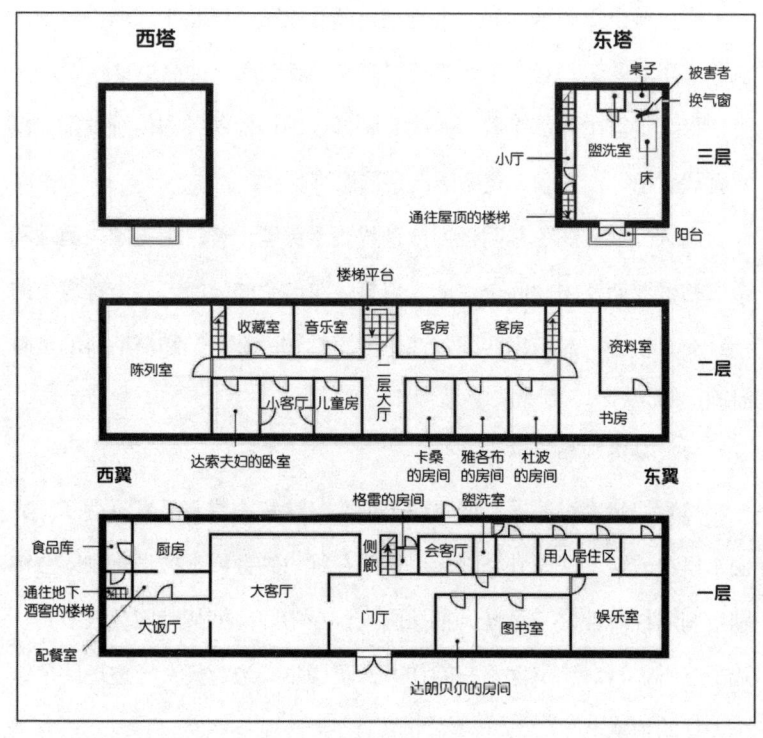

达索家内部

　　二楼大厅有尊看似罗马中期复制品的等身阿波罗像。站在楼梯上
往厅南看，只见尽头窗边铺着藤蔓花纹的波斯地毯，地毯上摆着把貌
似贵重古董的四脚安乐椅。

　　管家走过石像，踩着红白相间的地砖，沿走廊向东而行。走廊左右是大小房间的房门，门与门之间零落挂着印象派的绘画。莫伽尔警督发现了在画集里都没见过的罗特列克[1]和罗兰珊[2]的作品，不禁发出一声叹息。

　　建筑东侧尽头是扇房门，门左侧是又一道楼梯。它比正面楼梯更陡，宽度不足其四分之一，应该通往东侧塔楼。二楼反方向肯定也有一道通往西塔的楼梯。

　　楼梯地上、墙上都露出了灰黑色石材，看上去略显荒凉。在管家带领下，一行人登上在途中弯曲转向的陡急楼梯，来到一间屋顶低矮、地铺粗糙石砖的小厅。

　　此处设计和一楼、二楼漂亮的大理石地板天差地别，怎么看都不像是住人的地方。小厅尽头石墙上有扇小铁门，门后应该就是屋顶。铁门上有道沉重的门闩，眼下锁得严严实实。

　　站在楼梯上看去，小厅左侧有扇半开的门。此门注重实用，坚固无比，不是楼下那种工匠手工做的工艺品。达索指向这扇外侧装着一上一下两道新门闩的门，低声对莫伽尔说："警督，就是这个房间……"

　　管家领命留在小厅，达索和莫伽尔则从半开的房门走入室内。进屋瞬间，庞大的空虚袭击了警督。这个矩形空间空无一物，就像搬家

1　亨利·德·图卢兹·罗特列克，法国后印象派画家、近代海报设计与石版画艺术先驱。

2　玛丽·罗兰珊，法国女性画家、雕塑家。

后的遗骸。诸多木梁如伞骨般支撑着石顶。地板到天花板约有五米。

十数根木梁汇聚于天花板中央一点，一颗灯泡自此垂落，清冷地照亮过分宽阔的房间。大厅单是使用面积，就足足有莫伽尔警督公寓总面积的几倍之多。和楼梯一样，这里的地板和墙壁也都露出了原本的石材，仿佛中世纪的城堡。

大厅东北角靠墙处有一张小桌，一把椅子。桌上摆着一台老式黑色电话，桌旁约两米处，靠东墙放着一张简陋的床。

南面是通往阳台的双开玻璃门，床和桌子之间、东墙靠近天花板的地方，有个换气用的小洞。厅北中央有个板材围起来的凸出部分，是间和桌子并排的木墙小屋。小屋涂着白漆，屋墙上有扇连接大厅的室内小门。应该是盥洗间吧，莫伽尔警督想。

很多老旅馆都没有独立卫浴，为了提升星级评价而在客房里补建盥洗间时，就会修成这样。

莫伽尔警督从门口走进宽阔的房间，向左斜前方走去，然后停下脚步。床和桌子之间有具老人的尸体。尸体呈仰卧姿态，头朝西南，脚朝东北，后头部可见红黑污渍。警督在尸体旁边蹲下，用专业眼光观察起来。

死者身穿一套并不高级的麻制西服，衬衫领口大敞，衣褶满是污垢。他左手戴了只与装扮不符的高级手表。这件奢侈品似乎是新的。表的秒针还在正确计时，分针却莫名晚了七分钟左右。

莫伽尔警督想到了在石头上撞死的海狸。干瘦的老人身高一米七左右，大概年过六十，额间到头顶秃成一片，左右太阳穴还留有略带金色的斑白头发。他眼眶凹陷，脸颊干瘪，满是皱纹，脸部晒成热带居民般的黄褐色。

死者惊恐地瞪圆双眼，露出正在变灰的蓝色瞳孔。他嘴巴大张，可以看到门牙并非假牙，坚固得和干瘪的肉体与年龄颇不相配。这可能就是警督联想到痴呆老海狸的原因。

莫伽尔以犯罪调查专家的慎重动作扭过死者的头部。死者脑后稀疏的头发被伤口流出的血液染红，头部可见严重撞伤。他仔细观察伤口状态，只见头盖骨有所凹陷。

血液同样染红了头部下方的石地板，尸体周围则不见其他血痕。如果死者后头部撞上了石砖，肯定就是撞在尸体头部刚才接触地面的位置。虽不能无视死者遭钝器击打后被搬来此地的可能性，但在那种情况下，地板同样会留有血迹。尸体右手拇指根部有处割伤，但伤口不深，血液已经凝固。

屋主靠在门口房柱上，注视着蹲在尸体旁边仔细检查的警督，慢悠悠地开了口：

"应该是踩滑了，后脑勺撞在石砖上摔死的。老年人的反射神经和力量都有所退化，这种不幸的意外很常见。如果意外死亡也必须验尸的话，希望您能帮忙安排一下。"

"这自然。我会叫法医和我的下属来。"

莫伽尔言辞恳切，语气中却有种不容分说的力量。达索听出他要立案检查老人的尸体，于是不快地皱起眉头，用感冒病人似的沙哑声音反驳：

"我认为没必要，莫伽尔警督。如果交给区局巡警，他们可能会在我家一直闹到确定意外死亡为止。正因如此，我才联系总警监，让他派个能独自判断处理的高层过来。"

"如果这件事只可能是意外死亡，我也很愿意答应您的请求。然而，很遗憾，我不能这么做。"警督的语气充满遗憾。

"为什么？只要了解完情况，你也会接受的。路易斯·隆卡尔明显是死于意外。退一百步讲，也是死于自杀——如果真有人会故意倒下去撞在石板上自杀的话。"

不是意外就是自杀。弗朗索瓦·达索的口吻带着奇妙的确信。此外，他还在发言中不经意透露了被害人的名字。路易斯·隆卡尔，是西班牙名字，死者的外表却不太像西班牙人。他一把年纪却穿得颇为讲究，脸上皮肤还晒成浅黑色，基于这种种因素，莫伽尔依靠警察的直觉，怀疑他可能是美国人。

也可能是英国人或德国人。莫伽尔含糊地想。不过，伊比利亚半岛也有不少金发碧眼的人，不能仅凭发色和瞳色就断定他不是西班牙人。他的肤色类似南部居民，说是西班牙人反而更恰当。

"达索先生，我之后再向您问情况。至于现在，能先让在门口待命的区局巡警进来吗？"

"莫伽尔警督！"达索愤怒地大叫。

莫伽尔对这位大人物的怒吼置若罔闻，平静地把尸体翻了个面，露出上衣后背上的一大块血迹。警督拿出说服的语气，对身后的男人说：

"如您所见，达索先生，被害人身上有道从后背直达心脏的贯穿伤。要不是马戏演员，没人能这样从背后轻松刺穿自己的心脏。再说，尸体周围也没有凶器。尸体右手有一道浅伤，可能是和凶手扭打时留下的。妥当起见，我们应该假设这是他杀，并且展开搜查。"

"这怎么可能……"面对历历在目的他杀证据，达索嘴唇发颤，茫然呢喃。

他好像确实相信这起事件不是意外就是自杀，绝无他杀的可能。不过，还得再等一会儿才能确认被害人的死亡情况。莫伽尔从尸体旁边站起身，向门外探出头，对站在楼梯平台上的达朗贝尔管家说：

"请立刻叫门口的警察过来。"

然而，一袭黑衣的消瘦老管家直挺挺地站在原地，毫无下楼叫警察的意思。他平静地无视了警督的话，一脸"只在主人达索的命令下行动"的顽固表情。

可能得展现几分威严了。警督皱着眉走向门口，就在此时，屋里的达索用不容置喙的语气向管家下了令：

"按警督说的做。"

达朗贝尔默默行了一礼，殷勤地领了主人的令，静静消失在楼梯口。警督目送他离开，随即返回室内，一边用久经考验的眼光审视现场，一边干劲十足地在大厅里踱来踱去，以寻找杀死老人的凶器。凶器虽然不在尸体附近，但有可能掉在屋里某处。

警督掀起自床铺左右垂落的床单和被褥，弯腰窥视床底，慢慢从外套口袋里掏出了手绢。他找到了一枚五法郎的镍币，以及不是凶器但仿佛是凶器一部分的东西。看着这柄没有剑身的短剑，莫伽尔眯起了双眼。

"达索先生。"

警督向满脸苍白、呆立不动的男人展示刚发现的短剑剑柄。他杀的讯息让达索饱受冲击，他浑身虚脱，但还是努力振作，给出了回应：

"这是什么？"

他看向警督掌中被手绢半包的物品。剑柄头部圆润，并排深深刻着两个如尼字母[1]S。护手设计为一只左右展翅的鹫，护手正下方剑身折断处则有个清清楚楚的纳粹党徽装饰。

众神有把剑，它由祖父奥丁传给父亲西格蒙德，又成了儿子齐格弗里德的爱剑。对了，那把剑叫诺顿。莫伽尔想。他会想起日耳曼神话的主神和雷神奥丁，是因为纳粹党卫军的闪电徽章，还是因为短剑折断的状态？

受亡妻影响，莫伽尔对歌剧多少有些了解。他想起了瓦格纳的《女武神的骑行》，想起了奥丁把诺顿魔剑交给儿子西格蒙德的故事。

然而，西格蒙德犯下兄妹乱伦之罪，致使父亲奥丁大发雷霆，用雷电将本该永不断裂的诺顿劈了个粉碎。后来，齐格弗里德遍寻勇者之剑，最终重新冶炼了诺顿的碎片……

1　即Runes，一般指卢恩文字，是一类已灭绝的字母，在中世纪的欧洲用来书写北欧日耳曼语族的语言。

警督开口道："好像是纳粹党卫军的短剑。我十几岁的时候，曾经见过侵略巴黎的党卫军军官把这种剑别在军服上。这是您的吗？"

"当然不是。你倒是想想，那群疯狗让我家遭了多大罪，我怎么会把纳粹的短剑放在家里？"达索一副唾弃的口吻。

"也没见过是吗？"警督再三确认。

达索默默摇头，一脸被迫目睹秽物的冷漠不快的神情。莫伽尔用手绢谨慎地重新裹好沉甸甸的剑柄，将它放进外套衣兜，随即若无其事地问屋主：

"被害人叫路易斯·隆卡尔？他是什么人？"

"玻利维亚的掮客，来巴黎谈生意的。他在我家这个房间住了三天，是五月二十七号晚上七点左右到的。"

"你们是熟人？"

"不。他这次来巴黎，我们头一回见面。"

"你们要谈什么生意？"

"玻利维亚有个银矿主想让我买他的矿山，委托隆卡尔提供收购方案。我在玻利维亚没有分公司，如果让阿根廷的分公司处理，这桩生意又太大了，很难做决定。所以，为了直接交涉，隆卡尔就到巴黎来了。"

"隆卡尔的委托人是谁？"

"抱歉，矿山和矿山主的情况，我都无可奉告。对方情况很复杂，要求签合同之前都秘密交涉。"

"您是说商业机密？"

哪怕警督对自己不配合的态度语带责备，达索依旧泰然处之，打着秘密交涉的幌子，一脸再也不肯多说的顽固表情。虽然犯罪动机可能和巨额买卖合同有关，但眼下就算继续追究隆卡尔委托人这条线，似乎也挖不出什么有用的情报。

莫伽尔话锋一转："案发当时，您家里有哪些人？"

"有三个客人，还有三个用人。"

一个呼吸的空白后，达索给出了回答。他的语气如受人催逼般急躁，令莫伽尔感到颇不自然。看来，这个话题让屋主有些紧张。

"您的家人呢？"据莫伽尔所知，达索太太是个公认的美女，在巴黎社交界颇受欢迎。

"我妻子和我十岁的女儿，四天前就去了勒阿弗尔的别墅。司机、侍女和保姆也跟她们一起。留下的用人是管家达朗贝尔、厨娘莫妮卡，还有男佣格雷。"

三口之家有六个用人。这看似奢华，却可能是法国屈指可数的资本家家庭的常态。问题在于，隆卡尔留宿达索家之前，达索的妻女已经去了勒阿弗尔的别墅。这难道不像是屋主为招待隆卡尔而赶走了家人吗？

是因为她们会干扰商谈吗？但这宅子这么大，一两个客人不可能影响家庭生活。那么，是达索有什么特别的理由，不想让妻女知道隆卡尔上门留宿？

"用人的情况我明白了。三位客人是？"莫伽尔继续问。

"卡桑、雅各布老先生，还有杜波小姐。"

"他们是什么人？"

"埃德加·卡桑是我父亲多年来的保镖，亨利·雅各布是我父亲的主治医生。家父死后，他们都辞去了达索家的工作，前往乡下生活。不过，他们毕竟在家父身边待了很久，我还是会经常请他们到家里来聊聊天，商量商量事情。

"克劳迪恩·杜波的父亲丹尼尔也是家父的老友。丹尼尔·杜波病逝后，家父成了她的监护人。家父死后，则由我继续照顾她。"

"今天晚上，他们是偶然碰上的吗？"

"不。卡桑和雅各布早就认识丹尼尔·杜波的独生女。我跟他们三个有段时间没见了，趁妻子出门，就问他们要不要过来住个两三天。他们三天前就在我家了。"

"是五月二十七日对吗？"莫伽尔确认了日期。

"对。是开始下反季节雨的那一天，二十七号晚上八点。"

就达索的证词来看，路易斯·隆卡尔到他家那天，三位客人也开始在此留宿。莫伽尔提出了一个理所当然的问题：

"他们跟你和路易斯·隆卡尔要谈的生意有关吗？"

"没有。隆卡尔逗留，卡桑、雅各布、克劳迪恩留宿，这两件事没有任何关系，只是时间刚好撞上了。"

听了他的辩解，莫伽尔露出苦笑。这番话明显是谎言，连小孩都不会上当。妻女前往别墅，玻利维亚人路易斯·隆卡尔逗留达索家，与此同时，上一代就有交情的三位朋友也留宿家中——这三件事显然有关，还是那种不想告诉警察的关联。

就算所有人都对好了口供，也一定会露出马脚。只要一个个证人执拗地问下去，自然会让达索试图掩盖的真相浮出水面。莫伽尔警督一边这么想，一边将话题推向核心：

"发现隆卡尔尸体时的情况是什么样的？您能说说吗？"

达索不知是在整理发言内容，还是在绞尽脑汁地拼凑逻辑，他两眼空空地看了好一会儿空气，这才清清嗓子，慢条斯理地说起来。

"七点的时候，我们在饭厅吃了晚饭，饭后，我们在一楼的大客厅聊天。"

"加上隆卡尔，晚饭一共是五个人？"莫伽尔提问确认，而达索摇了摇头。

"不，是四个人。隆卡尔让我们把三餐送到他房间，他一直都是一个人吃的。他是玻利维亚人，只会西班牙语和英语，不懂法语，大概觉得一起吃饭很拘束。卡桑可能喝醉了，是第一个离席回客房的。第二个是克劳迪恩。卡桑虽然酒量很好，但毕竟已经五十多岁了，不像以前那么能喝，最近总是醉得很快。"

"他们是几点回房的？"

"卡桑是十一点过上的二楼，克劳迪恩应该是在他之后半小时。我和雅各布老先生在大客厅又聊了一会儿，门厅的大钟报了十二点之后，我们就转去二楼的书房了。"

"那座时钟五个钟盘里，报时的是哪一个？"

"中间的，调成巴黎时间的那个。边上四个分别是伦敦、柏林、维也纳和莫斯科时间，都不会报时。"

"明白了，巴黎时间的十二点对吧。你们两位是一起上的二楼吗？"

"我们一边聊天一边上了楼，然后我先去了书房。书房在二楼东边，也就是东塔这间大厅的正下方。雅各布回了一趟客房，把诊疗用的小电筒带了过来。我前一天开始喉咙就不太舒服，所以让他上楼之后帮我简单看看。

"雅各布用笔形手电看了我的喉咙，说是没什么问题，只是跟小时候一样扁桃体发炎。后来我们就聊到了童年，一边喝白兰地一边说闲话。就在这时，我们突然听到了惨叫，天花板上还发出了刺耳的响声。

"叫声可能是从窗户传进来的。现在虽然是春天，但因为实在太冷，书房也开了暖气。可暖气又太热，所以书房门和南边的窗户都半敞着。这栋房子毕竟是十九世纪建的，就算是新式暖气也很难调节微妙的温度。"

"您听到惨叫的时间是？"

"十二点零七。我不知道出了什么事，下意识看了眼挂钟，所以时间应该是对的。雅各布跑出书房，我晚了一步，也追着他赶了过去。我们冲上书房旁边的楼梯，发现隆卡尔倒在这个房间里。从我们听到响声到抵达这里，应该不足一分钟。"

为了把握响声和叫声的源头，先冲上楼梯的不是屋主，而是做客的老人。莫伽尔对此起了疑心，但没有深究，而是选择继续谈话。细节可以稍后确认，现在应该先掌握案件全貌。

"隆卡尔当时的状态是怎样的？"

"跟现在一样，仰面倒在这个地方，后头部有血污。雅各布给他把了脉，还用眼镜镜片探了他的鼻腔和嘴角。镜片没有因为呼吸起雾，我也在雅各布的指示下摸了他的手腕，没摸到脉搏。

"不过，其实根本不用这么检查。隆卡尔脸白得跟吸血鬼一样，眼睛瞪着眨也不眨，四肢也一动不动，肯定是在地上撞碎头盖骨死了。"

"您是凌晨一点左右向总警监报的案。达索先生，这距离案发足足有五十分钟，这段时间，您都做什么了？"

警督找准机会，抛出了关键问题。虽然达索可能不会坦白，但还是问一句为好。达索满脸困惑，夸张地耸了耸肩。

"确认隆卡尔心脏停搏、呼吸停止之后，雅各布从包里拿出笔形手电，开始检查他的瞳孔。我忍不住冲下楼回到书房，因为过于震惊，在书桌前抱头苦恼起来。就在这时，雅各布也气喘吁吁地回来了。"

"雅各布先生也是马上就回书房了？"

"是。"

怪事。莫伽尔想。常识而言，面对心脏停搏的尸体，医生难道不该努力个二三十分钟，尝试让死者复苏吗？隆卡尔明明有可能是假死状态，雅各布却丢下他的尸体回了书房。稍后必须当面质询此人，问问他为什么会做出这种医生不该有的举动。

达索沉痛地继续："说来惭愧，我虚脱了一段时间。达索家战时遭遇的灾难，你应该也有所了解。看到满头是血的尸体，我不自觉就想起了母亲和两个姐姐的悲惨结局。除父亲和我之外，达索家所有人都死在了纳粹集中营里。"

"请节哀。"莫伽尔只能如此回答。

"雅各布给了我一杯白兰地。过了一会儿，我冷静下来之后，达朗贝尔敲响了书房的门，说门前有巡警在闹，问我该怎么办。

"隆卡尔的死显然是意外。我没必要让一大群巡警乱翻我家，也不愿意让他们进来。我想了想，决定直接向老熟人总警监汇报案情。之后大概过了半小时，莫伽尔警督，你就到我家来了。"

"在这期间，有人进入杀人现场吗？"

"没有。我和雅各布发现尸体之后，没有任何人上过东塔。书房的门半敞着，楼梯口看得很清楚。

"先不说虚脱状态的我，为了保证没人进入意外现场，雅各布一直盯着楼梯。后来他跟我说，没有任何人上下楼。我命令达朗贝尔把所有人都叫来大客厅，而雅各布前往客厅，对客人和用人简单说明了隆卡尔出意外的情况。

"达朗贝尔打内线电话告诉我你到了之后，我就下楼到门口接你了。雅各布下楼到我下楼之间，没有任何人经过书房去塔楼。当时我已经恢复冷静，能够清楚明白地做证。"

莫伽尔警督透过盥洗间的门往里瞧了瞧，问："发现尸体时，您看过盥洗间里面吗？"

"没有。为什么要看？"

"凶手或许藏在里面。"

"当时，雅各布和我都相信隆卡尔是踩滑摔死的，根本没想过有凶手。"

盥洗间是个小房间，和面积一比，天花板高得异常。进门右手边是洗脸台，再往前是便器，没有洗浴设备，非常简朴。

莫伽尔警督大致掌握了事件轮廓。他讯问过几百个证人，直觉告诉他，达索话中没有刻意的谎言，问题可能出在他没说出口的话。然而，弗朗索瓦·达索毕竟是金融界的权威人士，要逼他说出隐瞒的事实，还是先多确切掌握些情况为好。

楼梯方向传来混乱的脚步声，区局巡警终于抵达了东塔现场。两名巡警站在门口，战战兢兢地向室内张望。莫伽尔雷厉风行地给他们下达了指示：

"你们也看到了，是谋杀案。你监视现场，你立刻联系区局和总部，让他们做必要安排。我要联系我的搭档，借用一下电话。"

现在这个时间，单身的巴贝斯探长如果没跟众多情人中的某一个在一起，应该就是在自己家。若非如此，状况就稍显棘手了。不过，为了解决里昂车站的大规模枪杀案，巴贝斯也不眠不休地奋力工作了好几天。就算他精力充沛得像头雄海豹，今晚也该独自在家呼呼大睡。

若能成功找到巴贝斯，下一步就该彻底调查杀人现场的门。打从看到小厅和东塔大厅间这扇门的第一眼起，莫伽尔就觉得它有些奇怪。普通门的门闩都在室内，东塔门的门闩却在室外小厅一侧。

在看到他杀的证据之前，达索坚信隆卡尔要么死于意外，要么就是自杀。莫伽尔有种强烈的感觉，他的信心和门外的门闩密切相关。

2

凌晨两点半。案发后已有两个多小时，塔内杀人现场里，莫伽尔警督紧急叫来的鉴证人员正专注于各自的工作。

一名身穿恶俗格纹外套和浮夸彩色衬衫的壮年巨汉向上司莫伽尔搭了话。他是警督多年以来的左右手，让-保罗·巴贝斯探长。不知为何，探长一脸狐疑地蹙着眉头。

"警督，有点可疑啊。这现场和被害人尸体都怪得很。"

"没错，很奇怪。"莫伽尔点头同意搭档的话，低声回应。

"要出入现场，必须走楼梯旁边的门，但这扇门外有一上一下两道门闩，还是一般用在屋里的那种。室内锁怎么会装在外面？而且锁的五金和螺丝都很新，看得出是最近才装的。

"我打开去阳台的玻璃门看了看，那外头还有扇百叶门，推不动也拉不开。我之后会再检查检查，但这肯定是用了什么加固材料，从阳台那面给钉牢了。屋里有电话，但电话线早就断了，没法用，拿起听筒也听不到通话提示音。

"这间屋子跟仓库一样单调，家具只有病床似的铁架床和简陋的桌椅。被害人穿的是西装，但没打领带也没系皮带。屋里也不见这两样东西。

"我们没找到被害人的包或其他物品，翻遍他的衣兜也一无所获，连块手绢都没看到。别说身份证了，他连钱包和现金都没带。警督，现场只有你在床底下找到的五法郎硬币。

"还有，除了门闩，房门内外两侧都有锁孔，不过，住在房里的这个男人好像没有钥匙。他身上没有，桌上和床上也没有，地板上我也找过了，照样没有。钥匙可能被凶手抢去，跟凶器一起带走了。"

巴贝斯满脸烦躁，浮夸地耸了耸肩。莫伽尔警督只找到了短剑剑柄，折断的大部分剑身不知所踪，只留了个五厘米左右的根。看来，刺进隆卡尔心脏的剑身，已经被凶手带出了现场。

"现场没找到短剑剑身。就算凶手砸了被害人的脑袋，也没看见能用来干这事的钝器。话说回来，凶手为什么只藏短剑折断的剑身？反正，我打算跟屋主说一声，请他允许我们在他家到处转转，直到找到剑身为止。我已经跟杜兰说过了，应该能查出被害人头上的伤是在石砖上撞的，还是被钝器打的。"

话中的男人是个顺风耳。一听巴贝斯提到自己，身穿不相称双排扣西装的秃头小个子男人就在尸体旁开开心心地冲他挥了挥手。这位是法医杜兰，一见到怪尸就格外兴奋。

瞧他这副兴致勃勃的样子，稍后应该能给出有参考价值的情报。莫伽尔想。杜兰虽然爱讲些冒犯死者的笑话，但确实是个优秀的法医。巴贝斯朝他点头致意，继续说：

"说真的，再蠢的人也会起疑心啊。被害人大概是被囚禁在这个从外上了两重门闩的塔楼监狱里了，就跟曾达城[1]的俘虏似的。之所以没有领带跟皮带，道理和警局看守所一样，是收起来防止他自杀的。从这些痕迹来看，谋杀之前还有绑架和监禁行为。那个叫雅各布的医生什么都不做就把心脏停搏的男人丢在一边，他那种不自然的行为大概也与这有关。达索那混蛋究竟是怎么狡辩的？"

巴贝斯指出了若干疑点，理所当然，警督也已察觉了这些问题。被害人隆卡尔没系领带和皮带。他明明是来自南美的长途旅客，东塔室内却没有旅行袋，没有护照，也没有身份证明。警方调查了缝有西班牙语商标的衣物，同样没找到任何有助于搜查的物件。

杀人现场这间大厅并不适合接待远客。室内虽有便器和洗脸台，却只配备了最低限度的简陋家具，石造的空间荒凉空旷，甚至连保护个人隐私的室内锁也没有。常理而言，这间荒废的大厅只能用作仓储。

门里没有锁，门外却有两道全新的门闩，通往阳台的百叶门也从外面钉得严严实实。正如巴贝斯所说，隆卡尔不可能是普通的留宿客。现场状况暗示着一个事实：被害人曾经遭到监禁。

达索是怎么解释的？警督并未回答巴贝斯这个问题，而是指着东墙靠北、近天花板的位置下了令：

"来个年轻人，爬到那个换气窗边上看看。"

"要什么年轻人，我上就行了。"

巴贝斯走到床和桌子之间的小窗下方，施展出与壮硕躯体不符的

1　安东尼·霍普小说《曾达的囚徒》里的城堡。

轻巧架势，开始攀爬东面墙壁。石墙并未上漆，石材暴露在外。如果用石块间的缝隙抓手蹬脚，应该能爬到离地面三米多的换气小窗旁。

片刻之后，杀人现场的地板猛一震动，巴贝斯从换气窗跳回了地板上。巴贝斯曾是重量级业余拳击手，年轻时还参加过国际比赛，运动神经至今仍未退化。巨汉轻松跳回一米开外的地面，一边拍打掌心沾的灰尘，一边报告：

"窗子很小，长宽都不到三十厘米，别说我，连被害人这种瘦小的老人都钻不过去。窗户没装玻璃，但是镶了铁栏。三十厘米宽的窗格，一共竖着嵌了三根铁棒。三根我都摇了摇，都很结实，纹丝不动。

"我打算待会儿搬梯子来仔细检查检查，但看样子也采不到指纹。铁棒全锈了。对了，警督，你怎么会在意这种小窗子？"

"如果那里也不能进出人，巴贝斯，这案子可能会变成疑案。"

"这话怎么说？"巴贝斯一副不赞同的语气，而警督默默耸了耸肩。

探长继续说："小窗和阳台都没有凶手入侵的痕迹，您也看到了，这两个地方就不可能进得来。我的直觉告诉我，下手的不是外人。瞧瞧这现场，门外汉都不会觉得是强盗干的。

"首先，强盗绝不可能潜入空无一物的三楼塔楼，对这个一脸穷酸相的老爷子下手。专业强盗都会找值钱玩意儿多的书房和卧室，这是常识。就算强盗不是从窗子进来的，我们也不用多想。因为凶手是明目张胆地走门闯进现场的。

　　"如果门里有锁着的室内锁，不撞开门就发现不了尸体，那就成了娜迪亚丫头最喜欢的密室杀人，很伤脑筋。

　　"不过，谢天谢地，情况没那么复杂。隆卡尔大概是被关在了塔里，他出不了房间，而宅子里的屋主达索，客人雅各布、卡桑、杜波，用人达朗贝尔、达尔蒂和格雷这七个人都能自由出入塔楼，至少能拔开门闩进屋。

　　"这样就剩下一个问题：除门闩之外，门外的钥匙锁有没有上锁？如果锁了，就不是每个人都能进塔楼，非得有钥匙的人才行。对我们来说，这种情况反而方便，毕竟只要找到拿钥匙的混蛋，就等于找到了凶手。"

　　巴贝斯探长一脸满足地说完了。这番推理可谓妥当。然而，巴贝斯并未目睹达索得知隆卡尔死于他杀时的惊愕表情。那个男人坚信隆卡尔死于意外或自杀，而他们应该很快就能知道个中原因。

　　此外，巴贝斯也不知案发时达索和雅各布一起待在书房。讯问涉案人员之前，莫伽尔最好和搭档共享一下已知情报。

　　"你来之前，我多少问了达索一些话。我还以为逼他几句就能水落石出，但调查好像没这么容易结束。"

　　"警督，这话怎么说？"

　　巨汉严肃地盯着警督。莫伽尔依序认真说明了已知事实。他说完后，巴贝斯摸着结实的下巴，发出了野兽般的呻吟。

　　"弗朗索瓦·达索，这混蛋也太搞笑了。他那证词漏洞百出，真以为能骗得过警察？"

"不，他大概是想缓口气。他明明没时间伪造逻辑缜密的证词，说的却也不是什么一眼就能看穿的幼稚谎话，并且成功隐瞒了案件核心。达索不愧是个能干的商人，头脑聪明得很。如果要让他交代所有情报，就得把他的退路统统堵死。"

巴贝斯愤懑地咬着嘴唇，用粗壮的手指翻开大开本的笔记本，从头到尾、一丝不苟地记下了警督的发言。片刻后，他自顾自地点点头，开始整理刚刚得到的信息：

"我大致了解了。第一个问题是路易斯·隆卡尔的真实身份。就算去找国际刑警组织，估计也拿不到什么有用的信息。要是西欧国家也罢，可他偏偏是从大西洋那头的南美来的。我们最多只能查到入境卡上登记的国籍、年龄、性别、职业之类。

"就算玻利维亚人路易斯·隆卡尔的确是不动产中介，我们也不知道他究竟为什么会来法国，又为什么会住在达索家。我不认为达索说的是实话。他就是编了个故事，用商业机密把我们挡在外面。

"第二个问题是，达索为什么会把家人送去别墅，又让卡桑、雅各布和杜波住在家里？这肯定和隆卡尔有关，达索却狡辩说他们同时留宿只是偶然。如果那三个人串好了口供，要揭穿他们的证词就不太容易了。

"第三个问题，从现场状况来看，隆卡尔并非自愿留在达索家，而是遭到了强行拘禁。第四个问题，达索发现尸体后五十多分钟才报警。警督，他虽借被纳粹杀害的家人在你面前辩解，但那根本就是胡说八道。

"事实很明显。他把三个客人——可能还有三个用人召集到屋里某个地方，跟他们串好了口供。只要有可能，他还想偷偷抛尸塞纳河，直接抹消整件事。

"然而，有个神秘女人报了警，区局警察到了家门口，他没办法把尸体运出去，只好给总警监打电话。这么说来，他觉得从总部叫个高层来就能息事宁人，把隆卡尔的死处理成意外？"

莫伽尔警督回答："应该是。他确实相信隆卡尔的死不是意外就是自杀。如果那是演的，那他演技也太好了。就算来的是我，只要没有明确的他杀证据，在达索这种大人物的压力下，也只能当作意外结案。"

"警督，我不是怀疑你的眼光，但我们还不能排除达索在演戏的可能。还有第五个问题，有个神秘女人给区局报了案，还有辆可疑车辆从达索家附近开走了。

"那个女人怎么知道隆卡尔被杀了？案发是十二点零七，她报案是十二点半。案发不过二十多分钟，外面的人怎么可能知道隆卡尔横死在宅子里了？报案的会不会是屋里两个女人中的一个，客人克劳迪恩·杜波或者厨娘莫妮卡·达尔蒂？"

"有可能。照达索的说法，管家达朗贝尔叫了克劳迪恩起床，跟其他人一起在楼下大客厅集合。听雅各布说明情况之后，她才知道出事了。"

"两个客人和两个用人被管家达朗贝尔叫到大客厅听雅各布说明情况的时候已经一点多了，克劳迪恩十二点半不可能向区局报案。不过，她也可能通过某种方法，在这之前就已经得知隆卡尔遇害。讯问这个女人时，一定要确认这个问题。"

此时已过三点。厨娘莫妮卡·达尔蒂被传唤至现场，其余涉案人员则都在巡警监视下的大客厅集合。五月底的黎明来得早，如果天亮前不让他们睡一觉，这群人可能会大发牢骚。巴贝斯摸着下巴，觉得自己说得颇有道理。莫伽尔看了看时间，对他说：

"为了掌握详细情况，讯问前先调查一下房屋结构。我请了达尔蒂太太给我们带路，她已经心神不宁地在门口等很久了。看完房子之后，我们再去楼下书房找涉案人员问话。"

"我没意见。不过，先让杜兰简单汇报一下吧。"

尸检终于结束，杜兰医生的助手正奋力把尸体放上担架。听到巴贝斯叫自己，微胖的中年男人磨磨蹭蹭地踱了过来。

"喂，杜兰，发现什么有意思的情况了吗？那老爷子是几点坐上开往天堂的巴士的？"

"放宽点说，差不多两到三小时前。"

杜兰看着手表回答。他身穿高档双排扣西装，手上却戴着只玩具似的塑料表，营造出一种参差不齐的滑稽感。但正如不在意自己歪掉的领带和皱巴巴的衬衫一样，他好像也并不在意这个。

巴贝斯探长咬着嘴唇问："十一点半到十二点半？这可没什么参考价值。不能再详细点吗？"

"从肛门温度、死后僵直、尸斑来看，只能得出这些结论了——如果是普通医生的话——不过，我长年的直觉在对我低语……"

"别装腔作势了，杜兰。"

"十一点五十分到十二点十分之间。差不多是这个点。"

法医杜兰的直觉很可靠。虽然前提是医学根据不充分，但他大胆推测的死亡时间从无巨大误差。巴贝斯满足地咕哝了一声。这样一来，就和达索说案发时间是十二点零七分的证词对上了。

"死因是？"莫伽尔问。

"还不清楚。解剖完应该就知道是头部钝器殴伤还是心脏刺伤了。头部伤口是狠狠地撞在十多厘米宽的平坦物体上造成的，头发和伤口上的微小物质与现场地板上的相同。

"结合前后情况考虑，凶器大概是石砖。既然其他地方没发现血痕，尸体应该就是在倒地的地方撞到后头部的。撞伤之后，尸体没被移动过。"

"总而言之，现在不明白是刺伤在先，还是跌倒在先。"莫伽尔沉吟。

"这个嘛，按通常思维，被害人应该是先被刺中心脏，然后在拔刀的反作用力下仰面摔倒，后头部撞在了石砖上。"

"先不管哪个先哪个后，捅进心脏的凶器是把匕首，刀身厚而细。我就只知道这么多了。"

杜兰医生说完目前所知的结论，带着尸体离开了。之后，莫伽尔和巴贝斯将鉴证人员留在杀人现场，也走出了大厅。

门口一脸慌张的莫妮卡·达尔蒂是个劳动者模样的气质亲和的中年妇女。她面色红润，身体健壮，系着一条白围裙。相比在外人面前始终严守保密主义的管家达朗贝尔，她可能会提供一些有助于掌握达索家内情的信息。

离案发已经过了两个半小时，足够达索指示用人怎么回答警察的讯问。然而，就算主人下令串通口供，只要巧妙引导，就一定能让他们露出马脚。

"这扇铁门通向哪里？"莫伽尔警督问在东塔小厅里等候的达尔蒂太太。

"塔楼屋顶。"她回答。

正如警督所料。离开塔楼大厅后，他们来到一个小厅状的空间，右手边是楼梯，左手边是扇小铁门。门上有道老旧却坚固的门闩。门闩上了锁，案发前后不可能有人从屋顶入侵大宅。

"麻烦你带我们从一楼开始看。"

达尔蒂太太紧张地带他们走下正面楼梯，首先来到门厅。圆顶大厅中央是收在玻璃箱里的塔列朗大钟。达索在证词中说，听见这座钟的十二点报时后，他去了二楼的书房。

警督对比了自己手表和大钟的时间。后者虽是老物件，机械却并无问题。中央钟盘指针所示时间和莫伽尔的手表完全一致。

一旁，达尔蒂太太骄傲地说："听说这座大钟是王朝复辟时代造的。达朗贝尔先生每天早上都会上发条调指针，时间几乎没错过。"

"报时的是中间这个巴黎时间的钟吧？"莫伽尔警督向她确认。除此之外，大钟还有四个钟盘。

"是的。周围四个小的都不会响。"

"报时声音大吗？"警督问。

"大着呢。一点敲一次，两点敲两次，在大客厅都能听得清清楚楚。"

那么，应该可以相信达索的证词，他和雅各布从大客厅前往书房的时间确实是深夜十二点——当然，前提得是没人故意调乱时间，后来又调回去。

达索家主体部分是东西走向的两层石楼，两端则搭了第三层的塔楼。楼南中央是大门，门厅尽头是正面楼梯。

离开摆着古董大钟的门厅，穿过左侧拱门，就到了富丽堂皇的大客厅，也就是晚饭后达索和三个客人聊天的地方。大客厅西侧南面是大饭厅，北面是厨房、配餐室、食品库，以及通往地下酒窖和仓库的楼梯。

建筑北面有条走廊，能让用人直接在厨房和用人居住区之间来回，无须经过大客厅和门厅。出了厨房，沿这条小走廊往东走，就能看到正面楼梯前的侧廊入口。侧廊朝南延伸，沿楼梯一线与门厅相连。从楼梯下继续往前到尽头，就到了东翼北面的用人居住区门口。

建筑西翼是大客厅、饭厅和餐厨设施，东翼则是会客室、图书室、娱乐室和用人居住区。重点在于，门厅东侧是管家卧室，自此能够监视大门；正面楼梯东侧是仓库改造而来的男佣房间，非常质朴。

东翼北侧右端汇集了达尔蒂太太、侍女、司机、保姆等用人的房间，还有专用小饭厅和盥洗间。宅子共有三个出入口，分别是大门、厨房后门，以及小走廊中央偏东处的后门。

达索家面积广阔，四面石墙高耸。南墙中央是正门，东墙偏北是侧木门，两扇门都有坚固的门闩。郁郁苍苍的树林几乎覆盖了庭院每个角落，只有大宅周围除外。

大宅门前有条车廊，西侧有个沙地广场，东侧是修有花坛与喷泉的草坪庭园，东塔正下方有个半圆形的石造水池，西塔下面也一样。大宅东、北、西三面都有宽约二十米的草坪，每片草坪上都有花坛，从草坪往前到院墙，一路都是密密匝匝的森林。

大宅后门砖路向北延伸约四十米后在森林中东转，最终抵达院落侧木门前。庭院里有三处建筑，分别是停车场西侧的大车库、大宅东翼前草坪庭园东南角的凉亭，以及宅子后门附近的工具棚。

"达朗贝尔先生的房间以前是个小会客室。老东家去世之后，家里用人也变少了。做门卫的让辞工之后，大门旁边的会客室就改成达朗贝尔先生的卧室了。

"那间房能看见整个大门和门厅，只要达朗贝尔先生在屋里，就没人能偷偷溜进来。达朗贝尔先生搬屋子的时候，格雷也搬到了楼梯旁边的房间里住。只要达朗贝尔先生在大门旁，格雷在楼梯旁，太太在二楼也能过得安心。"达尔蒂太太如此说明。

达朗贝尔房间的房门在北面，门外是一楼的中央走廊。房间南面窗里镶着藤蔓样式的装饰窗格，屋内一角放着电话交换机[1]。宅中大部分房间都设有电话，达索家私人房间、客房、用人活动区用的是专

---

[1] 电话交换机是一种特殊用途的用户交换机。它有若干电话机共用外线，当外线呼入时，可由任意一部话机应答，并可以转给所需的被叫。

线，各有各的独立号码。

线路总共只有两条，如果要在娱乐室或图书室这种日常生活空间以外的房间接电话，就必须从达朗贝尔的交换机中转。打电话的时候也一样，需要让达朗贝尔接线。

东塔的电话也在此列。不过，由于达朗贝尔经常不在房里，两条线路一直接在图书室和娱乐室。只要把其中一条接进东塔电话的插槽，隆卡尔自然也能使用电话。

"老东家在的时候，家里有单独的交换室。老爷当家之后，就把直连线路接进平常用的房间里了。"

新式电话通过内部线路相连，不管哪台机子接到电话，都能转给其他房间。此外，不同的机子还能同时接电话。如此一来，巨大的达索家虽然有几十部电话，应该也能在没有交换室和专用交换员的情况下自由接打。

一行人经过中二层的楼梯平台，向二楼走去。爬完楼梯，眼前便是一条左右延伸的走廊。二楼西翼北面是美术品收藏室，放着巨大组合音响和三角钢琴的音乐室，以及尽头的绘画陈列室；南面是达索家的私人居住空间，包括夫妇的卧室、小客厅、孩子的卧室。

收藏室和陈列室都摆满了达索家以绘画为主的美术藏品，从里面偷幅塞尚[1]的画就能赚得盆满钵满。巴贝斯说得有理，凶手如果真是强盗，确实不会对那种穷酸老人下手。

东翼除尽头的书房外都是客房，北侧两间，南侧三间。北侧两间

1　保罗·塞尚，法国后印象主义画派画家。

各有两张床，南侧三间都是单人房。从楼梯一侧起，目前依次住着卡桑、雅各布、杜波。

收藏室、音乐室和北面客房的窗户都严闭紧锁。南面的达索夫妇卧室、小客厅、儿童房、卡桑的客房、雅各布的客房都拉着百叶窗，玻璃窗也上了锁。陈列室南、西、北三面有很多窗户，同样扇扇紧闭。

除书房之外，只有最后检查的克劳迪恩·杜波的客房是个例外。房间南面的窗户开了条缝，蕾丝窗帘在风中摇摆。南面三间客房结构类似，门都在北侧，窗都在南侧，都有床、书桌、两张扶手椅和小桌台。家具是高价古董，墙纸和窗帘品位高雅，令人联想到历史悠久的酒店。每间客房都有化妆间，内设便器和浴缸。

这栋大宅建于第二帝政时期，距今虽已有百余年历史，但所有房间都经过彻底翻修，增设了暖气等现代设备，居住环境颇为舒适。一楼门厅、大客厅、大饭厅应该也整修过，至于天花板壁画等精致的室内装潢，则有意维持了建筑落成时的状态。

巴贝斯从克劳迪恩房间的窗户探出头，一边用警察的眼神观察周围，一边对莫伽尔说：

"旁边书房的窗子也半开着，但书房正下方是水池，得蹚水才能爬上窗下的外墙。如果湿淋淋地潜进来，地上就会有积水。走客房这间倒是不用泡水，可对普通人来说还是太难了。二楼离地面有点距离，外墙又没有可以抓手的地方。"

屋主夫妻的带床帘的大床和雅各布的床都干净整齐，先回卧室的卡桑和克劳迪恩的床却很乱，床单上有睡过的痕迹。莫伽尔看向在房门口等候的达尔蒂太太，从容不迫地问：

"南面三间客房都住了人，但北面还剩两间双人房，怎么不给隆卡尔先生住呢？虽然朝北，但二楼的房间肯定比塔楼舒服啊。"

"这是弗朗索瓦老爷的指示。老爷可能觉得东翼北面的房间闲置了太久，还是南面有阳台的三楼好一点。"

厨娘含糊地点着头回答，脸上却有一丝犹豫。看来，她也不明白主人为什么会让客人住在东塔那间跟空仓库一样的大厅里。

"可是，百叶门钉得那么死，他根本去不了阳台。要在那里起居，白天就得开灯。如果百叶门一直关着，屋里应该跟二楼北面的房间差不多潮。"巴贝斯反驳。

"那扇门是上周才钉的。没钉的时候，我每天都会上三楼通风透光。"

"谁钉的？"莫伽尔问。

"格雷。老爷让他钉的。"

"也就是说，是客人来之前钉的？"

"是客人来的前一天。五月二十六号，临时休假的前一天。从休假那天开始，每天都在下雨，所以我清楚记得那天是最后一个晴天。弗兰兹用组装的园艺长梯爬到塔楼阳台上，从外面把百叶门钉死了。"

"二十七号临时休假了？"厨娘漫不经心的话让巴贝斯吃了一惊，他绷着脸问，"四个客人到的时候，你们不在家？"

"不在。我们三个没跟太太去别墅，老爷给了我们五百法郎，让我们在城里玩到半夜再回来，再早也不能早过十二点。我在香榭丽舍的餐厅吃了饭，后来又去看了电影，是十二点的时候打车回来的。"

"隆卡尔先生当时已经到了吗？"

"好像是。"达尔蒂太太垂低眼睑，面露困惑。

"好像是？"莫伽尔警督沉稳地引导她的话。

"另外三位客人已经到了。我回来的时候，弗朗索瓦老爷跟他们在大客厅聊得正热闹。不过，我没看见三楼的客人。

"我出门前打扫了二楼的三间卧室和东塔，还换了床单。老爷应该是打算让四位客人都留宿。不过，我不太清楚三楼客人的情况。"

"什么叫不太清楚？"

"我、管家达朗贝尔先生、男佣弗兰兹，都绝对不能在未经老爷许可的情况下去三楼。但三楼确实有人，我每天都在给他准备早晚饭。"

"饭是谁送去的？"

"卡桑先生和杜波小姐。三位客人都在一楼大饭厅用三餐，往楼上送的饭肯定是给东塔那位的。"

最后，两位警官来到了东塔正下方的书房。除此之外，他们只剩下西塔没看过了。西塔和东塔结构相同，塔中大厅原是上任当家在用，但如今已经封锁多年。达尔蒂太太说，如果实在想看的话，就请他们向老爷借一下钥匙。用人没有东西两塔的钥匙。

书房位于二楼中央走廊东侧尽头。推门进屋，首先映入眼帘的是皮沙发、扶手椅、桌子等豪华的会客设施。北面墙上挂着圆形时钟，案发之时，达索看的应该就是它。钟上时间没错。南面窗前有张背窗而设的琥珀色大书桌，桌旁有个灰色保险柜。

为了通风，桌后窗户半敞。墙边书柜密密麻麻地塞满了书。

书房南北延展，在书桌处又向东延伸，形成一个L形空间。东部空间南面有六扇矩形窗户，其中靠西一扇附近摆着书桌，书桌东侧则放着一大排电脑设备。电脑区北侧是扇银色金属门，门后是资料室。

莫伽尔在书桌旋转椅上落座，面向坐在对面圆椅上的厨娘，开始最后的提问。巴贝斯从电脑操作台前搬来电脑椅，把自己壮硕的臀部紧巴巴地塞了进去。

"可以说说今晚十二点左右的情况吗？"

"我什么都不知道。我九点左右收拾完了晚餐餐具，老爷和客人在大客厅聊天的时候，我在小走廊和门厅之间的侧廊角上打毛线。那个位置能看到正面楼梯。我想着他们喝酒可能会要冰，如果老爷叫我，我就可以直接去大客厅。"

"你为什么会在侧廊角落待着？"巴贝斯皱着鼻头追问。

"地下有个供暖用的煤油炉，那个角落在炉子正上方，很暖和。虽然马上就六月了，但天气毕竟这个样子。厨房熄火之后很冷。探长，您别乱猜了。侧廊角落听不见大客厅里的人说话，就算他们大喊大叫，也只能勉强听到。"

达尔蒂太太愤慨地回答。她以为警察怀疑自己在偷听主人和客人谈话。巴贝斯摸着下巴，语带安抚地继续：

"我不是这个意思。我是想知道，案发前后有哪些人上过楼。你待的那个角落能看见楼梯对吧？虽然你在打毛线，但如果有人上楼，你应该知道吧？"

"当然，凭感觉就知道了。就算小偷蹑手蹑脚地上楼，也逃不过我的眼睛。第一个上二楼的是老东家的贴身护卫卡桑先生，接着是杜波小姐，十二点钟响之后，老爷和家庭医师雅各布先生也立刻上了楼。"

"和雅各布先生一起上楼前，老爷在楼梯上对我说，这么晚辛苦了，让我关了灯休息。但我东西还没织完，所以又留了十分钟左右。"

"也就是说，你在侧廊待到了十二点十分？"

这条证词很重要。听到莫伽尔的问题，厨娘用力点了点头。十二点零七分案发之后，达尔蒂太太仍然待在可以监视楼梯的地方。如此一来，一楼的管家达朗贝尔和男佣格雷就有了不在场证明。在十二点零七分这个时间点，他们不可能去三楼东塔杀害路易斯·隆卡尔。

妇人继续说："织完一部分后，我关了厨房、饭厅和大客厅的灯，从小走廊回了自己房间。门厅和正面楼梯一直是不关灯的。达朗贝尔先生来叫我的时候，我刚睡着，那会儿大概是一个多小时前。

"我穿好衣服赶到大客厅的时候，达朗贝尔先生、格雷、卡桑先生和杜波小姐已经都到了。大概过了五分钟，雅各布先生一脸紧张地从二楼下来，跟我们说东塔意外死了人，还说很快就有警察来，让我们待在大客厅别动。"

"明白了。请你和外面的巡警一起回大客厅，让男佣弗兰兹·格雷来书房。"

"那个……"达尔蒂太太拽着围裙裙角，不安地看着莫伽尔警督。

"怎么了？"

"有件事，我觉得还是告诉您比较好。今天晚上，有人潜到院子里来了。"

"怎么回事？"

"我从厨房窗口看到了个可疑的人影。"

"怎么不早说！"巴贝斯大叫。

莫伽尔问："你几点看到的？"

"七点五十多。弗兰兹锁完门后到厨房来了一趟，我是在他回房后看到的。"

"然后呢？"

"八点过的时候，达朗贝尔先生来厨房端菜，我跟他说了。他带着电筒走厨房后门去了院里，过了一阵才回来，说院里没人，侧木门锁得很牢。他还笑我，说我产生错觉了。"

"你觉得是错觉吗？"

"那个点从厨房看后院，院里黑漆漆的。他说是我看错了，我也就觉得确实有可能。"厨娘心虚地嘟囔。

"这条线索很有用，谢谢你。"

听了莫伽尔警督的话，莫妮卡·达尔蒂松了口气。她点点头，离开了书房。

巴贝斯很兴奋："警督，看来达索没让用人做伪证啊。厨娘态度没什么不自然，应该是把知道的事全老实说了。格雷的证词也能指望指望。"

"先不论忠心耿耿的达朗贝尔管家，达尔蒂太太和格雷只是用人，估计达索任由他们随便说。如果强迫他们做伪证，说不定反而会露出马脚。达索这人很周到，想得很周全。"

"不止呢。照她的证词，嫌疑人从七个减少到了四个。如果莫妮卡·达尔蒂没撒谎，能杀隆卡尔的就只有二楼的四个人。书房那两个又能彼此提供不在场证明，剩下的就只有先回房间的埃德加·卡桑和克劳迪恩·杜波。范围大大缩小了啊。"

"她最后说的那件怪事，应该只是她的错觉。就算有人八点潜进来在院里乱晃，也不可能溜进屋里；就算进了屋，也跟三个用人一样，不可能在案发时上二楼。嗯，凶手是外人的可能性很小。"

巴贝斯语气笃定，莫伽尔却沉默不语。事实或许如此，或许并非如此。眼下这个阶段，他还无法得出确切的结论。

3

没过多久，木讷的第二名证人在警察陪同下来到了书房。这个老人就是老达索雇来的男佣，在宅中工作已久的弗兰兹·格雷。他个子很高，驼背却很严重，身体犹如枯树。

如果他是枯树，便是树干生瘤的老七叶树。他并非单纯消瘦。从前健硕的肌肉虽已退化，却仍然留在他臂上肩头。岁月不饶人，这个体力劳动者丧失了壮年时的强健，正逐渐走向衰老。

老人金发斑白，因庭院维护等大量室外工作而晒成黄褐色的脸上刻着深深的皱纹。他的神情略显茫然，但并未因意外事件而慌乱。警督决定先确认他的出身。且不论格雷这个姓氏，他的名字弗兰兹是个法国名。

"弗兰兹·格雷，你是在法国出生的吗？"

"警督，我其实姓格雷格罗瓦。法国人可能不太会念这个名字，老东家总'格雷、格雷'地叫我，结果大家都这么叫了。"

"格雷格罗瓦……你是捷克人？"警督根据姓氏推测。

"对。但我已经很久没回去过了。二十五年来，我一直在这儿工作。"

这位捷克出身的老人虽然有些乡下口音，法语却说得很流利，可以顺利沟通。莫伽尔开门见山地抛出关键问题：

"是你把东塔阳台的百叶门钉成那样的？"

老人缓缓点头说："是。是老爷让我钉的。从外面钉两三层木板，连大个子男人都难撞开。除开这个，东塔房门外还装了门闩，一上一下，足足两个。我不知道老爷是不是打算在塔里养猛兽，但既然他吩咐了，我就照做。这两桩活儿都是二十六号干的。"

老人证实了达尔蒂太太的话。达索确实命令男佣格雷做木工，把东塔改造成了临时监狱。

莫伽尔继续问："可以说说今晚的情况吗？"

"也没什么好说的。我干活儿都是在白天，理理院子，修修房子之类的。在用人饭厅吃完晚饭后，再锁好门窗，我就可以自由活动了。门窗关没关好，达朗贝尔管家睡前会再查一次。

"今晚也一样。七点到七点五十，我先锁上了正门和侧木门，然后一边巡视东翼和西翼，一边把门窗都关了。窗子、厨房门和后门都反锁了。锁完之后，就只能从大门进出。

"二楼房间也一样。我把三位客人房间的窗子都关上并且上了锁。看完之后，我去了厨房，让莫妮卡跟达朗贝尔管家说没有异常。然后我就回房读《圣经》了。当然，是捷克语的《圣经》。"

为了通风，窗户上午是打开的，七点开始，他一边检查有无异常，一边把窗户全关了。房子这么大，花上五十分钟也是理所当然。

"你当时把三间客房的窗子都关了？"警督确认。

"没错。"格雷用力点头。

照这么说，克劳迪恩回卧室后，又在睡觉前把窗户打开了。书房的窗子是达索十二点过开的，因为暖气太强，他想换换气。

"通往东西塔楼屋顶的铁门呢？"警督问。

"我今晚没上过塔。老爷说，东塔客人在的时候，我们不能去三楼。"

"你房间在正面楼梯旁边对吧？如果有人上楼，你能发现吗？"莫伽尔换了个话题。

"当然能。我桌子前面的石墙上有个洞，能看见第三级和第四级台阶。如果有人过路，楼梯电灯一定会被遮住，我这边会黑一下，怎么都能发现。"

"十二点零七之前，有人经过楼梯吗？"

"过了三次人。一次是十一点左右，一次是十一点半左右，还有一次是十二点左右。前两次是一个人，最后一次是两个人。看桌子上光的强弱，我就能知道。不会错的。"

十一点是卡桑，十一点半是克劳迪恩，十二点是达索和雅各布。和其他人的证词没有矛盾。不容忽视的是，当时在北边走廊角落的达尔蒂太太也提供了相同的证词。只要格雷和她没有串供，他们就能提供彼此的不在场证明，以及正门旁边房里的达朗贝尔的不在场证明。

如果用人的证词没有疑点，不妨采取巴贝斯的主张，排除一楼三个人的嫌疑。这样一来，剩下的就是二楼的四个人：客人雅各布、卡桑、克劳迪恩和主人达索。

"你是几点睡的？"

"今晚还没睡过。人老了，大半夜才会困。大概十二点五十的时候，有人走楼梯上了二楼。我正想着是厨娘莫妮卡还是达朗贝尔管家，就有三个人陆续下了楼。然后达朗贝尔管家来敲我的门，让我去大客厅。

"大晚上还这么使唤人，我虽然觉得麻烦，但也没办法，只好合上《圣经》出了房间。到大客厅一看，除了达朗贝尔管家还有两个客人。又过了一会儿，一脸没睡醒的莫妮卡也来了。最后到的是从二楼下来的雅各布先生。东楼出意外的事，就是他那会儿跟我们说的。"

最后受讯的用人是管家达朗贝尔。莫伽尔警督首先核实了达尔蒂太太和弗兰兹·格雷格罗瓦的证词。达朗贝尔承认，三天前的下午，他为四位客人准备了二楼南面的三间客房和东塔房间，至于家中用人当晚是否在主人命令下全体外出，他则一直含糊其词，直到被盘问得无处可退。

他虽不太配合取证，严词逼问后套出的证词却和刚才两个用人并无明显矛盾。最后，和刚才两人一样，莫伽尔向达朗贝尔询问了今晚的情况。

"服侍老爷和客人吃完晚饭后，我的工作就做完了。今天也一样，我九点就回房间了。"达朗贝尔不干不脆地说。

"你八点左右去过后院吗？"

"给饭厅上鸭肉之前去过。莫妮卡说十分钟前透过窗户看到了人影，所以我走厨房门出去，检查侧木门有没有锁好。门没有异常，我马上就回来了。"

"十二点四十五分门口来巡警之前，你在做什么？"

"在做能在房间里做的工作。"

"到底是什么工作？！"巴贝斯怒吼。

达朗贝尔戴着面具似的脸依旧毫无表情。他少言寡语地回答："在南面窗前监视大门。我晚上要做门卫的工作。"

"有人进屋吗？"

"没有。我十一点锁了正门，然后跟平时一样开始巡视，检查家里门窗有没有锁好，大概用了十五分钟。其他时候我都在自己房间窗前。锁门前后都没人从大门进来。格雷关门关得很周到，所以也没人能从其他地方进来。这绝对没问题。"

"你检查二楼的客房和书房了吗？"

"书房查了，雅各布先生和杜波小姐的客房也查了。我去二楼的时候，卡桑先生已经睡了，我怕吵醒他，所以没去他房间。"

"然后呢？"莫伽尔催他继续。

达朗贝尔皱眉道："巡视完之后，我一直在窗前看门，直到十二点四十五分有巡警按正门门铃。后来，我听从老爷的命令，去客房和用人房叫所有人到大客厅集合，一起听雅各布先生说事。您到之前，我一直和其他人在大客厅等着。

"我房间的门是开着的，所以在大客厅也能听到门铃。我跑回房间应了门，然后用内线电话打给书房的老爷，开着门出去了。后来发生了什么，您也都知道了。"

管家走后，莫伽尔和巴贝斯稍事休息，讨论起三名用人的证词。注重健康的达索好像不抽烟，书房里没有烟灰缸。巴贝斯肆无忌惮地抓过一只未经使用的漂亮水晶墨水瓶，把便宜的黑叶烟烟灰掸进瓶里。

"我们想得没错，果然没人闯得进来。不可能是外人干的，凶手就在这宅子里。"

莫伽尔一边往烟斗斗钵里塞烟叶，一边回答："管家达朗贝尔用了十五分钟的时间检查门窗，其余时候一直在监视大门。照他所说，九点到十二点四十五期间，没人经过唯一开着的大门。问题在于，他巡视屋子的十五分钟是空白的……"

"那会儿大门已经锁了。门旁边的大客厅有人，如果撞开大门，他们肯定能听到声音。而且，上二楼的楼梯也在两个用人的监视之下。厨娘和男佣都说，案发之前，只有主人和三个客人上过楼。

"一楼门窗反锁的情况，刚才我们也查过了。跟格雷老爷子说的一样，大大小小百来扇门窗都锁了，厨房门和后门也没漏。没发现撬开的锁，也没发现打破的玻璃，没有外人入侵的痕迹。

"就算有人不留痕迹地闯了进来，也得走正面楼梯才能去杀人现场。达尔蒂太太和格雷一左一右地监视着正面楼梯，外人不可能去三楼的现场。

"凶手虽然有可能是从二楼窗户进来的，但这家一楼有个大客厅，天花板相当高，二楼的高度几乎赶得上普通人家的三楼。从外墙爬上来不是不可能，但也不容易。还有窗户。达朗贝尔说，除了卡桑的客房，他都检查过了，都看见上了锁。这我们也看到了。

"二楼只有两扇窗户开着。克劳迪恩卧室的窗子，还有书房南面水池上方的窗子。这两处都没有可疑人物入侵的痕迹。格雷和达朗贝尔都没检查通往东塔房顶的铁门，但就算那门没锁，也不可能沿着外墙爬到那么高的地方……"

"总之，你想咬定是内部作案。"

"我可没咬定啊，警督。卡桑的客房在大门正上方，顺着屋檐爬进去相对容易。我们没有证据证明在那段时间中，他的窗子是锁上的，其他他也还有几个问题必须确认。不过，凶手大概就在达索的林中屋里。"

说完，巴贝斯粗鲁地把烟头摁进精致的水晶墨水瓶。警督的判断也开始倾斜，认为外来犯似乎并无可能。

大宅开口部锁具全部坚固精巧，放在普通人家简直夸张。老达索似乎很戒备强盗和入侵者，力求宅邸门户森严。家中对下人要求严格，格雷晚饭后锁完门，管家达朗贝尔睡前还要再检查一遍反锁情况。

老达索在锁门问题上如此神经质，或许不是害怕高价古董和美术品被盗，而是因为盖世太保曾经闯入家中，他害怕像当时一样突然遇敌。埃米尔·达索雇了卡桑担任贴身护卫，可见，这位著名犹太资本家有许多需要戒备的敌人。

达朗贝尔走后，警察带来一位身穿旧西装的小个子老人。老人似乎并不在意衣着，做工精细的西装满是污渍，手肘处磨得发亮。他戴着银框眼镜，留着略显滑稽的山羊胡，须发几乎尽白。

警督缓缓说："亨利·雅各布先生是吗？您和达索先生是什么关系？"

"多年以来，我一直担任埃米尔·达索，也就是老达索的主治医生，看顾他的健康状况。埃米尔因肺癌去世后，我就把巴黎的医院转给熟人，回默伦乡下老家去了。"

默伦是巴黎郊外的一个小镇，位于枫丹白露森林附近，距市内的里昂车站约有四十分钟地铁的路程。

"您经常像这次一样住在达索家吗？"

"虽然不固定，但基本一年会来一次。"老人捋着山羊胡冷静地回答。

"每次都跟卡桑先生和杜波小姐一起吗？"

"对。卡桑、克劳迪恩的父亲和我，我们三个是通过埃米尔·达索熟络起来的。埃米尔生前常请我们到家里做客。他儿子弗朗索瓦是个好人，每年家人出门的时候，他都会像父亲还在时一样请我们过来。"

达索、杜波、卡桑，还有雅各布。这四人好像都是法籍犹太人，他们之所以会成为朋友，应该也有国籍原因。莫伽尔一边仔细观察老人的表情，一边抛出下一个问题：

"您以前认识被害人路易斯·隆卡尔吗？"

"不认识。今晚是第一次见。"老人的语气很自然。

"也就是说，在发现尸体之前，您从没见过他……"

"没错。当然，我知道弗朗索瓦有客人住在三楼。他好像托了卡桑和克劳迪恩给客人送饭。"

"隆卡尔一次都没露过面，您不觉得有问题吗？"莫伽尔追问。

"我觉得这客人很怪，但又觉得他可能有不愿露面的理由。弗朗索瓦好像不想提三楼的客人，我也不方便问他。"

雅各布说完了。巴贝斯探长挂上威吓黑帮杀手时专用的凶神恶煞的表情，恶狠狠地盯着老人。面对这副脸孔，普通市民都会被吓得缩成一团。

"老爷子，麻烦你说实话。你们仨一定和被杀的男人有牵扯。什么刚好在同一天晚上到达索家来了啊，别扯这种骗小孩的谎了。"

老人面露恐惧，战战兢兢地向莫伽尔投去求助的视线。警督制止了巴贝斯，重新开始提问。

"可以说说您到达索家那天晚上的情况吗？"

"弗朗索瓦定的时间是晚上八点。我在里昂站吃完晚饭就打车过来了。用人在休假，家里只有弗朗索瓦一个人。我到的时候是七点半左右。八点左右，从地铁站走过来的克劳迪恩到了。十点左右，卡桑自己开车到了。"

"这三天，你们在家里都做什么了？"

"三餐都在家里吃，悠悠闲闲地过。要么雨停的时候去院里散步，要么和克劳迪恩聊天，要么下午和卡桑打牌。弗朗索瓦晚上回家之后，就和他一起吃晚饭，聊熟人八卦一直聊到睡前。我们也聊过他的事业和家庭生活。"

"三天都没出过门……"警督狐疑地皱起眉。

"对。我们三个几乎都没出去过。只有克劳迪恩二十八号上午回过市区的家里，说是要取忘记的东西。计划是住到明天。我们三个都很久没休过假了，过得很开心。"

"请说说发现尸体时的情况。"莫伽尔改变话题。

"卡桑和克劳迪恩先回了卧室，我和弗朗索瓦在书房边闲聊边喝白兰地，没过多久就听见惨叫和天花板上哐当一声。弗朗索瓦吓了一跳，从门附近的安乐椅上站起来，冲到南面窗前的书桌旁边，开始拨保险柜的锁。"

"保险柜的……"巴贝斯低声嘟囔。莫伽尔神色紧张。达索没说过这件事。

"对，就是那个保险柜。"

雅各布指向书桌旁的灰色保险柜。保险柜装着密码锁。要打开它厚重的金属门，不仅需要专用的钥匙，还必须知道密码。

"听到声音的瞬间，我也站起来跑到了门口。我吓了一跳，不知道出了什么事。弗朗索瓦一边开保险柜，一边大声叫我去三楼看看。然后我就跑着上了楼。"

"听到响声之后，您用了多久到的东塔小厅？"莫伽尔问。

"你试试跑着上楼就知道了。最多二十秒吧。东塔大厅门上了两把门闩，我拔开来拧了拧门把手，但门一动不动。我当时想，除了门闩之外，门锁应该也锁了。"

"过了一小会儿，弗朗索瓦脸色大变地上了楼。他手里拿着钥匙，用钥匙开了门。我看见有个男人倒在地上，觉得不对劲，于是看了看时间。这是医生的习惯。当时是十二点零八，离听到声音最多只有一分钟。"

"我检查了男人的身体，他心脏停搏，呼吸停止，瞳孔扩散，确实死了。我觉得证人多一点比较好，所以让弗朗索瓦也摸了他的脉。可能我不该勉强他碰尸体，他一摸完，脸上就没了血色。"

"尸体状况如何？"

"刚断气。血液没凝固，皮肤温度也跟活人一样，应该才死了几分钟。当然，说是一分钟也不奇怪。我简单检查了他头上的伤，认为是颅骨骨折引发的当场死亡。"

"背后的伤呢？"莫伽尔警督问。

"确认死亡之后，我就再也没碰过尸体了。剩下的是法医的工作。尸体仰躺着，我不可能看到背后的伤。如果没有别的伤，我可能会把尸体翻过来，但既然想到头部撞击是致命伤，我就没有继续检查。"

"您是几点离开现场的？"

"十二点十一。当时我也看表了。"

"您十二点零八到了大厅，在现场待了三分钟左右。达索先生说，发现尸体后，没有人从书房门口的楼梯上下。是这样吗？"

"对，门半敞着，安乐椅放在能看见门的地方。弗朗索瓦被客人的尸体吓到了，一直躺在沙发上发呆，而我一直盯着大敞的门。从弗朗索瓦给总警监打电话的时候开始，到我离开书房向大客厅里的客人和用人说明情况为止，没有一个人去三楼。"

"东塔小厅深处有扇通往屋顶的铁门。案发时门锁了吗？您还记得吗？"

"用把大门闩从里面锁上了。我回书房前专门检查过，不会错。"

雅各布接下来的话基本证实了弗朗索瓦·达索的证词。达索目击尸体后十分慌乱，雅各布医生想方设法安抚他，不知不觉过了很久。

巴贝斯刁难地板起面孔质问老人："你看见一具心脏刚停搏的尸

体，怎么完全没想办法把他救活，反而满不在乎地丢到一旁？你是个医生，这种态度太怪了。"

"年轻人，我见过的尸体是你的几十、几百倍，凭直觉就知道救不救得活。那个男人已经死了。就算送去设施完善的大医院的重症监护病房，他也绝对活不了。"老人语调平稳，透出不容置疑的真实感。

是这样吗？莫伽尔想。雅各布强调说，他见过的尸体是工作多年的警察的几百倍，这让莫伽尔颇为在意。司法警察的探长专司谋杀案，普通的城镇医生居然见过几百倍于此的尸体？老人品貌笃实，不像会言过其实的人，正因如此，这句夸张的话更让莫伽尔印象深刻。

"案发是十二点零七，警察是十二点四十五到的。你们怎么这么久都没报警，把尸体扔在一边不管？"巴贝斯追问。

"如果他还有呼吸，我会进行急救然后叫救护车；如果是谋杀，我当然也会立即报警。

"但这不可能是谋杀。东塔门上的门闩是我拔的，锁是弗朗索瓦用独钥匙开的。当然，除了死者，室内一个人都没有。他应该是踩滑摔倒，后头部撞在石砖上了。绝对是意外死亡。我是这么认为的……"

雅各布的证词有一定的说服力。退休的医生发现了一具头部有疑似致命伤的尸体，从创伤状态判断死者不可能被救活，于是打算将后续工作交给警察。这并不奇怪。

莫伽尔作结似的说："您发现三楼的客人有秘密，案发亲眼看过房间之后，更是觉得有问题。不管那个男人是谁，他都遭到了监禁。正因如此，您才没绕过弗朗索瓦·达索直接报警，而是先等他冷静下来做些必要安排。我说的对吗？"

留山羊胡的老人不安地窥探着莫伽尔的表情。看来是说对了。警督不再追问，宣告讯问结束。

雅各布老先生离开后，来书房的是个健壮的男人。他目中无人的眼睛是黑色的，杂着白发的粗硬头发也是黑色的。他年龄约为五十五岁，若在皮加勒一带横行阔步，一定会被路人当成流氓躲着走。

他和雅各布虽是朋友，看起来却比后者小十多岁，不逊于巨汉巴贝斯的身躯壮如公牛，下巴右侧有道大疤。埃德加·卡桑傲慢地仰躺在椅子上，主动开了口：

"老爷说三楼那男人背后挨了一刀，被捅穿心脏死了。匕首找到了吗？"

"你关心这个干什么？还有，你怎么知道凶器是匕首？"

巴贝斯威吓地追问，卡桑却不以为意。他一脸嘲讽地面向气势汹汹的探长，避重就轻地说："别在人耳朵边上吼这么响。这是常识啊。被捅死的尸体，大半都是挨的匕首。用凿子和锥子的人虽然不是没有，但毕竟只是少数。这次也一样，凶器肯定是匕首。"

"可以说说今晚的情况吗？"

巴贝斯打算揪卡桑的领子，而莫伽尔制止了他，稳重地提出问题。卡桑扭了扭魁梧的身体，书桌前的小椅子嘎吱作响。

"我十一点左右就先回房了。说来丢人，但我喝醉了，爬上床就呼呼大睡。达朗贝尔管家来叫我之前，我什么都不知道。"

"窗户是关……"

"当然关着。"

达朗贝尔没检查卡桑客房的窗户，窗子是格雷关上的，直到案发都保持着关闭状态。如此一来，开着的就只剩克劳迪恩客房的窗子。书房窗户是深夜十二点以后才开的，案发之前，主人达索和客人雅各布一直在屋里，凶手不可能由此入侵。

"聊聊东塔的客人吧。听说，饭是你和杜波小姐一起送去三楼的？"

"客人？哦，应该算客人吧。"卡桑拧着厚实的嘴唇，故弄玄虚地说。

"应该是？"

"弗朗索瓦老爷经验不够，还不成熟。过世的老东家可不会做这种蠢事。"

"这话怎么说？"莫伽尔来了兴趣，催他继续。

"做生意的都有很多敌人，有时候不得不采取蛮横手段，比如把违约的男人关起来绑上。不过，也犯不着在自己家动手啊，所有企业都是雇专家干的。"

"退休之前，你在达索公司就是做这个的？"警督语含笑意地问。

"呵，随你怎么想。总之，这挺让老爷犯愁的。明明跟我说一声就行了，我肯定给他办妥。"

看来，卡桑在达索公司的职务不只是老板保镖，偶尔还会在老达索的指示下参与暴力工作。凭借如此经历，他对东塔男人的真实身份产生了怀疑。

"是不是你绑了那个玻利维亚人关进塔里的？"巴贝斯厉声质问。

"怎么可能？我埃德加·卡桑做事才没那么业余。老爷让我看管三楼的男人时，我本想给他点忠告，但最后想了想还是算了。他应该有他的想法，轮不到我这种老兵出马。我已经和公司没瓜葛了。老东家死后，我回了老家亚眠，现在只是个开修车厂的穷老头。"

"你自己从亚眠开车过来的？"莫伽尔确认。

"是辆新的雪铁龙DS。做我这行，只有车能开豪的。"

是屋前停车场里那辆车。壮汉像是以能开总统同款车为傲，美滋滋地翘起了唇角。

卡桑暗示，隆卡尔是被囚禁在三楼东塔里的。雅各布从未去过东塔，他却每天都在往塔上送三餐，当然知道门外装了门闩，也知道神秘的玻利维亚人遭到了监禁。站在这种立场上，他不能佯装一概不知，所以抢先表现出了怀疑。

"你知道达索囚禁人还帮忙，是非法拘禁罪的共犯。"巴贝斯威胁他。

卡桑不以为意，趾高气扬地说："我这么配合调查，你怎么能这么说话呢。你要是想抓我，可得先把主犯逮捕了才行。是不是啊，警察先生？"

他准确把握了来龙去脉。根据一定的状况证据，他推测警方很难以非法拘禁罪逮捕巴黎市市长的好友。

莫伽尔稳重地继续："给三楼的男人送饭的时候，你有什么发现吗？"

"送的不止饭，还有新毛巾、床单，各种日用品。"卡桑面露厌烦，夸张地耸耸肩。

"东西是怎么送上去的？"

"早饭和日用品是莫妮卡在厨房准备的。我和克劳迪恩从一楼把东西拿上去，在二楼书房找老爷借钥匙，用那把钥匙开三楼的塔门。我在外面把风，克劳迪恩就换换床单，简单扫扫地。白天和晚上只是送饭。拿回上顿饭的餐具之后，把钥匙拿到书房还给老爷，工作就结束了。"

"每次都会找达索先生借钥匙，之后一定会还，是吗？"莫伽尔确认。

卡桑用力点点头，回答说："是。你们也看到了，要上东塔，必须从书房门口过。上去的时候，克劳迪恩会在书房借钥匙，回来的时候再还给书房。塔楼的钥匙，老爷是专门锁在保险柜里的。"

"不过，达索先生要去公司上班。早晚且不论，午饭怎么办？"

"这三天，老爷都是等我们送完午饭才坐车出去，晚饭前一定会回来。照他这样，拉德芳斯大楼董事长办公室里的椅子都坐不热。"

"东塔里的男人怎么样？有没有抵抗或者尝试逃跑？"

"很老实。如果只有克劳迪恩倒不好说，但毕竟我在一旁守着，那个干巴巴的老头肯定不敢闹。"

卡桑一边向警督展示结实的拳头，一边露出残忍的微笑。目睹监视者的巨躯和铁拳，瘦弱的老人想必失去了抵抗的意志。这不是他能打得过的对手。

"你们说过话吗？"

"那老头不是不会法语吗？他一直都愣着发呆，饭也只吃一半……"

卡桑豪迈挥手，就此离去。巴贝斯愤愤不平地哼了一声。

最后一名证人是克劳迪恩·杜波。她二十三四岁，身穿普通的白色衬衣、黄色开衫、棉制裙裤。她五官端正却未施粉黛，加之服装朴素，因而失色不少。

这名年轻女子脸色苍白，兔子般的大眼睛饱含不安，慌慌张张地转来转去。她紧张地并紧膝盖，坐在书桌前椅子沿上。

莫伽尔亲切地问："听说令尊是老达索先生的好朋友，达索先生这次请你来，就是因为这层关系？"

"嗯。"克劳迪恩简短地回答。

"雅各布先生是埃米尔·达索的主治医生，卡桑先生是他的贴身保镖，那令尊呢？"

"我爸爸是……拉比。"

片刻之后，克劳迪恩小声说。拉比是犹太人共同体的宗教领袖，主持犹太教仪式，研究律法，在某些情况下将犹太教教徒应尽的义务告知信徒。当然，他们会率先履行义务。达索居然有个拉比朋友，莫伽尔略感意外。

"雅各布先生、卡桑先生和达索先生是以令尊为中心的犹太教教徒团体吗？"

"不是。表面上，达索家三代前就改信基督了，埃米尔叔叔和教会一直没有来往，弗朗索瓦也一样。卡桑叔叔虽然是犹太教教徒，但并不怎么热心。雅各布医生是很虔诚的犹太教教徒。"

莫伽尔没问过这三人宗教方面的问题，但克劳迪恩的说明和他的印象一致。从态度来看，只有雅各布医生心怀信仰。

弗朗索瓦·达索的妻子是个电影明星，诺曼底出身的地道法国人，信的应该是基督教。此外，达索全名是弗朗索瓦·保禄·达索。一个将创建基督教团的犹太古人的名字当作洗礼名放在祖宗姓氏和父母所取名字之间的人，怎么都不可能是犹太教信徒。

"既然如此，令尊是怎么跟埃米尔·达索交上朋友的？"

"交朋友不需要信仰相同。"克劳迪恩僵硬地说。

莫伽尔面露苦笑，转换了提问方向："嗯，你说得对。对了，给被害人送饭的是你吧？看见三楼塔楼里关了个外国人，你不觉得奇怪吗？"

"不觉得。"年轻女子的声音紧绷而颤抖。

"为什么？塔楼房间从外上了锁，弗拉索瓦·达索还慎重地把门钥匙放在保险柜里。不管怎么看，那个玻利维亚人都遭到了监禁啊。"

"那位先生有精神病，到巴黎是来看病的。住院手续办好之前，弗朗索瓦那样安排，是听从了他的意思。"

"达索先生是这么跟你说的？"莫伽尔进一步确认。

克劳迪恩睁大双眼，若有所思地点了两三次头。达索的话不符常理，她可能直接信了，也可能稍有怀疑，却还是努力去相信。然而，谋杀案意外发生，她信心的基础开始动摇……

"二十九号的晚饭是几点送去东塔的？"

"看过时间之后，六点十五分，我和卡桑叔叔如约去了厨房。晚饭已经放在桌上了。我在书房找弗朗索瓦借了钥匙，上了东塔，把晚餐放到桌上，稍微收拾了一下房间，撤了午饭的盘子。"

"有什么异样吗？"

"没有。老爷爷坐在床上想事情。锁好门之后，我就下楼把钥匙还给弗朗索瓦了。"

"当时是几点？"

"不知道。我没看表，大概六点半吧。"

莫伽尔继续提问，但并未从克劳迪恩口中获取新情报。她的证词和其他人大致相同，没有出现明显矛盾。莫伽尔看看手表，决定结束对涉案人员的讯问。

"最后一个问题。你睡觉时是开着窗的？"

"嗯。这个季节还开暖气，我觉得太热了。"

"有人从窗子进来吗？"

"我睡的是二楼，所以开着窗也能安心睡。而且我睡得浅，要是有小偷，我马上就会发现。"

"那就是没……"

"嗯，绝对没有。"克劳迪恩果断地说。

看来，凶手几乎不可能是外人。雅各布说，通往东塔屋顶的铁门案发后是锁着的。如果入侵者是攀岩家，说不定能沿着外墙爬到东塔，但也不可能从屋顶进入室内。如果有人撞开反锁的门，明显会留下证据。

就算卡桑或者克劳迪恩在给被害人送晚饭时偷偷开了铁门的锁，也会引发离开时的难题：入侵者必须从外面锁上铁门。那是一把非常坚固的门闩，不可能像小说里那样用针或线锁上。

莫伽尔眨眨疲惫的双眼，不禁一声叹息。事态正在向最恶劣的、聪明警察绝对不会承认的非现实方向发展。问题是达索和雅各布的证词。基于他们关于案发和发现尸体经过的供述，究竟会得出怎样的结论？

莫伽尔让门外等候的警察叫屋主来。巴贝斯把指骨捏得噼啪作响，对上司说：

"够了，够了。凶手不可能是外人，肯定是林中屋这七个人之一，二楼那四个最可疑。待会儿逼达索把东塔钥匙的事交代清楚，事情就算结了。

"还有个人有钥匙，这个人就是凶手。他偷偷走过书房，上三楼杀了老爷子。达索听到动静从保险柜拿钥匙时，他趁机冲下楼，回了自己房间。说自己先睡了的那两个人也很可疑。"

"可是，雅各布听到声音就到了书房门口。达索虽然扑到保险柜跟前，却让他立刻上楼检查。凶手要离开现场，不可能不碰见雅各布。"

这正是莫伽尔的苦恼所在。巴贝斯并未正面接下上司的疑问，而是拿出警察的常识予以回应：

"确实。当时只有达索和雅各布有不在场证明。当然，他们有可能是共犯，互相串了供。如果不这么想，就戳不穿雅各布的证词。不过，我倒觉得另外两个客人比较可疑。看讯问时的态度，卡桑和克劳迪恩明显有所隐瞒，尤其是克劳迪恩，行为太可疑了。

"要说达索和雅各布是共犯，还有其他的疑点。如果达索是凶手，离开现场时肯定不会锁门，好让嫌疑范围扩大到家里所有人。如果拿独钥匙的人真杀了老爷子，这简直就是在自首，只有大傻瓜才做得出来。"

不久之后，形容憔悴的达索走进书房。他双手拍桌，语带责备地朝莫伽尔低吼：

"天快亮了，客人都累坏了，你不能想想办法吗？"

如他所言，此时已过三点半，天空即将泛白。

莫伽尔警督稳重地回答："我再简单问您几句，今晚的讯问就可以结束了。我还想检查客房的私人物品，但其他人可以去休息。不过，在案子查出眉目之前，我会在您家打扰两三天。

"对了，差点忘了。您待会儿能把西塔钥匙借我吗？达尔蒂太太带我们参观了宅子，但西塔还没看。"

"那边和今晚的事无关。家父去世之后，再也没人用过那间房。"达索皱着眉摇头。

"就算是为了确认和案件无关，我们也必须看看。"

"很遗憾，我无法满足你的要求。"屋主神经质地眨着眼。

"您是说，无法配合搜查……"

"我在配合。我让人带你们看了房子，还给了你们时间问话。在警察释放三个客人之前，我也会给他们提供住宿。但我不能让你进西塔。家父的遗言就是让我锁好那个大厅，不管有什么搜查需求，我都不能为了你的好奇心无视父亲的遗愿。好了，你要问我什么？"

达索瘫在椅子上无力地说。在大客厅等了这么久，他不知承受了多大的不安，脸色惨白，额头渗汗。

西塔是遵从父亲遗言锁上的，达尔蒂太太的证词也提到了这一事实。既然屋主直接表示拒绝，他们也很难继续提要求。目前，西塔确实不像和案件有直接关联。

达索认识总警监等各种大人物，如果勉强行事，他肯定会要求采取法律措施，而上级大概不会批准搜查住宅。与其逼迫受遗言约束的达索，让事态复杂化，还不如想其他方法检查西塔内部。

巴贝斯探长一脸随时都会怒吼的表情。涉案人员不配合搜查的态度让他很是愤慨。莫伽尔甩了个眼神制止他，开始讯问案件相关问题。

首先，他直截了当地向达索抛出涉案人证词提供的事实。被害人曾遭监禁的事实已经再明显不过，难以全面否定。警督一边关注书桌对面男人的表情，一边慢慢开始追问：

"我想问问被害人隆卡尔先生的情况。您事先命令男佣格雷把塔楼大厅改造成监狱，又把大厅钥匙放进保险柜，只在吃饭时交给杜波小姐。

"三楼传来响声和叫声时，您让雅各布先生先去看情况，也是因为您必须从保险柜拿钥匙。为什么？您为什么要这么做？从状况证据来看，您明显犯了非法拘禁罪。"

"拘禁……倒也可以这么说。"达索叹息。

"此话怎讲？"

"没办法，我就告诉你吧。我之前说过，隆卡尔来巴黎是为了工作。不过，他到法国其实还有个理由。作为远赴巴黎的交换条件，他让我安排个好的精神病院给他看病。"

"精神病院……"莫伽尔呢喃。不知达索准备了什么借口。

"没错。隆卡尔有个很严重的老毛病，凭玻利维亚的精神医疗水平是治不好的。"

"什么病？"

"梦游症。"达索叹着气回答。见警督目露疑色，他反驳似的继续说："怪不得你不信。患梦游症的人不多，但他确实得了。据说，他一直在梦游状态做些自杀式的危险行为。

"他有时想在家里放火，有时又想从后院跳崖，还在千钧一刻之际被人发现拿了厨房的刀要割喉。他家里人没办法，只好一到晚上就把他锁在卧室里。当然，卧室里完全没有刀或打火机之类的危险物品。

"就因为这个，他住院之前不能住酒店，只能住我家。虽然他一年只发两三次病，但如果在巴黎出了事，说不定会闹出人命。要住在梦游症发病也不会出大事的地方，这是隆卡尔本人的要求。

"如果被人知道得了这种病，他企业家的信用就会受损。他一直要求我帮他严守秘密，我也就没跟用人们说。

"我不知道看管他的卡桑想象了什么，但那都是他自说自话。克劳迪恩那边我倒是透露了一点。毕竟她紧张得很，好像不知道真相就会一直烦恼。"

面对达索绝妙无比的自我辩解，莫伽尔暗自咋舌。被害人有梦游症，这是个多好的监禁借口啊。若要拘禁市民，只有在对象是罪犯或精神异常者的情况下才合法。拘禁罪犯属于国家权限，民众不能随意越权，但精神异常者不一样，民间医疗机构也能加以拘禁。

达索家不是精神病院，但他狡辩说这是患者自己在住院前提出的要求，因此很难以非法拘禁罪告发他。就算传唤被害人南美的家人和主治医生出庭，证明隆卡尔并无梦游症，也很难判他有罪。好像抓不住他的狐狸尾巴啊。莫伽尔面露苦笑。

"您有隆卡尔先生提出这种要求的证据吗？比如信件之类的。"

"没有。隆卡尔是打国际电话直接跟我说的。他可能担心我收到信也不认真对待。"

"隆卡尔先生的住院手续是怎么安排的？"

"没什么特殊安排。只要生意谈得顺利，当天就能让他住院。达索公司在给一家精神病院提供研究资金，那里的设备和医生的医术在整个塞纳省都数一数二。那家医院的话，我打个电话就能安排隆卡尔住进去。"

巴黎郊外应该确实有家跟达索公司有关的医院。达索小心谨慎，不会撒这种显而易见的谎。

巴贝斯骇人地低吼："总而言之，完全没证据能证明你异想天开的辩解是事实。还说什么梦游症。你觉得警察会信这种蠢话吗？"

达索紧抿薄唇，苍白的脸上浮现奇妙的自信，仿佛在嘲弄着愤慨的巴贝斯探长。

"你信也好，不信也罢，事实就是事实。如果想以非法拘禁罪逮捕我，就拿正式的逮捕令来。问题不在我是否拘禁了隆卡尔，而在他从背后被刺中心脏死了。这才是决定性的事实，是隆卡尔死亡案中让我烦恼的难题。"

"难题？"莫伽尔警督问。

"没人能杀得了隆卡尔……"达索低声说。

"您是说，没人有杀他的动机？"警督额上浮起皱纹。

"不是动机的问题。谁都不知道自己在哪儿遭了别人的恨，都有一两个可能被杀的理由。就算有人想杀隆卡尔也不奇怪。我想说的是物理问题。在隆卡尔本人的要求下，他确实被关起来了。

"塔门从外面上了两道门闩，门锁也锁着。你们问男佣和厨娘也能知道，东西塔钥匙一直只有一把，都放在书房保险柜里。全世界只有一个人知道保险柜密码，那就是我弗朗索瓦·达索。

"既然如此，能闯进塔里从背后捅隆卡尔心脏的就只有我，而我又不可能做得到。这个事实，雅各布已经证明过了。案发的时候，我和雅各布在书房，之前则在一楼大客厅。昨天晚上，我完全没有单独去塔楼的机会。

"我杀不了隆卡尔，家里其他人也一样。因为，进入杀人现场的唯一一把钥匙，就严严实实地锁在保险柜里。

"还有一个决定性的事实。十二点过我和雅各布到书房之后，门一直是半开的。我坐在安乐椅上，能透过门看见楼梯口。虽然不是一直有意监视，但如果有人上下楼，我还是会发现的。不过，根本没人经过楼梯。

"凭你们这种粗糙的脑子，大概只能想到雅各布为我做了伪证，或者我们是杀隆卡尔的共犯。但这都不是真相。

"我能断言，钥匙只有保险柜里那一把，案发前后没人上下塔楼。你们如果怀疑，拿测谎机来也行，要干什么都行。我和雅各布都没做伪证，我们说的都是实话。

"你们想以非法拘禁罪逮捕我也行，但你们肯定拿不到逮捕令。只要证明隆卡尔遭到监禁，就无法解释他为什么会被杀。莫伽尔警督，在你让我看隆卡尔背后的伤口之前，我和雅各布一样，一直相信他是摔倒在石砖上撞死的。

"这只能是意外或自杀，绝无其他可能。但隆卡尔是被人杀死的。不可能，绝对不可能！我实在不明白……"

第二章　雨中密室

1

莫伽尔警督走进总部办公室，脱下湿外套挂在墙上。昨夜开始的雨还不见停息。房间一角，搭档巴贝斯探长正在布料磨损的沙发上盖着旧毯子蒙头大睡，鼾声如雷。

为避免吵醒巴贝斯，莫伽尔蹑手蹑脚地走到窗边。灰黑色的雨云将整个巴黎盖得密不透风。冷雨断断续续下了三天，如今仍湿淋淋地落在奥尔夫雷河岸[1]上。

莫伽尔警督用额头抵住窗玻璃，心想这真像晚秋的雨季。天气如此阴郁，难以相信后天就是六月。挂钟即将指向下午五点，但还需好几个小时，夜晚的黑暗才会完全包裹街道。

六月即将夏至，五月末的天气却如此潮湿，仿佛跳过夏季与初秋，直接来到了晚秋。莫伽尔生在巴黎长在巴黎，却差不多是第一次经历这样阴郁的春天。五月底，黄昏的天空无止境地落着小雨，想必会一直下到晚间日落时。

结束现场搜索，讯问完达索家涉案人员后，莫伽尔和巴贝斯接近

1　奥尔夫雷河岸（Quai des Orfèvres），塞纳河畔西岱岛上的一段河岸，巴黎警局总部所在地。

早上五点才返回总部。小雨滑过警车车窗，巴黎在寒冷早晨的微弱阳光中显得无依无靠。

后续工作交给了后来抵达现场的老刑警博恩。博恩起用五名下属，命令他们仔细搜索达索家客人和用人的房间，以及各人的私人物品。至于搜索的目的，当然是寻找疑似杀害隆卡尔凶器的短剑断刃。

上午九点，总部大厅举行了第一场调查会议，随即召开了简单的记者见面会。达索家谋杀案一定会得到大肆报道。警方并不乐见这场见面会，但若不给闻风而来的大堆记者提供深思熟虑后筛选出的"饵食"，真不知他们会乱七八糟地写些什么臆测。毕竟，这起案件的发生地是传说中的林中屋，是掌管达索财团的少壮实业家的宅邸。

会议决定，派遣更多搜查员协助博恩搜寻凶器，查访及各方情报收集则交由巴贝斯探长指挥。

主持完早上的调查会议，下达现阶段必需的指令后，莫伽尔返回自己位于蒙马特的家，好歹休息到了傍晚。在他小憩期间，巴贝斯坐镇总部办公室，不眠不休地指挥调查——也难怪他会抓住空当在办公室长椅上睡觉。

沉睡时，疲惫不堪的莫伽尔做了个有关玻利维亚人遇害的噩梦。一位陌生老人送给幼小的他一份礼物，礼物包得漂漂亮亮，他欢天喜地，粗鲁地拽掉缎带，兴奋不已、手指发颤地撕开包装纸，剥出一只紧闭的长方形箱子——他似乎在哪见过它。

开箱一看，他哑口无言。里面是个外形完全一样、只不过小了一圈的箱子。这情况连小孩都觉得可疑，但莫伽尔还是打开了第二个箱子。然而——怎么回事？这个箱子里也是箱子。

奇怪。他想起老人邪恶的表情，内心越发不安。是不是被骗了？不安的疑惑让他胸闷气短，却无法从第三个箱子上移开视线。他战战兢兢地伸出手，打开了小箱子。

幼小的莫伽尔发出恐惧的惨叫，声音仿佛要撕碎喉咙。最后一个箱子里装着昆虫标本般的小人尸体，尸体心脏上钉着一枚大头针，浑身是血，面容诡异地扭曲着。他长着送他箱子的老人的脸——在塔中死去的路易斯·隆卡尔的脸。他在嘲笑莫伽尔。

莫伽尔扔开箱子，放声大哭。三个箱子都是小型棺材。事到如今，他终于意识到这个可怕的事实……

他是被女儿送的闹钟吵醒的。这只闹钟似乎即将步入老龄，盛大地播放着奇怪的电子音，让筋疲力尽的中年男人的神经更加紧绷。

莫伽尔爬出被窝，用热得能烫伤人的淋浴和三杯咖啡强行提了神，匆匆忙忙地离开家，前往总部所在的奥尔夫雷河岸。身为调查工作的最高负责人，他必须在傍晚前掌握第一天的调查进度。

巨汉大概察觉到了莫伽尔的气息。他在沙发上吱呀作响地坐起身，捏起拳头用手背乱擦着红肿的眼睑，打着呵欠说：

"警督？辛苦了。"

"辛苦的是你。既然我来了，你就回家睡到明天早上吧。"

"回什么家啊。博恩马上就要押卡桑过来了。"

巴贝斯刚从小睡中醒来，声音中却透着兴奋。

莫伽尔皱着眉问："什么情况？"

"博恩跟我紧急汇报之后，我给你家打过电话，可是没人接。你都是警督了，真希望上头能给配个手机或者传呼啊。找你不为别的。快四点的时候，他们在达索家发现了疑似凶器的刀具。"

"凶器……"听到意料之外的汇报，警督紧张地低语。

"没错。达索书房正下方不是有个水池吗？博恩检查了池子，找到一把从根部断掉的短剑剑刃。那肯定是你发现的剑柄的剑身。还有，剑刃缠了块手绢当把手，手绢好像是埃德加·卡桑的。

"厨娘莫妮卡提供了证词，说两天前卡桑拿出来洗的东西里有块手绢，颜色不同但花纹一样。我让博恩把卡桑带过来交代情况，差不多该到了。"

"这样啊。"

警督的桌子在俯瞰塞纳河的窗边背向而置，桌上文件堆积如山。莫伽尔坐进旋转椅，沉默地思考发现疑似凶器剑刃的报告。

案发后，假如主人达索或三名客人立刻从屋里将凶器扔进了水池，妥当地想，那应该是从书房窗户或克劳迪恩客房的窗户扔的。如果探出身体斜着扔，在雅各布的房间或许也能做到。卡桑房间的窗户有正门门楣挡着，应该不能把凶器扔进水池。

假如处理凶器的是一楼的用人，那就很难确定是谁干的了。一楼放有牌桌和台球桌的大娱乐室正对水池，案发后，达朗贝尔、格雷和达尔蒂太太都有机会从这个房间的窗户把凶器扔进水池。

巴贝斯迈着沉重的步伐，像头阿拉斯加棕熊似的在办公室里转圈，发出有如野兽的巨大吼声："那混蛋露馅了。厨娘做了证，池子里的短剑肯定是他的。怪不得他受讯时那么在意凶器在哪儿，那可是他的把柄啊。凶手肯定是事先带凶器进大宅的人，只要卡桑老实交代，达索家谋杀案就结了。"

"就算水池里的剑刃是卡桑的，就算那是杀死隆卡尔的凶器，也不能断定卡桑就是凶手啊，让-保罗。"

过度疲劳和睡眠不足让莫伽尔有些头疼，他一边揉搓太阳穴，一边慎重地反驳。倘若情况确如巴贝斯所想，那当然再好不过。然而，达索家谋杀案真有这么容易解决吗？警督脑海中又浮现出噩梦的记忆。

"话虽如此，警督，"巴贝斯不满地用鼻子哼了一声，"考虑案发前后的情况，七个涉案人员里，嫌疑最大的就是卡桑和克劳迪恩，偏偏凶器又是卡桑的，这不是完全对上了嘛。

"警督，我知道你在烦恼什么。密室杀人，小说里才有这种耍人的情景设置。达索虽然承认囚禁了隆卡尔，却反过来要挟我们，让我们解释被害人是怎么在上锁的密室里被杀的。我想把案发当晚的情况整理出来给他看，所以做了笔记。"

探长从笔记本里撕下一页纸，放到莫伽尔桌上。纸上文字工整得与前重量级拳击手的面容颇不匹配，仔细罗列着昨晚案件的时间表。莫伽尔看了一遍内容。

五月二十九日下午六点十五分

埃德加·卡桑和克劳迪恩·杜波前往厨房。

下午六点半左右

两人送晚饭上东塔，锁门后离开。

晚上七点

屋主弗朗索瓦·达索和三名客人（卡桑、克劳迪恩、亨利·雅各布）开始在大饭厅吃晚饭。

男佣弗兰兹·格雷开始锁门，耗时约五十分钟，大宅没锁的出入口只有大门。（克劳迪恩十一点半返回客房，打开窗户通风，因此这扇窗户除外。）

晚上七点五十分

格雷结束锁门工作，托厨娘莫妮卡·达尔蒂转告管家达朗贝尔，然后回到可以监视正面楼梯的卧室，开始读书。

晚上七点五十分过

达尔蒂太太从厨房窗户目击可疑人影。

晚上八点前后

达朗贝尔确认侧木门已锁。

晚上八点半左右

达索等人从饭厅移至大客厅。

晚上九点左右

达尔蒂太太收拾完餐具，来到可以监视正面楼梯的走廊，开始织毛线。

同时，达朗贝尔回到卧室。

晚上十一点

达朗贝尔锁上大门，开始巡视宅邸，耗时十五分钟。之后回到可以看清整个门厅的卧室休息。

几分钟后，醉酒的卡桑返回二楼客房，立刻就寝。

晚上十一点半左右

克劳迪恩返回客房，就寝。

五月三十日凌晨零点

听到报时后，达索与雅各布前往二楼。

达索直接前往书房，雅各布返回客房拿诊疗工具，之后前往书房。

达索证词称：案发前，书房门半开，他一直看着通往三楼的楼梯口，无人由此经过。

凌晨零点七分

书房里两个人被叫声和楼上的撞击声吓了一跳。

雅各布冲上楼，于听到声音二十秒后抵达东塔门前。达索从保险柜中拿出钥匙后也到了。两人在大厅发现玻利维亚人路易斯·隆卡尔的尸体。此时距听到声音仅有一分钟左右。

医生雅各布确认隆卡尔已死，死亡时间为几分钟前。

凌晨零点十分左右

达尔蒂太太织完毛线，离开走廊，返回卧室。据其证词，至此为止，除达索及三名客人以外，无人从正面楼梯上过楼。这番供述与格雷的证词相符。

凌晨零点十一分

达索身体不适，返回书房。雅各布紧随其后，一边监视东塔楼梯一边照顾达索，直到达朗贝尔告知警察来访。

凌晨零点三十分

神秘女士向区局报案，称达索家发生了谋杀案。

凌晨零点四十五分

巡警赶往达索家，目击可疑的雷诺18。

凌晨零点五十分

达朗贝尔将警察来访的消息告诉书房的达索，其后唤醒二楼的两名客人，陪同他们前往大客厅，并招呼格雷，叫醒达尔蒂太太，让他们前来大客厅。

凌晨一点左右

达索向总警监报案。

所有人在大客厅集合，雅各布下楼说明情况。

雅各布证词称：下楼为客人及用人说明情况之前，无人上楼前往案发现场。达索证词称：截至警督抵达，情况相同。

凌晨一点三十分

莫伽尔警督抵达达索家。

得知此事后，达索下楼迎接。

凌晨一点三十五分

警督确认隆卡尔的尸体。

看来没有疏漏。莫伽尔一边查看下属的笔记，一边皱眉思考。他开始觉得这会是一起疑案，是在得知杀人现场从外上了锁的瞬间。

尸体封在密室里，就算不考虑门闩，钥匙也是个问题。入侵大宅的外人不可能轻易进入路易斯·隆卡尔的房间。考虑被害人曾遭监禁这一事实，凶手很可能和达索家有关。

加上达索家门窗的调查结果与三名用人的证词，外来犯的可能性就更低了。案发当晚，大宅门窗紧锁，完全与外隔绝。此外，作为通往二楼的唯一通道，正面楼梯还处在厨娘和男佣的双重监视下。

换言之，可能行凶的只剩案发时位于二楼的弗朗索瓦·达索和三名客人。然而，东塔钥匙只有放在保险柜里的那一把，没有备用。如此一来，凶手就该是唯一能打开保险柜的人——弗朗索瓦·达索。

可是，十二点零七分，听到隆卡尔倒地引发的撞击声及叫声时，达索和雅各布都在书房。是雅各布做了伪证吗？倘若如此假设，矛盾之处又太多了。假如达索是凶手，他会极力强调钥匙只有一把吗？这不是在向警察宣告自己就是凶手吗？

若主张钥匙被盗，嫌疑至少会扩大到达索和克劳迪恩。一味强调钥匙只有自己这一把，对达索没有任何好处。

再者，达索最后还做证说，十二点到十二点零七分之间，没有任何人上三楼。加上钥匙问题，东塔大厅形成了一间完美密室。

不仅如此，就算存在备用钥匙，凶手同样不可能在十二点以后入侵杀人现场，也不可能在十二点零七分以后离开现场。

听到声音后，雅各布立刻走到书房门口，并在二十秒后抵达杀人现场门前。凶手要逃离现场，不可能不被雅各布目击，或者在楼梯上遇到他。当如此状况暴露眼前，得知杀人行为不可能实现时，莫伽尔最初对疑案的预感终于完全成形。

既然如此，假设凶手十二点前入侵现场杀了隆卡尔又如何？还是很难成立。书房里两人听到响声的时间是十二点零七分，其后雅各布立刻检查了尸体，称死亡时间是几分钟前。毫无疑问，他们听到撞击声和叫声时，隆卡尔已经死了。

如果凶手达索让雅各布做了伪证，就没必要专门提到十二点零七分的响声和叫声，也无须提及死亡时间是在发现尸体的几分钟前。如果死亡时间不明，就可能是卡桑或克劳迪恩在十二点以前杀的人，而那时达索和雅各布还在大客厅。如此一来，嫌疑同样会扩大。

供述响声和供述钥匙一样，把达索逼到了绝境。毋庸置疑，弗朗索瓦·达索是个聪明人，不会强迫雅各布做这种愚蠢的伪证。

达索的确相信没人躲过他的眼睛上了三楼，因此，他认为隆卡尔的死是意外，退一百步讲，也只可能是自杀。得知隆卡尔死于他杀时，他面露惊愕，这不只是震惊于自家发生了谋杀案，还是在为不可能实现的密室犯罪而心慌意乱。正因为达索头脑清晰，这种冲击才会压倒性地贯穿他整个身体。

路易斯·隆卡尔被关在达索家东塔的密室里，却仍然遭到了杀害。凶手是如何进出密室的？莫伽尔睡前一直为这个沉重的疑问所苦，或许正因如此，他才做了棺材的噩梦。

"辛苦了，让-保罗。"警督看向搭档，"难得你做了笔记，我们就把路易斯·隆卡尔死亡的可能性统统讨论一遍吧。考虑密室问题之前，可能得先检查检查有没有疏漏。"

"我没意见，警督。"巴贝斯表示同意，"那老爷子去地狱的原因，第一是意外死亡，第二是自杀，第三是外来犯杀人，第四是内部犯杀人——大概就是这样。总而言之，得看看能不能从逻辑上排除外来犯的可能。"

"不，还是从头开始吧。有意外死亡的可能吗？"莫伽尔说。

"没有。如果老爷子是在石砖上撞死的，那就跟雅各布和达索想的一样，是意外死亡。可问题是，隆卡尔死于背后到心脏的贯穿伤，没人能这样捅自己的背。"

莫伽尔警督摆弄着烟斗回答："我很在意折断的短剑。那把剑引发了好几个谜题，我打算立刻送去精密鉴定。从断面来看，剑很久以前就破损了，不可能是昨晚行凶时折断的。

"先不说这个。你看有没有这种可能？把折断的短剑剑身根部塞进石砖缝隙，朝上放在地板上。如果踩滑了仰面倒下去，算不算意外死亡？如果自愿倒下去就是自杀，如果是被人推的，那就是谋杀。"

"不可能的，警督。博恩用他找到的短剑试了，现场地板上没有能插剑的缝隙和洞。而且，就算不考虑把刀具竖在地上的原因，现实里也不可能有这种意外，会刚好在它正上方脚滑跌倒，捅穿心脏死掉啊。

"就算对方站在自己面前，普通人也很难穿过肋骨缝隙捅进心脏。自杀也一样。向后往竖在地板上的短剑上倒，你觉得会刚好捅进心脏吗？

"还有一个证据能证明这不可能是自杀。如果老爷子想到了从背后捅自己心脏的办法，也在反复练习后成功了，现场就必然会有用来自杀的刀具。"

"但是，留下的只是剑柄，折断的剑身被带走了。"莫伽尔警督说。巴贝斯用力点点头。

莫伽尔接着说："隆卡尔自杀后，有人入侵东塔大厅藏起了凶器剑身。这种可能性呢？"

这番假设让巨汉不满地用鼻子哼了一声："警督，你不是认真的吧？那男的跟蹲号子一样，领带和皮带都被收走了，哪来的短剑自杀啊？而且，假如真有人从自杀现场拿走了剑刃，那肯定是为了伪造成谋杀案嫁祸给谁。可是警督，很遗憾，在谋杀情况下能直接举出来的嫌疑人，是一个都没有啊。"

"卡桑算是吧。玻利维亚的老爷子不知怎么搞到了卡桑的短剑，用它自杀了。有人从现场带走短剑，丢进了水池。如果剑刃被发现，我们当然会怀疑卡桑。"

"这也太……"巴贝斯警督摇摇头。

"让-保罗，我只是在思考可能性，不是主张事实如此。隆卡尔不可能是自杀，没有人能在他死后回收剑刃。

"如果不是巨大的偶然，又举不出异想天开的可能性，意外死亡和自杀都是不可能的。常理而言，应该是他杀，但这还是有问题。"

"什么问题？"

"用的凶器太奇怪了。凶手为什么要用折断的剑刃捅隆卡尔？没有柄的武器很难用，只能用纸或者布裹起来当把手。事实上，水池里找到的剑身确实裹着卡桑的手绢。

"我会想到把剑刃竖在石砖上这种不现实的可能性，也是因为剑身折断的谜题。现场地板上没有能插进整个剑柄的大洞，但如果是折断了的剑身，说不定就能插在地砖缝隙里。所以我想，凶手可能就是因此才用折断的短剑的。不然，为什么要用那么不方便的凶器？这仍然是个谜。

"还有，凶手连和行凶无关的剑柄都带到了现场。如果剑有鞘，应该是和剑身一起带走了。既然如此，为什么只有剑柄留在了现场？这也是个谜。"

"确实。如果想捅死人，店里就买得到雪亮的匕首和菜刀，达索家厨房也全是称手的家伙，没必要用折断的剑刃杀人。"巴贝斯叹了口气。

"意外和自杀的可能性就讨论到这里。虽然奇怪的凶器是个谜，但目前不妨判断为他杀。好了，该讨论你整理的第三种可能了。"

"外来犯的可能？这基本也排除了。看看我的笔记，简直一目了然。"

案发当晚，达索家没有外来者入侵的痕迹。和往常一样，格雷七点开始锁门窗，锁得十分彻底，没出现打破的窗户和碎掉的玻璃。住在二楼的克劳迪恩为吹夜风打开了客房南面的窗户，但也不见有人入侵的痕迹。

晚上九点以后，以守门为己任的达朗贝尔监视着大门。十一点离开房间前去巡视时，他立刻锁上了大门。

"密不透风啊，警督。那天晚上十二点过，没人能入侵大宅杀死老爷子。"

"是吗，让-保罗？还有一种可能。格雷七点开始锁门之前，已经有人从还没锁的窗户或后门潜入大宅，并在格雷七点五十回房间之前爬上了正面楼梯。"

"但是警督，格雷七点开始巡视，达朗贝尔十一点又巡视了一遍。如果有人闯进来，肯定会暴露的。"

"房子那么大，肯定不缺藏人的地方。如果藏在空房间床下或衣柜里，就很可能躲过七点和十一点的巡视。"

"如果是那样，闯入者就必须在床底下趴到十二点零七快行凶的时候。不可能的，警督。哪有人想杀人还这么悠闲啊。"

"从晚上十一点达朗贝尔出门巡视开始，到卡桑离开大客厅回客房为止，达索家所有人都在一楼，二楼是空的。如果七点前就潜进来了，那人怎么不在十一点前干掉隆卡尔？"

"二楼没人时藏在空房间床下，等达索和三个客人上了二楼才去杀隆卡尔，这实在太不自然了。"

"二楼有四个人的话，入侵三层塔楼就比没人时困难得多。达索和雅各布去书房之后，塔楼房间更难入侵，凶手不可能这时候才行动。你说是不是，警督？"

莫伽尔点点头，说："换句话说，让-保罗，外来犯的可能性很小。目前，我不认为凶手作案前在屋里藏了几个小时。

"这样假设吧。凶手七点前就闯进林中屋，直接避人耳目地潜入了东塔大厅。他明明有钥匙，却在门前等了几个小时再动手。这已经很不自然了。而且，案发时间是十二点零七，照达索和雅各布对发现尸体前后情况的证词，凶手完全不能逃离现场。总之，假如犯案的是外人，实在有太多不可能和不自然，条件最后还是会变得和内部犯一样，算不上破了密室之谜。

"如果能从动机和凶器排除内部犯的可能，倒是可以再讨论外来犯。不过，现在看来，外来犯的可能性跟意外和自杀一样低。"

意外、自杀、外来犯，莫伽尔用思考实验排除了所有能够想到的可能性，再次确定凶手只可能来自内部。

巴贝斯好像很满意讨论结果。他对上司说："没错，警督，凶手肯定在达索的林中屋里。他们之中，案发时在二楼的四个人，尤其是独自待在自己客房的卡桑和克劳迪恩最可疑。警督，你也这么觉得吧？"

"目前这个阶段，可以忽略意外、自杀和外来犯的可能性。可是，内部犯又有东塔钥匙和达索的证词这两个问题。十二点到案发这段时间，达索一直待在房门半开的书房里，坐在能看见上楼楼梯的位置，而他主张没有任何人出入杀人现场。就算凶手是屋里的人，他要怎么杀掉隆卡尔？这是最大的谜题，是避不开的。"

追究拘禁隆卡尔的嫌疑时，达索仿佛破罐破摔，说出了让案件成谜的事实。正面楼梯处在两名用人的严密监视下，十二点到推定案发时间十二点零七分为止，达索又在书房透过半开的门监视着通往三楼现场的楼梯。

至于发现尸体的东塔，从室内通往南面阳台的门钉了好几层板子，东面天花板附近的小窗绝对过不了成年人，还严严实实地镶着铁栏。塔楼大厅唯——扇门从外面上了两把门闩，门锁也锁了，唯——

把钥匙保管在达索书房的保险柜里。

莫伽尔一边看巴贝斯的笔记，一边慎重陈述深思熟虑后的结果。"三楼是十二点零七出的动静，一分钟后，书房里的两个人发现了隆卡尔的尸体。医生雅各布摸了尸体的脉搏，确认被害人死后刚过了几分钟。杜兰给的死亡推定时间是十一点五十到十二点十分，雅各布的证词在这个范围内。"

雅各布也是涉案人员，有可能故意在证词中混淆死亡时间。因此，莫伽尔提到了法医杜兰的判断。然而，巴贝斯固执地认为卡桑是凶手，将话题推向了另一个方向：

"那么，卡桑可能是在十一点五十到达索和雅各布十二点前往书房的这段时间里潜入塔楼，杀死老爷子的。他设了什么让尸体延后倒地的小机关，然后逃离了现场。十二点零七，尸体倒地，听到声音的达索和雅各布赶往现场，发现了尸体……"

警督反驳："克劳迪恩也可能这么做。不过，让-保罗，你的推理有两个疑点。现场没找到能在凶手逃跑后自动出声的时间装置残骸。而且，他们从书房窗户听到了死者临终的惨叫。"

"声音从东塔换气窗传来，应该能传到书房窗边。还有一个问题：现场的钥匙。钥匙在保险柜里，卡桑和克劳迪恩怎么用？"

"也对。除了灰尘，现场只有断剑剑柄和一枚五法郎硬币。硬币敲在地板上也不会有多大声音。"巨汉舔着厚唇沉思。

"惨叫可能是带定时器的录音机传出来的。可如果是这样，凶手又该怎么回收录音机？"

"同样，假如隆卡尔是自杀，也没有人能进入现场回收凶器。"警督补充。

"是啊。案发之后，先是雅各布，后是恢复冷静的达索，他们都说没人潜入杀人现场。

"至于惨叫，合理地想，应该是卡桑十二点零七从自己房间窗户探头喊了一声。那天晚上在下雨，分不清声音是三楼还是二楼来的。如果三楼在这前后有动静，会觉得惨叫是上面来的也不奇怪。"

"可是，凶手要怎么在逃跑后让东塔大厅发出那么大的声音？"莫伽尔追问。

"和录音机一样，发声计时装置的回收方法也是个疑点。案发后，不可能有人避开书房里雅各布和达索的视线进塔。

"我打算明天实验一下。不过，如果掉到地板上的东西不是特别重，声音应该不可能传到二楼书房。现场没有倒下的家具，也没有摔坏的雕像和大花瓶。那间大厅像个空仓库，家具只有床、书桌和椅子。不管怎么看，都只有隆卡尔的尸体会倒下来发出声音。"巴贝斯满脸不情愿地接话。

莫伽尔一边回忆放着尸体的三重木箱噩梦，一边努力将模糊的思绪付诸言语。

形状飘忽的疑惑如泥泞般黏在脑海里，他没有自信能说服搭档接受这些挥之不去的念头。然而，如果忽略这些想法，就不可能看破林中屋谋杀案的真相。就算疑惑模糊不清，莫伽尔也无法无视这些执着的低语。

"还有件怪事。那不是单纯的密室。"

"这话怎么说？"巴贝斯狐疑地问。

"摆在我们面前的，好像是三个密室谜题。"

"三个密室……"

"准确地说，是三重密室。我们再从头想想吧。如果达索和雅各布的证词可信，封着隆卡尔尸体的三层塔楼就是个完美密室。东塔钥匙只有一把，案发时还锁在保险柜里。

"达索肯定地说，从他十二点去书房开始，到听到楼上传来奇怪的声音为止，没有任何人上过三楼。就算凶手有备用钥匙，十二点以前上了塔楼，作案后也不可能避开雅各布逃跑。很明显，发现尸体的现场是个密室。然而，案发前后，达索家还有两个密室。"

"还有两个？"巴贝斯皱着眉问。

"整个二楼都是密室。厨娘和男佣监视着一二楼之间唯一一道楼梯，十二点以后，达索家二楼是个封锁着主人达索和三个客人的密室。"

话到此处，一直在屋里走来走去的壮汉突然停下脚步，举起双拳互相碰撞，伸出右手食指大叫：

"对啊！隆卡尔尸体密室外侧有个大一圈的密室，里面关着达索等四名男女。前者在后者内部，这就是双重密室。"

莫伽尔点点头，继续说："还有个最大的密室。第三个密室是整个达索家。九点晚餐结束后，唯一没锁的大门一直处在达朗贝尔的监视下。大宅其他出入口没有从外部入侵的痕迹。没有打碎的玻璃，也没有被撬开的门窗。至少，整个达索家在九点以后都是密室。"

"尸体所在的塔楼密室。关着主人和三个客人的二楼密室。还有包括用人们所在一楼的，整个大宅的密室。这就是三重密室吗？"

"箱子。箱子里面有箱子，箱子里面还有箱子。大箱和中箱的缝隙里是三个用人，达朗贝尔、格雷和达尔蒂太太。小箱和中箱的缝隙里关着达索、雅各布、克劳迪恩和卡桑。而小箱里……"

"躺着玻利维亚人的尸体。"巴贝斯呻吟。

黑暗如七叶树密林的达索家林中屋，反季的阴湿长雨，在如此地点如此天气发生了三重密室命案。大宅整体是第三密室，二楼是第二密室，东塔杀人现场是第一密室。诡异的三重密室之谜。

莫伽尔自问般低语："密室归密室，但达索家密室奇妙的地方实在太多了。通常来说，凶手把杀人现场伪装成密室是为了什么？"

"从常识考虑，那些混蛋是为了伪装成自杀吧。"

"没错。可是，隆卡尔背后有道捅到心脏的伤，怎么看都是他杀。凶手为什么不在更像自杀的地方下手？他至少应该把凶器留在现场。现场没有凶器，那就明显是他杀了。

"那个现场不是为了伪装成自杀而刻意打造的密室。应该说，活人根本不可能行凶。能下手的，只有可以不被目击者发现就上下楼梯的透明人，以及从钥匙孔进出的妖魔鬼怪。

"然而，尸体是真实存在的。凶手设计那种状况，是为了用恶毒的谜题折磨我们粗糙的脑髓吗？这也说不通。现实生活中，哪有凶手会为了玩弄警察，专门把杀人现场伪装成密室？

"我觉得隆卡尔死亡的东塔密室的奇怪之处和达索家整体三重密室的复杂结构有关，但目前没有更详细的结论。"

莫伽尔警督皱着眉陷入沉默。或许是因为过度疲劳和睡眠不足，间歇性的疼痛像锥子一样钻着他的头。没法继续推理了。忽然之间，那个日本人浮现在他脑海中。

在他负责的拉鲁斯家谋杀案和阴阳人谋杀案中，那个日本人是第一个掌握真相的。据娜迪亚和巴贝斯所言，震撼法国南部朗格多克地区的洛舍福尔家连续谋杀案也是如此。

那个青年如此奇妙，或许连达索家三重密室之谜的真相也能瞬间看破。巴贝斯与莫伽尔共事已久，似乎察觉到了他的心声。他缓缓地说：

"三重密室啊，驱小哥好像会喜欢。找时间问问他的意见吧，这也是个办法。不过，还是得先盘问卡桑。如果他能坦白，我们就不用专门去麻烦小哥了。

"我还是想单纯点考虑。凶器都找到了，凶手肯定是卡桑。如果他有备用钥匙，那事情就简单了。他十二点以前杀了隆卡尔，又在达索和雅各布到书房之前回了自己房间。至于十二点零七，三楼响声的真相，就让他自己交代吧。

"声音诡计并不存在。就算卡桑是十二点零七杀的玻利维亚人，也能解释得通。他十二点以前就上了东塔，十二点零七把玻利维亚人杀了。隆卡尔只是个干瘪的老头，他却是个动惯了粗的混混，一定能轻松抓着对方从背后捅到心脏，眨眼就完事了。

"老爷子被捅后倒在地上，摔破了头。听到声音后，达索急着从保险柜里拿钥匙。趁这工夫，卡桑躲进盥洗间，等达索和雅各布留下尸体下楼后，自己也悄悄下了楼，躲过正在照顾达索的雅各布的眼睛，逃回了客房。警督，不用想得那么复杂，正常思考也能合上逻辑。"

听完巴贝斯这套充满警察风格的常识论，莫伽尔露出了无奈的苦笑。或许确实没必要想得那么复杂。如果事情能就此解决，自然再好不过。

"可是让-保罗，东塔门上了锁。就算门锁是凶手从里面反锁的，门闩又怎么办？凶手在室内，怎么才能插上两道门闩？"

"也对……"巴贝斯不甘地咬住嘴唇，"这也让卡桑自己交代吧。"

除门闩的问题之外，警督不认为凶手能避开雅各布的视线逃离杀人现场——除非那个老人有意做伪证。他做伪证或许不是为了包庇达索，而是为了包庇卡桑……

想到这种可能性，莫伽尔警督微微皱起眉头。噩梦又在脑海里苏醒了。隆卡尔诡异的脸上满是皱纹，他哄笑着，仿佛在嘲讽巴贝斯的常识论。

2

"卡桑来之前，你先跟我说说下午的调查进度。"

莫伽尔甩开内心的疑惑，对搭档下了命令。要接近"谁杀了人"

的真相，可以从"怎么杀"和"为什么杀"两方面入手。目前既然无法解开杀人手法之谜，不如换个角度，转而思考动机。

"好啊，警督。虽然才半天，但还是查到了些有趣的东西。"巴贝斯翻开了他爱用的口袋书大小的笔记本。

莫伽尔问："马拉斯特查清被害人身份了？"

"没错。塔楼杀人现场和达索家内外都没找到被害人的旅行袋和护照。达索说老爷子是放在别的地方才去他家的，简直胡说八道。于是，为了调查被害人的入境卡，马拉斯特去了机场。"

"找到了吗？"

"找到了，在奥利机场。马拉斯特先去了南美国际航班最多的鲁瓦西机场，但是怎么都找不到，去奥利机场才终于挖着线索了。"

和冠有夏尔·戴高乐之名的新机场鲁瓦西一样，奥利机场也是国际机场，只不过多用于近距离国际航班和小规模航空公司航班。

巴贝斯翻着笔记本，热情地继续说："国籍玻利维亚，年龄六十二岁，入境目的是旅游。姓名和地址都很正常。达索关于这些的证词符合事实。他果然是只不会随便撒谎的狐狸。入境卡上对调查有用的情报，我觉得有以下三点。

"第一，隆卡尔于五月二十五日搭乘下午一点的航班抵达奥利机场，在二十七日晚上去达索家的两天前就已经到了巴黎。第二，隆卡尔的入境卡下还有一个同姓人的入境卡，说明他有旅伴。伊莎贝拉·隆卡尔，五十八岁，想必是被害人的妻子。第三，隆卡尔夫妇是从里斯本出发的，并未搭乘玻利维亚或南美直达巴黎的航班。"

"那就该查酒店了。"莫伽尔警督低语。

要掌握隆卡尔的行踪，就必须查明他二十五和二十六号两天落脚的地点。而且，隆卡尔的妻子伊莎贝拉跟他一起到了巴黎。

隆卡尔二十七日起就被囚禁在达索家，此后三天，如果伊莎贝拉没丢下下落不明的丈夫独自返回玻利维亚，那她住在巴黎什么地方？或许他们在巴黎有弗朗索瓦·达索之外的熟人，住在了对方家里，但常理而言，住的应该还是酒店。

"我没疏忽。马拉斯特从奥利回来之后，我立刻让他去查隆卡尔夫妇落脚的地方。对了，有件与这有关的事很有意思。"

"什么事？"

"报警说达索家有人被杀的女人，好像是个外国人。我把接电话的区局警察叫过来问了话，当天值班的人说得很清楚，报警人外国口音很重，完全不像法国人。"

巴贝斯在暗示什么？答案想都不用想。丈夫在旅行地没了消息，妻子会怎么办？如果只是一晚上不打招呼没回酒店，她可能不会太担心。如果隆卡尔男女关系不检点，找女人住便宜旅馆，她倒可能会暴怒。

可是，丈夫第二天仍然没回酒店。到这个地步，妻子一般都会采取行动。

然而，她并未请求警方搜索路易斯·隆卡尔。难道伊莎贝拉心里早有线索，知道丈夫自愿或被迫留在，甚至被监禁在某个地方，想在报警前先行确认？比如，丈夫曾经说会去拜访的达索家……

为了寻找失踪的丈夫，伊莎贝拉私下展开了调查。虽不知详细经过，但她最终得知隆卡尔遭到监禁或杀害，终于决定报警。

"报警的是伊莎贝拉·隆卡尔？"莫伽尔用确认的语气问。

"我觉得是。马拉斯特很有两把刷子，只要隆卡尔的老婆没刻意隐藏行踪，他大概明天就能把她带来。到时候又能掌握新线索了。比如隆卡尔来巴黎的背景，以及真正的理由。"

"说到外国口音，我想起来了。你确认过格雷的捷克语水平吗？"

弗兰兹·格雷格罗瓦是涉案人员中唯一一个外国人，莫伽尔警督在调查会议上给巴贝斯下过指示，让他确认格雷的身份是否确如本人所说。这不是因为莫伽尔有所怀疑，而是因为他是个完美主义者。

"司法警察外事科有个从捷克逃过来的科员，我叫他帮了忙。他下午去达索家跟格雷面谈过了，没发现什么问题。格雷会说捷克语，也知道捷克的历史、文化和风俗。照他所说，达索家的男佣绝对是个在捷克乡镇出生长大的、有点古怪胡斯派[1]信仰的老园丁。"

"足够了。还有个问题，格雷和埃米尔·达索是怎么认识的？"

老达索的戒心异常强烈——与其说是戒心，不如说是疑心。这种人会随便放不明来路的捷克人进自己家吗？这就是莫伽尔的疑问所在。

"格雷自己的说法，是流落巴黎无所事事时在报纸上看到了招募园丁的广告，然后应聘来的。屋主弗朗索瓦和管家达朗贝尔则说，不知道是老达索从什么地方捡来的。两边的话虽然有点出入，但那么久

1　十五世纪早期捷克宗教改革运动，因其发动者胡斯得名。

以前的事也确认不了，只能旁敲侧击了。"

"案发后离开现场的蓝雷诺18呢？"

"博恩的下属一早就在林中屋附近打听，查到了些有意思的情报。达索家东边是条小路，路对面有栋要拆迁的废楼。那栋楼相当大，有六层，是石造的，居民三月已经都搬走了，附近当然没什么人，夜晚更冷清。

"深夜十二点半前后，附近有居民开车经过这条小路，据他所说，废楼前面停了一辆可疑的车。车里没开灯，好像坐着人。

"他没看清车的型号，但看到了车是蓝色的。那辆车掩人耳目地停在能监视达索家侧木门的位置，警车赶来后就逃离了现场——这样推测应该没问题吧。

"案发是十二点零七，雷诺逃走是十二点四十五。隆卡尔遇害后，这辆车还在现场磨蹭了半个多小时，凶手乘车逃走的可能性或许很低，但车不可能和案件无关。我们不能忽略共犯的可能。

"博恩的下属在那一带问了一圈，二十八号下午三点和二十九号下午一点左右，附近也有居民看见达索家旁边小路上停了辆可疑的蓝雷诺。

"虽然不能因为是蓝色的雷诺18就说是同一辆车，但这情况挺让人在意啊。隆卡尔被监禁后第二天，陌生的蓝雷诺就开始在那附近出没了。照我看，车里有可能是隆卡尔的老婆。"

莫伽尔有同感。丈夫说要拜访达索家后没了音信，妻子正在寻找他。然而，她就算去达索家也问不出什么确切情况。如果管家达朗贝尔说没来过这种人，让她吃个闭门羹，她就不能继续追查了。

妻子越发怀疑，却拿不出任何丈夫被监禁在达索家的证据。她走投无路，找辆车来监视林中屋也不奇怪。虽说她是外国人，租辆汽车倒也不难。

或许，伊莎贝拉听到了东塔的夜半惨叫。当晚雨势凶猛，宅边小路上的她能否越过庭园森林听到隆卡尔临终的叫喊？这是个未知数。但在这种假设下，神秘报警人的身份也能得到解释。

疑似丈夫惨叫的声音传到伊莎贝拉耳中，她惊慌失措，跑去附近的公共电话亭报了警。她或许有所期待，认为如果声称发生了谋杀案，警察就会立刻赶来搜查达索家。不过，若是如此，便会产生一个新的谜题：巡逻车抵达后，伊莎贝拉·隆卡尔为何立刻从现场消失了？

莫伽尔让巴贝斯继续汇报："现场找到的指纹呢？"

"被害人的占了大多数，其余都是达索家涉案人员的，没发现外人的指纹。从现场搜集的毛发之类微小遗留物来看，也没有外人参与其中。"

"派去查七个涉案人员背景的探员有什么发现吗？"

"还没有什么重大线索，毕竟才查了半天啊。我从用人的调查结果开始说。管家莫里斯·达朗贝尔生于布尔热，六十岁，战前就在达索家工作，是个守旧的老管家。从他那副顽固的样子也看得出，他很可能为了主人做伪证，需要对他留点心。

"刚才提过的男佣弗兰兹·格雷，五十八岁，生于德国国境附近的村镇亚希莫夫，一九五〇年住进达索家工作，一九五五年取得法国国籍，雇主老达索是他的身份保证人。达朗贝尔和格雷的生活重心就是林中屋，他们都没有家人。区局证明了当事人的证词，但很难查出更多线索。"

"查查达朗贝尔的私生活。这人虽然满脸严谨诚实，但所谓人无完人，他身边说不定全是贪财的年轻女人，也说不定炒股吃过亏。还有我刚才提到的，要想办法查出埃米尔·达索雇用格雷的经过。我想知道法国犹太富豪雇用素不相识的捷克流民的理由。"

莫伽尔打断搭档的话，重新指出了调查重点。调查涉案人员背景虽是例行公事，却不知会查出什么结果，因此绝不能松懈。

巴贝斯边认真地将指示内容记在笔记本上边说："明白，达朗贝尔就让达特斯那小子去查，格雷那边，得找个更敏锐的警察。达特斯恐怕扛不起这么重的担子。就算格雷自己和达索家的人都不开口，也有办法查清他的过去。常去的酒馆，相好的女人，总有地方能查到他和达索的关系。"

"对了，听说，得到管家许可后，格雷每个月会在外面住一两晚。他五月二十八号晚上也住在外面，第二天早上才回大宅。厨娘说这事说得不清不楚，但他大概是住在女人家里了。这条线我也会查查。"

"接着说其他人。厨娘莫妮卡·达尔蒂，巴黎人，四十六岁，十三年前开始在达索家工作，当时埃米尔·达索还健在。她有一个二十五岁的儿子，正在歌剧院广场附近一家有名的餐厅学习厨艺。为了照顾儿子，莫妮卡每周会回一次家。

"孩子读小学时，她离了婚。她前夫是个游手好闲的家伙，还有赌博的相关前科。达索家和罪犯有关的用人，目前只有莫妮卡·达尔蒂。"

"查莫妮卡的时候，查查她儿子的品行，还有她跟前夫的关系。哪怕凶手在三个用人之中，我也不觉得他们的动机是怨恨。毕竟他们从没见过这个玻利维亚人。如果他们要杀隆卡尔，应该是为了钱。如果涉案人员里有缺钱的人，一定要慎重处理。"

"同感。不过，那老爷子满脸穷酸，杀他难说是为了马上捞到大钱。他怀里又不可能揣着大捆钞票。如果是为了钱，可能是委托杀人。有人出高价委托凶手，让他杀了那个玻利维亚人。

"三个客人也有接受委托的可能，但他们还有可能是出于怨恨。他们特意在隆卡尔被囚时来达索家，简直就像来看牢笼里的猎物。包括屋主达索在内，这四个人过去都可能和路易斯·隆卡尔有过接触，并产生了杀人动机。"

"客人呢？"莫伽尔催他继续汇报。

"亨利·雅各布生于巴黎郊外的默伦，六十八岁，在犹太会堂所在的雨果广场开过医院，但据当事人所说，他十年前就退休回了乡下。以前的病人都夸他是个亲切的名医。

"我派了人去他默伦家里，但目前只查到一些表面情况。过去的警察打电话跟我汇报，说他家干净整洁，正像一个成功的医生隐居的地方。邻居对他的评价也很好。雅各布一直单身，没有家人。

"至于关键的埃德加·卡桑，亚眠人，五十三岁，十年前回老家开了修车厂。如果生意不顺，他倒是有充分的动机为钱杀人。这方面我已经拜托亚眠宪兵队调查了。

"他的经历跟他自己说的一样，但调查弗朗索瓦·达索背景的警察打听到了有意思的线索。他有个很熟悉企业界地下情报、专门负责经济犯罪的同事，那人跟他说了些秘密。"

"什么秘密？"莫伽尔好奇地问。

"老达索把产业发展得很快，魄力大得恶魔见了都要逃，甚至不惜干脏事。虽然没闹到过台面上，但屡有传闻说他用暴力手段干掉了商业对手，还有好几次惊动了警方。埃米尔·达索干脏事时，在黑帮和公司之间斡旋的就是卡桑。

"他能在老家开修车厂，大概也是因为公司出了些钱，当作达索死后的封口费。以前调查达索公司违法行为的调查官说，这种推测比较现实。"

警督点点头："最后一个是克劳迪恩·杜波？"

"克劳迪恩，二十四岁，巴黎人。如她所说，她父亲是名拉比，战时被盖世太保抓去集中营关过。丹尼尔·杜波奇迹生还，和一个险些在集中营遇害的犹太女人于巴黎成婚，生下了独生女克劳迪恩。

"克劳迪恩的母亲早于丹尼尔三年病逝。集中营生活让他们体弱多病，早逝的原因可能就在这里。

"母亲死后，父亲也死了。克劳迪恩接受了达索家的经济援助，目前正在巴黎大学读书，指导教授是伊曼努尔·加德纳斯。她现在住在大学附近的穆浮塔街。"

话到此处，巴贝斯将笔记本往桌上一拍，叫道："对了，忘了汇报了。克劳迪恩坚持要回穆浮塔街的住处拿内衣和化妆品。"

"博恩正在安排，打算找一个警察跟她回去。她搞了一些学生式的烦人抗议，让博恩拿出禁止她回家的法律依据，博恩也头痛得很。当然，晚饭前会带她回林中屋的。"

且不论住在遥远亚眠的卡桑，要把住在巴黎郊外的雅各布和在巴黎市内租房的克劳迪恩关在达索家，最多只能关到明天。博恩做出这种判断也是无奈之举。

现阶段，案件轮廓尚不清晰，调查方应该尽量阻止涉案人员和外部人员接触。然而，除非特定某人为重要嫌疑人，且该人又有逃亡的可能，否则是很难继续强制禁足的。

"这也没办法。杜兰医生的报告呢？"

巴贝斯从沙发旁小桌上的文件堆里翻出装着报告的茶色信封，放在警督桌上。莫伽尔从中拿出几页报告，粗略一扫，皱着眉自言自语：

"无法确定单一死因……"

"没错，警督。之后我会叫杜兰来再说明一次，但总而言之，他没法确定致命伤是头部撞伤还是心脏刺伤。"

巴贝斯面带不甘，心虚地重复了杜兰医生的说明。即便尸体有多处伤口，一般也能确定哪些是生前，哪些是死后造成的。如果尸体伤口观察不到生活反应，便可判断为死后创伤。

然而，倘若每处创伤都可能是致命伤且时间接近，便无法确定其产生于生前还是死后。据报告记载，隆卡尔就属于这种情况。报告同时显示，他右手拇指根部的伤口是生前造成的。

巴贝斯继续说："凶手挥着短剑靠近被害人隆卡尔，隆卡尔为保护自己而弄伤了右手，转身想逃，却被凶手从背后刺中了心脏，然后仰面倒下，在石砖上撞到了后脑勺……

"从现场情况来看，这种设想还算妥当。但还有一种可能：隆卡尔的致命伤是后头部的撞伤，凶手后来才捅的心脏。

"后头部和心脏创伤都有生活反应，可以说两处创伤是在一定时间带内同时产生的，也可以说它们同时起效，导致被害人死亡。总之，验完尸也不知道撞伤和刺伤孰先孰后，但这不算大问题。"

"杜兰的判断是，头部撞伤和心脏刺伤都足以单独致死？"莫伽尔好像很在意，执拗地加以确认。

"好像是。雅各布说头部伤成那样绝对活不了，看来是对的。解剖报告里写着，后头部撞伤导致了颅底纵裂骨折和脑干损伤。他不是说，看一眼就知道老爷子救不救得回来吗？"巴贝斯耸了耸健壮的双肩。

莫伽尔没理他，自言自语道："法医学无法确定哪处创伤停止了被害人的生命活动，也无法判定哪处创伤先产生……"

"按杜兰说的，就是这么个意思。"

"如果是这样，时间带有多宽？如果两处创伤是同一瞬间产生的，那没什么问题，但如果它们之间隔了一段时间，第二处创伤就观察不到生活反应。间隔时间最长是多少秒，或者多少分？"警督追问。

"这个，我没问那么细，之后我会问杜兰的。按常理想，大概一两分钟吧，虽然跟损伤部位也有关。"

莫伽尔不懂法医学，他试着用门外汉的思维想了想。忽略脑死亡问题，当一个人具备心脏停搏、呼吸停止、瞳孔扩散这三大特征时，通常就会被判定为死亡。当然，极少数情况下，也有出现死亡三特征却复活的例子。此外，还可能出现心脏已经停搏，短时间内却继续呼吸的过渡状态，以及呼吸已经停止，心脏却继续搏动的状态。

前一种情况虽观察不到源于心脏活动的生活反应，但在短时间内，或许有可能观察到源于肺部活动的生活反应。假如死于心脏刺伤的人在死后立刻被丢入海中，由于心脏活动停止和呼吸活动停止之间有微小的时间差，就会在尸体肺部检测到海水。

还有这种事例：在火灾现场发现了尸体，解剖时却未在其肺部发现烟尘微粒。该尸体虽被判断为死后才遭焚烧，但实际上，被害人因药物效果暂时停止了呼吸，所以没有吸入烟雾，致命伤是火灾时刺入心脏的一刀……

不过，这次不必考虑那么极端的可能性。或许头部撞伤是产生在先的致命伤，是导致被害人死亡的原因，而在脑组织的致命损伤作用于全身并导致心脏停搏前，被害人心脏又遭到了刺伤；或许心脏刺伤是产生在前的致命伤，在心脏停搏带来的尸体变化蔓延至脑组织及其周边皮肤与血管之前，被害人头部又遭到了击打。

目前的问题，只不过是法医学无法在两者中确定一个。雅各布首先检查了尸体，作为一个有经验的医生，他确认到心脏停搏、呼吸停止、瞳孔扩大的现象，宣告被害人已经死亡。没有理由怀疑他误诊。

而且，当时身在现场的达索也证明隆卡尔的脉搏停止了跳动。发现尸体时，隆卡尔已经彻底死亡。

基本可以确定，三十日零点七分，雅各布和达索听到的正是被害人头部撞在地板上的声音。其后一分钟左右，他们就发现了隆卡尔的尸体。

在这一分钟左右的时间里，隆卡尔可能又被刺中了心脏。当然，也可能正好相反。隆卡尔先被刺中心脏受了致命伤，在一定时间间隔后才倒向地板，导致头部负伤，让楼下的两人听到了声音。常理而言，应该采纳第二种可能。

或许，他不必如此介意这个问题。毕竟，极短时间内连续产生两处可能单独致命的创伤的事例并不罕见。

被害人心脏负伤，倒地时在石头上狠狠撞到了头。这种情况不是很常见吗？对被害人头部施加足以致死的强烈撞击，夺走其反抗能力，为保周全，再捅穿他的心脏——这种情况也很常见。

就算判明两处创伤孰先孰后，也无益于解决塔楼密室之谜。不管头部撞伤在先还是心脏刺伤在先，在当时那种情况下，没人能够实施伤害行为。这才是最大的问题。

莫伽尔的视线回到文件上。还有一条报告让他在意。杜兰指出，尸体右腋下有烧伤的旧疤。

金发碧眼、貌似日耳曼人的玻利维亚老人被囚禁在曾遭纳粹迫害的犹太富豪家中，随后遭到杀害。不会吧？莫伽尔想。然而，隐秘之处的烧伤旧疤，让他想起了艾希曼事件等诸多与纳粹战犯有关的事件。

纳粹党卫军都有义务在腋下文上自己的血型，以备战时紧急输血之需。为了隐藏身份，许多遭到追捕的党卫军战犯都用强酸或火焰烧伤皮肤，抹掉了血型刺青。腋下刺青是再明白不过的证据，可能暴露他们过去党卫军的身份。

警督看了一眼桌上的塑料袋，袋里是在杀人现场发现的党卫军短剑。他不明白的是，凶手为什么带走了折断的剑身，却把会暴露短剑来路的剑柄留在现场？

如果情况相反，倒是可以推测凶手的意图。为了隐藏凶器的来路，他很有可能这样做。倘若尸体旁边只有折断的剑刃，哪怕巴黎警局鉴证科也很难确定它是纳粹党卫军短剑的一部分。然而，凶手明明带走了剑刃，却把刻有纳粹党徽和双闪电徽章的剑柄留在了现场。

难道是犯罪声明？留在尸体旁边的短剑剑柄是刻意为之，为的是宣扬杀害路易斯·隆卡尔的凶手与纳粹党卫军有关？然而，隆卡尔死于曾遭纳粹迫害的犹太人宅中，这和此种猜想之间有致命的矛盾。

假如隆卡尔腋下疤痕是为掩藏过去党卫军的身份而造成的，案件情况就成了原纳粹特意在犹太人家中杀死原纳粹，实在太不自然。

假设犹太人向原纳粹复仇时用了党卫军的短剑，就比这更不自然了。目睹刻有纳粹党徽的短剑剑柄时，达索神色激昂，个中感情不知是不快、厌恶还是憎恨。他的表情至今还烙印在莫伽尔脑海里。

倘若凶器是刻着六芒星[1]的短剑还能理解，但犹太人绝不会选择

1　即六角星，也称大卫之星、犹太星，是犹太教和犹太文化的标志。

饰有不祥纳粹党徽和双闪电的短剑作为复仇凶器。

昨晚，主人达索和三名客人都说没见过短剑剑柄，用人的证词也证实了他们的话。莫伽尔警督怀疑凶器短剑与被害人路易斯·隆卡尔有关。隆卡尔真实身份成谜，说不定隐瞒了过去的经历，持有党卫军短剑也不奇怪。

第二次世界大战后，逃往南美的纳粹不在少数。玻利维亚籍的老人相貌类似日耳曼人，腋下还有可疑的烧伤。如果隆卡尔曾是纳粹，党卫军短剑也可能是他带进达索家的。

"派人带隆卡尔的照片去犹太人信息中心。如果他是被通缉的战犯，说不定能找到什么线索。达索、雅各布、卡桑和杜波都是法籍犹太人，达索和杜波都进过集中营。赶快查查雅各布和卡桑战时的情况。"

"知道了。不过，这和隆卡尔谋杀案有关吗？"巴贝斯挑起眉毛。

"不知道，但我好奇。"莫伽尔低声说。

"警督，你好奇的是短剑剑柄吧，毕竟上面有个夸张的纳粹党徽，但我觉得那没多大意义，凶手大概就是在旧货店随便买的。不过，我会查查雅各布和卡桑战时的情况。"

巴贝斯记下上司的新指示，合上了笔记本。正当此时，敲门声响起，老刑警博恩带着比自己高一个头的壮汉卡桑进了办公室。巴贝斯舔舔嘴唇，向他迎去。

大个子男人听从警督邀请，不情不愿地坐进书桌前的椅子里。博恩将塑料袋里的道具放在警督桌上。还有一只袋子，里面放着一块湿手绢。这是一块灰红相间的条纹手绢，据说，住在达索家时，卡桑把不同颜色相同纹样的手绢拿出来洗过。

刀上沾着检测指纹用的银色粉末。鉴证人员奉命彻查有无可供外人入侵的途径，应该还在达索家继续工作。要给那座豪宅的所有门窗洒上铝粉并拍照，从早忙到晚也未必能做完。

莫伽尔从办公桌抽屉里拿出塑料薄手套戴上，拿起折断的短剑剑刃慎重观察。仅折断部分就有二十厘米，除开裹上手绢制成的临时握把，还有十多厘米的刀刃可供使用。如果被这种东西刺中心脏，想必会当场丧命。

加上留在剑柄上的部分，短剑刃长在二十五厘米左右，剑身从中折断，有约二十厘米用作凶器。警督饱受训练的眼睛发现，剑刃中部留有少许指纹。

距刃尖五六厘米处有油性污渍。第二个塑料袋里的手绢带有红褐色痕迹——自然是凝固的血。

凶器虽在水中泡了一夜，残留的使用痕迹还算比较清晰。肉眼所见，剑身和剑柄上的断口一致，都没有锈迹，都有灰色污渍。

短剑折断后一定经过了相当长的时间。交给鉴证科就能得到更准确的信息。

莫伽尔问博恩："这块手绢是缠在剑身根部从池子里找到的？鉴证人员说过指纹检测的情况吗？有对调查有用的线索吗？"

一个呼吸的间隔后，老刑警博恩回答了警督的问题："因为是在水里找到的，如您所见，指纹很淡。而且，凶手丢凶器之前可能用布擦过，指纹歪了。不过，擦指纹的人可能特别着急，留了一个没擦掉。

"但这个指纹也很模糊，派不上用场。用肉眼和便携放大镜看的话，得不出确切结论。他们回总部之后会在鉴证室放大照片，和涉案人员的指纹做对比。"

"还对比什么，指纹肯定是这混蛋的。是不是啊，卡桑？"巴贝斯挤出可怕的低吟。

莫伽尔按下内心的疑惑，冷静地问："那我开始了。这把折断的短剑剑身，还有缠在上面当握柄的手绢，是你的东西吗？"

"手绢倒是挺像我那条。"

卡桑如此回答，嘴角浮现一丝嘲讽。巴贝斯探长猛然站起，气势足得仿佛要踢翻椅子。他啪地拍响了桌子。

"别扯淡。厨娘莫妮卡做了证，这就是你的手绢。剑身上有油渍，手绢上有凝固的血，都说明这就是杀害隆卡尔的凶器。只要交给鉴证科，马上就能查清血型，肯定和被害人一致。别再找借口了，人就是你杀的。是吧，卡桑？"

"就算裹着我手绢的剑是杀人凶器，也不代表我就是凶手。"卡桑装聋作哑地说。

"你承认是你的东西？"

"手绢是。"卡桑做作地叹了口气，不耐烦地点点头。

莫伽尔接过话："你想说短剑不是你的？"

"没错。我见都没见过这把断剑。"

卡桑很狡猾。他承认难以狡辩的手绢是自己的，却坚称没有见过凶器剑身。

莫伽尔追逼道："你的手绢缠在短剑剑刃上当握柄，沾满血液，还是在杀人现场正下方的水池里发现的。关于这一点，你有什么想解释的吗？"

"被偷了。"片刻后，卡桑别扭地压着声音低语。

"怎么回事？"

"昨晚睡前换睡衣的时候，手绢确实还在我上衣口袋里。被达朗贝尔叫起来，稀里糊涂换衣服的时候，我却发现它不见了。"

"也就是说，你喝醉熟睡的时候，有人偷了你的手绢。对方为了嫁祸给你，把偷来的手绢缠在短剑剑刃上，当凶器用了……"

"对。不管你信不信，手绢确实被偷了。"

巴贝斯大概认为卡桑嘴里尽是荒诞的借口，于是凶神恶煞地抓住他强壮的胳膊。男人满脸怒气地回头，用力晃动肩膀，甩开巴贝斯的手。卡桑不是那种会任由警察刁难的人。两个大汉恶狠狠地对视，仿佛随时都会打起来。

正在此时，办公桌上的电话响了。巴贝斯泄气似的伸出手，皱着眉将听筒按在耳边，表情越发僵硬。

莫伽尔看着他问："怎么了？"

"克劳迪恩甩掉了监视她的刑警，现在下落不明。什么呆子啊！"巴贝斯大叫。

"克劳迪恩……"

"对。一辆蓝色的雷诺18在穆浮塔街的鱼肉店前撞向监视她的刑警，刑警为了躲车卧倒在地，她就趁机跑了。开雷诺的人丢下轧到人行道上的车，也在附近小巷里消失了。这不像普通人的手段，那女人背后一定有专家。"

一旁的博恩听了这番话，几乎要把嘴唇咬裂。允许克劳迪恩临时回家的是他，他或许觉得自己有责任。办公室里响起夸张的哄笑，卡桑前仰后合地嘲笑着他们。巴贝斯咬牙切齿地扣下听筒。

3

透过车窗，莫伽尔警督愣怔地望着被冷雨淋湿的黄昏街道。他白天睡了三四个小时，身体深处仍旧堆满泥泞般的疲劳，太阳穴像塞了铅块一样沉重。

好不容易解决了里昂车站的谋杀案，又得马不停蹄地调查达索家林中屋的玻利维亚人被杀案。年过五十，莫伽尔觉得自己体力骤减，再也不能像年轻时那样硬撑。如果可以的话，今晚真想在家里休息啊。他想。

巴黎市中心堵车堵得厉害。路上有市内公交、旅游大巴、小型卡车、出租车、私家车，有法国产的、德国产的、美国产的、意大利产的、日本产的，有奔驰、捷豹之类的大型豪车，也有雪铁龙、标致等小车。

汽车过量增长的现代文明疾病，马车时代设计的低效道路方案，应该为此负责的第二帝政时期行政长官奥斯曼[1]——巴贝斯探长正在不停谩骂他们。

现在不是分秒必争的紧急事态，不可能鸣笛挤开满街汽车——不，如果只有巴贝斯一人，他还真可能命令旁边开车的年轻巡警亮灯鸣笛。

就算这会让塞车更加严重，他也懒得理睬。巴贝斯绝对是这么想的。他之所以尽力忍耐，是因为后座里坐着他那不喜欢在不必要的时候行使警察权力的上司。

从警局所在的奥尔夫雷河岸前往目的地皇家宫殿广场，步行需要十五分钟，深夜和清晨开车需要两三分钟。然而，如今警车深陷巴黎市中心的晚高峰，时而缓行，时而停车，只能像水牛一样慢吞吞地前进。

他们坐车是为了避开反季的冷雨，如果选择步行，说不定已经到了皇家酒店。不过，其实也没那么急，再过五分钟应该就能到。警车终于驶出拥堵的里沃利街，巴贝斯心情似乎也好了点。他一改谩骂奥斯曼时的语气，对莫伽尔说：

"快到了。忙得团团转还招待记者也不亏，今天就找到了隆卡尔住的地方。"

"马拉斯特在皇家酒店待命？"

"没有。他已经去找伊莎贝拉·隆卡尔坐的出租了。那辆车不是

1　乔治-欧仁·奥斯曼，于1853至1870年主持了巴黎重建，时任塞纳区行政长官。

路边拦的，是隆卡尔太太让酒店叫的。凭马拉斯特的本事，应该很快就能找到。"

霉运到头就是幸运。克劳迪恩·杜波逃走的消息传来后不久，博恩的下属就从皇家宫殿的高级酒店打了个紧急电话到莫伽尔警督的办公室。

在报道达索家谋杀案的新闻里看到被害人姓名后，受惊的酒店经理赶紧联系了警局。据说，隆卡尔夫妇是五月二十五日下午入住的。

接到电话后足足一个小时，莫伽尔和巴贝斯才终于离开了警局。就算缠在凶器上的手绢是卡桑的，也不代表他就是杀害隆卡尔的凶手。从卡桑住的客房往外扔凶器扔不进东塔正下方的水池，这个事实也是警督慎重判断的原因。

派人严密监视卡桑并押回达索家，下令搜寻出逃的克劳迪恩，向总警监汇报今天的调查结果……外出之前，他们有许多杂务要完成。

接到通知后，寻找隆卡尔落脚点的马拉斯特刑警立刻赶往皇家酒店。据酒店经理所说，继路易斯·隆卡尔之后，他妻子伊莎贝拉昨天到现在都没回酒店。

莫伽尔本以为，找到酒店就能向隆卡尔太太问话，并查出被害人隆卡尔的真实身份和访问巴黎的目的。很遗憾，他的期待落空了。

向酒店简单询问情况后，马拉斯特立刻又在雨中奔波起来。这位深受警督信赖的老刑警或许自己做出了判断：更详细的询问就交给稍后抵达的莫伽尔警督，自己的任务是尽快找到隆卡尔太太失踪之夜搭乘的出租车。

"伊莎贝拉是五月二十九号，隆卡尔离开酒店后第三天失踪的？"警督问下属。

"好像是。马拉斯特在电话里没说细节。"

"行。我们马上就能直接问酒店人员了。"

皇家酒店面朝剧院路尽头的皇家宫殿广场，门口停着两辆巨大的旅游大巴。警车勉强挤进它们之间，终于停了下来。

一个日本旅行团刚从机场抵达，三四名侍者正将巴士旁堆积如山的行李箱搬进酒店。这家位于剧院路的高级酒店离歌剧院和卢浮宫都很近，似乎很受日本旅客欢迎。

剧院路上，专门面向日本游客的特产店和日料店鳞次栉比。一到旅游旺季，远东岛国蜂拥而来的客人便会在街上摩肩接踵，以至巴黎市民之间流行起一个笑话，说这里还不如改叫日本人路。

继马约门的摩天大楼之后，巴黎近年出现了许多美式大型酒店。不过，这家酒店是传统的石造建筑，装修风格沉稳、不算宽广的大堂挤满了刚刚抵达的日本游客。

因堵车而心烦气躁的巴贝斯探长急不可待，刚到巴黎、兴奋得像麻雀一样叽叽喳喳的游客惊讶地给他让了路。巴贝斯庞大的身躯粗暴地拨开一群群日本人，朝前台小跑而去。

在闪烁着米黄色光芒的前台向接待员告知身份后，酒店经理立刻现了身。大概马拉斯特事先就让他等着莫伽尔警督。

这是一名身穿精致黑西装、瘦削高挑的初老男性。他用符合职业气质的殷勤口吻打了招呼，带两位警官来到前台后的小接待室。巴贝斯不等邀请就在安乐椅上落座，从浮夸夹克的内袋里掏出一张照片，递到经理胸前。

"你说的客人，就是照片上这个人吧？"

"确实是隆卡尔先生。"

经理瞥了眼玻利维亚老人满脸惊愕的死状，用力点点头。巴贝斯满意地咕哝起来。

莫伽尔问："隆卡尔夫妇是五月二十五号入住的？"

"从记录来看，是二十五号下午三点十五分。"

经理静静地将事先备好的住宿卡放上桌面。卡上填写的小字很端正，从笔迹来看，路易斯·隆卡尔好像是个神经质的人，而经理接下来的话也证实了这一点。

"到酒店前一个小时，他从奥利机场打了个电话来确认预约情况。当然，负责人的回答是已经备好了房间。"

"预约人是谁？"

"里斯本的旅行社，应该是在给旅客买票时订的酒店。居然特意从机场打电话过来，这位客人真是慎重。如果事先预约过，大部分客人都会直接到前台。"

"他打算住多久？"

"住宿卡上写了，预约的是五天。"

卡上确实写着预计五月三十日退房。隆卡尔打算在巴黎留到三十日上午，却在最后这天变成了达索家林中屋里的尸体。这是巧合，还是有其深意？莫伽尔沉默地点点头，巴贝斯毫不客气地问经理：

"住这里的时候，隆卡尔夫妇情况如何？"

"我们的前台是三班倒的，把他们的话综合起来看，二十五号到二十七号期间，两位客人几乎都在房里，只有午饭和晚饭时间会外出一小时左右。"

这家四星级高级酒店虽然历史悠久，规模却不比坐拥数百客房的美式大型酒店。前台和其他工作人员之所以能一定程度掌握住客出入情况，和这也不无关系。

现代大酒店的前台好比春天百货或老佛爷等著名商场里的店员，除非发生过什么特别的事，否则不会记得客人的出入情况。

巴贝斯皱眉低语："奇了怪了，边上有这么多游客喜欢的景点，走路就能走到，他们怎么像巢箱里的雏鸟一样？"

"隆卡尔是二十七号晚上开始没回酒店的？"莫伽尔选择先打听路易斯·隆卡尔失踪前后的情况。至于伊莎贝拉·路易斯，可以稍后再问。

"他们夫妇总是在附近的咖啡店和餐厅吃午饭和晚饭，不过，二十七号晚上，隆卡尔先生一个人出了门，太太晚饭是叫的客房服务。这是当时的小票。"

一人份晚餐的小票上有酒店人员写下的日期、时间、房间号、菜名和价格，角落里还有伊莎贝拉·隆卡尔的签名。和丈夫工整的笔迹相反，她的字很潦草。

"隆卡尔是几点出门的？"巴贝斯探长单手拿着笔记本问。

"值班的前台说是六点过。和前两天不同，他没让前台保管钥匙，一个人从正面旋转门出去了。前台觉得有点奇怪，还在想太太是不是不舒服。"

"结果，隆卡尔没回来……"莫伽尔警督确认。

"对。看见隆卡尔先生外出的前台说，他到交班为止都没回来。之后值夜班的前台也说对隆卡尔先生没什么特别印象。前台没有钥匙，他以为夫妇俩都在房里。

"保洁人员后来告诉我，第二天上午去隆卡尔夫妇客房时，她看见有张床的床单很整齐，不用收拾。既然没有睡过的痕迹，人应该就是没回来。第三天也一样。"

隆卡尔五月二十七日六点过离开了皇家酒店。不论是自愿还是被迫，据达尔蒂太太所说，他十二点前抵达达索家，被关进了东塔大厅。七点半抵达达索家的雅各布曾说，隆卡尔在他之前就到了。证词中疑点颇多的达索主张，隆卡尔是七点左右一个人来的。

六点过离开皇家酒店，七点左右抵达布洛涅的达索家，时间上可以接受。目前各方证词还没有矛盾。如果隆卡尔遭到绑架，应该能在酒店问出相关证词。想到这里，莫伽尔问：

"前台有其他发现吗？比如可疑的访客。"

"从两位客人二十五号傍晚入住开始，到隆卡尔太太二十九号夜里外出为止，没人通过前台拜访他们，不过……"经理欲言又止。

"不过？"

"看见隆卡尔先生外出的前台说，当时大厅角落里有个男人，那人给他的印象不太好。我之后会把他叫过来，您可以直接问他。"

作为经理，他这种含糊的态度也是理所当然。大厅里的问题人物可能是住客的朋友或熟人，如果毫无根据，仅凭印象就向警察举报，实在有违酒店从业人员的礼仪。

莫伽尔将话题转向隆卡尔太太失踪一事："前台、给客房送餐的服务员，还有第二天上午的保洁人员，我之后都会直接问话。他们对隆卡尔太太在二十七号到二十九号期间的表现有什么感想吗？"

"她好像没有身体不适。二十七号的晚饭都吃干净了。不过，保洁人员说，二十八号和二十九号两天，她有点慌张，还问里拉大门在哪里。"

"她是想起了老电影，打算去参观参观，还是说，这两口子都是玻利维亚CIA的特工？"巴贝斯拧着嘴唇嘲讽。

里拉大门确实是某部老电影的取景地，也是法国情报局的所在地。不过，探长显然是在考虑别的问题。

二十七日夜晚，里拉大门某间公寓里发生了致死事件。这起案件由莫伽尔的同事玛森警督负责，他虽没有掌握详情，却多少有些了解。

公寓租客是加油站员工，死者则是其多年老友。该名员工虽已落网，却一直在行使沉默权。二十区区局牵头，警方目前正从意外和谋杀两方面入手展开调查。巴贝斯大概灵光一闪，怀疑里拉大门案和达索家谋杀案有关。

丈夫离开后，隆卡尔太太独自在酒店住了两天，却并未因丈夫失踪而慌乱。他或许跟她说了外宿的原因。

"隆卡尔夫妇说法语吗？"莫伽尔问。

"两人都只懂一些旅游用语。细节我不清楚，但他们好像是德裔玻利维亚人，吃早饭的时候如果说法语说不通，会跟服务员说德语。"

莫伽尔点点头。这夫妇俩果然是德国人。达索说隆卡尔只会西班牙语和英语，他总觉得是撒谎，是在刻意隐瞒被害人的德国出身。隆卡尔明明是德国人却用西班牙名，也很不自然。

"隆卡尔太太是昨晚开始没回酒店的？"

"关于这个，电话接线员有证词。"

"什么证词？"巴贝斯追问。

"我们不记录外部来电，所以不知道准确时间。大约六点半，有通打给隆卡尔太太的电话，致电人的声音像是假声，年龄和性别都听不出来，所以接线员记住了。

"来电后不久——看记录是六点三十五分——隆卡尔太太让前台叫了辆出租车。车一到她就下了楼，拿出存在前台贵重物品保险柜里的信封后走了。"

"然后就没回来？"巴贝斯语带指责。

经理恐慌地回答："非常抱歉，但他们入住时预付了五天房钱，旅行支票和回国机票之类的贵重物品都存着，旅行袋也还在房里，我们也没想到人会不见。有些客人就是会在外面住两三天也不跟酒店打招呼。我今天下午才终于知道隆卡尔夫妇不在。

"我找前台、客房服务员和保洁员问了情况，正想隆卡尔夫妇今晚还不回来的话要不要报警，就在电视新闻上看见一个叫路易斯·隆卡尔的玻利维亚人被杀了。我吓了一跳，立刻联系了警方。"

接到外部电话之后，伊莎贝拉·隆卡尔立刻叫了出租。几乎可以肯定她是被人叫出去的。她出门前特意从前台取了当贵重物品存下的神秘信封，这或许是致电人的命令。

"隆卡尔太太当时从前台保险柜拿的是什么信封？厚吗？像装着钱吗？"巴贝斯兴奋地追问。

他以为那是赎回被绑架的丈夫的赎金。若真是如此，外部来电就是绑架犯的威胁电话。然而，莫伽尔对巴贝斯的想法持怀疑态度。二十五日抵达酒店时，隆卡尔夫妇可能把放有计划两天后使用的赎金的信封存在前台吗？

经理的证词证实了莫伽尔的疑惑："不厚，只有底片和两三张泛黄的照片。隆卡尔太太在前台紧张地检查过里面的东西，从保险柜拿信封的工作人员是这么跟我说的。"

"什么照片？"

"这……"

经理摇摇头，一脸"我们酒店的前台不会偷窥客人物品"的严谨表情。

莫伽尔转换了话题："隆卡尔夫妇是什么样的人？"

"丈夫个子比较小，额头秃了，好像有些神经质。这话说来冒昧，但他给人感觉很穷，穿的衣服也不高级，办入住手续的前台说，隆卡尔先生提出预付房钱的时候，他大大松了口气。

"隆卡尔太太穿着高跟鞋，所以比丈夫高五厘米左右。她个子挺高，比登记的五十八岁看起来要年轻，头发是红色的，白发不怎么显眼。

"她不但比丈夫高，还比丈夫主动，感觉是她在领着他做事。每天九点前在酒店餐厅吃早饭时，一直是她点单。

"最开始带他们去客房的侍者说，太太问了很多关于房间使用方法的细节，有些问题还是住惯了这类酒店的人才会想到的。

"也不能说隆卡尔太太任意妄为，但因为没彻底按她说的做，工作人员确实挨过劈头盖脸的两三次骂。看得出来，她性格强硬，很看重做事的正确性。"

这对老夫妇仪表平平，似乎不习惯高级酒店，但据经理所言，隆卡尔太太好像并没有在待不惯的地方畏首畏尾。他们从前或许不是穷人。

过去旅行时似乎会理所当然地入住高级酒店，这对夫妇大概是做生意失败后引退了。或许正因有此境遇，隆卡尔太太才会采取超出必要的高傲态度，以免酒店员工因贫穷的外表小看自己。

听经理说完情况之后，莫伽尔和巴贝斯在开始询问多少接触过隆卡尔夫妇的酒店员工之前，先查看了两夫妇居住的客房。由于工作时间不同，相关员工要一个多小时才能到齐。经理汇总的情报已经充分装进了脑子里，效率起见，还是集中听取证实这些信息的员工陈述为好。

经理叫来一个似乎知道些情况的老侍者，让他带两位警官去四楼客房。他恭敬地告诉莫伽尔，自己会一直在前台等待，相关人员到了会立刻联系他。

隆卡尔客房门上纸片写的房费是一晚三百法郎，既然能预付五天共一千五百法郎的房费，路易斯·隆卡尔眼下应该不缺钱。

然而，他们存在前台的旅行支票只剩五百美元，从残留装订部分的厚度来看，原本应该有两千美元。两张返程机票是巴黎出发经里约热内卢到拉巴斯的航班，还没有预约时间。

完成带两人来客房的任务后，态度殷勤的侍者就此离去。巴贝斯兴致勃勃地搜了十多分钟屋子，一脸大功告成的表情对警督点点头，好像是想到了什么。

莫伽尔将系统搜索交给部下，其间一直在专心想象曾经留宿于此的隆卡尔夫妇的形象。他时而抽烟，时而眺望窗外，时而躺倒在床，就这样打发着时间。

旁人或许觉得他在发呆，但在莫伽尔的调查方法中，这种情报收集不可或缺。当年实习时，教育他的前辈强调过，调查的出发点就是和被害人共情，像被害人一样去看、去感觉现场。这是第一阶段，第二阶段则必须和凶手共情。

巴贝斯点燃难闻的黑叶烟，说："两人留下的衣服都是店里现成的便宜货，旅行袋是塑料的，感觉已经不是质朴，而是穷酸了。这对老夫妇大概是靠退休金勉强过活的吧，女人的内衣和化妆品也很简陋。

"这么一副乡下人的样子，住的客房却这么豪华。看他们的衣服和物品，住皮加勒那边三十法郎一晚的便宜旅馆还差不多。

"例外的只有手表和戒指的装饰盒。这两样东西应该都是在里斯本买的，看尺寸，表应该是男表，看生产商和商店的名字，两样都是高价奢侈品。屋里只有盒子，没有东西。手表就不用说了，肯定是隆卡尔死时戴的那只格格不入的高级表。戒指应该是他老婆失踪时戴着的。"

"他们可能舍得旅游时花钱。"

透过淌着几缕雨丝的窗户，莫伽尔望向正面远方歌剧院的圆顶，给出了平凡的感想。在这接近夏至的五月底，皇家宫殿广场已经开始沉入夜色。广场上，汽车前灯和尾灯交相闪烁。

巴贝斯伸长脖子查了很久衣柜，还检查了马桶、浴缸底部和柜子上方。可能肩膀有点酸，他将健壮的双臂转得有如风车，反驳道：

"我觉得不是。他们钱包里虽然有换好的法郎，但手上只剩五百多美元，住三百法郎一晚的酒店也太奢侈了。而且，他们还没订回国的票，在巴黎停留的时间说不定会延长。五百美元要怎么过啊？

"他们到巴黎之后几乎没用过钱，只有吃饭时才出酒店。在葡萄牙里斯本待的三天……"巴贝斯举起在茶几抽屉里找到的两本护照，强调般继续说，"他们撕了一千五百美元支票买东西，玩得大手大脚。警督，你不觉得奇怪吗？"

"在里斯本不自然地挥霍，在巴黎住高级酒店，都是因为他们知道自己马上能拿到巨款。加上照片那件事……让-保罗，你觉得这有可能是恐吓？"

莫伽尔从窗边望回室内，一边对兴奋的下属露出苦笑，一边平静地回答。

巴贝斯无视他的态度，继续激动地自说自话："不愧是警督。这是勒索，肯定是。先不说机票和旅行支票，他们为什么要把老照片当贵重物品存起来？接到电话之后，隆卡尔太太从前台保险柜取了照片，紧张地上了出租车。

"这对老夫妇在玻利维亚生活穷苦，却筹了那么多现金来欧洲旅游，应该是打算用老照片换一大笔钱。之所以路过里斯本，可能是为了和勒索对象交易。

"对方有把柄在隆卡尔手里，于是答应了他的要求——至少是装作答应了。约好交换照片和钱的地方是巴黎。隆卡尔夫妇互赠戒指和手表，提前庆祝一番，得意扬扬地来到了巴黎。脉络很清晰。

"不止这些。他们在里斯本订了酒店，入境卡上却没写住处，到巴黎后还一直在酒店闭门不出。这跟你的说法也不矛盾。"

"入境卡没写住处，是因为计划在巴黎做的交易一旦暴露就是犯罪，被害人又有可能破罐破摔报警，他们当然不想让政府知道自己住哪儿。为了等对方联系，也为了提防对方反击，隆卡尔夫妇到巴黎后就在酒店里闷了三天。

"隆卡尔二十七号晚上一个人外出，是为了提前谈判。当晚，他被关进了临时监狱。第三天晚上给伊莎贝拉打电话的，就是被监禁者威胁的隆卡尔。他告诉伊莎贝拉交涉成功，让她带照片到交换现场，而伊莎贝拉信以为真，让酒店约来出租车出了门……"

酒店接线员证词称，致电人用的是听不出性别和年龄的假声。假如此人是隆卡尔，他为什么要用奇怪的假声跟接线员说话？

有人敲响客房房门，打断了巴贝斯的话。他不快地嚷了声"进来"。门口出现的是刑警马拉斯特、头戴贝雷帽身穿皮夹克的肥胖男中年，以及貌似酒店员工的黑衣青年。青年应该是刚上班的前台，戴贝雷帽的男人则无疑是马拉斯特努力搜寻的出租车司机。

莫伽尔警督想知道伊莎贝拉·隆卡尔去了哪里，于是决定先询问司机，让前台去电梯前的小厅等候。夜班前台、客房服务员、保洁员、早餐服务员这些和隆卡尔夫妇多少有过接触的酒店员工接到了经理命令，应该很快就会集合。

马拉斯特似乎还没跟司机说过详情。不明缘由的男人被警察半强制地带来这里，脸上弥漫着不安。

在巴黎，谁都有一两个不想被警察知道的小秘密。因为对方态度慌乱就产生多余的怀疑，是达特斯这种新手容易犯的错误。巴贝斯发出了恫吓一般的吼叫。这并非因为他怀疑司机与伊莎贝拉·隆卡尔失踪一事有关，纯粹是出于兴奋。

"你昨晚在这家酒店载了客？"

"嗯。大概六点四十五，是个接近六十岁的德国女人。"司机不自觉地捏扁了帽子。

"你怎么知道她是德国人？"

"她法语口音很重，吼着让我开去纸上的地址。上面的字母是德式的。看脸也看得出来，那就是个吃白菜和香肠长大的德国女人。"

"她去哪儿了？"莫伽尔拦住兴奋的巴贝斯，稳重地问。

"布洛涅，离奥特伊门地铁站三四分钟路的地方，七点半下的车。"

"什么？！"巴贝斯大吼，差点蹦起来。

听了司机的话，莫伽尔难掩紧张地问："你记得是哪条路吗？"

司机的答案是林中屋东侧小路的名字。那是隆卡尔死亡当夜飙车离去的雷诺停车的地方。

"你记得乘客说了什么吗？"

"她一直没说话，好像很紧张。她看了好几次表，肯定很在意时间。"

"她是在路上哪个位置下车的？"

"要拆迁的废楼前面。那栋楼很大，每层应该有十户公寓。楼对面是有名的布洛涅林中屋的长围墙，墙上有扇木门，那扇门就是客人的目的地。她专门叫我在那里停的车。"

"她下车后干什么了？"

"不知道，我直接走了。她应该是从那扇门进大宅里去了吧？对面的楼窗户全暗着，肯定没有人家可以去。"

"那条路上停没停着一辆蓝色的雷诺？"

"什么车我不记得，但大宅木门附近确实停着一辆车。"

莫伽尔警督沉默地点点头。晚上七点半，可疑的蓝雷诺或许已经停在林中屋小路上了。

和丈夫路易斯·隆卡尔一样，伊莎贝拉·隆卡尔也是在达索家消失的。隆卡尔于二十七日失踪，伊莎贝拉则是二十九日。为赎回被绑架的丈夫，她带着照片前往凶手指定的地点，结果也遭到了绑架——巴贝斯的假设越来越可信了。

"从皇家宫殿到布洛涅开了四十五分钟？就算晚高峰堵车，这时间也有点长啊。"

听了莫伽尔的提问，司机语气随意地回答："客人用生疏的法语让我七点半送她到，所以我绕了点路。"

马拉斯特带来的司机离开后，莫伽尔让青年前台进来。黑衣青年似乎了解一些情况，在窗边椅子上和莫伽尔警督面对面坐下了。

捧着大笔记本的巴贝斯和外套滴水的马拉斯特围站在两人身旁。屋里只有两把椅子，巴贝斯和马拉斯特似乎都不想坐化妆台的小凳。

"你看见隆卡尔先生最后外出的情景了？"

这名青年看来思维敏捷，很适合当前台。他身穿超出这个年龄段收入的讲究服饰，大概是个野心家，浑身散发出一种要在四十岁前当上经理、购入蓝旗亚或玛莎拉蒂豪车的气魄。听了警督的话，身穿名牌西装的青年认真地点点头，利落地回答：

"当时是五月二十七号六点过。他们前两天都是六点左右一起出门吃饭的，那天却只有一个人，我觉得有点奇怪，所以记住了。"

"当时大厅里有个奇怪的男人？"

"那人一小时之前就来了。他个子和这位探长差不多，下巴有道大疤，穿着军式大衣，黑发斑白，剪得很短。酒店大堂人来人往，如果没出什么大事，我们不会理那些不住店的人。

"不过，他坐在沙发上足足盯了一个小时电梯，我这个做前台的没法不在意。隆卡尔先生下楼走出旋转门后，他也追着跑出去了。我觉得他可能是在监视隆卡尔先生。"

"是卡桑。寸头，斑白的黑发，下巴有伤。这混蛋肯定是在大厅监视隆卡尔。你说是吧，警督？"

屋里回响着巴贝斯兴奋的叫声。他们终于成功抓住了达索的马脚。达索说自己不知道隆卡尔住在哪家酒店，还说他当晚七点是自己过来的。

"去吃晚饭不？我中午只吃了三明治，之后什么都没碰。案子也有眉目了，今晚就吃点好的。圣奥诺雷街上有家寿司店，味道棒，价格也很良心。"

结束对酒店员工的询问，被经理送出酒店大门后，巴贝斯对莫伽尔如此说。阴天已经转黑，无数冰冷雨滴不断从天而降。

莫伽尔撑起雨伞，巴贝斯则任由冷雨淋湿黑皮衣。他带警督来到了位于皇家宫殿广场西侧的日式轻食餐厅。

"这里是卖寿司的？"

莫伽尔坐上柜台座，问身旁的巴贝斯。这里的食客多是日本人，他们都沉醉地用筷子扒着面前的大碗拉面，啜吸碗里热气腾腾的汤汁。

"是卖日式轻食的。吃两份日式拉面和墨西哥饼，然后再慢慢去寿司店，这种吃法比较高效。我一直都这样。"

很快，在客人面前烹制的菜肴就隔着柜台送了上来。比起日料，这反而更像中国或越南轻食。莫伽尔沉默地动了筷。

巴贝斯和莫伽尔都很会用筷子，中午经常在圣米歇尔广场背后的美食街吃中国菜。第二碗拉面下肚后，巴贝斯发出满足的叹息，低声向莫伽尔搭了话。虽说左右坐的都是日本游客，但其中说不定有懂法语的人。

"警督，案子基本算结了吧。隆卡尔手里可能有什么商业机密，用这个勒索了弗朗索瓦·达索。达索命令卡桑在酒店大厅监视，趁隆卡尔外出时绑架了他，用雪铁龙DS运到达索家，再关到塔楼里。我们差不多已经看透案件内情了。

"隆卡尔的恐吓让达索很烦恼，他特意请三个老友来自己家，想看看他们有没有什么好主意。卡桑从老达索那代开始就专干野蛮事，提议反将对方一军。达索打算逼隆卡尔把证据照片交出来，先绑架了他，昨晚又设套把他老婆抓了。他应该已经按计划拿到了恐吓照片。可以说，我们已经掌握了案件背景。"

警督放下筷子回答："就算推测出了背景，案件本身仍然是个谜。达索和三个客人成功抓住了隆卡尔和伊莎贝拉，拿回了恐吓照片，已经不需要杀隆卡尔了，怎么还会发生谋杀案？他们只要抢走隆卡尔夫妇的威胁筹码，把他们身无一物地赶出去就行了。"

"凶手要么是逃走的克劳迪恩，要么是凶器的主人卡桑，又或者他俩是共犯。稳健派的达索和雅各布主张释放隆卡尔，强硬派的卡桑和克劳迪恩或许单独行动，又或许一起计划斩草除根，擅自要了隆卡尔的命。

"克劳迪恩虽然跑了，但我们派了两个能干的家伙看住卡桑，严命绝对不能让他逃走。一个人守在客房门口，另一个冒雨守在窗下。两个人都不眠不休，不用担心卡桑会跑。

"明天再重新问问卡桑那混蛋吧。以非法拘禁罪逮捕达索可能很难，但只要让前台见卡桑一面，确认在大厅等隆卡尔的确实是他，就能把他逮捕了好好盘问。只要抓起来问个彻底，不管案件背景，还是你好奇的三重密室机关，他最后都会交代的。"

"如果是这样，伊莎贝拉·隆卡尔去哪儿了？"警督自言自语般呢喃。

"可能和她老公一样被杀了，埋在院里什么地方。如果还活着……对了，警督，林中屋的西塔。达索把绑来的女人关在西塔大厅里，所以才不让我们进去看。只有这个可能。无论如何，明天一定要让达索把西塔钥匙交出来。"

听着搭档的话，莫伽尔又陷入了沉思。明天必须检查西塔内部。案发当夜起，林中屋内外就有大量警察值守，很难偷偷将隆卡尔太太从监禁场所带出大宅。为了封口，绑架涉案人员中有谁想杀了伊莎贝拉·隆卡尔也不奇怪。

为了阻止第二起谋杀，需要赶紧搜查西塔。一旦得知隆卡尔太太被囚的可能性，警监也不得不下达强制搜查许可。

第三章　梦魇塔楼

1

莫伽尔走出圣奥诺雷街的寿司店，在店门口跟酒足饭饱睡眼惺忪的搭档道了别。此时已过十点，打车回家后，他像棵枯树一样倒进被窝。和昨晚说的一样，女儿娜迪亚回来得比他晚。

被闹钟叫醒后，他站在卧室门前看了看还在熟睡的女儿，随即独自喝起欧蕾咖啡。正在这时，楼下传来放肆的喇叭声。

按照事前命令，九点整，警车准时到了。车上坐着毫无倦色的巴贝斯。搭档只比自己年轻三岁，精力却如此旺盛，警督再次惊叹不已。巴贝斯早晨已经去了趟警局，工作告一段落后，他拦住接警督的警车，到莫伽尔蒙马特的家中来找他。

沿着总警监打来紧急电话的案发当夜的同一路线，警车从外环高速向布洛涅的林中屋进发。巴贝斯在车里打开大笔记本，向上司汇报：

"我已经安排好了，上午就能见达索。昨天卡桑没试图逃跑。在他房前彻夜看守的警察也在监视西塔楼梯，说是没人试图潜入西塔。

"那个前台上午也会来林中屋。只要让他见见，基本就能确实证明二十七号大厅里的男人是卡桑。我把昨天捞水池的人也都叫来了，为了找伊莎贝拉·隆卡尔的尸体，可能得让他们挖院子。"

"有克劳迪恩·杜波的消息吗？"警督催他继续。

"逃跑的人当然不会回家。我昨晚就派人监视她朋友家，但还没有收获。我还安排了马拉斯特找她。扔在路上那辆蓝雷诺是偷来的，当不了搜查线索。不过，在穆浮塔街鱼肉店前跟丢克劳迪恩的家伙看见了开车的男人的脸。

"车里有很多可以追踪凶手的遗留物。什么烟头、毛发、指纹、用旧了的巴黎地图、午饭饭渣，都是很有用的线索。凭马拉斯特的本事，说不定两三天就能抓到人。与其在克劳迪恩可能去的地方守株待兔，还不如从他入手找出她的潜伏地。我觉得这能快点。"

警督开口说："那男人救克劳迪恩时知道用赃车，手段这么巧妙，大概不是普通人。然而，车里却留了很多东西。让-保罗，你觉得这是为什么？"

"黑帮底层不就会这么办事吗？瞧着挺机灵的，却到处都是破绽。我认识太多这种傻瓜了。"

"不，我觉得是因为着急。男人没时间再找一辆赃车，也没时间清除自己留在车上的痕迹。把车开到人行道上之后，他拿起随身物品就跑了。克劳迪恩的逃跑计划并不周全，应该是事发前不久才决定的。"

"有可能。"巴贝斯回答。

警督望着窗外的风景。雨下得太久，左右宅邸林立的林荫道阴气沉沉。警车很快来到熟悉的铁栅门前，却并未减速，直接驶过了达索家正门。

"我们从侧门进去，车就停在伊莎贝拉·隆卡尔让出租车停车的地方吧。"

听了巴贝斯的话，莫伽尔略一点头，走下刚在路边停稳的警车。冷雨淋湿了警督的肩膀。五月二十七日至今，已经连下了五天雨，其间虽然偶有停歇，笼罩巴黎的却仍然是忧郁的阴天。天气好像在隆卡尔失踪的同时发了疯。

小路很冷清，给人一种荒废的印象。路石上脏兮兮地沾着被雨打湿的纸屑。路西，一道宏伟的围墙南北延伸，这是达索家的院墙。

墙高超过三米，从外入内并不容易，从内往外却未必。院里宛如远古密林的无数大树一直蔓延到墙边，爬树就能踩到墙头，也能跳到路上。

小路荒废感的源头是东侧的建筑。这栋灰色石楼不知已有多久无人居住，小孩扔石头砸坏的玻璃非常显眼，散发着荒凉的气息。

巴贝斯说明："这栋楼老化很严重，已经决定拆迁，住户三月底就全搬走了，现在没人住。伊莎贝拉·隆卡尔不可能拜访无人建筑，她的目的地肯定是达索家。毕竟她都让出租车在侧门停车了。"

莫伽尔望向搭档示意的木门。一路伸向大路的石墙上只有一扇小木门，如今正拒客地锁着。他拧了拧门锁，木门纹丝不动，像是从里面锁上了。

"这附近的人看到过好几次可疑的雷诺？"

"五月二十八号下午三点左右，二十九号下午一点左右，都有人看见车停在这扇木门前。住在这条路前面的主妇说，五月二十八号买东西回来途中，二十九号去超市途中，她都看见了这辆车。因为同一辆车连续两天停在同一个地方，所以她记住了。"

"二十九号两三点的时候，做证的主妇也在这条路上？"

"对。不过，她从超市回来的时候，车已经不见了。"

二十九日晚上七点半，出租车司机看见可疑雷诺停在路旁，三十日凌晨零点四十五分，区局巡警目击车辆开走。如果他们看到的和附近主妇在二十八、二十九日看到的是同一辆雷诺，这辆车就是在主妇回家之后又开回了林中屋小路上。

这条小路非常冷清，别说行人了，连汽车都很少经过。警官看到的蓝雷诺和主妇两次目击的车很可能是同一辆，帮克劳迪恩逃跑的车亦然。

"目击者说过车里人的情况吗？"

"二十八号和二十九号，驾驶席上都是个男人，停车的时候没熄火。我让在穆浮塔街跟丢克劳迪恩的蠢货去见了那个主妇，据说男人三十岁左右，身材瘦削，戴贝雷皮帽、银框墨镜，穿黑衬衫，跟他看到的一样。"

在达索家小路上被主妇、出租车司机和警官四次目击的蓝雷诺，以及被丢在穆浮塔街的雷诺——两者的司机越来越可能是同一个人了。

"对了，让-保罗，在你的推理中，这辆雷诺是什么角色？"警督语带嘲讽地问。

185

巴贝斯耸耸肩回答："不知道。假如达索二十七号晚上让卡桑绑了隆卡尔，二十九号晚上又成功抓到了他老婆和勒索筹码，很遗憾，蓝雷诺就没有登场空间了。"

"不过，我们已经确定车在林中屋小路上出现过三次，假如出租车司机说的也是同一辆车，那就是四次。这很难说是巧合。"

"就是巧合。那个男人可能在这栋楼里住过，知道要拆迁了，心里很怀念，所以停车看看以前的家。如果有什么深刻的回忆，连续三天把车停在同一个地方也不奇怪。最后那晚看到鸣笛的警车时，他以为自己会因为违章停车受罚，赶紧溜了。"巴贝斯一副要把缺乏根据的推测说成事实的口吻。

"那么，昨天晚上，这个男人把车开到穆浮塔街人行道上去也是巧合？"莫伽尔继续追问。

"克劳迪恩趁乱甩掉了监视她的人，我还不至于连这都要说是巧合。马拉斯特很快就会找到那混蛋，逮捕了盘问盘问，他会交代自己和达索家谋杀案有什么关系的。"

见搭档如此执着，警督沉默地苦笑起来。他们留在木门前，警车则已经驶向达索家正门。巴贝斯一边粗暴地敲打木门，一边话中有话、略带羞涩地开口：

"警督，今晚能去你家喝杯白兰地吗？"

"当然可以。"莫伽尔回答。结束当天工作后，搭档经常去他家喝酒。

"我昨晚给你家丫头打了个电话，当时你已经睡了。我跟她说，今天十点左右会去你们家。"

"就只说了这个？"莫伽尔苦笑。

"不。我还说，如果可以的话，把驱小哥也叫上。"

如莫伽尔所料，巴贝斯未经自己许可就想跟那个日本人商讨案件之谜。

"你想把调查情报泄露给矢吹？"

"不行吗？警督，你也知道他嘴有多严，一句废话都不会讲。他偶然知道了拉鲁斯家谋杀案和阴阳人案的调查情报，却从没对外泄露过。以驱小哥的本事，说不定会对达索家三重密室之谜提出什么有趣的见解，我们听听也没损失。"

巴贝斯的想法有其道理。假如他们在冬天发生阴阳人案时征求了矢吹的意见，第四名妓女或许就能免遭杀害。莫伽尔之所以没想到找矢吹讨论林中屋密室命案，或许跟娜迪亚的存在有关——为人父者，不太愿意考虑夺走女儿芳心的男人。

"话说回来，丫头可真能干啊。驱小哥这人挺棘手的，如果他们能成，倒真是一对璧人。小哥俊得跟少年王图坦卡蒙一样。警督，这话有点对不住你，但丫头像她妈妈，是个大美人。俊男美女，这不是天生一对吗？"

何止棘手。莫伽尔想。娜迪亚和矢吹会成为巴贝斯所期待的般配情侣？难以置信。他没有种族歧视，并非不想让日本人当女婿。不少法国人都是种族歧视者，莫伽尔从小就恨透了他们。

娜迪亚可以和日本人结婚，也可以和阿拉伯人、中国人结婚，他完全无意干涉。这名父亲以法国国民自居，从来没有抱怨此事的权利。

然而，那个日本青年实在太像莱贝特少校，难以想象他能当个好丈夫。莫伽尔甚至时不时感觉，他内心深处其实很唾弃"自由、平等、博爱"的国家理念。

莱贝特少校在解放后被戴高乐称赞为"完美爱国者"，给人的印象也同样如此。他们毫不关心度过平凡人生的普通人，他们关心的不是人类，而是比人类更伟大的存在。

莫伽尔想，找矢吹出谋划策也无妨，但可以等自己实验失败再说。昨晚和巴贝斯分开后，他想到了破解东塔密室的假设。如果成功，密室之谜就会真相大白。

结实的木门吱吱呀呀地打开，留守达索家现场的刑警博恩从门缝里露了脸。

"让昨天捞池子的人今天查查院里的地，看有没有新近挖过的痕迹。"巴贝斯命令下属。

"多大的痕迹？"博恩问。他的头发和大衣都被雨淋湿了。

"能埋人类尸体的大小。二十九号晚上，死者的老婆也在这座宅子里失踪了。"

博恩紧张地点点头。莫伽尔和巴贝斯低头穿过小木门，只见管家达朗贝尔撑着伞在不远处等待。想必是博恩叫他同来后院的。

"五月二十九号晚上，应该有客人来过吧？"

莫伽尔一边在铺砖小道上行走，一边问达朗贝尔。四周都是茂密的森林，大树郁郁苍苍，其间勉强能窥见大宅屋檐。

管家慎重地回应："二十九号？"

"晚上七点半，东塔发现尸体大约五小时前。"

达朗贝尔略作沉吟，似乎在确认脑海中的记忆。随即，他肯定地回答：

"没有，当时没来客人。"

"胡扯！有个女人在你们家木门旁边下的出租车，肯定到这儿来了。"巴贝斯在旁发出恫吓的吼叫。

管家不为所动，说："二十九号只有一个德国人模样的客人来过。"

"几点来的？"莫伽尔问。

"我记得是下午两点过。他在对讲机上说明了来意，我就到正门去看了看。他体格很壮，五十来岁，法语不太好，听口音像德国人。我说会把他的名片交给老爷，但不能让他们见面，请他回去。"

隆卡尔遇害当天，有个德国人在达索家吃了闭门羹。这个新的信息让莫伽尔警督略为紧张。目前虽无证据表明此事和命案有直接关系，他却很好奇德国人的身份。他灵光一闪，想到吃闭门羹的男人晚上可能潜入了达索家。外来犯的可能性尚未彻底消除。

还有一个问题：七点巡视宅邸时，男佣格雷首先检查的就是木门，确认门在七点过是锁上的。

七点五十分左右，达尔蒂太太看见院里有人影。得知此事后，达朗贝尔出门检查，八点时确认木门已上锁。神秘人影可能是伊莎贝拉·隆卡尔。但她是如何进入宅院的？一个快六十岁的女人，怎么都不可能翻过那么高的墙。

八点时锁着的木门，可能是伊莎贝拉进来后自己锁的。倘若如此，七点以后就有人开锁放她进来。是谁？

除正门之外，大宅还有两个出入口：厨房后门，以及位于厨房至用人活动区走廊中央偏右处的后门。下午开始准备晚饭到九点收拾完毕期间，达尔蒂太太一直在厨房，神秘人无法在她有事离开洗碗池或灶台的短时间内走后门去庭院。

不过，去院里的方法仍然存在。神秘人物会不会走了没人监视的大门或另一处后门？不管走哪边，都够他在三四分钟内往返饭厅和侧木门。

达朗贝尔带两名警官从侧木门穿过林间小道，正要从后门进屋时，警督问：“二十九号晚上，晚饭是七点开始的对吗？七点到八点之间，有人离席超过三分钟吗？”

“上汤和上鸭肉之后，克劳迪恩小姐和卡桑先生分别离开了五分钟左右。”达朗贝尔面无表情地回答。

“杜波小姐刚开饭就走了，理由是？”

“说是把饭前服用的药忘在房间里了。卡桑先生应该是去洗手间。”

“大致时间是？”

“七点十分和五十分。大概是。”

"八点吃完饭到八点半转移到大客厅期间呢？"莫伽尔追问。

"没人离开。去大客厅的时候，有十分钟左右不见卡桑先生。上咖啡的时候他在抽雅各布先生的烟，大概是回房间去拿切好的烟了。"

莫伽尔一边认真聆听管家的话，一边收了伞放在后门旁边的伞架上。伞架好像是用人的东西，上面有四五把用旧了的伞。

不对，达朗贝尔的推测错了。警督想。男佣格雷待在可以监视正面楼梯的地方，而他肯定地说，七点五十锁好门窗到十一点期间，没人上过楼。

巴贝斯和博恩已经消失，想必是去给集合的警察下达指令，让他们搜索树木覆盖下的庭院了。

"八点半到九点期间，你在干什么？"

"在大客厅备酒。"

"当时情况如何？"

"我记不太清了。老爷先离了席，其他几位也离开了五分钟左右。刚吃完饭，他们大多可能都是去洗手间了。"

莫伽尔频频思考着这条缺乏光照、最多只能让三个成人并肩通过的小走廊。走廊北侧，大宅中央偏东位置有扇通往后院的门，除此之外，只有零星几扇镶着铁丝网的玻璃窗。

抵达尽头通往用人活动区的门之前，走廊南侧没有门，只有涂着白漆的单调墙壁。厨房位于与用人活动区相反的西翼深处，回头望去，只见走廊有一部分天花板很低，应该是正面楼梯平台的正下方。

此处前方南侧是阴暗的走廊，走廊尽头有扇小门，墙上挂着工作服、塑料雨具之类物品，应该是负责打理花坛的格雷的园丁服。尽头门后是他的房间。

东翼到西翼方向，走廊通过正面楼梯平台下方后分为两路，朝前一路经大客厅后方通往厨房，另一路则与走廊垂直向南，经楼梯侧面通往门厅。据达尔蒂太太的证词，案发当晚，她就坐在楼梯旁门厅前织毛线。

达尔蒂太太和男佣格雷都位于能监视正面楼梯的位置，但并没有监视两处后门。不过，这件事意义不大。达朗贝尔十一点检查过两处后门，很难想象案发前有人从外入侵。

那么，有人离开宅子外出吗？隆卡尔遇害前后，达朗贝尔、达尔蒂太太和格雷都可能瞒着其他两人到院里去过。达尔蒂太太和格雷的位置虽然能监视楼梯，却看不到后门。

然而，如果走后门来到院里，反而离关在三层塔楼里的被害人更远。不管怎么想，三个用人都不可能突破三重密室。

如果这三个人是共犯，案发前后谁都能去二楼。如果达尔蒂太太和格雷是共犯，其中一人能去二楼，但在这种情况下，他们所处的情况和二楼的克劳迪恩跟卡桑相同，如果要上三楼，必须躲过书房里的达索和雅各布的眼睛。东塔的钥匙也是个问题。

如果达索和雅各布是共犯，根本就不会出现什么密室——毕竟达索有钥匙。可是，这种情况存在太多谜题。达索口中尽是于己不利的证词。真凶若想摆脱嫌疑，怎会特地这么做？

得知隆卡尔并非自杀也非死于意外，而是后背遭刺，心脏受创而死时，达索确实相当惊愕。如果他杀了隆卡尔，从警官口中得知被害人死于他杀时，不可能演得出那么惊讶的表情。

达索如果是凶手，肯定不会嫁祸他人，而是会利用自己能证明现场密闭性的立场，将隆卡尔的死更巧妙地伪装成意外乃至自杀。至少，他会把凶器留在现场。带走凶器又刻意说现场是密室，这实在太自相矛盾，不可能有什么意义。

三个用人的态度并无特别可疑之处。莫伽尔的直觉告诉他，这三个人，或者说达尔蒂太太和格雷之间，并没有什么共同秘密。就算这三人都是共犯，也还有保险柜里的钥匙和上塔楼梯这第二层障碍。

"对了，五月二十三号或者二十四号，达索先生去旅游了是吗？"

莫伽尔对走在自己前方一步的达朗贝尔抛了饵。如果隆卡尔以照片为筹码勒索达索，达索有可能去过葡萄牙。考虑前后情况，胁迫人隆卡尔绝对在里斯本和达索的人接触过，就算是达索本人也不奇怪。

管家可能以为主人已经跟警察说过了，语气自然地回答："二十四号傍晚到第二天中午，在外面住了一夜。"

"是去国外吗？"莫伽尔继续问。

达朗贝尔似乎意识到他在套话，表情骤然一变："酒店和机票都是公司秘书在安排，我不太清楚。"

"是葡萄牙吧？"

面对警督的追问，管家露出了不置可否的暧昧表情，而这已经足够。几乎可以确定弗朗索瓦·达索在隆卡尔遇害前不久去过里斯本，而隆卡尔当时也在那里。

"我可以去见达索先生了吗？"

莫伽尔如此一问，初老的管家便知道他不会再追究达索旅游的情况，露出了安稳的神情。他殷勤地回答：

"老爷让我十点带您去书房。"

"还有二十分钟，那我先去问格雷和达尔蒂太太吧。"

"雨天没法户外作业，格雷在他房间。莫妮卡在厨房准备午饭。"

"格雷的房间在那儿？"

警督抬起下巴，指向正面楼梯平台下方走廊尽头如仓库入口一般简陋的门。达朗贝尔点点头。

"好，那我先去格雷的房间，然后去厨房。十点我肯定在这两个地方之一，麻烦你来带我去书房。"

管家经过平台下方，走侧廊去了门厅。莫伽尔敲响简陋的门，它立刻向外旋开。捷克园丁一脸茫然，口齿不清地打了个招呼。

这个房间虽然寒酸，却收拾得很干净。靠西墙摆放的小桌上摊着本大开本《圣经》，东面放着一张使用已久的木床。桌前石墙上开了个成人手掌大小的洞，好像是换气口。洞口对面就是正面楼梯。

洞里看见的大概是第三或第四级阶梯。征求格雷许可后，莫伽尔警督在桌前小椅上落座。如格雷所说，换气口能看见楼梯。就算低头看书，也一定能通过脚步声和光线变化察觉有人上下楼。

"五月二十九号晚上，你是七点开始巡视的吧。侧木门是几点检查的？"莫伽尔问。

"巡视顺序是过世的老东家决定的，我那天也按照顺序，先从大门出去看了正门，然后回来走后门到后院，检查了侧木门，再回屋里锁了后门，依次看了东翼一楼、二楼和西翼一楼。所以，木门应该是七点零五或零六左右检查的。"

"你的房间结构有点奇怪，有什么原因吗？"

"是老东家专门修成这样的。老东家死前，还没辞职的卡桑先生就住在这里。如果保镖住在这里，老爷一家人在二楼也能放心。"

正如莫伽尔所料。正面楼梯左右原本都有条连接门厅和小走廊的南北朝向侧廊，而老达索担心有人入侵，于是拆掉东边侧廊修了个小房间。只要让保镖住在这里，入侵者就上不了二楼。监视楼梯的墙洞应该也是出于相同目的挖的。

卡桑离职后，弗朗索瓦·达索或许觉得晚上让两个用人监视门口和正面楼梯就能确保家人安全，于是让原本住在用人活动区的格雷搬到楼梯旁，让管家达朗贝尔搬到门厅旁。

莫伽尔离开格雷的房间，走向厨房。他走过楼梯平台下方，径直前行。用人走廊途经大客厅背后，但通往大客厅的门是后来才修的。走廊尽头就是他的目的地。

厨房很大，看来足以准备五十人的宴会餐。这里有巨大的冰箱、开了大小十余个出火口的灶台、塞得下西班牙烤乳猪的大烤炉、擦得银光闪闪挂在墙上的无数厨具……南侧是通往配餐室的门，北侧是通往庭院的后门，后门旁边是玻璃窗。西侧铁门后面好像是食品库。

屋内温度适宜，甜香四溢。达尔蒂太太停下工作，亲切地说："我正在烤馅饼，警督，您也来点儿？"

不等莫伽尔回答，她就拿起一把细长的菜刀，切开了刚从烤炉端出来的樱桃馅饼。厨房中央桌上整齐地摆着放有大馅饼的蛋糕盘，还有倒了利口酒的小玻璃杯。

犯不着客气。从早上到现在，莫伽尔只喝了一杯欧蕾咖啡。他一边用叉子把热乎乎的水果点心送到嘴里，一边问在桌旁喝咖啡的厨娘：

"二十九号晚上七点到八点，你在厨房是吗？"

"是。"厨娘回答。

"当时有人走后门去院里吗？"

"我昨天说过，达朗贝尔管家八点……"

"除他以外。"

"没有。"厨娘确凿地回答。

"你离开过厨房吗？"

"七点到八点之间吗？没有，连厕所都没去过。"

这时，后门来了个巨汉。巴贝斯好像安排完了户外工作，他脱下湿皮衣，开朗地大喊：

"警督，馅饼给我留点儿！"

达尔蒂太太给他切了块馅饼放在盘里。得到警督许可后，她开车前往市场购物。车库里有辆给格雷和达尔蒂用的标致小车，还有达索的捷豹和保时捷，达索太太的奥迪。奥迪上周就开去别墅了。

　　每天上午十点到十二点，达尔蒂太太和格雷会轮番出门购物。昨天去的是格雷，今天轮到达尔蒂太太。巴贝斯一边吃馅饼一边听警督说话，发表了自己的感想。

　　"肯定又是克劳迪恩。七点十分到十五分之间，她开了木门的锁，装作去房间拿过药的样子回到饭厅。"

　　"伊莎贝拉·隆卡尔七点半下了出租车，从木门进入后院，然后锁了门。所以，达朗贝尔八点过检查的时候，门是锁着的。如果达尔蒂太太八点之前在窗边看到的人影是伊莎贝拉·隆卡尔，从七点半开始这么长时间，她淋着雨在院里干什么？"

　　"这就不知道了。不过，卡桑八点半开始有十分钟不在，肯定是他从后门把伊莎贝拉带进屋里，关在西塔上了。"

　　"让-保罗，格雷有证词啊。七点五十分回卧室之后，他一直在监视正面楼梯，他说，十一点卡桑上楼之前，没有其他人上过二楼。八点半的时候，卡桑不可能带隆卡尔太太去西塔。"

　　"警督，那这样假设呢？卡桑八点半把伊莎贝拉带进屋里打晕了，关进东翼一楼的空房间绑起来，还把她嘴塞住不让她叫，到了十一点再扛着人上了二楼，然后搬到西塔。"

　　"不可能。卡桑十一点上二楼的时候，达尔蒂太太看见他了。如果他扛着被绑的伊莎贝拉，达尔蒂太太肯定会发现。"

　　"也对。如果卡桑把老太太丢在自己客房正下方，从二楼窗户用绳子吊上去呢？要把伊莎贝拉·隆卡尔关进西塔，只有这个办法了。

　　"开木门的克劳迪恩大概是卡桑的共犯，达索跟他的绑架行为也不可能没关系，说不定还是命令他绑人的主犯，知情却默许犯罪发生。雅各布的立场也差不多。之所以让伊莎贝拉在院子里等半个小时，八点半就打晕她却十一点才搬到二楼，都是为了瞒过用人的眼睛。只有这个可能。"

过分想象相当危险，还是该亲眼看过西塔内部再说。而且，博恩还在雨中奋力搜索宅邸。如果大宅内外都没找到或生或死的伊莎贝拉，就只能回到最初的假设：三十日凌晨零点三十分向区局报警、称隆卡尔遇害的神秘女人，正是伊莎贝拉。

"总之，看过西塔再说。"

听了上司的话，巴贝斯用力点点头。抬腕一看，时间已近十点，马上就能见到弗朗索瓦·达索了。他们已经掌握了一定程度的事实，足以推翻达索案发后的辩解，亮出底牌跟他一决胜负。总之，先搜索西塔。莫伽尔警督对自己点了点头。

2

十点，达朗贝尔如约在厨房现身，带领两位警官来到他们已经熟悉的达索家L形书房。大宅主人无意隐藏心中疲惫，面带倦容地请他们在沙发落座，自己则坐在可以看见房门的安乐椅上——他好像一直都坐这里。

案发至今不过一天半，达索却憔悴得判若两人，眼眶下挂着瘀青般的黑眼圈，脸颊消瘦得颧骨凸出，英俊青年实业家的形象付诸东流。

他大概正苦于失眠和食欲不振，而个中原因当然是来自精神方面。

隆卡尔身患梦游症，按照其本人要求，达索不得不把他拘禁在东塔大厅里——哪有警察会全盘相信这种解释？

达索深知此事，只不过是凭借自己与大人物的亲密关系给调查方施加一定压力，让他们采取慎重态度而已。他不可能始终这么拖时间。如果连这种状况都判断不清，他怎么可能在实业界取得成功。

弗朗索瓦·达索是巴黎金融界的青年英雄，若他被捕受诉，社会定会一片哗然，八卦媒体都会蜂拥而至，他实业家的名声将严重受损，可能再无颜面立足于社会。或许，他还不得不选择引退，让出董事长的宝座。若在法庭上获罪，等待他的更将是监狱潮湿的四壁。

莫伽尔警督乐观地认为，最后能将达索一并擒获。不管怎么看，达索都摆脱不了绑架罪和非法拘禁罪，他们只需查清路易斯·隆卡尔的真实身份，找出达索绑架的背景和动机即可。

只要找到能在法庭上证实其罪行的确切证据和证人，总警监也将乐于下达逮捕许可。不管达索的朋友多有权势，一旦对方判定包庇罪犯会惹火上身，最后也只能抛弃他。

然而，莫伽尔的调查核心并不是绑架和拘禁，而是谋杀。事到如今，隆卡尔被杀案的真相仍然隐藏在谜团重重的远方。是谁杀了玻利维亚老人路易斯·隆卡尔？他连大致轮廓都尚未把握。至于杀害手法，更是名副其实的云里雾里。

要逮捕杀害隆卡尔的凶手，首先必须破解其手法。至于逮捕有绑架和非法拘禁嫌疑的达索，目前则是次要问题。而且，莫伽尔的直觉在对他低语：杀害隆卡尔的凶手另有其人。得知玻利维亚老人死于他杀时，达索惊愕的表情绝非出自演技。

"克劳迪恩·杜波在她家附近甩掉警察消失了，之后再没回过公寓。这事您应该知道吧？"警督开口。

"你的下属跟我说了。克劳迪恩怎么会……"达索一声叹息。

看着他憔悴的样子，巴贝斯嘲讽地说："这还用问？肯定是畏罪潜逃。杀隆卡尔的可能就是她。"

"不可能，我不信。"

"她可能去什么地方？您如果知道的话，能告诉我吗？"莫伽尔问。

"克劳迪恩没有可以投奔的亲人。她的祖父母和叔舅姑姨，全都被纳粹杀了。"

"朋友呢？"

"我不知道那么多。"

达索冷漠地耸耸肩，一脸就算知道也不会说的表情。看样子，不管他是否打算包庇克劳迪恩，都不希望她被警察抓到。莫伽尔没有继续深究，而是转换了话题。警方昨晚就已列出克劳迪恩的朋友和熟人名单，让人在重要地点彻夜监视。

"对了，二十九号下午来这儿的德国人是谁？"

"保罗·施密特。他以前在西德的法兰克福，也就是美因河畔法兰克福当警察，最近刚退休。家父生前好像跟他有书信来往。那天他刚好在巴黎，顺路过来看看，但我急着去公司，所以没跟他见面，请他改天再来。不过，他昨天和今天都没消息，可能已经回德国了。"

　　法兰克福的退休警察。既然是最近退休的，说明他在职时就跟埃米尔·达索有来往。德国警察和法国富豪的接触点是什么？如果可能，莫伽尔想找他问问话。他记下了"保罗·施密特"这个名字。

　　"五月二十四号，您去里斯本旅游，还住了一晚对吧？"莫伽尔若无其事地抛出话饵。

　　达索或许知道藏也没用，老实答道："去里斯本分公司出差了，工作上有点急事。"

　　"胡扯，明明是去见路易斯·隆卡尔了。"巴贝斯阴阳怪气地嘟囔。

　　"隆卡尔？"达索皱起眉头，"你是怎么想到这种莫名其妙的事的？他马上就要到巴黎来我家，我为什么要专门去里斯本找他？"

　　"好吧。对了，今天一定要让我们看看西塔内部。"警督拦下巴贝斯，恭而不让地说。

　　"不行，我昨天已经说过理由了。"达索语含怒气。

　　"那我就要去拿搜索令了，反正理由很充分。"

　　"胡说。你能有什么理由？"

　　达索紧张得面色苍白。是时候拿出这一天半调查中查清的事实，好好分个胜负了。莫伽尔下定决心，哪怕要动用自己在漫长警察生涯中学到的所有讯问技术和交涉技术，也要拿到西塔的钥匙。

　　在今天这个阶段，上级会批准强制搜查的可能性不足一半，然而，他还是该对达索发起心理进攻，让他主动交出钥匙。这是心理战，在事实中混杂一些虚伪和推测也无妨。莫伽尔低声对屋主说：

"隆卡尔的妻子伊莎贝拉可能被监禁在西塔里。"

"什么？"达索往后一仰，小声惊叫。

"二十九号晚上七点半，隆卡尔太太在贵府侧木门前下了出租车，当晚和昨晚都没回酒店，就这样失踪了。她当晚到了贵府，之后却没有证据显示她离开。她很可能还在这里。

"案发当晚，我们搜遍了宅院，并没有发现伊莎贝拉·隆卡尔，但确实有她入侵庭院的迹象。既然如此，假设她被关在我们唯一没看的西塔，也不失为一种妥当的推测。"说完，警督谨慎地观察起对方的反应。

"二十九号晚上，我没让隆卡尔太太来我家。从七点吃晚饭到十二点隆卡尔死亡——不，到你来为止，我几乎一直和客人跟用人在一起，哪有时间和隆卡尔太太谈事情。"达索额露青筋地反驳。

"如果您叫她来不是为了谈事情，而是一开始就打算监禁，那就用不了太多时间。只要有个五分钟，就足够把她从后门放进来带到西塔上，再给门上好锁。不止这个，达索先生，叫隆卡尔太太来的不一定是您这个屋主。我已经掌握了事实，知道所有人都曾以去洗手间之类的理由离开过饭厅或大客厅五到十分钟。这栋宅子里，任何人都可以把被骗来的伊莎贝拉·隆卡尔关进西塔。"

莫伽尔的断定满怀确信，但"任何人"这个说法其实有违现实。考虑木门上锁问题等诸多条件，只能想到克劳迪恩和卡桑是共犯——甚至要假设他们先绑好伊莎贝拉·隆卡尔，之后再用绳子把她吊上二楼，共犯说才能勉强成立。然而，为了动摇达索，莫伽尔还是冒险做出了断言。

"有客人把伊莎贝拉·隆卡尔叫到这里来了……"达索脸色苍白地呻吟。

警督的心理战好像成功了。假如达索和调查方一样努力查过案发当夜的情况，精密组合过到手的情报，应该能看破莫伽尔的圈套。不过，案件中心的人一般不会如此从容。

相比案件本身，达索还有很多别的烦心事。而且，格雷和达尔蒂太太都没说雇主在查案。见达索一只脚踏入圈套，警督加强了攻势。

"叫伊莎贝拉·隆卡尔来这里的人，极有可能就是杀害路易斯·隆卡尔的凶手。对了，您能准确告诉我二十七号各位客人抵达的时间吗？"

大宅客人里有人绑架了隆卡尔的妻子，还杀了隆卡尔。警督正面抛出的疑问明显让达索有所动摇——或许他自己也有这样的疑惑。在警督的催促下，他如同受到诱导，面容虚弱地开始讲述：

"那天第一个到的是雅各布，时间是晚上七点半。克劳迪恩是八点左右到的，卡桑是十点左右。"

"路易斯·隆卡尔呢？"

"我昨天不是说了吗？七点左右，比雅各布早一点。"

"您在撒谎。"莫伽尔断言。

"撒谎？你在侮辱我吗？"

达索言辞激烈，态度却很慌乱。警督不打算给他喘息的机会，接连射出语言的子弹。

"没错，彻头彻尾的谎话。五月二十七号，隆卡尔入住的皇家酒店的前台在大堂看到了卡桑。隆卡尔外出后，卡桑也跟着他离开了酒店。

"很明显，隆卡尔是被卡桑强行带来贵府的。如果隆卡尔七点就到了，卡桑也该七点就到；如果卡桑十点才到，隆卡尔也该十点才到。要不了多久，我们就能找到当晚在皇家宫殿一带看见一个男人把一个老人塞进雪铁龙的目击证人。我们必须以绑架罪逮捕卡桑。"

达索心虚地反驳："水池里找到的短剑剑刃上缠着卡桑的手绢，这我也听说了。但只凭这个就逮捕他，你们这是过当使用警察权力。说不定，有人为栽赃卡桑偷了他的手绢缠在凶器上，这种可能性也很高。"

"我现在说的不是隆卡尔被谋杀的问题，而是他被绑架和拘禁的问题。事到如今，您也该说实话了。"

"你想让我说什么？"

达索慌了。倘若卡桑落网，不敌逼问，坦白了绑架并监禁隆卡尔的事实，暴露了他的主犯身份，他便无路可退，早晚也会被捕。

达索必定会阻止卡桑被捕。警督的战略，乃是答应达索不以绑架嫌疑逮捕卡桑，从而实现让他交出西塔钥匙的目的。

莫伽尔追击道："案发后，您说自己不知道隆卡尔住在哪里，这也是撒谎。是您让卡桑去隆卡尔的酒店的。不对吗？"

警督凝视着弗朗索瓦·达索，眼中写满不容撒谎的严厉。

　　达索垂下双肩，缓缓说："抱歉，我只是不想让你们产生多余的误会。二十七号下午，隆卡尔从皇家酒店打了个电话过来，说想从当晚开始住在我家。用人全走了，没人去接他，但卡桑下午三点就已经到了，所以我让他去接隆卡尔。他开车去的，晚上十点带着隆卡尔到了我家。"

　　"您为什么要撒谎？"

　　"隆卡尔死亡的房间是囚禁人的构造，你们有可能怀疑我违反他的意志监禁了他，所以我想，我必须强调他是自愿的，说他是一个人来的比较好。

　　"如果说是卡桑带他来的，你们就会怀疑我派卡桑绑架了他。这件事我撒了谎，我道歉。可是，希望你们不要以绑架罪逮捕卡桑，他只是受我所托，去皇家宫殿接了隆卡尔而已。"

　　达索害怕卡桑被捕。莫伽尔缓缓开口，递出了诱人的饵料。

　　"出现更明确的事实之前，我们可以延期逮捕卡桑。我的要求，刚才已经说过了。希望您把西塔钥匙借我用一个小时。"

　　"你怎么这么执着？那个大厅很特殊，父亲留下遗言，让我把它永远锁起来。给外人看那个房间，就是暴露父亲的秘密。我这个做儿子的，实在没法那么干。"达索言辞恳切，用尽最后一丝力气反驳，"你怀疑我绑架监禁了隆卡尔，就该说出我这么做的动机和理由。"

　　"我们已经对案件全貌有一定把握了，早晚会抓到杀害隆卡尔的凶手。"警督很冷静。

　　"方便的话，能跟我讲讲全貌是什么样吗？"达索眯起眼。

"当然。这件事的起因，在于移居玻利维亚的德国人路易斯·隆卡尔手握达索家的秘密。战后三十年，隆卡尔一直偷偷藏着能证明这个秘密的照片，他穷困潦倒，所以想到可以威胁勒索，给您写了封信，约好五月二十四号在里斯本见面。

"二十四号，您在里斯本见到了从玻利维亚来的隆卡尔，不得已答应了他的要求——至少对方认为如此。您指定在巴黎交换照片和现金，隆卡尔夫妇信了您的话，第二天来到了巴黎。

"您身陷困境，为了找人商量对策，二十七号下午，您邀请从父辈就有来往的朋友来到家中，还把会打扰你们的用人全部打发出门。讨论之后，你们决定绑架隆卡尔。您前一天就把东塔大厅改成临时监狱，是因为事先就料到会用得着那个地方。卡桑习惯使用暴力，所以负责去酒店绑架隆卡尔。

"卡桑在酒店大堂盯梢，趁隆卡尔出门时跟踪他，找机会把他拖进自己车里，强行带来贵府，而您在用人回来之前把他关进了塔楼监狱。接下来，就轮到伊莎贝拉·隆卡尔出场了。"

"你就只能想到这些吗？然后呢？"

不知不觉，从容回到了达索脸上。是虚张声势吗？莫伽尔一边留意他的态度，一边继续说：

"您虽然控制了隆卡尔，却还没有拿到他用来勒索的照片。于是，二十九号六点半左右，您强迫隆卡尔给他妻子伊莎贝拉打了个电话。伊莎贝拉按要求进了贵府侧木门，而你们抓住她关进了西塔。至于实施手段，我有几种推测。总之，有一些不容忽视的证据可以表明，伊莎贝拉·隆卡尔就在西塔里。"

"所以你想调查西塔？"达索嘲讽地说。

"请您别再开玩笑，说什么隆卡尔有梦游症，是自愿被关进密室的了。您绑架并监禁了隆卡尔，这是毋庸置疑的事实，而他之后遭到了杀害，我搜查是为了找出凶手。另外，隆卡尔太太可能也被绑架、监禁，甚至被杀了。我是调查官，我想知道，也必须知道案件真相。真相就在西塔里。"

"如果我让你看西塔……"

"如果伊莎贝拉·隆卡尔不在西塔，我的推理就会遭遇瓶颈，必须重新思考所有情况，也必须推迟逮捕卡桑。达索先生，您意下如何？"

"好，我带你去西塔，当面摧毁你愚蠢不堪的误解。"达索面露浅笑。

"愚蠢的误解？"

"你的推理，是以隆卡尔胁迫达索家这个假设为前提的。我凭什么要受他威胁？先不说这个，只要让你看西塔，你暂时就不会逮捕卡桑，对吧？"

恐吓筹码或许是企业丑闻——莫伽尔可以如此反驳，却沉默地点了点头。既然交易成立，说这么多就够了，不必和达索争论。

达索一度被逼到绝境，却渐渐恢复了自信，这让他有些难以理解。看达索的态度，仿佛调查方推定的案件背景完全脱离真相——但这无须介意。用卡桑换取塔楼钥匙的交易已经实现。达索离开安乐椅，走向保险柜，取出了西塔钥匙。

　　沿二楼走廊西行，尽头是美术品陈列室，陈列室门前则是通往西塔的楼梯。方向虽然不同，但两者构造与书房和东塔一样。登上石材毕露的简陋楼梯后，三人来到西塔小厅。小厅深处是通往屋顶的铁门，这也和东塔一样。

　　达索将钥匙插进锁孔，情绪极其紧张。他的态度在攀登狭窄楼梯时就有了变化，踏在石阶上的脚步略有疑虑，眉头紧蹙，嘴唇紧闭，呼吸微乱。在莫伽尔看来，他就像个被藏在塔楼黑暗里的梦魇困住的小孩。

　　这扇普普通通的旧门后面，究竟隐藏着什么样的恐怖？逼不得已只能侵犯禁忌时，野蛮人就会有达索脸上这种挥之不去的恐惧。他似乎相信，一旦打开门，就会有一群恶鬼飞扑而出。他说父亲遗言禁止后人进入西塔，看来并不是撒谎，不是用来拒绝警察搜查的借口。莫伽尔再次想。

　　达索浑身都散发出异样气息，或是受此影响，巴贝斯也沉着脸一言不发。像是要硬逼自己接受，达索点点头，随即颤着手转动钥匙。随着干巴巴的一声响，锁开了。

　　门吱呀打开，小厅灯光忽然熄灭。没人碰墙上的电灯开关，莫伽尔以为停电了。厅中没有窗户。一片黑暗中，达索阴沉地低语：

　　"进来吧。你不是想亲眼看看让我父亲窒息的地狱风景吗？"

　　"不是停电吗？"莫伽尔确认。

"开门之后，楼梯和厅里的灯会自动关上，要等我们进屋关门才能打开。"

警督摸索向前。听声音，巴贝斯也跟了上来。缓缓走出五六步后，房门在背后关闭。一定是候在门边的达索察觉他们已经通过，所以关上了门。转动钥匙的干燥声音响了起来。

周围渐渐有了光，然而并不明亮，冷寂的空间一片晦暗，仅能辨别物体轮廓。莫伽尔发现鞋底触感有变。楼梯和小厅铺的确实是石砖，现在则不同，像是踩实后的土。

四下尽是让人不寒而栗的悲痛呻吟。一缕如同冬日黄昏的光芒从前方门中照入。

眼睛逐渐习惯晦暗，只见这是一间低矮棚屋的内部，左右墙上搭着蚕架般的床板，几十个人交叠着躺在上面。他们已经不像人，更像人的残骸。

不止床板，狭窄走廊上也挤满了骨瘦如柴的濒死病人。他们身穿脏得看不出花纹、浑身没一块好布的破烂囚服，领口邋遢地大敞，露出肋骨鼓凸如骨骼标本的胸部。

几乎所有囚犯的裤子都沾有干燥或半干的血便，每个人的脸都像贴着羊皮纸的骷髅一样干枯。他们脸颊深陷，下巴尖得仿佛一折即断，双眼则只是两个空虚的窟窿。

莫伽尔不由得浑身一颤。不是错觉，周围的确荡起了异样的冷气。借由正面门口照向屋内的暗淡光芒，他能看见自己呼出的气是白色的。

濒死的囚犯群中飘来了强烈的异臭，那是浓缩了汗水、污渍和排泄物的，让人难以忍受的恶臭。大气中不只有脏东西的气味，还有另一种大相径庭的臭味。

凭借青年时代上战场的记忆，以及多年来的从警经验，莫伽尔意识到了它的真面目：尸臭。莫伽尔验过上百具尸体，尸山中飘出的浓密恶臭却仍强烈得超乎其想象。

波浪般的沉重呻吟充斥整个空间，人们边挣扎边发出的痛苦惨叫不时回荡。莫伽尔背脊发凉，心跳加速——有什么碰到了他的衣摆。

躺在泥地路上的病人伸出枯枝般的手，拼命探向莫伽尔。他生出一种可怕的妄想，觉得一种比死人更接近死亡的异样存在即将缠住自己，不由得浑身紧绷。

尸臭溢出棚屋，诅咒般的低语四处弥漫，空气冷若冰霜，达索阴森的声音传入耳中。

"欢迎来到考夫卡集中营患者楼。这里不是医院，只是患者楼，是把生病的犯人扔进来，不进行任何治疗，只等他们丧命的地方。我们可以出去了。"

在达索的带领下，莫伽尔向门口走去。他虽努力避开地板上交叠横卧的濒死患者，脚尖却还是不慎踩到呻吟着的犯人的手腕。他感到一种几乎与皮包骨无异的触感，一种坚硬却缺乏抵抗、使劲一踩就能踩碎的脆弱感。残留在鞋底的触感，让他感觉刚刚踩的是一根枯枝。

踏出屋门，凄惨的景象在眼前铺陈开来。这是一片广场，四周围绕着和患者楼一样的简陋棚屋，中间则是几座板材搭成的绞刑架。每座绞刑架上都吊着犯人的尸体，他们全裸的身躯在风中摇晃。

广场和棚屋屋檐上都有条纹状的积雪，气温应该已在零下。身穿春装还脱了外套的莫伽尔感到彻骨的寒冷，但他尚属幸运。四周的犯人只穿着单薄的棉布工作服，赤脚上只有简陋的木鞋。

犯人的队伍走近了。一个筋疲力尽的男人摔倒在地，身穿制服的看守毫不留情地用棍棒打他，用脚踢他，痛苦的惨叫充斥整个广场。看守教唆警犬冲向倒地的犯人，让它们啃食他的肩膀和侧腹。勉力行走的其他人对同伴的哀求与惨叫充耳不闻，只顾机械地缓缓挪动双腿。

前方有座小丘，远远地，能看见丘上有两三栋建筑。回头一看，患者棚屋对面相同距离处有两座双胞胎般的监视塔，塔上设有探照灯和机关枪。

一分一秒地，天越来越暗。抬头一看，只见空中已经闪烁起寒冷星光。开灯时间可能到了，监视塔的探照灯亮了起来。刺眼的光束掠过莫伽尔头顶，一边照亮这片地狱光景，一边缓缓旋转。

"埃米尔·达索可真对得起自己暴发户的名声。在家里建这么大的全景设施，得花多少钱啊？"巴贝斯钦佩地说。

达索讥讽地回答："差不多是暴发户一年时间内能自由支配的钱。你要是有空，可以把灭绝营深冬的二十四小时体验个遍。这里会连续播放骷髅团看守凌辱犯人的立体电影。西塔屋顶装了巨型空调，几分钟就能把室温降到零下，盛夏也不例外。很快就会开始下小雪了。"

莫伽尔只是最开始吓了一跳，稍后便反应过来，此地跨越时间沟壑，把二十世纪七十年代的巴黎带回了三十年前的纳粹集中营。达索财团的资金再怎么雄厚，技术再怎么发达，应该也尚未开发出时间机器。

西塔大厅导入了各种高科技，是座精心设计的现代全景展览馆。过去，全景展览是一种娱乐方式，它利用人类的视觉误差，让他们在狭小的室内体验广阔的另一个世界。

不过，埃米尔·达索为何要把集中营记忆这已经过去的噩梦做成全景，特意在自己家中重现？这难道不该是他极力想要忘记的梦魇吗？

达索干巴巴地说明："家父晚年的时候，想到要把曾经生活过的纳粹集中营做成全景。我不知道原因，甚至怀疑他是不是疯了。对他来说，考夫卡集中营的景象应该只会唤醒痛苦和恐怖的记忆，他为什么要使用现代技术，连其中的气温和臭气都完全重现？难道是脑袋出问题了？

"晚年，家父的精神和肉体的确有所衰退，但并没有痴呆。直至临终，他始终保持着企业家该有的合理判断力和分析力。

"腐蚀家父的，是他无法忘怀的、在集中营中的极限体验。重获自由后，家父奋力工作，以至达索家的资产每十年就会翻三四倍。他之所以这么做，是因为某种下意识的观念在强迫他，让他逃离某种甩不掉的存在。晚年，家父可能意识到了这个问题。难以摆脱、超乎想象的恐怖存在，可能终于来到他身后，抓住了他的双肩。

　　"造出考夫卡集中营的精致全景后，家父经常待在里面，最后还死在了塔里。当时他一直没下楼，我便上西塔找他，结果看见他倒在患者楼前，不知为何穿着和犯人一样的条纹衣服，已经断了气。

　　"去世之前，他每年都会拿出方案，把全景做得越来越精巧。如果他真的疯了，一定会找一个更宽阔的地方，修建更高级的集中营全景。但在我看来，他把自己家中一角变成全景就已经满足了。

　　"凭借达索家的财力，别说全景展览了，在法国国内修一个加利福尼亚那种著名游乐园也不是不可能。但这座游乐园不会有白雪公主和七个小矮人，不会有米老鼠和唐老鸭，只会成为考夫卡集中营一样的地盘。骷髅团看守和杜宾警犬在里面嚣张跋扈，是一座地狱版的'迪士尼乐园'。"

　　黑暗浓郁地结冰。苦闷的呻吟、低语和叹息宛若从灵魂伤口中溢出的脓血，相互交织着填满了地狱长夜的深渊。莫伽尔呼出一口白气，问：

　　"令尊、克劳迪恩的父亲、雅各布，还有卡桑——他们都被关在同一所集中营里是吗？"

　　"家父的情况，刚才我已说过了。雅各布和卡桑就在我家，你可以直接问他们。隆卡尔太太不在西塔，你既然查清了这一点，就不能逮捕卡桑。是吧，警督？"

　　满身污垢与血便恶臭的濒死患者机器人中可能藏着真正的尸体。如果是那样，就必须严密检查。不过，莫伽尔不认为能查出什么有力线索。他虽打算做好该做的事，但这到头来似乎只会是徒劳。

一丝寒意落至脖颈，莫伽尔不由得伸手触摸。刚被体温消融的雪粒化作水滴，冻得手指冰凉。他放眼一看，只见考夫卡集中营广场天色方黑，飘起了真正的小雪。

3

如警督所料，别说活着的伊莎贝拉·隆卡尔了，西塔里连她的尸体都没有。达索留下一缕讥讽的浅笑，又回到了书房。

莫伽尔和巴贝斯留在二楼楼梯大厅梳理调查问题。事态越发混乱，谜团更加复杂。他们在面朝南窗摆放的安乐椅上落座，旁伴大理石阿波罗雕像，脚踩藤蔓花纹的波斯地毯。巴贝斯用指头敲打着椅子的木制扶手，嘟囔道：

"警督，我脑子好乱。"

"没想到西塔是全景展览馆。"莫伽尔沉着脸回答。

"埃米尔·达索这人可真怪，居然把纳粹集中营做成全景，老了之后每天都看。"

"四个犹太人都在考夫卡待过，这几乎可以确定吧？"

"对。我忘了跟你汇报，调查杜波和雅各布的刑警说，雅各布也是集中营的生还者。只不过，目前还不知道是不是考夫卡。至于卡桑，应该很快也能出结果。"

"派去犹太人情报中心的刑警汇报过情况吗？"

"现在还没什么有用的情报，没找到考夫卡集中营相关人员逃到南美、以路易斯·隆卡尔之名潜伏的资料。不过，这种可能性是有的，毕竟巴比那混蛋就藏在秘鲁。西柏林的美军资料中心好像保管了很多纳粹党卫军和战犯的资料，我早上已经办好查询手续了。"

克劳斯·巴比人称"里昂屠夫"，原为纳粹党卫军上尉、盖世太保干部，德国占领法国期间，他残忍地拷问、虐杀了大量抵抗组织成员和普通民众。直至几年前，才查出他化名潜伏于秘鲁。

法国政府要求秘鲁当局引渡罪犯，察觉危险的巴比却就此逃亡，如今似乎藏身玻利维亚。

提到克劳斯·巴比，巴贝斯探长的表情因激愤而扭曲。残杀让·穆兰等诸多抵抗运动同志的纳粹战犯仍在南美逍遥法外，他无法接受这荒谬的事实。

莫伽尔对搭档说："话说回来，案件背景还是很模糊。如果隆卡尔是巴比的同类，那他被决心复仇的犹太人绑架监禁也不奇怪。但若真是如此，隆卡尔威胁达索的假设就会彻底颠覆。"

"真搞不明白。要我说，隆卡尔和他老婆绝对是带着勒索人的照片来巴黎做交易的。而且，伊莎贝拉究竟去哪了？果然是被杀死埋在院里了？"

"既然不在西塔，就有可能埋在院里，得让他们彻查庭院——不过，说不定找不到。"

"为什么，警督？"巴贝斯很困惑。

"跟区局报警说隆卡尔被杀的是个外国女人，这你还记得吗？"

"当然记得。报警时间是晚上十二点半，隆卡尔遇害后不到三十分钟。"

"跟此案有关的外国女人，目前只有伊莎贝拉·隆卡尔一个，报警的很可能就是她。如果是这样，十二点半的时候，她一定处在能报警的条件下。

"杀害隆卡尔的凶手自不用说，至于把隆卡尔关在东塔里的达索和三个犹太客人，也不可能希望有人报警泄露隆卡尔之死。他们如果做得到，一定会尽力阻止伊莎贝拉打电话。

"他们没有关押伊莎贝拉，所以她才能将丈夫的死讯告诉警察。也就是说，至少在十二点半的时候，伊莎贝拉是自由身。

"五月二十九号晚上七点半，隆卡尔太太在达索家侧木门前下了出租车。快到八点时，达尔蒂太太在厨房窗口看到了疑似她的人影。之后……"

巴贝斯用力点点头，接话道："十二点零七案发时，躲在庭院里的伊莎贝拉可能听到了丈夫在东塔里的惨叫。她逃出达索家，跑向公用电话亭——公用电话要地铁站附近才有，雨那么大，她又是个快六十岁的女人，算算时间，十二点半才报警也合理。

"假如是这样，伊莎贝拉现在应该藏起来了。不过，她为什么没回酒店？旅行支票还存在前台，她手头的法郎应该不够啊。"警督继续说，"还有别的谜题。伊莎贝拉是怎么离开达索家的？区局巡警十二点四十五抵达之后，一个在监视正门，一个在林中屋周围巡视。巡视的那个说，侧木门当时上了锁。那么，伊莎贝拉就不是从侧门逃走的——当然，也不会是正门。"

"是不是爬树踩到墙头，然后跳到路上的？有人说她一把年纪还很精神，情急之下，她说不定也能做到。如果先攀在墙上再松手，往下一米就能踩到人行道。"巴贝斯自说自话地接受了这个假设。

警督反驳："可是，伊莎贝拉没必要这么做。她明明能直接从侧木门出去，为什么要特意冒摔断腿的危险？那种情况，一个女人不可能专门花时间翻墙。"

"那这样呢，警督？七点之后，为了放伊莎贝拉进来，院里有人开了侧木门的锁，老太太听到丈夫临终的叫声跑到街上去之后，这人又把门锁上了。"

"这样的话，就必须假设大宅里有个和隆卡尔太太合作的神秘人物。你已经撤回卡桑杀害并掩埋伊莎贝拉这个说法了吗？"警督略带挪揄地说。

巴贝斯不甘地回答："没撤回，我只是觉得都有可能。"

"没错，让-保罗，我也这么想。侧木门的锁、厨房窗口的人影、当晚达索和客人的行动……从这几个因素来看，能得出两种有关伊莎贝拉失踪之谜的对立假设。"

"要么是卡桑绑架了伊莎贝拉，要么是克劳迪恩在跟她合作。是这两种吗？"

莫伽尔点点头。七点五六分的时候，格雷确认侧木门上了锁。七点五十分，达尔蒂太太看到后院有可疑人影。八点，达朗贝尔再次确认侧木门已上锁。

然而，七点半在达索家侧木门前下出租车后，伊莎贝拉·隆卡尔就此消失。假如她从侧木门进了庭院，就得有人在七点半前打开侧木门门锁。除用人之外，只有七点十分称要取药而离开饭桌的克劳迪恩能完成如此行动。

八点，克朗贝尔再次确认门已上锁，这即是说，七点半到八点之间，有人重新锁上了侧木门。是伊莎贝拉·隆卡尔自己锁的吗？这种想法虽然合理，莫伽尔心中却有一丝违和感。

一个女人趁夜潜入他人宅邸，难道不该留好逃跑的退路？如果锁了侧木门，逃走时就不得不开锁。若到时有人追她，开锁的工夫说不定就会要了她的命。

又或者，为避免宅子里的人发现有人入侵，伊莎贝拉明知逃跑时可能有危险，还是刻意上了锁。这个外国女人对达索家的情况一无所知，或许认为七点半之后会有人检查侧木门，如果门没锁，对方可能会警戒入侵者。这么考虑的话，也可以解释她为什么会锁门。

伊莎贝拉的判断是正确的。被达尔蒂太太目击后，她一度陷入困境，但达朗贝尔确认侧木门已锁后放下心，并未怀疑有人入侵，她才总算摆脱了危险。

基于上述前提进行推理，绑架伊莎贝拉的主犯是卡桑，从犯是克劳迪恩。克劳迪恩在卡桑指示下打开了侧木门门锁，而大宅后门有伞和门垫，后门到侧木门是砖路，她能在不淋湿衣服、不弄脏鞋的情况下回到饭厅。

六点十五分送饭上东塔时，卡桑逼隆卡尔给伊莎贝拉打了个电话。他事先就潜进达朗贝尔的房间，调整了电话交换机，启用了东塔线路。

七点半，受骗的伊莎贝拉·隆卡尔来到达索家林中屋，从侧木门进入院内，二十分钟后在后院被达尔蒂太太目击。八点半晚餐结束时，卡桑佯装去二楼取烟，离开了大客厅。西塔搜索无果，巴贝斯的假设随之崩塌。当时，卡桑并没有去院里绑住伊莎贝拉，稍后再吊进自己房间。

即便去过庭院，他也只是绑住伊莎贝拉藏在了森林深处——又或许，他当时已经杀了她。大宅后门附近挂着格雷的工作服和雨具，只要借来一用，卡桑就能在不湿身的情况下行动。

他或许计划翌日处理尸体，却不料隆卡尔被杀，达索家就此处于警察严密监视之下。既然他无法将尸体运出宅邸，伊莎贝拉应该就埋在院里某处。

林中屋庭院巨树密布，宛如古代的七叶树森林。案发翌日，他可以假称散步，前去掩埋伊莎贝拉的尸体。后院有间放着园艺工具和木工工具的小屋，他可能在那里偷偷拿了铲子。卡桑三十日白天是否到庭院散过步？稍后，必须再次跟博恩的下属确认这个问题。

昨天傍晚被传唤至总部以来，卡桑一直处在两名刑警的二十四小时严密监视之下，不可能有机会埋尸。如果已经埋了，就该是三十日傍晚前动的手。

若将隆卡尔被杀案按下不表，只考虑伊莎贝拉绑架案，就会得到卡桑主犯、克劳迪恩从犯的结论。目前可以想到的动机是夺取勒索照片——若能抢到照片，卡桑就能从达索手里捞一大笔钱。侧木门门锁的复杂变化，或许是为隐藏伊莎贝拉绑架案的真相而演给弗朗索瓦·达索、雅各布、达尔蒂太太和达朗贝尔看的戏。

逼隆卡尔打电话时，克劳迪恩也在场。她开侧木门门锁时不可能一无所知，而是事先就知道绑架计划并协助卡桑，只不过后来心生畏惧，才给区局打电话报了警。第二天在穆浮塔街逃亡，也是出于相同的理由。

这番推理的缺点，在于不能释明伊莎贝拉遇害的理由。卡桑抢到照片就实现了目的，无须绑架监禁她。伊莎贝拉和她丈夫合谋勒索达索，不可能因为照片被抢而报警，只能哑巴吃黄连。

是抢照片时误杀了伊莎贝拉，还是对她有对隆卡尔一样的杀意？推论有很多，但都缺乏根据。

或许伊莎贝拉还活着，正潜伏在巴黎某处。推断伊莎贝拉死亡的根据，在于她于隆卡尔死亡当夜失踪，且丈夫死后一直未曾现身。由此，可以得出第二种假设。

在第一种假设中，卡桑抢到了伊莎贝拉的恐吓筹码，打算以此恐吓达索。来到达索家，得知屋主正遭玻利维亚夫妇恐吓后，卡桑在两天内制订了绑架伊莎贝拉的计划，并成功得到了克劳迪恩一定程度的配合，于二十九日晚下手。

然而，在第二种假设中，伊莎贝拉失踪案的背景与此截然不同。两者前提虽都是隆卡尔夫妇为勒索达索而来到巴黎，但在第二种假设中，达索家藏有隆卡尔的共犯。支持这一猜想的根据，是三十日凌晨零点三十分打给区局通报谋杀的电话。

致电人很可能是伊莎贝拉。假若如此，她当时必然是自由身，已经成功逃出了达索家。

不过，还是有人在七点半前开了侧木门。当天晚上，侧木门不可能一直上着锁。伊莎贝拉要向警察通报丈夫的死讯，就必须进入达索家庭院，在东塔附近听到惨叫声。

在第二种假设中，开锁的同样是克劳迪恩，重新上锁的也还是伊莎贝拉。也就是说，克劳迪恩动了手脚，让担心丈夫安全的伊莎贝拉进了达索家庭院。离开酒店前，伊莎贝拉特意在前台保险柜取出疑似恐吓筹码的照片，恐怕就是为了交给克劳迪恩，换取丈夫自由。

从达索口中得知勒索一事后，克劳迪恩试图抢走勒索照片，于是接触了伊莎贝拉。至于时间，可能是隆卡尔被绑第二天，她借口回家而离开林中屋的时候。

她们达成一致，要用照片换出路易斯·隆卡尔。做好准备后，克劳迪恩于二十九日六点半致电伊莎贝拉，让她开始行动。隆卡尔太太七点半抵达达索家，在院中悄然等待。

克劳迪恩设法配了一把东塔钥匙，计划夜深人静时放出隆卡尔。不料事出意外，他已被人杀害。

如果克劳迪恩手持东塔钥匙，杀害隆卡尔的很可能也是她。为此，莫伽尔必须破解密室之谜。他心中已经有了推测，假若实验成功，东塔密室将不再密不透风。

就假设——不管克劳迪恩是否杀害隆卡尔，她都在案发后立刻知道了此事。

就算她从塔楼救出了隆卡尔，也很难让他从大门或后门逃跑。正面楼梯有兼任门卫的格雷。他总是熬夜读书，并且年高眠浅，不能大意。克劳迪恩大概打算让隆卡尔从自己房间的窗户逃走，因此准备了绳子。案发后，她用这条绳子来到了地面。

既然隆卡尔已死，交易就只能作废，她这么做，或许是仍旧打算强夺照片，或许是想将隆卡尔的意外死亡通知他妻子。然而，伊莎贝拉并不在院里约好的地方。在庭院等待时，伊莎贝拉听到丈夫的惨叫，从侧木门离开了达索家。她可能觉得上了克劳迪恩的当，自己也有危险。

克劳迪恩去侧木门重新上好锁，拽着绳子回到自己房间，一直在床上躺到达朗贝尔来叫她。这种情况下，就不用竭力考虑急着向警察通报丈夫死讯的伊莎贝拉为何要特意翻墙了。

第二种推理的疑点，在于无法说清计划释放隆卡尔的时间明明是深夜，伊莎贝拉却早在七点半就来到达索家的原因。克劳迪恩七点十分就开了侧木门门锁，所以这一定不是因为伊莎贝拉心急，而是出于克劳迪恩的指示。

克劳迪恩为何要让伊莎贝拉这么早就过来？目前还看不到答案。此外还有一个谜题：克劳迪恩甩掉警察逃跑时，有辆蓝色的雷诺18协助她。

巴贝斯钦佩地听完莫伽尔这番推理，拳头一敲掌心，叫道：

"警督，克劳迪恩是为了跟伊莎贝拉碰头才跑的，她们现在大概一起躲起来了。开蓝雷诺的男人一定也是她们的同伙。案件轮廓清晰起来了啊。从男人入手找到克劳迪恩的藏身地，就能找到伊莎贝拉。"

有可能。克劳迪恩知道伊莎贝拉准备好的藏身地，说不定第二天打电话告诉她杀夫凶手是达索，建议她用照片报仇。不管克劳迪恩真正的目的是不是抢照片，她们都可能还在一起。

巴贝斯探长继续说："克劳迪恩也可能是因为杀了隆卡尔才逃跑的，这样想好像更合理。对了，警督，你破解密室的假设和认证实验是什么？跟我说说呗。"

莫伽尔沉默了一会儿。他不是在卖关子，而是在整理思路，以便恰当地解释给巴贝斯听。不久后，他对迫不及待的搭档说：

"让-保罗，诡计的关键，在于通往东塔屋顶的铁门。"

"那扇门……"巴贝斯摸着下巴。

"雅各布做证说，发现隆卡尔尸体后，从东塔回书房前，他确认门是锁着的，对吧？"

"嗯，听到惨叫和响声后，他肯定急着确认现场情况，没时间管去屋顶的门锁没锁，等发现尸体才想到这个问题。雅各布认为凶手有可能是从屋顶入侵的，于是检查了门锁。"

"没错。所以说，雅各布冲上楼，跑到东塔小厅时，门或许开着。"

"门开着……"巴贝斯很茫然。

"杀死隆卡尔后，凶手担心响声和叫声会把书房里的人引来，于是赶紧离开现场，锁上了东塔门锁和两把门闩。"

"然后迅速藏到屋顶门后面。原来如此，原来是这样。警督，你看破了！"巴贝斯大叫。

警督冷静地继续："达索用保险柜里的钥匙开了门，两人冲进杀人现场大厅。他们验尸足足验了三分钟，其间房门虽然半开，应该也没注意门口。趁此机会，凶手锁上铁门，悄悄离开了小厅。"

"如果是这样，凶手就还是卡桑或者克劳迪恩。放伊莎贝拉进来的也是他们其中的一个。隆卡尔被杀案和伊莎贝拉失踪案连起来了啊！"巴贝斯很兴奋。

"不，要做完实验才能得出结论。说不定，凶手再怎么注意开关门都会弄出声音，让大厅里的人听到。还有时间问题。雅各布说他二十秒左右就到了小厅，以他的证词为前提，凶手必须在二十秒内躲到铁门后面。"

"那就赶紧实验实验。不过，事实肯定就是这样！"

见搭档迫不及待地要冲向东塔楼梯，莫伽尔拦住他说："不，要先找卡桑和雅各布问话。得再问问雅各布，他进入杀人现场前，是不是真看到铁门上锁了。"

巴贝斯点头补充："还得确认一下，二十秒是不是真能跑到东塔小厅。如果在院里找到了伊莎贝拉的尸体，卡桑就是杀她的凶手；如果实在找不到，克劳迪恩就是杀隆卡尔的凶手。终于看清案件轮廓了。

"之后再问问博恩，确认一下卡桑昨天傍晚前有没有去过院子。还有绳子。三个客房、书房和达索卧室都没有类似的东西，但二楼房间那么多，说不定哪间就藏着一捆。"

"还要赶快搜索德国人保罗·施密特。他说不定还在巴黎。"莫伽尔下达了新指示。

"这我也想到了。他和老达索有书信来往，可能知道什么有益于调查的情报。如果他住酒店用的是真名，应该很快就能找到。"

这时，管家带着一名似曾相识的青年出现在楼梯下。是昨天接受过莫伽尔讯问的酒店前台。隆卡尔失踪当天，在酒店大堂监视他的男人就是卡桑。既然达索已经交代实情，让青年见卡桑的必要性其实很低，不过，这还是可以起到威慑作用。

两名警官让青年在走廊等待，随即前往卡桑所住的客房。房前，博恩手下的大个子刑警正不动如山地坐在借来的椅子上。案发当夜起，达索家中被安排了十数个制服及便衣警察，但只有一人在宅内不分昼夜地进行监视。

以隐私问题为由，屋主达索拒绝大量警察进入宅中，他们只能留在屋外监视。然而，相关人员仍然难以逃出达索家。克劳迪恩是因为获准外出才能逃跑的。跟负责监视的刑警确认没有异样后，巴贝斯推开了客房的门。

这间房和克劳迪恩的客房一样，装潢豪华，家具精美，宛如高级酒店的客房。卡桑躺在双人床上，一副自暴自弃的模样。

屋内满是烟味，烟灰缸里的烟头堆成一座小山。卡桑躺在床上看着两名警官，不满地说："你们打算什么时候放我出去？这简直跟坐牢一样。"

警督不答反问："二十七号晚上十点，你是和隆卡尔一起来达索家的吗？”

“不，我是一个人来的。老爷子好像是七点左右到的。”

“哦？那我要叫证人了？”

卡桑脸上闪过一丝狼狈。他不知警察会拿出什么，因此有所不安。不过，他未免太过狼狈，简直如同心怀莫大恐惧。

巴贝斯从门边探头叫来前台。卡桑曲肘撑起上身，凝视走进房间的青年。

“如何？”警督问前台青年。

“确实是这位先生。”青年点头回答。

“皇家酒店的前台工作人员提供了证词，说他二十七号傍晚在大堂见过你，你追着隆卡尔离开了酒店。”

“卡桑，赶紧交代！”巴贝斯施压道。

“好吧。我其实是下午三点过到的，弗朗索瓦老爷让我去酒店接客人回来。”

“你为什么不让前台叫隆卡尔？”

“说是约好了到时间来大堂。老爷把客人的长相和打扮也告诉我了。”

“那你为什么不在大堂跟隆卡尔说话？”

“我不确定那是不是本人，直接跟在他后面出了酒店，在人行道上搭话。知道他是路易斯·隆卡尔本人之后，我就让他上了车。”

这和达索的证词一致。为免警察知道卡桑监视过酒店，他们大概提前串过话。警督让前台离开，继续追问：

"六点到十点间，你们在干什么？"

"他说要参观巴黎夜景，我就到处转了转，还专门去了蒙马特，带他看了想看的圣心堂。去了那么远的地方，到这里当然就十点了。"

卡桑平静地说着可疑的话，找回了厚颜无耻的自信。见他这副表情，警督确信：他之所以那么狼狈，是因为担心绑架隆卡尔的事会暴露。

"然后呢？"

"老爷到房门口接我们，我把他们带到了三楼塔楼上。"

"你之前怎么不说这事？"

"老爷找我谈过，他不想招来奇怪的误会，所以让我别说。他也跟雅各布和克劳迪恩串过话。隆卡尔的死亡现场既然是那种样子，还是说他一个人来的比较好。他明明是自愿被关的，让你们误会老爷监禁了他可不妙。这就是我隐瞒自己带他来的理由。"

"胡说八道！"巴贝斯的怒吼在客房里回荡。

卡桑讥讽地回答："我没胡说。对了，你们会以绑架嫌疑逮捕我吗？"

"有人在皇家宫殿附近看见你把隆卡尔塞进车里了，你想让我带他来吗？"巴贝斯试探地说——他们明明还没发现目击者。

"带来呗。我跟老爷子说我是来接他的之后，他立刻高高兴兴地自己上了车。如果真有人在酒店前看见我们，他的证词就该是这样。否则就是伪证。"卡桑从容地断言。

手中筹码已经用光，目前只能停止追问这个问题。

莫伽尔改变了话题："对了，'二战'期间，你跟老达索在一个集中营吧？"

"你问这个干吗？"

"雅各布先生和克劳迪恩的父亲也在？"

"对，我们是在考夫卡认识的，就因为有这缘分，达索老爷战后才雇了我们。雅各布成了家庭医生，我成了老爷的保镖。克劳迪恩的父亲得到了老爷的资金援助，所以才能继续当拉比。"

"这你昨天怎么不说？！"巴贝斯怒吼。

"因为你们没问。我才不会主动说当时的事，连想都不愿意想。不过，如果有人问，我还是会答的。"

"你能想到克劳迪恩逃跑的理由吗？"莫伽尔问。

"大概是不想再被关着了吧。我也想跑啊，如果没那个大猩猩一样的警察看着，我早就跑了。"

说完，卡桑再次破罐破摔地躺回床上。莫伽尔给巴贝斯使了个眼色，出门来到走廊。背后传来巨响——巴贝斯愤懑地摔上了门。

莫伽尔从负责监视的刑警口中得知，雅各布老人在楼下大客厅。和卡桑不同，只要不离开大宅，客人雅各布和主人达索都能自由行动。莫伽尔一边走向正面楼梯，一边问搭档：

"找玛森问过里拉大门案的情况了吗？"

"早上聊了差不多二十分钟。"

昨晚分手时，莫伽尔让巴贝斯找负责里拉大门案的玛森警督询问调查情报。伊莎贝拉·隆卡尔失踪前无意透露过这个地名，他颇为在意。巴贝斯靠在楼梯口的大理石扶手上，看着笔记本开始说明：

"现场是二十区里拉大门的某栋公寓，一个加油站员工租的阁楼房间。被害人吉恩·康斯坦特，四十五岁，无业，曾因恐吓、诈骗多次入狱。这混蛋自以为是个爱国者，其实是个跟职业罪犯差不多的右翼。"

加油站的纪尧姆·皮雷利在一次叫嚣要驱逐阿拉伯移民的右翼集会上与康斯坦特相识。康斯坦特常请他喝酒，五月二十七日晚上，提出要借他房间用四个小时。康斯坦特下午六点抵达，给了皮雷利一点小钱让他出门。按照约定，皮雷利十点回家，看见屋里亮着灯，敲门却没人答应。他转动门把手，门随之打开。

皮雷利发现康斯坦特靠在墙边死了。目睹尸体的恐惧让他无心瞻前顾后，直接逃出去藏到朋友家，在那里被警察发现并逮捕。

皮雷利供述了如上事实，却对借房间给康斯坦特的理由闭口不谈。就算警方指出他供述中的矛盾，他也坚持行使沉默权。

"案发当晚，皮雷利没有不在场证明。楼下邻居听到巨大响声的时间是九点，当时，有住户在公寓楼门口看到了皮雷利。几乎可以确定，康斯坦特死亡时，皮雷利就在自己房里。

"康斯坦特是头撞在墙上死的。现在还不知道是皮雷利有意推了他，还是纯属意外。不过，玛森警督说，他们威慑皮雷利，告诉他再沉默下去就会被当成杀人犯，他差不多快开口了。

"酒店经理提起这事时，我也以为伊莎贝拉·隆卡尔和里拉大门案有什么牵连，但好像并没有。我跟玛森警督说了，一旦皮雷利坦白，就尽快告诉我们。"

"不，没准有关。"警督低声回应。

"为什么？"

"你看见卡桑刚才的态度了吧。他隐瞒了达索命令他绑架隆卡尔的事实，但他还藏着更大的秘密，一个无论如何也不想让我们知道的秘密。他确定皇家宫殿附近没人看见他把隆卡尔塞进车里，可能绑架现场不在那一带。

"康斯坦特为什么要找皮雷利借阁楼？如果要跟女人约会，那种地方太简陋了。他应该是要谈什么在外面不方便说的秘密。考虑到他以前的经历，这秘密说不定跟犯罪有关。

"皮雷利其实也参与了犯罪计划。他既然没有不在场证明，可能一直都在密谈现场。就因为这个，他才不说康斯坦特借房间的原因。"

"这样啊。密谈对象说不定是隆卡尔。隆卡尔为了恐吓达索而特意来到巴黎，可他势单力薄，实在没自信能搞定达索财团。

"于是，他拉恐吓老手康斯坦特入了伙，计划二十七号跟他提前商量，还把这件事告诉了自己老婆。所以伊莎贝拉才会跟保洁员打听里拉大门。"

隆卡尔在皇家酒店附近搭乘出租车，卡桑开车尾随，成功找到了皮雷利的住所。他急躁地等到九点，隆卡尔却一直没有离开密谈地点。

卡桑索性闯入房间。他对施暴充满自信，想必觉得揍倒密谈对象，威胁老人隆卡尔上车轻而易举。然而，人算不如天算，被殴打的康斯坦特头撞到墙上死了。卡桑拽起隆卡尔瘦弱的胳膊，强行带他上了车。

"如果卡桑绑架隆卡尔的时间是九点，地点是里拉大门，和他抵达达索家的时间也对得上。不过，皮雷利跟这事有什么关系？"

"现在还不清楚，得先查清有没有人在里拉大门现场附近目击过卡桑的雪铁龙。我来跟玛森说明情况，让他安排问话。他们一开始就认定嫌疑人只有皮雷利，可能没彻底调查现场附近。"

两名警官边说边下楼，经过摆有塔列朗大钟的门厅，穿过右侧拱廊，来到和塔楼大厅同样宽敞的豪华大客厅。天花板在头顶高耸，上面画着以《出埃及记》故事为主题的文艺复兴风格绘画。

饰有金线的白墙上挂着达索家收藏的大小画作，配合室内装饰，都是些文艺复兴时期的作品。第二帝政时期，大宅的女主人或许正是将画家、诗人和学者汇聚于此，行使着真正的主宰者身份。

大厅南面是一排纵长的大玻璃窗，透过窗户，能看见卡桑停在正下方的雪铁龙DS，以及距其稍远的三辆警车。冷雨之中，达索家的花坛、草坪、森林，以及广场上的几辆汽车都湿了。

雅各布老人坐在窗边的安乐椅上，正一边喝咖啡一边读报。莫伽尔和巴贝斯向雅各布走去，踩得白色大理石地板嗒嗒响。老人叠起《世界报》，朝警督亲切一笑。

"雅各布先生，能占用您一点时间吗？"莫伽尔一边说话，一边在老人对面的椅子上落座。

"当然，警督。有什么新问题吗？"

"二十七号晚上，卡桑是带路易斯·隆卡尔一起来的——您还打算否认这个事实吗？"莫伽尔说。

"卡桑跟你说了？"老人面露困惑。

"说了。达索先生也说了。"

"那我也不用再隐瞒了。弗朗索瓦拜托我，让我别告诉你们卡桑二十七号晚上是带着隆卡尔来的。那天晚上十点左右，我正跟弗朗索瓦和克劳迪恩闲聊，就听见正门有停车的声音。弗朗索瓦去了门厅，五六分钟后跟卡桑一起回来，说刚才带客人去三层塔楼了。"

雅各布面带愧疚地说完了。莫伽尔想跟他打听集中营时期的情况，但还是选择先确认能给自己密室破解实验奠基的证词。

"您昨天说，三十号零点零七分听到东塔动静之后，二十秒左右就到楼上了？"

"我没看表，但应该差不多。我一听声音就站起来往门外看，弗朗索瓦冲去开保险柜，紧接着就大声喊我先去三楼。我赶紧冲出书房，跑着上了楼。"

"去屋顶的铁门当时锁着吗？您看过吗？"莫伽尔又问。巴贝斯一脸紧张地等待雅各布回答。

"没看过，想都没想过要看。我拔开东塔大厅门上的门闩，一直在转门把手和推拉门。在大厅发现隆卡尔的尸体后，我才想到要检查铁门有没有上锁。虽然他怎么看都是意外死亡，以防万一，还是该确认一下有没有人入侵。"

雅各布的证词大概让巴贝斯安了心，他发出一声叹息。莫伽尔也用力点了点头。密室破解实验已经具备必要前提，但他还得确认一个问题。

"您和达索先生花了三分钟左右检查隆卡尔的尸体，如果这段时间有人悄悄经过大厅，你们会发现吗？"

老人摇摇头："发现不了。你们也知道，隆卡尔的尸体在换气窗下面，桌子和床之间，也就是大厅的东北角。厅门在西侧中央，我跟在弗朗索瓦后面进的门，当时门没关。

"门虽然半开着，但我蹲在尸体旁边，那种位置是看不见门口的。弗朗索瓦也一样。他背对厅门，一直在看我给隆卡尔检查。"

巴贝斯兴奋地站起来，叫道："警督，我们去东塔吧！"

"让-保罗，冷静点，实验随时都能做，我还有话想问雅各布先生。"

一听莫伽尔稍后才做实验，巴贝斯探长心不甘情不愿地坐回沙发。雅各布老人不知警督要问什么，狐疑地看着他的脸。

莫伽尔开口："雅各布先生，您和埃米尔·达索、丹尼尔·杜波、卡桑……是在考夫卡集中营认识的？"

"对。"老人脸上浮现出复杂的阴霾。

"您能简单说说相关情况吗？"

雅各布若有所思地低下头，看来不太想说。莫伽尔明白他的心情。讲述难以言喻的记忆，就如同抠挖刚刚痊愈的伤口一样痛苦。然而，警督还是斗胆继续说：

"您不想回忆，不想提及集中营时期的事，我明白您的感受。但我问这个问题不是因为好奇，是因为调查需要。能麻烦您讲讲吗？"

雅各布缓缓抬头，面露克制的生硬微笑："好吧。没跟你说隆卡尔到这里时的真实情况，我多少也有错。我就当补偿你，想一想、说一说不幸的过去好了。你想知道什么？"

"您一开始就跟达索和卡桑在一起吗？"

"不是。和我一起搭乘无窗货车抵达考夫卡停车场的，是一个姓加德纳斯的法籍犹太人。一九四四年八月十三日，我永远忘不了这个日子。加德纳斯虽然取得了法国国籍，但看姓氏也知道，他是立陶宛人。他年龄和我差不多，当时快四十岁了。

"他很聪明，很可靠，明明自己也很害怕，面对被恐惧支配的可怜同胞时，却有勇气和精神来安慰他们。据说，盖世太保抓住他之前，他在学哲学，还出过书。"

雅各布说，他们在列车里的待遇还不如家畜，而加德纳斯想方设法安慰他，给他带来了勇气，让他撑过了法国国内德朗西集中营到考夫卡这段漫长的苦旅。

列车停车后不久，车门开了。车外满是明媚的盛夏阳光，一直关在黑暗里的犯人都用手掌盖住了双眼。在身后人群的推搡下，雅各布跳下货车。

一趟车载了足足八十个犯人，他们和仅存的行李一起挤在躺不下也坐不了的列车里，摇摇晃晃过了好几天。每个人脏兮兮的衣服都散发出粪尿的恶臭，每个人的意识都因疲劳、睡眠不足和饥饿而朦胧。

他们虽然呆滞，却仍然知道害怕。会被带去哪儿？会有什么遭遇？强烈的不安如一把尖锥刺入灵魂，疯狂折磨着犯人的精神。

然而，雅各布眼前的景象温柔而平静，善意地背叛了不祥的预感。这里似乎是中欧的乡下小站，灿烂阳光下，站台花坛里的花恣意盛放，还有块招牌写着"欢迎来到考夫卡"。铁路人员在砖造的站舍里工作，候车室快餐厅隐隐传来咖啡香气。

站台对面有座小工厂一样的建筑，站台上可以远远看见这栋有烟囱的水泥楼。在党卫军士兵枪口的监视下，老犯人带着新犯人穿过直达工厂的大门，来到一个大广场。犯人们机械地按照抵达顺序分成左右两列。

右侧队伍很长，大部分是小孩、孕妇为主的女性和老人；左侧队伍较短，多为强壮的年轻男性。雅各布和加德纳斯个子不高，看起来也没什么体力，因此被负责分类的党卫军军官分进了第一组。

身为囚犯，他们别无选择，只能遵守命令，被枪口顶着走向右侧队伍队尾。就在此时，辅佐军官的壮年囚监[1]问雅各布："你是法国来的吧？"他说的是法语。

雅各布点点头，男人便卑躬屈膝地用德语求了军官什么。军官一脸不耐烦，暧昧地点点头，好像在说"随你怎么分"。

"就这样，我进了左边的队伍。我害怕离开加德纳斯，于是拜托

1　德语为"Kameraden Polizei"，简称"Kapo"。"Kameraden"是志同道合之人的意思，而"Polizei"意为警察。囚监本身是犹太人，同样受纳粹迫害，某些人本来不愿为虎作伥，充当德国人的鹰犬，但当囚监有许多好处。在德国人看来，犹太囚监就是志同道合的集中营警察。

这个法籍犹太人不要分开我和朋友。结果，加德纳斯也进了左边的队伍。我和他的命运就这样决定了。"

囚监在搭车刚到的犯人面前开始了演讲。他的语气充满确信，连雅各布也不由得信服。

"考夫卡是第三帝国分配给各位的犹太人居住区。犹太人终于有祖国了，那就是由犹太人建造、为犹太人服务的考夫卡。战时缺乏交通手段，坐车辛苦大家了。如今，你们已经来到了全新的应许之地。

"在这里定居后，你们明天就要开始工作，不过，今天还有欢迎会在等待你们。孩子和老人所在的第一队请先去清洗在长途跋涉中弄脏的身体，至于第二队的青壮年男性，还请稍作等待。晚上要开欢迎会，请大家按顺序洗干净身体。"

苦难的旅途终于结束了——右侧队伍里的女人、小孩和老人信以为真，感激涕零地冲到砖楼门口，浑然不知这是修成浴室模样的毒气室，远处看见的烟囱则是焚尸炉的烟囱。在囚监的带领下，留下的第二队走过广场旁边的道路，终于来到考夫卡集中营内。

"第一队的人占了这批犯人八成以上，他们当天都死在毒气室，在焚化炉里烧成了灰。我们第二天才知道真相，是救了我们的囚监露骨地告诉我们的。

"这个人就是埃米尔·达索。他会说德语和英语，设法混进劳工团体，一进考夫卡就开始跟一个波兰犹太人学波兰语。

"埃米尔知道，在考夫卡，待遇最好的犯人就是负责送其他人进毒气室的囚监。如果想在考夫卡活得长一点，就必须得到这个位子。

来考夫卡的大多是住在波兰的犹太人，从德国本土或我们这种占领地来的犹太人虽然也有，但是很少。

"因此，埃米尔奋力学会了波兰语。他在毒气室前会重复三次演讲，第一次用波兰语，第二次用德语，最后用法语。最先承认埃米尔优秀能力的是看守头子，一个名叫伊利亚·莫查诺夫的乌克兰兵。得到他的肯定后，埃米尔终于爬上了期待的位子。埃米尔能在考夫卡活两年之久，都是因为他是负责送人进毒气室的囚监。"

埃米尔·达索精力充沛，而其目的不仅是在监牢中活得更久。他心中有一个执着的梦，那就是逃离此地，重获自由。

为此，埃米尔一直在努力结交可信的伙伴。他之所以让来自法国的雅各布加入劳工团体，就是为了在波兰犹太人占绝大多数的条件下多留一个知心交底的同伴。

"我开始在考夫卡生活的时候，埃米尔·达索已经有了保镖卡桑和军师杜波这对左膀右臂。他们邀我加入法国人的反抗组织，我别无选择，只能答应。达索是囚监，如果听他的话，至少能活久一点。

"知道加德纳斯的祖籍之后，埃米尔认为他和波兰犹太人没区别，虽然他有法国国籍，却没让他加入组织。所以，加德纳斯不知道反抗组织的存在。不过，他和当拉比的杜波很亲近。

"波兰犹太人好像也组建了反抗组织，但跟其他组织联系的只有埃米尔一人，我们不知道对方的详细情况。埃米尔和其他组织的领导都很警惕叛徒。"

　　雅各布懂医术，因此被派去回收毒气室死者嘴里的金牙、吞进胃里或藏在直肠里的宝石。杜波和加德纳斯的工作是增减、修补集中营设施。卡桑则担任达索的助手，花言巧语地把犹太人送进毒气室。

　　"死了几千名犹太同胞，埃米尔要负杀他们的直接责任。集中营管理人必须低风险、高效率地屠杀刚到集中营的犯人。如果知道自己将被毒杀，犯人就会在站台上暴动。就算不知道，他们也可能因为难耐不安和恐惧而陷入恐慌，同样会威胁到集中营的秩序。

　　"要防止几千名犯人产生暴动，十个看守绝对不够，必须更多才行。要想在控制看守数量的同时顺利进行大屠杀这种可怕的工作，就必须有个囚监负责毒气室。囚监自己也是犹太人，利用这一点，就能让一无所知的新犯人乖乖进去。对集中营来说，有这种人简直求之不得。

　　"为了自己存活，埃米尔把几千名犹太人引向了死路。或许正是为此自责，他晚年才有些失常。听说他专门在家中建了考夫卡的全景，经常待在里面。

　　"不过，我和埃米尔也是同罪。能责备埃米尔的，只有死在集中营的犯人。逃出生天的犯人都是眼睁睁看着同胞死去的人，我们总觉得，自己的命就是这么袖手旁观换回来的。六百万名死者在执着地提问：你们活下去的代价是什么？战后三十年，他们的责问一直在我耳边回荡。"

　　雅各布老先生绷着脸结束了讲述。莫伽尔皱起眉头，感觉六百万名死者也在责问自己。搜捕法国无国籍或外国国籍犹太人并交给盖世太保的，正是维希政府的民警队和占领地的警察组织——而这还不是全部。哪怕拥有法国国籍的犹太人，也会被法国同胞不以为意地送上绝路。

巴贝斯也是一脸不符合他开朗性格的忧郁神情，或许也在考虑同样的问题。

警督沉重地问雅各布："你们越狱，是埃米尔·达索在指挥吗？"

"对。那天傍晚，加德纳斯带来了关乎越狱可能性的重大情报。他大概告诉埃米尔，苏军的特殊部队会攻击考夫卡集中营。不过，我不清楚加德纳斯怎么会知道这种事。

"加德纳斯的消息让埃米尔下定了决心，给我们下达了准备越狱的指示。他的心腹卡桑用藏起来的匕首杀了看守，然后割开铁丝网，逃出了囚犯棚屋区。当时，我看到有个皮包骨的犯人跟在卡桑后面，也从铁丝网的洞里钻了出去。

"没过多久，卡桑双手抱着几支枪回到棚屋，发给当过兵的男人。很快，集中营各处都发生了大爆炸。为了自由，大群犯人疯狂奔跑起来……"

老人有如此经历，自然有理由说自己见过数百倍于莫伽尔和巴贝斯见过的尸体。确实——这位医生看过那么多尸体，足以一眼分辨出假死之人和真正的死者。他没有尝试救活隆卡尔，也是因为这段在集中营当医生的严酷体验。

莫伽尔听到脚步声，扭头向连接门厅和大客厅的拱廊一看，只见博恩来了。这名浑身滴水的刑警凑到上司耳边，轻声说：

"虽然还不知道和案子有没有关系，但我们在庭院凉亭里找到了三个美国骆驼烟的烟头。烟头不旧，应该是一两天前吸完丢在地上的。"

"凉亭里……"警督嘀咕。

凉亭位于达索家东翼南面草坪庭园的东南角，背后是茂盛的森林。

莫伽尔警督心生悔意：昨天到现在，应该更重视庭院搜索才对。他认为外来犯的可能性很低，于是优先搜索大宅内部，除昨天查过的剑刃和杀人现场正下方的水池以外，室外其他部分都是刚刚才开始搜索。

为了监视大宅，雨夜的入侵者有充分可能选择凉亭作为监视地点。这些烟头很可能是伊莎贝拉·隆卡尔留下的。

第四章　死亡哲学

1

地铁终于驶过了圣拉扎尔站。我拎着超市袋子靠在车门上，焦躁地等它抵达拉马克-科兰古。车里乘客多了起来，圣拉扎尔上车的吉他青年正在弹奏一首欢快的曲子——是披头士的*Ob-La-Di, Ob-La-Da*。我一边听他演奏，一边注视隧道里不断后退的漆黑墙壁。

今天也是一大早就下着冷雨，路上湿淋淋一片。月底开始，"巴黎美丽的五月"一直在秋日般的冷雨中濒临冻死地瑟瑟发抖。这种气候怎么想都很异常。

电视上的气象解说员说，这是因为墨西哥暖流在大西洋改变了流向。去年夏天酷热，今年又是前所未有的冷夏，我心中略感烦躁——不，是感到不祥和莫名的不安。

或许，在驱回巴黎后第一次与他见面那天，这份不安就已经萌芽。那天，抹不去的不安像焦油一样浸进了我心底。

我已经重新读完了哈尔巴赫的书。相比两年前第一次阅读时，我想了很多问题，甚至觉得自己当年什么都没读懂。

哈尔巴赫说，恐惧与不安虽有相似之处，却是两种不同的情绪。恐惧分为两个侧面。人都有所畏惧。我不是同级的希尔薇那种优等生，我偶尔会害怕考试。我恐惧的对象是考试。

我为什么会害怕考试？因为有可能不及格，因为有可能留级，因为自己幸福的大学生形象可能崩坏，因为自己可能不再是自己。这即是说，恐惧分为"恐惧的对象"和"恐惧的结果"这两个侧面。

恐惧的对象可以是考试、疾病、失恋等事件，也可以是刀、火等具体事物。与之相对，恐惧的结果则是我"生命的可能性"，比如晋级的可能性、健康生活的可能性和恋人幸福相伴的可能性，等等。

然而，不安没有固定对象，有名有号的事件或事物都无法成为不安的对象。相反，不安的对象，正是"'恋爱是恋爱''小刀是小刀'这种事件或事物的固定轮廓不复存在"。

人类所处的世界，乃是一套掌控无数各有意义的事件及事物的秩序，倘若这套秩序土崩瓦解，我们就将面对可怖的虚无。被推往虚无的深渊时，人会感到不安。当世界失去轮廓，意义丧失秩序，人类就将与世界的含义交杂一体，不再明白自己是谁，面临自我崩坏的危机。

那么，不安是什么？让人们在忧虑中不安的存在是什么？

哈尔巴赫的答案是：死。

人活着就有各种可能。今天吃三餐的可能，为了吃饭而把蛋打进平底锅的可能，继续享受大学生活的可能……乃至和恋人幸福相伴的可能。

哈尔巴赫把这叫作人类的"存在可能性"。我是谁，可能是谁，又要如何实现这种可能？这就是人类的存在可能性。然而，人终有一死，死亡会夺走人类的种种可能性，将人类推向虚无的深渊，将人之为人的可能最终变为不可能——这则是究极的存在可能性。不安之人心中的忧虑，正是将自己的存在变为不可能的最后一种可能性，也就是自己的死。

按照哈尔巴赫哲学的说法，我不安是因为担心自己会死。反季的雨让我感觉世界的轮廓和秩序即将崩塌，我担心这可能带来抹消我所有存在可能性的死亡，于是心生不安……

果真如此吗？得知母亲和叔叔合谋杀害父王时，哈姆雷特备受冲击，感觉"世界动荡不安"[1]。哈尔巴赫所说的"世界含义崩塌"，应该正是哈姆雷特所体验的世界动荡的戏剧性崩塌感。然而，我并没有这种感觉。

我现在之所以着急，是因为我打电话叫驱去我家，自己却快迟到了。我在地铁上坐立不安，拎着沉甸甸的塑料袋靠在门边。我想给驱做晚饭，于是去圣日耳曼德佩的超市买了材料。我还在为日常事务"操劳"，还在琐碎地为他人"烦神"。

就算让驱在家门口等十分钟，就算晚饭只能让他吃速冻食品，也没什么大不了的。然而，我总是摆脱不了零碎的操心情绪。按照哈尔巴赫的理论，我还存在于"世界内部"，还没面对"世界土崩瓦解"的深刻不安。

1　此句英语原文是"The time is out of joint"，确切翻译应为"时代动荡不安"，但《哈姆雷特》的日语译本将其译为"世界动荡不安"，且"世界"一词才能与此处阐述的哲学理论相吻合，故此处遵循日文。

可我已经够不安的了。就算思考自己为什么不安，也找不到确切的答案。驱回巴黎了，他会重新给我上私人日语课，会像以前一样跟我来往。我现在不可能有什么不安的对象。

然而，不安就是在我脑海中挥之不去。自从几天前开始下反季雨，我心中就满是苦闷难耐的模糊不安。

如果正是这种对不安的分析催生了让加德纳斯教授的好友威尔纳和安东尼为之痴迷的死亡哲学，我实在不太能理解哈尔巴赫口中的"死的特别可能性"。我是担心死亡所以不安吗？我不这么认为。

哈尔巴赫著作的首个主题是"存在论差异"。存在，也即"有"。比如"有"椅子，"有"娜迪亚·莫伽尔，二加二就"有"了四。

事物存在、人类存在和数学公理等存在虽然都是"有"，其存在性质却各不相同。中学上哲学课时，我用传统存在论思考过这个问题。

存在论也是形而上学，其思考对象并非桌子、娜迪亚、三角形等拥有具体形态的个体存在，而是其中共通的"有……"中的"有"。因此，存在论的主题势必会偏离各种形态，聚焦于存在本身——也就是说，会形而上地探究主题。

不过，哈尔巴赫认为，希腊哲学以后的欧洲形而上学把"存在"归还给了"存在者"。存在者是个别的"存在物"，也即个别事物，比如桌子，铅笔，我手中的超市塑料袋，袋子里的蔬菜、肉和香料。人类虽然特殊，目前却也能视为一种存在者。

形而上学认为每个事物都是存在者，先决的最高存在——神——

也是存在者，一个赫赫有名的存在者。

近代哲学更大的弊端，在于抹消了神的问题，将主题放在人类"存在"和事物"存在"的对立关系中，导致存在问题片面化为"人类主观如何才能认识客观存在"。

哈尔巴赫认为，哲学家爱好的"桌上杯之存在"这类问题，也不过是存在者问题而已。不管如何严密思考"这个杯子是否真正存在"，也不是在思考存在本身。

个中原因，在于"存在"虽然是个核心主题，却是个无法讨论、不可解释的主题。有事物，有人，有神。人可以讨论事物，讨论人，讨论神，却注定无法直接讨论和思考其"存在"这一根本事象。

存在者和存在必须分而视之，这就是"存在论差异"的含义。第一次读哈尔巴赫的《实存与时间》时，我开篇就在论述"存在论差异"的地方卡了壳。

哈尔巴赫提倡区别存在和存在者，但我对区别于存在者而独自存在的存在本身并无兴趣。我喜欢的是漂亮的三色堇，而非"有"三色堇；我喜欢的是矢吹驱，而非"有"驱。

哈尔巴赫强调，在三色堇和驱这类存在者背后，有着使他们成为他们的存在本身。事实或许的确如此。然而，一旦开始探究存在本身，我喜欢的三色堇和驱就会消失。

我对所谓的"存在"没兴趣。我喜欢的是三色堇这种花，是矢吹驱这个青年。

哈尔巴赫试图区别存在和存在者，考虑存在本身，并且提出，在此之前，应该先讨论基本存在性质有别于桌子、铅笔、杯子的人类存在。

其原因在于：人是有意识的存在者，只有人能思考"有"这个主题。就算并无自觉，人类也在为"有"这一事实悄然烦恼。哈尔巴赫说，人类就是这种特殊存在者。

我的理解或许有误，但我是这样想的：哈尔巴赫不仅认为存在是认识对象，还认为认识也是存在的一种延伸形式。在我看来，哈尔巴赫或许认为，"有"不是"知"支配下的对象，"知"才是"有"的特殊形态。

人类会设法了解，也能在一定程度上了解自己，这是人类和铅笔等事物、猫等动物的根本差异。铅笔是物，被扔到地上也不会痛。猫会喵喵大叫，所以应该感觉到了痛，然而，猫不会把疼痛当作自身经历，这就是它和人类的区别。世间万物，只有人试图或不由自主地要了解自己。

因此，哈尔巴赫认为"有人类"这一事象在根本上有别于"有物"或"有几何学命题"。人类和事物的确都"有"，但事物不会思考"有"自己的意义——不这么做，也做不到。

不过，人类和事物毕竟都"有"。哈尔巴赫开篇就强调，如果认为仅仅无心的事物是"有"，而不但有别于只能以"有"之形态存在的事物，并且能对其加以认识的有心的人类则是一种特别存在，这种观点就是错误的。

因此，哈尔巴赫主张：从前的哲学都只考虑猫或铅笔这类个别存在者，但存在者和存在是截然不同的。"有铅笔""有猫""二加二就有了四"，铅笔、猫和算式是存在者，其背后还有存在本身，是存在让个体存在者得以呈现。哈尔巴赫哲学认为，思考对象不是存在者这种单纯的个体的"有"，而是"有"本身，也即存在本身。

此时，人类存在就成了出发点。和猫、铅笔一样，人类也是"有"的存在者，但唯独人类会考虑"有"自己的意义，并且会不由自主地这样做。因此，若想探寻存在本身的含义，唯一的出发点，就是对人类这一特殊存在者进行思考。

哈尔巴赫的说法，我只能理解一半。确实，唯独人类会尝试了解自己，猫、铅笔和算式不会这么做。人是特别的存在，我大致能接受。

可是，人类为什么非得被当成探究个别存在者背后的存在本身的道具？这是我不能接受的部分。

我对哈尔巴赫郑重展示的"有"本身，也即大写的"存在"（Sein）没什么兴趣。这种说法仿佛教会说教，像在说人类、猫和铅笔这些个体存在者都来自神的创造，都由神赋予形象，因此，外貌近似神的人类必须思考神这一万物根源。

世上确实"有"我，我也想知道自己存在的意义。不过，这是因为我想活得更好。说来惭愧，但硬要说的话，这是因为我想真实、善良、幸福地活下去。

就算人注定且不得不思考神，这也绝非我人生的目的。

我始终认为，我为真实、善良、幸福生活付出的努力不可能让我解开神的秘密，哪怕证明了神的存在，那也只是结果，而非"有"我的最初目的。

启示录一案中，西蒙娜·卢米埃为不过是"存在者"的自己和神明这一"存在"本身之间的绝对距离痛苦不已。这种痛苦大概早在约伯身上就已出现，而西蒙娜的苦恼比约伯更彻底，所以她才会悲痛地告诉驱，"我认为神并不存在，却还是必须向他祷告"。

我无法准确解释西蒙娜神秘的话语，却仍有所感悟。她在奋力反抗"人是神的道具"这种观点，她无论如何也不相信，只要赞美神的荣耀，世间就会充满美好。人们现实中的苦恼和悲痛，加深了反战家西蒙娜的这种想法。

我当个区区"存在者"就好。我对"存在"本身没兴趣也没想法。我想了解自己，是为了让自己活得更好，不是为了神、形而上学的实体或存在。在我看来，哈尔巴赫在前提部分就错了。

哈尔巴赫主张，为了探明存在之谜，首先必须探究人类这种特殊存在者。哈尔巴赫将自己构想的真实存在论称为"基础存在论"。真实存在论以产生各种存在者的万物根源存在为探究对象，以人类，也即此在（Dasein）的实存论为分析内容。概括而言，基础存在论就是此在的实存论分析。

假设有一片汪洋，一片象征着在万物身后赋予万物形态的存在的汹涌汪洋。海面波涛翻滚，轰然作响，无数飞沫溅向半空。这一滴滴飞沫，就是一个个存在者。

然而，黑暗中看不见海。既然看不见，海就等于不在那里。桌子、猫和算式都绝对看不见自己诞生的海，它们只是被动飞溅，再在下一个瞬间回归海水的无意义飞沫。

但人类不同。不管多么模糊，人类都对存在本身有一定了解。在我的理解里，会思考、有感觉的人类就像一支小手电。这些从水面溅起的水滴如同手电，会把波涛汹涌的大海照得清清楚楚。人类以外的存在只会生于黑暗，归于黑暗，唯独人类会用光照亮存在的黑暗——即便只有一瞬。

既然如此，要思考存在本身，首先就必须彻底探明照亮存在之暗的手电筒——人类存在。如果人类不会思考、没有感觉，存在问题根本不会产生。

哈尔巴赫将电筒灯光的作用称为"展开"。正因为有此作用，存在论整体才必须以人类存在论为基础，人类存在论才需要基础存在论这一特殊地位。这就是哈尔巴赫哲学论的出发点。

展开状态分为"理解了什么""有什么感觉"两类。哈尔巴赫将前者命名为"领会"，后者命名为"现身情态"。在了解自身可能性时，人类这支手电照亮了存在之海，光晕之中，"此处有存在"。同时，自身感到喜悦、悲伤、恐惧或不安时，同样是"此处有存在"。

哈尔巴赫称人类为"此在"或"实存"。后者沿袭自黑格尔，前者则是其独创，表示"此处有存在"。铅笔和算式都没有在"此处=现在"展示自己和世界的存在。

哈尔巴赫哲学将此在的自觉形态称为"实存"，认为此在自觉形态的基本构造是"世界-内-存在"。"人类存在于世界内部"，这个观点似乎理所当然，但在半个世纪前，它或许是划时代的理念。

我会这么想，是因为我中学哲学课上读烦了的书，全把人类和世界划分得泾渭分明，尽在讨论人类如何才能真正认识世界。老师总让我们读这种啰里吧唆的书，我简直烦透了。

如果认为人类和世界相对，就不会产生"人类一开始就处于世界内部"这种想法。

或许，哈尔巴赫想彻底改变皱眉苦思"眼前的杯子是否真实存在"的哲学家形象，把他们从沉浸在孤独内省中的人，变成一开始就在混乱肮脏的世界里"有"一席之地的人。对于哈尔巴赫这种人类观，我颇感赞同。

人不是像照镜子那样面对着世界，而是一开始就位于，也即被投放于世界内部。哈尔巴赫将人类这种形态称为"被抛性"。桌子和铅笔也是"被抛"的，但人类有别于事物，必须在"被抛"的同时拥有"筹划性"。

就我理解，此在的定义中已经包含了筹划性的根据。和万事万物一样，人类也只不过是从汹涌海面飞溅而起的一滴微小飞沫，"被抛性"说的就是这种现象。然而，人类还能在一瞬间像小手电般照亮存在之海。我认为，在某种意义上，"筹划性"指的就是这种手电的作用。

大浪打飞的水滴自然是被动存在，然而，当水滴带着无限光辉照亮海面时，它们或许就能成为海面前的能动存在。不过，哈尔巴赫认为，筹划性并不会直接照亮存在之海。人类存在虽然会"展开"存在本身，会用手电照亮它，但这种行为并不直接。

那么，现实生活中，人类的筹划性和展开状态究竟是什么形态？哈尔巴赫哲学让我佩服的地方还在后面。哈尔巴赫对人类存在做出了近乎完美的现象学分析，其论述细致得犹如推理小说杰作，足以让读者感叹不已。

驱曾经说过，普通的现象学还原是认识论还原，他尝试的则是实存论还原。认识论还原和实存论还原——我不太明白这些，但践行实存论还原之后，驱获得了罗耀拉[1]和沙勿略理想中那种耶稣会士生活思想。

大餐、流行的衣服、自己的家、漂亮的装修、家人和恋人……全都实现了实存论的还原。为此，驱每天都活得极其抽象。他不由自主要这样做。然而，我觉得哈尔巴赫的现象学还原和驱略有不同。

还原之后，哈尔巴赫得到了单纯的"常人"（Das Man）。这次重读他的书，正是细致分析普通"人"如何存在于日常中的部分，让我产生了兴趣。至于此前和此后的内容，我确实不在乎。

哈尔巴赫认真思考了"普通人如何抓住自己的可能性，该如何且能不能尽量严肃地实现这种可能性"这个难题。他关于"日常此在"——普通人的详细分析，让正为相同问题烦恼的我受益良多。

我小跑着离开站台，穿过地下通道，乘上大电梯，终于出了拉马克-科兰古站。站口道路狭窄，前后都是陡峭石梯，是一片经常拍进

1　依纳爵·罗耀拉，西班牙贵族，天主教耶稣会创始人。

旅游照片、充满蒙马特悠闲怀旧气息的风景。羊肠小道朝上就到了圣心堂背后，朝下则是马尔卡代街。

看着被雨淋湿的石路，我突然想起了米歇尔。中学去参观拉丁区的革命时，我邀请青梅竹马的米歇尔一同前往，他却始终没在约好的地方出现——他临阵脱逃了。

第二天，我逮到在教室角落里低着头的米歇尔，宣告要永远跟他绝交。听说，这个优等生如愿考进了皇家行政学院。

我从小就很讨厌米歇尔这种自私的人。明明跟女生说好了要冒险，却因为胆怯而失约，这种男生太恶劣了。但话说回来，胆怯是什么？与之相对的勇敢又是什么？倘若认真考虑这个问题，思维似乎会沉入无底迷宫。

我之所以喜欢安东尼，不正是因为他让我看到了真正的勇敢吗？他的勇气远在我之上。面对胆小的米歇尔，他可能会轻蔑地皱起鼻头一笑置之。安东尼确实勇敢。为了贯彻自己选择的主义，他在马德里沐浴了警队的机枪扫射，浑身布满弹孔地死去。

我在车站前撑起雨伞，左拐匆匆走下拉马克街的缓坡。自幼熟悉的蒙马特住宅区风景在我左右延伸，百来米外就是莫伽尔家所在的公寓楼。

我心中焦急，小跑前进。路旁的咖啡店、面包店和花店掠过我的红伞，消失在背后。

我远远看见了公寓前的日本人。他没打伞，浑身湿透。驱果然比我先到。只有有钥匙的人才能进公寓楼门，没钥匙的访客只能按门旁带名牌的门铃，通过通话器向访问对象告知来意，等对方从室内开门。

大病初愈就全身淋雨，这肯定对身体不好。我一边指望先到的驱能去附近咖啡店待着，一边又预感他肯定会冒雨在楼前等我。

他倒不是死脑筋。乞丐讨一法郎，他就会不假思索地给一法郎，讨五法郎，他就会给五法郎。同样的道理，如果叫他某个时间来家里，他就会准时抵达，如果家里没人，他就会自己定个时间范围，在家门口等待对方回来。矢吹驱就是这种人。

"驱！"

听见我的叫喊，淋成落汤鸡、湿透的长发贴在额头和背上的青年愣怔地抬起头。时隔一周再见，我心中却全无预计的喜悦，只有越发浓重的莫名不安。它在我内心深处翻卷，犹如不祥的黑雾。

我一边煎牛排，一边用西红柿切片做沙拉。锅里刚煮上番红花调味的海鲜汤，厨房里满是热气和诱人食欲的芳香。

时间紧张，我没法做什么讲究的大餐，只能准备如此菜单：前菜、罐头鱼子酱、马赛风味海鲜汤、牛排，以及西红柿沙拉。我本想用牡蛎当前菜，但明天就六月了，根本买不到新鲜的牡蛎，我只好放弃。

我让驱去洗个澡，他却冷漠地拒绝了我的提议，只肯勉强拿条浴巾擦头发。我做晚饭的时候，他大概就孤零零地待在客厅里，不读杂志也不看报。

不管我多费心煮饭，驱的胃口都跟鸟一样小。即便如此，我还是不会偷懒。不管他能吃多少，我都想把自己能做出的最佳菜肴端上桌。

我一边把西红柿沙拉要用的大蒜和洋葱切末，一边想，哈尔巴赫提出的"时间"不是物理概念，他所说的"世界"也不是。

对人类的实践兴趣而言，预先投放此在的世界是一种"道具"，是各种大小事物紧密存在、彼此复杂关联的有机空间。换言之，世界是诸事物具备意义的道具性整体，也是建立此在的构成契机。

哲学家和科学家对立主观与客观、用主观视角观察事物的理论态度，乃是一种抽象。不把事物当成"观察对象"，而是当成"可用对象"——也即道具——并为其"操劳"的人类日常态度，才更具体、更根本。

人类（也即此在）既是各自独立的"世界-内-存在"，也是"操持"他人此在的"共在"。不过，通常情况下，在分配给自己的公共世界里，人类仅仅是"人"的平均化意识。

我这个懒人虽对洛克[1]和康德[2]的认识论哲学所学不深，但我认为，如果要批判英国经验论和德国观念论，哈尔巴赫的观点自有其说服力。

人类无须认真考虑对象——比如桌子上的杯子——"有"或"没有"。管它有没有，不都无所谓吗？

1　约翰·洛克，英国哲学家、医生，英国最早的经验主义者之一。

2　伊曼努尔·康德，德国古典理性主义哲学创始人。

　　杯子看起来是那么实在，伸手摸得着，倒水接得住。既然如此，当作"有"它不就够了？对人类而言，洛克和康德喜欢的"实际'有'还是'没有'"这种虚构难题，根本就不重要。

　　对我而言，最重要的是舒不舒服，快不快乐。就算对象并不实际存在，但只要我感到不快，它就明确存在。不管对象是梦是幻，只要我感到幸福，它就实际存在。

　　哲学家怎么连这么简单的事都搞不懂？中学上哲学课时，我一直为此困惑。

　　自行思考之后，我得出了简单的结论：世上总会有内心贫瘠的人，有明明觉得舒服，却无法肯定这样的自己的人。

　　美丽、快乐、愉悦、开心、舒适、舒服——如果不把自己心中这些积极感受否定为不可饶恕的堕落，这种人就会丧失自我。虽然不知道为什么会有这种死脑筋，但这种人在现实中还不少。对他们而言，哲学教授这个位子是最终抵达的唯一避难所。这就是我十七岁在哲学课上得出的结论。

　　这种人应该不会为牙痛而烦恼。牙齿痛的时候，是真正、确实、毋庸置疑、无可奈何的"痛"。我喜欢吃甜食，自小就经常蛀牙，可谓牙痛领域的"专家"。

　　牙痛真的存在吗？牙痛或许是梦是幻，或许并非真实，既然如此，就暂时当作"没有"它吧——笛卡尔可能会如此怀疑，但在疼痛的明证性前，这种论调当场就会烟消云散。

　　不管怎么说，痛就是痛。笛卡尔大概没得过蛀牙，没体验过死去活来的痛苦。这就是提出"我思故我在"的笛卡尔的怀疑的背景，是深信"'有'或'没有'"即为究极哲学主题的哲学家们令人厌烦的庸俗秘密，也是他们的存在根据。

因蛀牙疼得满地打滚时，我在毋庸置疑的真实性中体验了世界。想不体验都不行。对人类而言，世界无关"有"还是"没有"，而是直接体验的快感或不快、痛苦或快乐。

哈尔巴赫这种明白此等真理的哲学家实在罕见。他挡住只在乎"有"或"没有"杯子的历代哲学家，主张将存在还原至存在者，提出了此在的实存论分析。

哲学家哈尔巴赫或许一开始就不认为哲学的根本问题在于对象"有"或"没有"，而在于对象会带来快感还是不快，是舒服还是不舒服。不过，他的主题是实际恢复被忘却的存在本身，这我倒是不太赞同。

概括而言，哈尔巴赫所说的"存在可能性"，就是"尽量活得快乐舒适"这一人类必然欲望。人类面前有杯子，是因为人类现在口渴，想用杯子喝水。

沉浸在孤独思索里的哲学家会认真思考杯子事实上"有"还是"没有"，但普通人不同，他们眼中的对象、客观和世界，从来都是"能否让自己快乐舒适的东西"。

世界里"有"被抛的人类，不管是否愿意，他们都得到了各种用作道具的事物。哪怕并非事物的人类——也即他人——同样是道具。

问题的重点在于：人类的存在可能性——即欲望——不一定是主

体。欲望不会毫无前提地从我内心的空虚里涌现。因为想让驱吃马赛鱼汤，我现在正在做。然而，如果生在没有马赛鱼汤的文化圈，我就不会产生让心上人吃这道菜的欲望。

人类欲望一定会有条件和限制，但即便如此，也不能说欲望是主体，赋予条件和制约的外力则是对象、实在和客观。

正因为知道马赛鱼汤这道菜，我才会产生做它的欲望。即是说，在被赋予马赛鱼汤相关条件性和制约性的同时，我对它产生了欲望。或许，这就是人类"被抛筹划性"的含义。

这就是哈尔巴赫对人类存在可能性的理解。要我说，这是一种划时代的哲学。

我正在用菜刀，菜刀下面有砧板，它们之间有正被切末的洋葱。我现在"操劳"的是切洋葱，下一个瞬间，则会"操劳"地洗砧板。我面前的事物是道具，还有道具的道具，道具的道具的道具……就这样，各种道具形成了无限的"道具关联"。

人类非自愿地被抛至世界，人类认识中——更恰当地说，主动理解中——的世界是上述道具性的总体。普通人和世界有怎样的联系，又是怎样在自己周围安排世界的？哈尔巴赫精细地分析了个中结构。

哈尔巴赫哲学让我感兴趣的部分，是他对"人类是什么"的论述。他认为，人类是在预设条件下尝试追求自我可能性的存在。我觉得这很对。

若只强调"预设条件"，人生便是一片漆黑，人类和事物便毫无关联。穷人终生潦倒，丑女一辈子都无法变美。相反，若只强调"追求可能性"，人生就是乐园。然而，不以枷锁为前提的乐园终究只是空想。

　　这种缺乏根据的乐观论只是一种无视现实的无力安慰，绝不可能给人类带来真正的幸福。想在预设条件中活得更幸福的人类往往会陷入这个问题，对此，哈尔巴赫也进行了讨论。

　　这些观点我基本赞成。我之所以不能追随哈尔巴赫，在于他最终否定了正在且必须"操劳"周遭事物、"操持"他人存在的日常此在，认为它们并非本真，淹没在了公共性之中。

　　他像个教祖一样，宣称人类必须脱离颓废的日常生活向本真状态进发，而这一过程的支点正是"死"。我无法苟同哈尔巴赫这一观点。

　　当然，我并非肯定日常人类存在的所有形态。虽然现在已经厌了，但每晚都去圣但尼蹦迪时，我认识一个叫玛丽安的女孩。

　　她失恋时总会各种抱怨，听了这些话，我觉得她被甩也理所当然。毕竟，她从没打算跟谁好好交往到底，对象总是些长得帅的油漆工、车技好的修车工、在迪厅很有名的咖啡店服务员。

　　对她来说，男人就像五颜六色的人造珍珠；在她眼中，恋爱对象一直是装饰自己的人造珍珠。

　　人造珍珠可以换，她也一直在换男人——不，或许是被男人换掉。男人同样把她当作人造珍珠一样的装饰品，没道理指责她不忠。总而言之，两边都有问题。

　　我无意假惺惺赞颂那种会被天主教牧师夸奖的纯粹谦虚之爱。我不但不在乎神不表扬我，甚至觉得让他生气也无妨。

我真心盼望的东西，是自己的快乐、身心的满足，是幸福，是实现我的存在可能性。至于教会牧师高不高兴，根本不关我的事。

我虽然否定教会牧师说教的那种轻率伦理，但也不打算投身浪漫主义的恋爱观念。我觉得维特和绿蒂[1]都很虚假。我只想满足自己的官能，满足自己鲜明的生存欲望，想触电般沐浴这股足以摧毁自我形态的奔流。超出这个范畴的意义，我觉得并无必要。

要沐浴足以摧毁自我的电击，需要付出相应努力。自己不需要的东西，就不必忍耐。有很多东西就是这样被我果断抛弃的。

可是，什么都容不下也是个问题。正因为什么都容不下，玛丽安才会反复失恋。如果她真心想抓紧一段恋情，事情就简单了。

别再跟并不亲密的朋友美滋滋地讲恋爱故事就行了。决心未来再也不说这种话，为现在的恋情而活就行了。不仅别再说，也别再好奇别人的八卦，在嫉妒和自我满足之间摇摆不定。

所以，哈尔巴赫对"日常此在"颓废样态的分析颇有让我认同之处。徒步攀登艾格峰的人，肺、心脏和肌肉肯定都比坐缆车上去的人痛苦，相应地，却也能获得更大的快乐。登上北壁顶峰的人，获得的快乐肯定比爬山脊的人更大。

玛丽安不想大汗淋漓地正面挑战恋爱这座山，总想搭乘缆车轻松到达山顶，所以才会反复失恋。我对搭缆车靠近自己身体的男人毫无兴趣，如果他们硬要厚着脸皮过来，我就把他们踹开。男人也一样。

1　歌德作品《少年维特的烦恼》中的男女主人公。

他们也会厌烦搭缆车靠近自己的女人。

不是每个人都能成为登山家。然而，谁都能像登山家渴望艾格峰北壁那样真心渴求爱人。因此，正如登山家会艰苦修炼，恋爱中的女人要想和对方开花结果，就必须付出辛劳努力。

在这方面，哈尔巴赫对日常人类形态"常常是非本真的，容易在无意识中堕落"的批判自有其道理。毕竟，人类总会屈服于缆车这种安乐的登山方式。因此，哈尔巴赫引入了"死"这一主题，开始主张回归本真自我。在这种主张之下，安东尼的生存和死亡方式将得到何种解释？

找到欲求的对象，或被其挑起欲望，为满足欲望而拼命努力——或许，登山家一般的安东尼也这样努力过。我会喜欢安东尼，不正是被他这种不认真的认真吸引了吗？

我之所以说安东尼不认真，是因为在他眼中，相当于艾格峰北壁的革命只是自己欲求的对象。他从没认真想过解放饥寒交迫的第三世界，也没想过劳动阶级的命运，反而想引爆平庸的日常生活，连被纳入体制而成为革命之敌的劳动阶级也一并爆破。

就此意义而言，我只能说他是彻头彻尾的不认真，因为他过多实现了自己的欲望。既然已经如此任意妄为，至少应该避免与无自觉相反的厚颜无耻，别狡辩说自己的行为对他人也有意义。

我之所以说安东尼认真，是因为他真挚地探究着自己那不认真的目标。换言之，在始终不认真这个方面，他始终很认真。我把这看得很透。

不过，我还是无法肯定安东尼的生与死。安东尼和玛丽安大概是性质完全相反的人——和米歇尔也一样。

我不赞成玛丽安和米歇尔那种生存方式，但也不赞成与之过激对立的安东尼的生存方式。

这或许是因为，我总觉得安东尼至死也没能实现自我肯定。他的死让我这种被他欺骗、因他受罪的女人也为之难过，他的死亡方式不可能正确。

我总觉得，安东尼最后那封信不但在蹂躏我这种平凡女人的感情，还带着一缕希望我连他这种行为一并原谅的不自觉的傲慢。为了表明自己的诚意，为了呈上谢罪的证明，他连命都交出来了，活着的人还能说什么？只能沉默接受他的强迫。

安东尼"英勇牺牲"的时候，是不是早就期待着这种事？倘若如此，我绝对不会肯定，也绝对无法认同这种英雄。

我会想着他一辈子守寡吗？开什么玩笑。他找错人了。换作中学和我同级的塞西尔，倒有可能成为他完美的新娘。

塞西尔就像奥菲利亚，总在追寻永远的恋人哈姆雷特。如果哈姆雷特已死，或许以她之能也可以安心扮演奥菲利亚。毕竟，她只要听哈姆雷特的话去当修女就好，并不需要什么演技。

人类必须自觉避免自己的死——特别是自己选择的死——给他人带来不幸。所谓避免不幸，至少是别强迫邻居过分思考自己的死。我死的时候，绝不希望那是一种会强迫尚在人间的邻居思考我死亡意义的死法。

安东尼太过分了，让我这个平凡的女人心痛了一两年。这难道合适吗？但他已经死了，我没法反驳他。我可以责备他，他却已经去了一个绝不会受责的地方。

驱呢？他死的时候，应该只会单纯地消失。他绝不会忘乎所以地把一生只有一次的死亡当作无敌的撒手锏，给旁人带来莫大麻烦。他就算决意赴死，也不可能给我留下最后一封情书。他只会消失，再无其他。

想到这里，一种无处发泄的哀痛席卷而来。我想撕心裂肺地大叫。这是心理的机械反应——我想用如此借口镇下心痛，但却难以如愿。

我觉得安东尼的行为是擅作主张，却希望驱做出同样的事。我无法处理自己这种感情。逻辑矛盾，支离破碎……简直和玛丽安的怨言一模一样。我不能这样。这样不行，我必须告诉自己这样不行。可是……

2

和驱一起收拾完晚饭残局后，我们从饭厅移到客厅沙发上。我一边享受刚泡好的香醇咖啡，一边问：

"驱，你也没去听哈尔巴赫的演讲？"

驱沉默地点点头。哈尔巴赫五月二十八日抵达巴黎，预计停留一周，六月四日返回弗莱堡。在法行程包括与法国哲学家举办座谈会，接受思想杂志采访，但重头戏还是昨天在索邦做的演讲。

我虽然想听，却实在拿不到票。优等生希尔薇说什么也不肯放过这次机会，东奔西走终于搞到了一张，但我可没她那么有毅力。

驱基本不认同哈尔巴赫的战后思想，难怪对他的演讲没兴趣。正在这时，门铃响了。

开门一瞧，走廊上果然堵着个壮如阿拉斯加灰熊的男人。让-保罗吊儿郎当地傻笑着看着我，旁边我爸的表情则稳重如常。

"你回来啦，爸爸。欢迎，让-保罗。"

三十日半夜出门后，爸爸直到早上都没回家。他昨晚好像比平时回来得早，但当时我正在奥德翁小巷的咖啡馆里和希尔薇聊天。至于话题中心，自然是哈尔巴赫的演讲。

我打车到家的时候是凌晨一点，爸爸已经睡熟了，等今早我醒来，他又已经早早出门上班。虽然这在警官家庭并不新鲜，但基于以上原因，我居然已经两天没和总部的莫伽尔警督说过话了。

我把雨水浸湿的两件外套挂到墙上，听见客厅传来响亮的叫声。让-保罗先行一步过去了，正扯着破锣嗓嚷嚷。

"驱小哥，你好像瘦了啊！一副没吃好饭的样子。"

"他去国外旅游的时候病了。"

我回到客厅，代驱回答。他们好像也吃过饭了。脱掉外套的爸爸从展示柜里拿出白兰地酒瓶和杯子，摆在沙发前的桌上。

妻子因病去世后，雷内·莫伽尔先生长年单身，不仅厨艺了得，还很清楚餐具收在哪里。我虽心有不甘，却也不得不公正地评价：爸爸做的饭比我做的好吃。

米黄色液体填满了三只白兰地酒杯。在雷阿尔的餐厅初次见面后已过了一年半，爸爸很清楚驱不喝酒，在他面前放了个装依云矿泉水的杯子。

"身体恢复了吗？"

爸爸的语气很随意，我却能察觉他试图隐藏的情绪。他或许不太能接受我喜欢驱，对他的感情有些复杂。

爸爸大概希望独生女能和自己这样的普通法国青年相爱。矢吹驱虽然拥有非比寻常的魅力，却迷人得有些危险。如果爱上他，娜迪亚肯定不会幸福。而且，他根本就是个不会回应爱意的青年……

爸爸肯定想让我重新考虑，但他坚持不说教主义，又不想当个干涉女儿恋爱的父亲，所以闭口不言。不过，看表情就知道，他肯定有所考虑。

其实不用他担心。行动的时候，我知道自己在做什么，想做什么。爱上驱可能会让我遭遇不幸，但我早就做好了准备。就算受伤，我也不会怪爸爸，不会怪驱。

我就是我，因自己的选择得到快乐的是我，承受痛苦的也是我，不是其他任何人，就是娜迪亚·莫伽尔。这不正是人生的含义吗？

破天荒地，驱正常回答了这个社交提问："在巴西旅游的时候病了，已经没事了。"

单手端酒杯、抽着黑叶烟吞云吐雾的巨汉叫道："那就好。但是驱小哥，你这么年轻，还是多吃点吧。你胃口一直跟小鸟似的，生病之后也恢复不快。对了，我们有件事想问问你。"

"是达索家的案子吗？"我从旁插嘴。

玻利维亚客人在著名实业家弗朗索瓦·达索家的林中屋遇害，自昨天起，这件事——包括调查由总部的莫伽尔警督负责一事——就被报道得沸沸扬扬。

"没错，丫头，你爸跟你说的？"

"怎么可能，你也知道我爸是保密主义者吧，让-保罗。"

"我也不会随便乱说调查秘密啊。但驱小哥例外，他可能会有什么好点子呢。"

这话说得，这不是瞧不起人吗？不想告诉我这个外人，倒打算连调查情报都提供给驱这个例外？虽然不想让在座的娜迪亚·莫伽尔听这些话，却也不能赶她走，没办法，只好说了——这似乎是让-保罗言下的真意。

我愤慨地追问："这案子到底什么情况？"

"驱小哥，你愿意听听吗？"

四肢发达头脑简单的"警犬"无视了我，再次问驱。日本青年面无表情，用仿佛能把人吸进去的漆黑大眼睛盯住一脸严肃的让-保罗，不带抑扬顿挫地给出了回答。他的措辞虽然恭谨，却不带任何感情。

"我不知道能不能帮上忙，如果这也无所谓……"

"无所谓，你一定有好点子。我和警督都已经没辙了。这次是密室谋杀案，而且还是三重密室，简直是开玩笑啊。"

"三重密室？！"我小声尖叫。

优秀的巴贝斯探长双眉紧蹙，用力点点头。报纸上完全没提什么三重密室。爱好推理小说的我瞬间被刺激了本能，开始入迷地倾听让-保罗说话。

"事件始于五月二十五号。当天，德裔玻利维亚人隆卡尔夫妇经里斯本抵达巴黎，明明囊中羞涩，却预付了五天房钱，住进皇家宫殿的高级酒店……

"五月二十七日下午六点，路易斯·隆卡尔独自离开酒店。当时，一个下巴有伤的男人在大厅监视隆卡尔，并且尾随他离开酒店，或许在某处绑架了他。四小时后，两人抵达位于布洛涅的达索家林中屋，自此，隆卡尔便被监禁在改建为监狱的东塔大厅中。

"当晚，达索家存在诸多疑点。管家达朗贝尔、保姆达尔蒂太太和男佣格雷都被勒令半夜前不得返回大宅，达索太太和孩子则在几天前就被打发到了诺曼底海岸的别墅。此外，还有三名客人来到达索家长住。

"退休医生亨利·雅各布，下巴有伤、在地方城市经营修车厂的埃德加·卡桑，巴黎大学学生克劳迪恩·杜波。

"这三人都是犹太人。和弗朗索瓦的父亲埃米尔·达索一样，雅各布、卡桑和克劳迪恩的父亲也是考夫卡集中营的生还者。"

我不禁打断让-保罗的话，确信地说："用人和家人都走了，达索家只有两个考夫卡的生还者，加上另外两个生还者的孩子。德裔玻利维亚人被带到了这种地方？

"既然如此，路易斯·隆卡尔就是战后藏在玻利维亚的考夫卡集中营相关人员，大概是克劳斯·巴比那种纳粹战犯。犯人和犯人的孩子们发誓复仇，于是同谋绑架拘禁了隆卡尔。"

驱用他钢琴家一样的手指抓住两三根刘海，不自觉地拨弄起来。这是他专心思考时的习惯。虽然脸上不露情绪，但他无疑对隆卡尔这个人很感兴趣。

我能猜到个中理由：被考夫卡集中营生还者盯上的德裔玻利维亚人路易斯·隆卡尔，其真实身份或许是伊利亚·莫查诺夫。看守头子莫查诺夫虐待、拷问、残杀了无数犹太人，犯人恨他宛如憎恨恶鬼。考夫卡的生还者想杀他也不奇怪。

"可是丫头，事情比这复杂啊。"让-保罗语带困惑。

"怎么说？"

"隆卡尔确实是绑架、监禁的被害人，但他跑到巴黎来，很可能是为了加害别人。"

"怎么回事？加害人变成被害人了？"

"这么想也行。五月二十九号晚上，伊莎贝拉·隆卡尔失踪了。考虑她消失前后的情况，就能得到这个结论。"

"隆卡尔太太也不见了？"

让-保罗点点头，继续道："丈夫两晚没回酒店，伊莎贝拉却没怎么担心。这已经很奇怪了，更神秘的是，当天傍晚，一个电话把伊莎贝拉叫了出去。她在前台保险柜取出装着老照片的信封，然后乘上事先叫好的出租车。

"考虑前后情况，基本可以确定隆卡尔夫妇来巴黎是想用旧照片恐吓人。达索在里斯本接触过隆卡尔，所以很明显，被害人就是他。

"达索大概计划反攻，所以才提出在巴黎交换筹码和钱。隆卡尔夫妇中了套，趾高气扬地来到奥利机场，一想马上就能得到笔巨款，还住进了不符身份的高级酒店。"

确实奇怪。照让-保罗所言，达索家谋杀案背后并非考夫卡生还者发起的复仇剧，而是纳粹战犯发起的金钱勒索剧。犹太人是纳粹暴行的受害人，他们能有什么被纳粹战犯威胁的弱点？

"隆卡尔被绑，不是因为考夫卡生还者想复仇，而是受威胁的被害人发起了反攻？"

"我们就是不明白这个。说到底，还没确定隆卡尔是不是和考夫卡集中营有关的纳粹战犯呢。"

"有隆卡尔的照片吗？"我心生一念。

"有两种，尸体照片和护照照片。"让-保罗一脸微妙地看着我。

"有加印的吗？"

"你想干什么？"

"伊曼努尔·加德纳斯教授让我们明晚去他家。把路易斯·隆卡尔的照片给他看看，应该就知道是不是了。"

"加德纳斯……"让-保罗摸着下巴。

我继续说："加德纳斯教授也是考夫卡集中营的生还者。和奥斯维辛那种大集中营相比，考夫卡规模不大，法籍犹太人应该不多，更何况活下来的。除绑架案当事人以外，加德纳斯教授大概是唯一能证明隆卡尔真实身份的人。"

"我们已经知道加德纳斯的存在了，是雅各布说的。我们正打算明天派个刑警带着隆卡尔的照片去他那儿。"

怎么能让刑警去呢。调查只能交给娜迪亚·莫伽尔。

"不行，让-保罗。照片给我，确认隆卡尔真实身份是我的工作。如果急得等不到明天晚上，现在你就自己去；如果没那么急，就交给我。行吗？"

驱突然开口："我也觉得这样比较好。纳粹集中营的生还者大多不想提及过往，他们不是不配合警察，而是害怕被揭开心伤。如果刑警不由分说就亮照片，可能得不到准确的证词。

"如果去的是多少有来往的人，提问时谨慎地考虑到这些情况，或许能得到更有用的证词。如果不是分秒必争，能不能把这件事交给我们？"

驱伸出了援手，但我并不觉得需要感谢他。因为我知道他的目的——他在追踪尼克拉·伊里奇，因而想抢在警察前面掌握他父亲是不是路易斯·隆卡尔。

让-保罗一脸小聪明地回答："驱小哥，这可全看你啊。如果你能说点有用的推理，我就高高兴兴地把照片交给你。"

"我会把听了你的话后想到的情况全说出来。"驱淡淡地说。

"全都要哦，驱小哥。""灰熊"步步紧逼。

"嗯，全部。"

巴贝斯探长看向上司，仿佛要征求许可。他好像打算把隆卡尔的照片当作交易筹码，榨一榨矢吹驱独特的脑髓。成功获得驱的许诺后，他满足地搓着手。

过去三起案件中，驱确实每次都提供了有助调查的观点与推理。他在阴阳人案中指出的三个被害人的共同点，更是其中之最。

然而，他并未将所有情况都告知让-保罗。警方对藏在三起案件背后的神秘人物尼克拉·伊里奇一无所知。让-保罗对此好像有所察觉。

"行。驱，加德纳斯就交给你去确认。"

囿于让-保罗的热情，爸爸妥协了。巴贝斯探长打开大笔记本，把夹在里面的照片放上桌面。这张不是尸体照片，而是护照照片复印件。这个或许是尼克拉·伊里奇父亲的消瘦男人大概六十岁，给人一种平凡甚至寒酸的印象。

他脸颊凹陷，额头脱发，眼神闪烁，战战兢兢地盯着镜头。不管怎么看，这都像个靠微薄退休金勉强度日的小学老师或底层官员。

或许是先入为主，我还以为他和艾希曼差不多。看来，大屠杀罪犯并不一定长着张恶魔鬼怪般残忍凶暴的脸。

一如往常，驱的演技还是让我佩服。他内心明明很兴奋，却只是意兴阑珊地瞥了眼照片，随意放进胸前口袋。

交易顺利成立，驱得到路易斯·隆卡尔的照片，背上了将脑中所想全部提供给让-保罗的义务。以他的性格，不可能不履行契约。

我一边用余光观察他的举动，一边回到话题："对了，隆卡尔太太坐出租车去哪儿了？"

"达索家。她是在侧木门前下的车，肯定没错，那条小路没别的人家可以去。"

"伊莎贝拉是六点四十五离开的酒店，七点半到的达索家吗？就算晚高峰堵车，四十五分钟才从皇家宫殿到布洛涅也有点奇怪吧？"

"是伊莎贝拉让司机七点半到的，司机绕了点路。"

隆卡尔太太按照要求，于五月二十九日晚上七点半在达索家侧门下车，自此和丈夫一样音信全无。六小时后，爸爸确认隆卡尔死亡，伊莎贝拉则至今下落不明。

"然后呢？"我急于知道隆卡尔被害的详情。

"三十日凌晨零点三十分，一个疑似外国人的女士给区局打了电话，这就是事件的开端。得知发生谋杀案后，警车赶往达索家。经过门铃对讲器上的一番交流，管家达朗贝尔勉强来到正门，却始终不让巡警进去。

"当时，主人达索和客人雅各布已经发现了隆卡尔的尸体。因为这场闹剧，达索无法抹消案件，于是给认识的总警监打了个电话。就因为这个，你爸才得去现场。"

就因为这个，在那个瓢泼大雨的深夜，爸爸才会叫了辆警车匆匆离家。在达索家林中屋迎接他的，乃是无比异样的三重密室谋杀案。

东塔监狱的死者是路易斯·隆卡尔，而他头部撞伤和心脏刺伤的产生时间最多间隔一两分钟，就算解剖尸体也无法判断孰先孰后。

后头部骨折或许是隆卡尔自己摔倒所致，后背至心脏的贯通伤却绝非如此。这毋庸置疑是他杀。

金融界大亨达索是首相和巴黎市市长的朋友，还能间接影响总警监。爸爸之所以能顶住他的压力，断定隆卡尔死于他杀，除这道位于自己无法触及位置的刺伤之外，凶器道具从现场消失的决定性事实也是一个原因。现场仅仅留有短剑剑柄，凶手似乎带走了用来行凶的断刃。

昨天，警方在东塔正下方水池中发现了缠着卡桑手绢作剑柄的凶器。除房间较远的卡桑以外，每个人都有机会把凶器扔进池里。

"手绢上的血和剑身上的指纹是？"我问。

"跟预想一样，手绢上的血和隆卡尔是同一个血型。至于指纹，很不巧，也是被害人的——我还以为绝对是卡桑的呢。隆卡尔尸体右手有道生前造成的割伤，应该是遇袭的时候用手挡过短剑。指纹也是那时候沾上的。

"他慌忙撒开短剑，忘我地逃到放着床和桌子的大厅东北角。换气窗虽然不能过人，却是大厅里唯一的开口部，他下意识把它当成了目标，慌乱中没想那么多，只管跑过去。

"凶手追上被害人，朝他后背来了必杀一击。在短剑拔出心脏的力量下，隆卡尔仰面倒地，后脑勺撞上了石地板——大概就这么回事吧。"

让-保罗转述了屋主达索、大宅内三名客人和三名用人的证词。我十分兴奋，把它们原封不动地仔细写了下来。

楼下书房里的达索和雅各布做证称，推定犯罪时刻十二点零七分，杀人现场东塔大厅处于完美密室状态。他们十二点进入书房后，由于达索无意识地监视着楼梯口，没人能够出入三楼杀人现场。加上东塔钥匙这个因素，塔楼大厅更是在此之前就形成了关押隆卡尔的密室。

或许，凶手知道保险柜开锁密码。钥匙遭复制的可能性并不为零。别说三个用人，三个客人也有机会这么做。然而，就算如此假设，达索家东塔仍然是个坚不可摧的密室。

这是因为：书房里两人被响声惊动的时间是十二点零七分；根据医生雅各布的证词，一分钟后，他们发现了死后数分钟的尸体，确认隆卡尔已死。

达索也做证称：地板上流的是新鲜血液，尸体皮肤还有温度。由此观之，隆卡尔确实刚刚遇害，绝不可能死在十二点前。

凶手如果手持备用钥匙，就能在十二点前轻松入侵塔楼。即便十二点之后，或许也能趁达索一时分神从书房走过。

然而，在十二点零七分出现响动到雅各布冲上楼的十几秒内，凶手不可能经过书房逃离现场。就算能回避正在开保险柜的达索，他也必定会在楼梯上遇见雅各布。

十二点前，隆卡尔尚未遇害。十二点零七分，三楼出现了足以传到正下方天花板的巨响。此后，凶手不可能逃离现场。

十二点后，杀害隆卡尔的凶手勉强逃过书房里达索的眼睛，逃离了现场——虽然不可能，就姑且这样考虑吧。

这种情况下，必然存在能在十二点零七分造成巨响的机关。但巴贝斯探长断定，塔内完全没有这类机关的相关证据。

考虑前后情况，凶手极不可能是外来犯，只可能是二楼客房里的男女。

三个用人嫌疑很小。达尔蒂太太和格雷在两侧监视正面楼梯，管家达朗贝尔不可能瞒天过海地去二楼。

如果不能摆脱彼此的监视，厨娘达尔蒂太太和男佣格雷同样不可能上二楼。除非他们是共犯——然而，他们仍旧只能上楼，其他条件则跟卡桑和克劳迪恩一样，不能轻松进入东塔大厅，也无法在犯罪后逃离现场。

对外来犯而言，条件更加严苛。一楼和二楼都门窗紧闭，没有凶手入侵的痕迹。攀岩家或许能爬上案发时开着窗的书房或克劳迪恩住的客房，但达索和雅各布当时就在书房，如果有人从窗口入侵，他们不可能发现不了。

克劳迪恩虽然睡着了，但一点风吹草动就会醒。如果涉案人员证词可信，凶手从二楼窗户入侵大宅的可能性就无限接近零。

东塔屋顶也不必考虑。从屋顶入塔的铁门反锁得严严实实。虽然上锁情况是案发后才确认的，但只要屋内没有共犯，凶手就肯定开不了锁。

就算屋里有共犯，凶手从塔楼屋顶侵入了大宅，大厅钥匙也是个问题。就算凶手有备用钥匙，案发后也不可能逃离现场。雅各布确认过，案发后，铁门是反锁的。让-保罗则断言，不可能有在屋外反锁铁门的机关。

外来犯唯一的手段，只能是从东塔换气口小窗设法杀害隆卡尔。我开始探寻外来犯的最后一种可能。

"让-保罗，凶手有没有可能爬到东塔窗口，隔着窗户杀了隆卡尔？"

巨汉在鼻子里哼了一声，答道："不可能。那扇正方形小窗子边长只有三十厘米，几乎挨着天花板，离地面足足三米。塔楼墙壁有三十厘米厚，从室内看，窗户深度也是三十厘米，外面还竖着嵌了三根铁棒。

"虽然普通人绝对爬不上三楼窗子，但我们就假设凶手做到了吧。可是，他又是怎么进去的？丫头，你要是有想法，就跟叔叔说说吧。"

"既然有窗子，就能从窗口开枪，不进屋也完全有可能杀人。"我反驳。

"隆卡尔是被捅死的。就算可能是摔死的，也明显不是枪杀。"让-保罗嘲弄地说。

"这我知道，但我的意思是，既然能开枪，就能用弓之类的东西。只不过，凶手用的不是弓箭，而是拴着绳子的短剑剑刃。隆卡尔被他从窗外杀害，倒下时在石砖上撞到了头。为了把犯罪地点伪装成室内，凶手拽绳子回收了剑刃，从窗口把剑柄扔进去，然后离开。

"凶手为什么要做这种麻烦事？为了把隆卡尔的遇害地点伪装成室内。现场有短剑剑柄却没有行凶的剑身，谁都会觉得是凶手带走了，觉得凶手能进东塔。

"这是用短剑断刃行凶的唯一理由。带柄的剑很重，很难往远处抛，所以才需要折断。"

听完娜迪亚小姐出人意料的独特推理，巴贝斯探长十分茫然。我满脸得意地想，警察怎么连这么简单的问题都考虑不到？让-保罗的大脑大概连一道皱褶都没有。

正在这时，爸爸缓缓开口："娜迪亚，你的假设很有意思，但还需要考虑很多疑点。比如，要把短剑剑刃当箭用，需要多大的弓？就算能把剑刃射出去，这种简陋的东西真能准确命中目标吗？在没地方落脚的垂直墙面上，可能操作巨弓或类似的弹射道具吗？"

我愤怒地反驳："射短剑剑刃的道具又不是做不出来。詹姆斯·邦德电影里的杀人道具比这还神奇呢。如今可是现代，高科技的现代啊。"

"我们让人从屋顶降到换气窗边看过了，确定周围没有攀岩时用来固定身体的岩钉的凿痕。就算凶手拥有你喜欢的那种007高科技，准备了能吸在垂直墙面上的巨大吸盘，他仍然杀不了人。"

"为什么，爸爸？"

"根据杜兰的解剖报告，被害人的伤不仅直达心脏，凶器还几乎是水平刺入的。如果在窗外用弹射道具攻击地面上的人，伤口必然会从上倾斜抵达心脏。

"还有，娜迪亚，如果贴在外墙上，从长宽深都是三十厘米的石墙洞口往东塔大厅里面看，能看到什么呢？"

我咬紧嘴唇。我完全忘了窗户的位置和深度。爸爸应该已经查清了答案，所以才如此游刃有余。我不安地提出反问，声音因紧张而沙哑：

"能看到什么？"

"对面墙壁靠近天花板的位置。如果隆卡尔爬到了西墙接近天花板的地方，你的推理多少还有些根据。可是，隆卡尔为什么要配合凶手这么做？他一个老人家，为什么要在那么难爬的石墙上爬三米？"

"墙上可能有什么需要近距离观察的东西。"我勉强回答。这是个假设中的假设，连我自己都不信。

爸爸语调稳重，给我的推理来了最后一击。

"墙上什么都没有。没有隐形柜，也没有刻上去的暗号。而且，如果凶手能自由指挥隆卡尔爬墙，他就不会让他爬西墙，而是爬到东墙换气窗的位置。

"这种情况还比较现实。凶手可能自称是来救隆卡尔的，在小窗外面叫他，听了这话，隆卡尔自然会高高兴兴地爬上去。"

"肯定就是这样。"我拼命抓住爸爸递来的救命稻草。

"不可能是这样。隆卡尔后背中剑，伤口几乎水平抵达心脏。在那种窗口位置和结构下，再轻巧柔软的杂技师都不可能背对凶手，更不可能摆出方便凶手水平捅心脏的姿势。"

我被彻底驳倒，陷入了沉默。虽然不甘，我却只能如此。且不论为我推理所震惊的让-保罗，至少爸爸早就彻底考虑过外来犯是否能在东塔窗外杀害隆卡尔，彻底断绝了这种可能性。

让-保罗重新开始说明。我一边听他说话，一边继续努力思考：如果不是外来犯在杀人现场唯一敞开的换气窗外杀了隆卡尔，凶手就一定是内部犯。

如果路易斯·隆卡尔是在考夫卡虐待、残杀过大量犯人的纳粹战犯，达索和三个客人就有明确动机，既非犹太人，跟考夫卡又无接点的达朗贝尔、达尔蒂太太和格雷则不然。

凶手应该还是克劳迪恩或卡桑，又或者他们是共犯。他们的言行已经够可疑了。

缠在短剑上的手绢是卡桑的，他本人还有可能跟踪隆卡尔到里拉大门的公寓并绑架了他。至于摆脱警察监视下落不明的克劳迪恩，身上自然也满是嫌疑。

案发前后，有人在达索家旁小路上四次目击帮助克劳迪恩逃亡的蓝雷诺18，基本可以确定是同一辆车、同一个司机。伊莎贝拉·隆卡尔的下落可能也跟这辆雷诺有关。

针对伊莎贝拉失踪一案，警方提出了两种假设。第一种可能：卡桑骗伊莎贝拉来到林中屋，抢走照片后杀害并埋进庭院。这种情况下，涉案人员中唯一能在七点到七点半期间打开侧木门门锁的克劳迪恩就是其共犯。

第二种可能：这是克劳迪恩单独实施的犯罪。克劳迪恩让伊莎贝拉用照片交换丈夫，配好东塔钥匙后给皇家宫殿的酒店打了电话。她打算在夜深人静时前往东塔，用备用钥匙把隆卡尔从监禁地点放出来，再让他从二楼自己的房间吊绳下到庭院。为了从伊莎贝拉手里拿照片，她本人也会下去。

然而，由于隆卡尔突然死亡，她的计划彻底崩盘。听到丈夫临终的惨叫后，伊莎贝拉急于报警，从侧木门跑到了街上。无奈之下，克劳迪恩只能锁好侧木门回房。

"让-保罗，昨天傍晚之前，卡桑有机会把伊莎贝拉的尸体埋在院里吗？"

"有。早上十点，他去院里散了四十分钟左右步。克劳迪恩和雅各布早饭后散过步，达索傍晚也去了。当时，只要不出大宅，涉案人员都能自由行动。

"我们派人守在正门、侧木门和围墙沿线，让他们见到想逃的人就逮捕，但没让他们在院里把每个人都跟住。

"听说卡桑散步回来的时候心情很好。不可否认，他可能从院子工具棚里拿了铲子，把前一晚藏在后院的伊莎贝拉的尸体埋在达索家森林深处了。"

"可是，尸体还没找到吧？"

让-保罗一脸尴尬："雨从上周下到现在，条件实在不利于搜索。地要是干着，看挖土的痕迹就能找到，可偏偏在下雨。我们明天打算用警犬，但也没什么指望。气味应该也被雨水冲淡了。"

"找到绳子了吗？"

巴贝斯满意地回答："有有有，找到了。达索女儿房间的衣柜里有一捆。院子工具棚里有很多做园丁活儿用的绳子，格雷说应该就是那儿来的。不过，他不知道是什么时候失窃的。"

"二十九号去东塔给隆卡尔送晚饭时，卡桑和克劳迪恩在塔里从几点待到了几点？"

"丫头，你挺会想的嘛。如果伊莎贝拉在酒店接电话的时候他们在塔里，第一种假设就很有说服力，如果不在，那就是第二种。当然，我们已经拐弯抹角地问过卡桑了，但结果有点微妙啊。"

"哪里微妙？"

"他，以及从克劳迪恩那儿拿回钥匙的达索都说，他们在塔里待到六点半左右。酒店接到电话虽然也是六点半左右，但没有准确的时间记录。

"把钥匙还给达索之后，克劳迪恩回了自己房间。客房里都有跟外部直连的电话，她这会儿再打电话也合理。要不然，就是卡桑威胁隆卡尔给他老婆打了电话，然后他俩再一起从塔上下来。这两种假设都说得通，定不了是哪一种。"

不管是哪种，伊莎贝拉潜入达索家后的目标都是凉亭。她要么是上了卡桑的当，相信丈夫在凉亭等自己，要么是打算在凉亭和克劳迪恩做交易。

那天晚上在下雨，约在露天的地方，双方都不方便。就算卡桑或者克劳迪恩选了凉亭，也没什么好奇怪的。

而且，凉亭里还找到了烟头。那些很可能是案发当晚抽完扔掉的烟。

我继续问："伊莎贝拉肯定是抽烟的吧？"

让-保罗面露困惑："不，丫头，这个我也没想明白。酒店保洁员说，房里烟灰缸从来没脏过。假如伊莎贝拉那天晚上躲在凉亭，很多情况就对上了，可她好像偏偏不抽烟。

"保洁员还说，垃圾箱里扔着中药的包装纸。既然每天喝这种东西，那老太太应该很注重养生，不可能有抽烟的习惯。不过，如果她戒了烟，因为太紧张又抽了几根，倒也能说得通。"

我用力点点头，心中涌出自信，觉得自己这次绝对看破了真相。克劳迪恩是在蓝雷诺的帮助下逃走的，她和开车的男人之间明显有见不得人的关系。以此为大前提，必然就会产生不同于爸爸前两种假设的第三种假设，而那大概正是事件的真相。

我宣告："我撤回外来犯在换气窗外杀了隆卡尔的假设。剩下有可能行凶的，自然是达索家宅子里的人。三个用人上不了二楼，也没有动机，暂且排除他们。"

达索家涉案人员的背景还没查清。达尔蒂太太没有与前夫接触的迹象，达朗贝尔没有特别可疑之处，格雷就算受讯也不交代外宿地点，闭口不言的理由可能是不想给恋人添麻烦。

卡桑的生意好像不太顺，克劳迪恩好像跟犹太复国主义团体有牵连，雅各布没有特殊情况，而弗朗索瓦·达索似乎跟太太不大和睦。出了这种事太太都不回来，冷漠的夫妻关系可见一斑。总之，从目前的调查结果来看，三个用人没有犯罪动机。

"问题出在达索、雅各布、卡桑、克劳迪恩身上。如果隆卡尔是纳粹战犯，这四个犹太人就都有杀人动机。让-保罗、爸爸，你们认真听我推理啊。"

"好啊，丫头。"让-保罗嬉皮笑脸地说。

我虽然不爽，现在也只能忍着。我第一次推理虽然彻底遇难沉船，但等我这次说完，缺乏想象力的警官一定会目瞪口呆、赞不绝口。

"克劳迪恩是最可疑的。让-保罗，这你同意吧？"

"那个女人是该抓起来好好盘问，叔叔没意见。如果有人在里拉大门附近见过卡桑的雪铁龙，我们就能连他一起逮捕。

"马拉斯特应该两三天就能抓住克劳迪恩。他认真检查过蓝雷诺里的汽车地图，好像成功从页面污损和涂画痕迹中找出了男人居住的街道。今天傍晚，大批刑警已经抵达那条街，开始全面查访了。

"我们早晚都能找到开雷诺的男人。只要他交代，就能找到克劳迪恩藏身的地方。伊莎贝拉·隆卡尔说不定也躲在那里。无论如何，再过两三天就有结果了。

"可是丫头，盯着克劳迪恩和卡桑虽然没错，但如果不知道他们杀玻利维亚人的方法，问题还是会回到原点啊。如果不知道杀人方法，嫌疑就得模糊地扩大到达索、雅各布，甚至三个用人。"

"行了，听听我的新推理吧。爸爸的第二种假设有个巨大的漏洞。不管怎么想，克劳迪恩放走隆卡尔的时间都该是深夜，然而，她却早在这之前就把伊莎贝拉叫来了达索家。爸爸的假设解释不了其中的理由。

"克劳迪恩指定在凉亭用照片换隆卡尔自由，从侧木门进入庭院后，伊莎贝拉的目标是凉亭。这种推断虽然有一定程度的可靠性，凉亭里却偏偏有烟头。伊莎贝拉不抽烟，这怎么说得通？

"还有一点，你们好像都没注意到，克劳迪恩当晚的行动有可疑之处。她让伊莎贝拉七点半到，却在二十分钟前就开了木门门锁。

反正吃晚饭时都要中途离席，她七点半直接去侧木门接伊莎贝拉不就好了？

"如果克劳迪恩和开雷诺的男人是同伙，这三个谜题就能迎刃而解。克劳迪恩骗伊莎贝拉去达索家的方法和爸爸想的一样，但她不只是为了拿到照片。她真正的目的，是让隆卡尔夫妇从世上消失。"

"动机呢？"爸爸严肃地问。他好像开始对我另眼相看了。

"四个犹太人绑架监禁了隆卡尔，却对如何处理他产生了不同意见。克劳迪恩还是学生，为了报仇，她过激地主张处死纳粹战犯；三个大人则是稳健派，态度一直不清不楚。

"克劳迪恩忍无可忍，于是和开雷诺的男人联手，制订了瞒着三个稳健派处死隆卡尔夫妇的计划。这就是案件的开端。"

让-保罗和爸爸都盯着我，唯有驱一脸兴味索然。这冷淡的态度让我有点不爽。

"隆卡尔太太七点半才到，而早在二十分钟前，克劳迪恩就借口要拿药而离开晚餐餐桌，开了侧木门的锁。她这样做只有一个理由——伊莎贝拉·隆卡尔抵达之前，她要先放同伙进来。

"男人把雷诺18停在侧木门附近，潜入了达索家。他来到约好的凉亭，等着绑架上当受骗的伊莎贝拉，烟就是他抽的。伊莎贝拉准时抵达凉亭后，男人袭击了她，拖出侧木门，塞进雷诺车。莫妮卡·达尔蒂七点五十在厨房窗口目击的神秘人影，就是扛着伊莎贝拉的男人。这样一来，三个谜题就都解决了。"

"丫头，照你这么说，隆卡尔也是克劳迪恩杀的？"

"对。克劳迪恩复制了东塔的钥匙。当晚，她跟大客厅里的达索和雅各布说自己要回房，上二楼待了一会儿，大概快十二点的时候去了东塔，用复制钥匙打开大厅门，十二点零七杀了隆卡尔。可是，人算不如天算，达索和雅各布当时已经离开大客厅，转移到了书房。"

说到这里，我一时语塞。听到隆卡尔倒地的响动和临终惨叫后，雅各布立刻就冲上了楼。克劳迪恩是如何避开他逃出杀人现场的？

要么在东塔大厅被雅各布和达索发现跟尸体共处一室，要么下楼。但不管动作多快，下楼途中都肯定会遇上雅各布。

让-保罗立刻指出了我的推理破绽："丫头，你没解释克劳迪恩是怎么逃出杀人现场的。这才是最大的难题啊。算了，塔楼密室之谜暂且放放，我们先考虑伊莎贝拉绑架案。

"躲在凉亭抽烟的男人打晕伊莎贝拉，把她扛在肩上走出木门，然后塞进了雷诺。而莫妮卡·达尔蒂从厨房窗户看到了他。你是这个意思吧？"

见我点了头，让-保罗继续说："照你的说法，在这之后，男人又从侧木门走进院里，锁好门，从高墙翻了出去。和警督的第二种假设不同，这种情况下，克劳迪恩根本没打算去凉亭，因此，她到侧木门去找伊莎贝拉、锁好门的推测也就不成立。

"男人为什么要做这么麻烦的事？侧木门开着也完全没问题啊。"

"一定是为了制造伊莎贝拉在达索家外被绑架的假象。"我反驳。

"不可能。如果是为了这个，干吗不在伊莎贝拉七点半下车的时候就赶紧绑了？根本没必要让她进达索家嘛。

"还有，凶手八点就绑了伊莎贝拉，为什么雷诺之后还在达索家旁小路里停了四个小时？绑架可是重罪，罪犯一直在现场附近转悠也太奇怪了。

"伊莎贝拉都被绑了，十二点半怎么还能报警？丫头，如果事情是你说的这样，当时伊莎贝拉就该在林中屋小路的雷诺里，嘴里还堵着口塞之类的玩意儿。难道那辆车跟大总统专车一样装了车载电话？

"如今的确是高科技时代，十年后我不知道，但放到现在，巴黎可没几辆私家车装了能接电话线路的无线设备。我们在穆浮塔街鱼肉店扣的雷诺里完全没这种东西。

"还有，达索家建筑是东西延伸的长方形。侧木门在东墙上，凉亭也在院子东面，厨房却在西边。开雷诺的男人扛着伊莎贝拉，天又在下雨，他会绕宅子一圈才去侧门吗？

"最后一点，雷诺烟灰缸里的烟头牌子跟凉亭里的不一样。凉亭里的是美国烟，车里是国产烟。难道他车里车外抽的烟还不同？"

爸爸一边抽烟一边接话："娜迪亚，你的推理确实有点道理，就当作第三种假设吧。不过，这种假设太依赖偶然，不自然的地方也太多。有关隆卡尔太太被绑架问题的疑点，刚才让-保罗已经告诉你了。

"问题在于隆卡尔谋杀。你假设克劳迪恩复制了东塔钥匙，我认同，但卡桑也有这么做的可能。可疑的不止克劳迪恩，还有卡桑。

"而且，达索和雅各布同样可疑。他们四个可能是共犯，加上用人，甚至宅子里所有人都可能是共犯。如果假设克劳迪恩是凶手，这就是最终的疑点。"

"这我当然知道。是说克劳迪恩逃出杀人现场大厅的方法，对吧？爸爸，你自己都没解开谜团，怎么还老挑我推理的刺。"

"警督有个好主意。"让-保罗叹了口气，"做实验之前，我还以为密室之谜肯定解开了呢。"

"什么主意？"

"警督认为，密室机关的关键，可能是通往东塔屋顶的铁门。"

"去屋顶的门？"

让-保罗用力点点头，开始说明爸爸的推理。在雅各布听见声音冲到小厅之前，凶手抢先躲进厅角铁门后，趁雅各布和达索进入塔楼大厅，再蹑手蹑脚地下楼回自己房间。爸爸还挺会想的，不过，他们的实验好像失败了。

"太遗憾了。为什么会失败？大厅里能听到开关门的声音吗？"

的确有这种可能。门闩可能会出声，开关厚重铁门时也有可能。在空旷的石制空间里，这大概还会造成巨大的回音，传到大厅深处的雅各布和达索耳中。

"不，丫头。门闩和铰链都上了油，用力拧也没什么动静，只要小心开关门，就能瞒着大厅东北角的人走出来。问题不是声音，而是时间。"

"时间？"

"为了实验，我上下了很多次东塔楼梯，发现雅各布老爷子说的二十秒很妥当。从书房沙发到东塔小厅，我如果一步三台阶地全力奔跑，需要八秒；如果小跑，需要十五秒；如果在书房门口停一拍，刚好二十秒左右。就算老人家，二十秒应该也能跑到大厅。

"再说大厅尸体位置到铁门这段路。这不仅是跑，还是障碍物赛跑。横穿大厅到小厅之后，得插好两道门闩，锁好门，再到小厅角落的铁门。你叔叔我动作再快，也得花十多秒。

"还没完。铁门门闩是边转边插的那种，至少得转十次不说，就算上了油也很吃力，光开锁就得十五秒。加上开关铁门的时间，早就超过二十秒的限制了。

"不是我自夸。我虽然壮了点，动作却很灵敏，跑得也不慢，力气还很大，开门闩的时间应该快过平均值。连我都要二十七八秒，记录不可能再短了。就算卡桑和我差不多，他也会被雅各布看到。克劳迪恩是个女人，就更不用说了。"

"爸爸，楼上有动静之前，克劳迪恩大概已经躲过达索视线逃离现场了。只有这种可能。如果雅各布的证词可信，发现尸体时，隆卡尔已经死亡几分钟了。

"如果是这样，凶手在十二点零七前几分钟就杀了隆卡尔，然后逃出了现场。这虽然不可能是在十二点以前，但就算十二点以后，她也有可能趁达索不注意走过书房。"

"这样的话，就有发出响声的机关。十二点零七三楼出现巨响后，没人能逃出塔楼大厅。如果克劳迪恩在这之前就下了楼，大厅里就该有能在她离开现场后发出巨响的定时装置。可是，我们没发现这类装置的痕迹。"

"肯定有发声机关，要不然，达索家密室之谜就解不开了。"我坚持。

让-保罗嘲弄地说："丫头，就一枚五法郎硬币，能发出什么声音啊？"

"让我看看现场，我绝对会找出用一枚镍币震动石砖的发声机关。"

3

只要看到杀人现场，我就能看破定时发声机关——听见我的严肃宣言，爸爸露出哄小孩的温柔微笑，让-保罗则大口喝着白兰地。他们都没认真听我说话。

说起来，旁边这个日本青年明明必须给警方提供有效建议，至今却始终沉默不语，连个问题都不提，只事不关己地任我孤身奋战。

我略带气恼地抛出话饵："驱，你的本质直观应该也适用于隆卡尔被杀案吧？你怎么看密室杀人的本质？跟我说说。"

"对啊，驱小哥，你说好了要讲点有意思的嘛。"让-保罗就像放高利贷的夏洛克[1]，拿出不由分说的迫力逼驱履约。

"驱，我也想知道你的想法。"

爸爸吸着烟，站到了让-保罗那边。我虽觉得遭受左右夹击的驱有点可怜，眼下却选择跟两名警官同一阵营。矢吹驱的性格没那么可

1　莎士比亚作品《威尼斯商人》中的角色。

爱，不会因为这点胁迫就慌乱为难。

"驱，你跟我约好的，只要是关于案件本质的问题，你随时都会回答。就算不亲眼看现场就推理不了达索家的案子，你应该也说得出案件本质。"

驱抬头看向爸爸，缓缓开口："摔死和剑伤……关于隆卡尔的双重死因，法医学的结论是什么？"

"我问过杜兰了，不管先后，这两处伤都是在几分钟——大概一两分钟——内造成的。杜兰认为，几秒的可能性更大。也就是说，几乎是同时。

"隆卡尔心脏被刺后倒地，在石砖上撞到了头。解剖结果完全没否定这种可能，也没否定心脏遭刺和头部被殴最多相隔几分钟的可能。"

"隆卡尔并非瞬间死亡，而是在几秒或几分钟内缓缓死去的。他的死有过程，有一个生死不明、暧昧模糊的混杂过渡阶段……"驱自言自语地嘟囔。

爸爸回应："这就是死亡定义的问题了。脑死亡讨论的也是这个吧。明确区分生死界限，是因为这关乎生者的利害和需求。不管把死亡定义成脑死亡还是传统三特征，又或者更极端一些，定义成白骨化时终于结束的死，死者都根本无所谓。"

"可是，如果死并非瞬间，而是无限延伸的过程……"驱又开始拽刘海了。

"驱，接着往下说。"

　　日本人一脸索然，然而，或许是因为我让他想起了我们在拉鲁斯家谋杀案中的约定，又或许是因为跟让-保罗有约在先，最终，他无奈地开了口。

　　驱不会无故爽约，所以我早预料到了这种结果。跟这个乖僻冷漠的日本人相处一年半，娜迪亚·莫伽尔多少学到了对付他的方法。

　　"我明白案件概要了。我的方法，是提取支撑案件整体的现象，并对它进行本质直观。在多样的事象碎片中，可能同时并行产生多个能自圆其说的解释体系。

　　"如果娜迪亚想到了用一枚五法郎硬币造出巨响的方法，这种方法可能能自圆其说。得到实验数据之前，警督破解密室的推理同样是一种合理解释。只有现象学中的直观案件本质，才是能在同时并行的多个可能性解释中选出唯一真实的公理。"

　　"那你觉得，达索家谋杀案的中心支点现象是什么？"

　　"当然是'密室'了，娜迪亚。去年冬天拉鲁斯家谋杀案的支点现象是'无头尸'，夏天洛舍福尔家案是'两次被杀的尸体'，达索家谋杀案则是'密室'。这你应该一开始就知道。"

　　"驱小哥，那，密室的本质是什么？"让-保罗问。

　　"探长，我们试试直观密室现象的本质吧。第一个问题是死。死是什么？"

　　"不知道，我又还没死。"让-保罗认真地说，逗得我想笑。

　　驱的声音毫无波澜。他继续说："没错。从实存论角度记述死亡的现象学学者哈尔巴赫认为，人能体验他人的死，却不能体验自己的死。"

对。哈尔巴赫确实有这种主张，并由此导出了他的死亡哲学。

让-保罗了然地说："确实。我妈临终时，我在她身边，体验过她的死。我爸是个警察，我可能也间接体验过他的死。我当时虽然还小，但知道他被罪犯枪杀殉职的时候，我整个人都呆住了。不是悲伤，而是茫然。父亲比现在的我还健壮结实，我实在不能相信，一片贯穿身体的小铅片就会要他的命。

"说起来，我们每天都在体验他人的死啊。干我们这行的，几乎每天都要验尸，除了专接癌症重患的大医院医生，应该没哪个职业会体验这么多他人的死吧。"

"有。市民虽然只能从电视和报纸新闻上得知您在调查的谋杀案，却也多少体验了他人的死。我们可以体验、参与他人的死，却不能体验自己的死。毕竟，自己死的时候，'我'这个经验主体已经不存在了。"

让-保罗没说话，爸爸则深思熟虑地回应："或许你说的对。我记得我在哪儿读过古希腊哲人关于死亡的话，他说……有我则无死，有死则无我，因此，人类无须畏惧死亡。

"我虽然醍醐灌顶，却觉得不能接受。他说的确实对，但我还是怕死。平常虽然不会想，但可能因为上了年纪，我有时会突然为死亡感到不安。"

"正如警督所言。人类虽能体验、参与他人的死，却不能把那当作自己的东西来体验。不过，所谓人类无须畏惧死亡，无非是诡辩家的狡辩。"

"那么，人为什么会怕死？"爸爸平静地问。

"用哈尔巴赫的话说，准确而言，人不是怕死，而是因死亡感到不安。"

没错。哈尔巴赫精密分析了恐惧和不安，认为恐惧有具体的对象，不安则不然。就算有，其对象也只可能是无。自己消失的可能性，消失后丧失人生各种可能性的可能性，自己死亡的可能性……正是它们加剧了人的不安。

我虽不太能接受哈尔巴赫对不安的分析，却明白他的意思。不过，他的死亡哲学和密室现象的本质直观有什么关系？

爸爸又问："死为什么会让人不安？"

"他人之死可以体验，自我之死却不然。人绝对无法体验自我之死，却还是会为此不安。哈尔巴赫认为，这是不可能性的可能性。"

"不可能性的可能性……"爸爸沉吟。

"所谓人类，乃是可能性的别名。人会吃饭、散步、工作，会爱，会为他人之死悲伤……人会做这些事，是无数可能性的整体。"

"也对。活着才能吃好吃的，才能爱迷人的恋人。人一死，吃和爱的可能性就成了不可能。"让-保罗对驱的话表示赞同。

"嗯，所以才说这是不可能性的可能性。哈尔巴赫认为，所有人都拥有会彻底消灭自己各种可能性的最终可能性，也就是死亡的可能性。因此，人类才会感到不安。"

"为什么？就算事情是你说的这样，就算死亡是必然，自己总有一天会死，像我这种不是哲学家的普通人，大多也都觉得那还早，都一边为日常杂事操心，一边顺水推舟地活着。"

"暂时是这样。可是，不可能有人从生到死都没为死感到过不安，一辈子都过得很圆满。为什么？理由有两个。第一，死是步步紧逼的可能性。人类可能明天就死，也可能下个瞬间就死。"

让-保罗严肃地点点头说："我有时也这么想，毕竟我爸出过那种事，我又遭黑社会记恨。想杀了警察总部巴贝斯的人肯定数不胜数。我很健康，算平均年龄还能活二十年，如果运气好，再活三十多年也不奇怪。可是，如果被我抓过的人想报仇，可能明天就会朝我乱开枪。"

"没错，探长。还有第二个理由：死是自己固有的可能性。可能会被杀手乱枪打死的是你，巴贝斯探长。不管多么爱你的人，都不可能替你去死。

"死期不知何时会来；死的不是别人，而是自己。普通人哪怕杂事缠身，哪怕生活中没想过死，也会因为这两个无法逃避的事实而突然对死亡产生不安。"

"可是，如果换成真心相信复活和来生的人……"

爸爸低声自言自语，我则介入了驱的讨论。毕竟，我刚花半个月重读了哈尔巴赫的《实存与时间》，还清清楚楚记得书里的术语和逻辑。

"哈尔巴赫思考的前提是无神论时代。如果在无从相信复活、来生和转世的现代，思考死亡主题，必然会得到刚才的结论。旧神已经失落，终神尚未到来，这两者之间是无神时代，哈尔巴赫思考的，正是这个时代的人类形态。"

驱面无表情地朝我点点头，继续说："我之所以介绍哈尔巴赫对死亡的分析，是因为密室之死象征了无神贫瘠时代的人类之死。"

"怎么扯上密室了？"让-保罗插嘴。

"密室，上锁的房间——可别忘了，它其实是历史的产物。在近代，也就是两百多年前的巴黎，独自住在上锁房间里的人是例外中的例外。有这种财力的都是王公贵族，生活里有一大群用人，至于没钱的下级民众，则是一家人一起挤在狭窄的房间里。

"属于自己的、可以从内侧上锁的房间——有样东西和它一前一后地产生，那就是近代的我、近代人的自我。虽从母亲胎内诞生，懂事起就处在家族庇护之下，却成了独立自存完美主体的我。

"这才是人类本来的存在形态。然而，过去并没有很多人认为此前的状态不成熟，是一种必须完善为本来形态的过渡状态。很显然，这只是一种近代产物。

"逻辑而言，我这个自我决定的主体和隔绝外界的上锁房间相互呼应。是我要求建造能保护隐私的独房，还是这种独房环境造就了近代的我？对密室本质而言，这种有关前后关系的疑问并不重要。

"所以，我们就不追究这两者的因果关系了。事实上，不管孰先孰后，它们在逻辑上都无疑是同时产生的。关于推理小说起源的论调很多，有些甚至追溯到该隐弑兄和俄狄浦斯弑父。然而，这些起源论统统有意遗忘了一个事实：第一部近代推理小说，只能作为密室杀人故事而存在。

"如果没有上锁的房间和近代个人存在，就不可能有近代推理小说。具体而言，密室杀人设定才是具备推理小说性质的推理小说的原型。"

"然后呢？"驱的推理小说论激起了我的兴趣，我很好奇后续。

"将与自己有关的各种东西视为自我决定对象的人类，是无神时代的孤独人类。对他们来说，家庭、共同体规范和神话都不可能再在最深处规定自我。

"他们也是摆脱了世界宗教超验神的存在，只有自己有权为自己做决定。不管血缘还是大地，共同体还是神话，又或抽象超越了这些的绝对神，都无权干涉他们的选择。因此，他们获得了解放。然而，这种解放又和孤独同义……"

不让任何人干涉自己的意志与选择——这是究极的自由，也是绝对的孤独。我突然觉得，驱仿佛是在说他自己。

日本青年平淡地继续："身为究极决定主体的近代自我和上锁房间的建筑学实体相呼应，甚至可以说，两者互为隐喻。

"总的来说，密室之死是一种赘述，它偏执地重复着'我在我的死中死去'和'上锁房间里的死是我的死'这两种同义反复。"

让-保罗问："'我在我的死中死去'是同义反复，这我明白。可是，'上锁房间里的死是我的死'怎么就成同义反复了？"

"那我问您，探长，为什么会出现密室之死？"

"你到底想说什么啊，驱小哥！"让-保罗怪叫。

"看见锁在密室里的尸体时，您会怎么想？"

"会以为是自杀。这种情况，九成都是自杀。虽然也有试图伪装成自杀来脱罪的计划性犯罪，但那只是很小一部分。现实犯罪可跟丫头喜欢的推理小说不一样。"

"没错，不管自杀还是伪装成自杀的谋杀，密室之死都和自杀息息相关。可是，自杀又是什么？"

爸爸从旁插话："哦，我明白驱想说什么了。哈尔巴赫哲学认为，人能体验他人的死，却不能体验自己的死。而所谓自杀，正是一种强行体验无法体验的自我之死的矛盾尝试，对吗？"

"没错，矛盾，并且注定挫败的尝试……关于死这种不可能性的可能性，哈尔巴赫还列出了五个特征。第一，死属于自己，是自我固有的可能性；第二，死是与世隔绝的可能性。"

"第一个我明白，死确实是自己的东西。但第二个我就不懂了，什么叫与世隔绝？"

"哈尔巴赫认为，平时，人类全部注意力都在周围事物和他人身上，因此忘了自己会死。所谓'死是与世隔绝的可能性'，是说当人类思考自己的死亡可能性时，他就会发现，自己与周围事物及他人的关系并不是最重要的。"我说明。

驱微微一笑："谢谢你，娜迪亚。"

"不客气。"我嘲讽地回答。他肯定不是在认真道谢，心里绝对把我当傻瓜。

驱继续说："第三，死是无法超越的可能性；第四，确定性；第五，无规定性。"

"任何人都肯定会死，但却没有预先规定死期和死法。是这个意思吗？死没有规定，没有鲜明的轮廓，却有确定性，而自杀能确定死期，能确定自杀的人是自己，所以是一种规定死亡的尝试，也是一种用意志力超越无法超越的可能性的蛮横尝试……对吗？"

"对。这种自杀象征着现代人的死。'我在我的死中死去'这个同义反复，最终也会归结于自杀之死。只有当我掌控了自杀的权利和实施可能性时，我这个同义反复的近代主体才可能得到究极的权利。"

爸爸回应："可是，这种尝试注定失败。不管怎么努力，人仍然不能通过自杀超越死亡。我参加抵抗运动的时候，战友里有个男人在被盖世太保逮捕之前自杀了。他大概不相信自己能挺过拷问，觉得与其在拷问最后被虐杀，还不如自行了断。"

"你说皮埃尔啊。"让-保罗点点头。

"我觉得，他选择自杀，应该不只是为了逃避拷问，还是为了保住'我是我，我真正唯一的主人就是我自己'的确信。

"他怕的可能不是拷问的痛苦，而是痛苦的肉体背叛精神的不可避性，自己背叛自己的自我崩坏必然性。如果今晚即将实施的自残行为比明天那只是一种可能性的拷问更具体、更可怕，人就会因为恐惧而无法自杀。"

"说得对，驱小哥。皮埃尔是个中学老师，总是考虑得很多。就算是同样的危险，他也会在实际行动前比我们多想很多，觉得万一失败了怎么办，被盖世太保抓了又怎么办，越想越糟糕，怕得不得了。不过，他是个很爱国的人。

"作战越危险，他越会主动申请。他比普通人更有勇气和正义感，但也会被自讨苦吃的恐惧和义务感左右夹击，失去冷静，做出错误判断，结果拖了大家的后腿。这样一来，他又会怪自己没用，成了同志的绊脚石。

"他怕的不是拷问，而是自己会招供。他肯定怀疑自己会成为叛徒，成为白眼狼，成为卖国贼，打心眼儿里感到害怕。知识分子出身的队员里，既有莱贝特少校那种神经像钢琴线一样粗的人，也有很多皮埃尔这种人。现在想想，他还真是可怜啊。"

让-保罗讲述着残酷的过去。驱沉默地听了一会儿，然后说："自我之死是无从体验、无法超越的可能性。明显看得出，死只是人类的一种观念，如果人类尝试拥有事实的死，这种观念错乱就必然会导致自杀。

"原理而言，生命是受约束的。哈尔巴赫将这称为'被抛至世界'，也就是'被抛性'。不管人类愿不愿意，都会被抛进与大量事物和他人产生杂乱联系的低俗世界。"

"不过，哈尔巴赫还提过'筹划'。"我插嘴。

驱看着我回答："'筹划'是人类对可能性的追求，所以，哈尔巴赫才会把人类定义为'被抛的筹划''常在世界强制制约和条件中有所作为、实现可能性的存在'。然而，人类的多样可能性最终被死这一不可能性的可能性所制约，最后，人类必然会撞上死亡。

"可能性的背后是不可能性。恋爱必定伴随失恋，工作必定伴随失败，饱餐必定伴随腹痛和呕吐，而这些可能性的挫败都会抵达死亡这个最终的不可能性。对人类来说，生命和生存才是终极的约束，难解的制约。

"自杀者想摆脱生存这种终极约束，于是对准太阳穴扣动了扳机。这是身为自我主人的自我所选择的最积极的行为，是最后的极限行为。然后，子弹出膛，贯穿头骨。

"自杀者虽然想通过自杀取得'自我之死'这种最终的自由，结果却会失败。死去的自己不再是自己，不是任何人，只是一具尸体。人类不单能在日常琐事中隐藏死的可能性，还有自杀这种隐藏'自己最为固有、与世隔绝、无法超越、确定而无规定的'死的可能性的成熟的最终手段。"

爸爸边给烟斗添火边确认："近代人不再相信复活和来生，最终成为自我的主人，孤独的自我。自杀错乱地象征着他们——应该说'我们'的死，对吧？上锁的房间与近代的自我相伴出现，在两百年内得到了普及，逻辑上，它和将要、可以、不得不自杀的自我相呼应。"

"在这种呼应中，还能得到密室之死是自杀的必然性。密室之死是特权之死的封存，是将得到错乱特权并注定挫败的死封印在内部的不祥容器。"

"自杀是特权之死……什么意思？"爸爸问。

让-保罗开口："因为死的是自己吧。只有自己能做到的事是一种喜悦、荣耀，是特权的经验。不过，就算死和只有我能爱的女人、只有我能吃的特殊饭菜一样让人高兴，我也不觉得那是什么荣耀。"

驱回答："就算现在只有自己能享受特别的恋情和饭菜，这种确信早晚也会被颠覆。专属于你的厨师长可能会被收买，把为你制作的菜肴给别人吃。

"恋情也一样。只有自己的死不同。没人能代替自己去死，就算再怎么期望，自己也不可能代替别人去死。"

"特别的饭菜和特别的恋人都可能被偷，自己的死却是一种绝不可能被盗的可能性。"爸爸吐了一口烟。

"对。实际上，人平常之所以会为特权和只有自己能做的事高兴自豪，无非是因为，这些事是以自我之死为原型装点而来的形象。

"除死之外，再没有什么真正的特权。自我之死是一种不可能性的可能性，它完全约束、限定着生命的各种可能性。通过自己的死，人类将会实现最终的可能性。在死亡这个结局里，人类才会成为完整的存在。"

"为什么？死会把人类的可能性变成不可能，为什么还会实现可能性？"爸爸问。

"我好像有点懂了，警督。好比跟女人谈情说爱是人类——应该说是男人——的可能性，而我却有三个女人。丫头，我只是在假设哦。三个人都很有魅力，跟她们在一起很快乐，我没法只选一个。可是，如果知道自己死期将至，我又会怎么想？

"其中一个很漂亮，走在一起就能享受他人羡慕的目光；另一个很贤惠，大小事情都照顾我，很方便。可是，警督，如果马上要死，我就不再需要这两种女人，我清清楚楚地知道，对我来说，那个我真正爱着的第三个女人才是最重要的。如果不考虑未来，只是随波逐流地活着，凡人很难明白自己人生里什么最重要。

"只有知道可能会死的时候，我才明白自己在三个女人中真正爱的是谁，才能衷心接受这个事实。抵抗运动那会儿，因为不知道什么时候会被盖世太保抓，我也有过同样的想法。"

爸爸反驳："你这不是在说死的特权性。你是在说，死的可能性就像镜子，会让人清楚看到无数种生命可能性中最重要的、必须选择的一种。我这么想没问题吧？"

"可是爸爸，哈尔巴赫说，人类在虚荣心、流行、世间常识和惰性中随波逐流，不知道自己真正想做什么，又必须做什么，对我们来说，死这种可能性能唤醒特别的、自己选择的生命可能性，因此非常重要。正因为有死亡，生命的可能性才会实现。不过，我也不太能接受他的逻辑。"

"我倒是能接受，丫头。你还小，没做过在外套下面藏着炸弹躲避德军监视这种让人犯心脏病的事，当然不怎么会想自己可能死。这样也挺好。"

让-保罗一脸自得，我却觉得并非如此。我们这代人确实从没体验过爸爸和他那种随时面临死亡危险的人生，但我们也不能不考虑死亡。

安东尼杀了人，不知是否应为此自裁，他决定前往充满死亡危险的邻国。他对死的思考难道不比让-保罗更透彻，甚至超出其上？而且，事到如今，遇害的安东尼仍在逼我认真思考死亡。

经历过"二战"的大人或许认为这是孩子在胡闹，但孩子们也已下了在城市游击战中生存死亡的决心。安东尼就是想用革命战争颠覆繁荣的和平社会，结果才会在马德里的战场中弹身亡。

这可能是幻影里的战争，但在安东尼的体验中，它却是毋庸置疑的现实。不管爸爸还是让-保罗，都无权轻视它。

爸爸问驱："为了得到拥有死的特权，人会自杀，而这种尝试必然失败。这么说来，哈尔巴赫哲学是一种死亡哲学？"

"不是，警督。不过，有很多读者在哈尔巴赫的作品里对号入座，找出了各种死亡哲学。如果被捕前自杀的皮埃尔先生读过哈尔巴赫的书，可能就用哈尔巴赫哲学把自己的行为正当化了。虽然这种行为是误读，不，本该是误读的……"

最后，驱含糊其词，没说清到底是不是误读。这种模糊不自信的态度很不像他，让我印象深刻。

"他可能看过那本书，毕竟是中学的哲学老师啊。"让-保罗点点头。

爸爸在椅子上坐正，一副要进入主题的样子，说："驱，我基本能明白你说的有关近代人之死、自杀和密室的现象学，但还有个问题，如果密室里的尸体死于他杀呢？就算自杀和密室本质相关，对通过伪造自杀来摆脱自己嫌疑的杀人犯而言，自杀也只不过是单纯的手段和可以更换的道具。如果有其他摆脱嫌疑的方法，对罪犯来说也足够了。"

"没错，驱小哥。杀人犯一般不会优哉游哉地把被害人伪装成自杀。冷静的人会尽量处理完残留物再跑，也有人会栽赃别人。再用心的凶手，最多也就是捏造不在场证明，让朋友给自己做伪证。这才是现实。"

驱看向让-保罗，说："在哈尔巴赫哲学中，'道具性存在'同样是不可或缺的概念。在'被抛筹划性'的人类看来，自己被预先投放其中的世界，就是一个事物呈道具性相关的世界。"

"什么意思？听不懂啊。"让-保罗咕哝。

"那我这么说吧。对某人来说，杀掉挡路的人是一种可能性。对此时的此人而言，这种可能性或许极其重要，是在无数可能性中占据中心位置的关键可能性。

"因此，凶手必须把各种事物甚至他人都当作犯罪道具。切肉刀是让被害人断气的凶器，好友是有利的伪证者，至于上锁的房间，也是一件可用道具。

"一个必须考虑的问题是：如果密室杀人可能实现，它就不可能是激情突发犯罪。本质而言，密室杀人是费时计划过的杀人行为。那么，凶手为什么要主动付出这些努力和辛苦？"

驱在暗示我和安东尼的关系。为了摆脱罪行，凶手会把各种东西当道具使用。好友是有利的伪证者，我就是安东尼的道具。娜迪亚·莫伽尔在杀人计划中被当作道具利用了。太过分了。

明白这一点时，我爱过安东尼的可能性彻底毁灭，崩塌得再也无法复原。下手的不是我，而是安东尼自己。

他在最后一封信中道了歉。我接受他的歉意，已经不再生气，不再恨他。可是，我内心深处还残留着被当作杀人道具的强烈不快。

我能原谅安东尼，是因为他已经死了。如果他还活着，如果他又在我眼前出现，我肯定无法保持平静。我可能会用盘子砸他，会尖叫着拽他衣领。我能原谅在良心谴责下面对死亡危险然后被杀的安东尼，却不可能重新爱上活下来的安东尼。

"这还用问？当然是为了瞒过我们的眼睛，不被我们抓到。"让-保罗断言。

"法国正在严肃讨论废除死刑，但以牙还牙、杀人偿命的古代法并未丧失影响力。对试图杀害他人的人来说，情况更是如此。

"人类自古就下意识地相信，杀人，也即他人之死，只能用处刑，也即自我之死来交换。杀人犯隐藏杀人事实，不只是为了免除刑罚，还是为了把他人之死与自我之死在模糊之处悬空，然后变成虚无。这才是本质课题。"

爸爸接了话："为了避免死刑，掩盖自己的罪行，杀人犯会做各种努力，为此，所有东西都会成为他的道具，密室也是其中之一。然后呢？"

"在实现杀人可能性的'道具性关联'中，密室并不是终极存在。再往前，还有更核心的存在……"

"是伪装成自杀的尸体？凶手把伪装成自杀的尸体当作道具，试图摆脱罪行。"爸爸自问自答。

驱摇摇头，说："不是，是自杀观念本身。说得准确点，是死这种不可能性的可能性本身。"

"嗯。欠了巨款、失恋后无比痛苦、神经衰弱……这种时候虽然自杀也没用，但人就是可能自杀。对凶手来说，这种世间常识成了究极的利用对象，是吗？"

"这确实是世间常识，但这种常识之所以有说服力，是因为人类公认自己同样有可能遇到这些情况，有可能自杀。莫伽尔警督，您是这样，我也是这样。

"因为失恋的事实和经验，失恋者感到世界的约束性是绝对的。濒临破产的企业家也一样。因此，他们想要一举突破世界约束性和生存制约性，在他们眼前，自杀这种特权之死的可能性开始散发魅力。

"为了逃离、隐藏可能会以死刑形式到来的自我之死，密室杀人的凶手会把伪装成自杀的尸体留在现场。对自杀者而言，密室是封存自己特权之死的箱子，然而，死亡无法追赶，超越死亡的特权之死只是一种幻想，为此实行的自杀也是注定挫败的不可能尝试。可以说，自杀者明知无法避免死亡，却还是为摆脱这种可能性而强行选择了自杀。

"就此而言，密室事件的杀人者也一样。不管密室自杀者，还是谋划密室杀人的凶手，其目的都是忽略、隐藏'自己最为固有、与世隔绝、无法超越、确定而无规定的'死亡可能性。

"于是，密室中的死由此而生。我刚才说，密室之死是特权之死的封存，然而，密室现象的本质直观还没完成。只有把凶手创造的密室当作前提，才能实现最终的本质直观。"

"那，密室之死的本质是？"爸爸追问。

"对死亡可能性的隐藏，对特权之死的人为封存。这才是密室之死的现象学直观本质。"

"对死亡可能性的隐藏，对特权之死的人为封存。"我在脑海中复述驱的话。驱的结论是，这才是从现象学角度考察得到的密室现象本质。

为了考察密室的本质，驱引用哈尔巴赫哲学，从死亡分析开始讲起，说近代人之死以"我在我的死中死去"这一同义反复为必然。

此后，驱的分析进入了自杀主题。密室之死在本质上是自杀，有真正的自杀，也有凶手伪造的自杀。不管哪种，自杀都象征了近代人之死的同义反复性，密室则是封存这种同义反复性的不祥容器。驱的自杀论引出了一种观点：所谓自杀，是对死亡可能性的隐藏。

哈尔巴赫认为，死是无法超越的可能性，死亡的可能性一瞬就能消灭充满杂事、工作、乐趣，并具备一定充实感的日常生活。试图强行超越死亡的自杀，则是一种尝试忽略死亡可能性的行为，是死的自我隐藏。

让人类看清被选择的根源可能性的死，本身就是特权的究极可能性。自杀者渴望拥有这种特权之死，然而，自杀者虽然会死，这种渴望最后却必然落空。

生命被死亡所制约、所限定。受死制约的生，是人类的最大制约。为了摆脱被制约、被限定的生命相对性，自杀者选择了自杀，跳崖、服毒，或者开枪。

如果人类能掌握死亡这一生命的究极制约，就能最终摆脱被制约的生。然而，死之所以是死，正因为它无法体验、无从拥有。

为了隐藏这种死亡可能性，密室自杀者会且只能选择自杀。为了完善不完整的生命，而去诈骗式地拥有无法拥有的死亡；为了人为超越死这种不可超越的可能性，而去无视死的可能性。这就是自杀。

凶手构建的密室也一样。杀人行为可能导致死刑，凶手则试图隐藏这一形态的自我之死。自杀者通过自杀隐藏死的可能性，密室杀人者通过构建密室逃避罪责。结论而言，后者仍然是在忽略死的可能性。

不论自杀者或杀人者，密室之死都是对死亡可能性的隐藏。自杀者和杀人者都是为了拥有特权之死，才会，或者说才不得不把它像标本一样锁进箱子……

"说到底，林中屋的密室到底怎么回事？驱小哥，你已经解开三重密室之谜了吧？像以前那样跟我们说说嘛，给点提示就行了。"让-保罗又开始扮演夏洛克了。

没想到，驱空前坦诚地回答："对我来说，找出犯罪现象的中心支点并直观其本质就是全部过程，凶手和犯案手法只是琐碎的结果。不过，探长，既然我和你约好了，那就算我没兴趣，也会在调查情报中找出符合密室现象本质的解释。"

"这就对了，驱小哥，话说明白点，凶手是谁？"

面对让-保罗赤裸裸的警官式提问，驱暧昧地点点头。

"凶手是……"驱低声说。

"凶手是——"爸爸追问。

"弗朗索瓦·达索。雅各布是共犯。"

我虽有过这种猜测，却还是吃了一惊。此前三起案件中，驱不到最后绝不说凶手的名字，这次却直接道出了杀害隆卡尔的凶手。他责任感很强，和让-保罗的约定可能给他造成了很大负担。

"这话怎么说？！"

让-保罗怪声大叫，驱却沉默不语。他面无表情，像是无视了警官的提问，又像是在冷漠地让他稍后自己思考。沐浴在爸爸和让-保罗逼问的目光下，驱顽固地保持着沉默。我如坐针毡，开始帮驱说话。

"让-保罗、爸爸，你们真不打算自己动脑啊。既然已经知道密室本质和凶手的名字，它们之间的关系不也一清二楚了吗？我帮驱整理一下他的思路。如果说错了，你到时候订正一下哦，驱。"

驱看着我，脸上毫无感谢我帮助的神色，反而一副嫌麻烦的样子。这家伙太乖僻了。

"行，丫头。只知道凶手名字可没用。驱小哥大概有什么打算，看样子不会把自己的想法说出来，如果你能说，那真是求之不得。"让-保罗嘲讽地说。

日本人脸上总是充满确信，此时此刻，我却感觉他露出了前所未有的奇妙表情。硬要形容的话，那是一种暧昧的困惑。

驱终于沉默地点点头，好像在表示"想帮我说你就说吧"。态度虽然敷衍，至少是承认了我这个代言人。我收紧腹部，开口说：

"不用想得那么复杂，真相总是非常简单，就在观者眼前。按照驱的准则，杀害隆卡尔的凶手只可能是达索和雅各布。

"驱认为，达索家三重密室的归属点是东塔密室。如果将石围墙、上锁的侧木门和正门一并纳入考虑，密室可能是四重，但围墙和屋墙不同，可以翻，所以成不了第四重密室。总之，不管三重还是四重，隆卡尔一案真正的关键，只有塔楼密室一个。

"七点格雷锁门，十一点达朗贝尔检查锁门情况，这是达索家每天的固定流程。案发当晚，达索家整体之所以成为一个巨大密室，只不过是这套流程带来的结果，并非凶手有意为之。

"二楼、三楼组成的第二密室和第一密室一样。被安排在楼梯旁房间里的格雷本来就有门卫职责，莫妮卡·达尔蒂边打毛线边监视楼梯虽是偶然，但也起了相同作用。格雷每晚七点五十锁完门回房后，达索家都存在第二密室。

"第一和第二密室都是自然形成，不是凶手刻意制造的。既然如此，考虑隆卡尔被杀案的真相时，就只需要专注于最后的密室，也就是东塔密室。

"真相从来单纯，不用想得那么复杂。这么一来，杀害隆卡尔的就是达索和雅各布。如果他们是凶手，密室之谜就会迎刃而解。达索用自己的钥匙进入塔楼，杀害了被囚的隆卡尔，并做证说十二点以后没人上塔。密室就这样形成了，很简单吧？

"弗朗索瓦·达索事先偷了卡桑的手绢。他把手绢缠在凶器剑刃上，从书房窗口扔进正下方水池。蓝雷诺大概也是他准备的，因为有某种需要，他让那辆雷诺18案发前就在自家小路旁待命。他之所以利用卡桑的手绢，威胁并唆使克劳迪恩逃亡，是因为出现了意外。"

"意外？"爸爸沉稳地要求我解释。

"为了复仇，在考夫卡集中营待过的当事人和当事人子女绑架了纳粹战犯隆卡尔。然而，抓住隆卡尔之后，这四个人之间出现了严重对立：一派主张将隆卡尔送上法庭，让他接受法律制裁；另一派则认为必须亲自拿起复仇之刃，刺进战犯的心脏。

"在我的推理中，克劳迪恩是过激派，其余三人是稳健派，而在驱的推理中，过激派是达索和雅各布，稳健派是卡桑和克劳迪恩。没错，只能是这样。

"两个过激派一心想要复仇，决定瞒着两个合法主义者处死隆卡尔，并且在五月三十号零点过后实施了计划。对吗，驱？"

驱沉默地点点头。我刚才说的内容似乎没过分偏离他的推理。

我满意地继续："他们认为隆卡尔太太和丈夫同罪，强迫隆卡尔打电话骗他太太来。既然不知道打电话的准确时间，就假设克劳迪恩给囚犯送完饭还了钥匙以后，达索立刻去塔楼大厅强迫隆卡尔打了电话吧。这样也不会有什么大的矛盾。

"隆卡尔受到胁迫，只能让妻子带照片来，在达索家的凉亭交换照片和钱。然而，达索计算失误，开雷诺的男人为了抓住伊莎贝拉而等在侧木门，结果却失败了。

"伊莎贝拉逃进宅院，躲在树林里。达索家的森林庭院像七叶树森林一样茂密，只要伊莎贝拉想躲，一两个人在雨夜里肯定找不到她。

"男人去了凉亭，打算等等看隆卡尔太太会不会来，并且抽了三根烟。可是，伊莎贝拉起了戒心，完全没靠近设了套的凉亭。男人虽然全力搜寻，但还是没找到她。

"零点零七分，藏在东塔附近树林里的伊莎贝拉听到了隆卡尔临死的惨叫。她不知道追自己的人在哪儿，所以之前一直藏在院里，然而，现在她知道丈夫深陷危机，于是下定决心跑出侧木门，找到公用电话，跟区局报了警。

"她电话挂得那么快，应该是因为开雷诺的男人追上来了。既然她之后音信全无，最后肯定被抓住，说不定还和丈夫路易斯一样被杀了。

"不管如何，伊莎贝拉跑了一次，这让处死隆卡尔夫妇的计划出现了致命破绽。接到发生谋杀案的紧急通报后，区局巡警赶到了达索家。达索和雅各布焦躁不已，绞尽脑汁地想办法。

"这时，他们想到要把东塔变成密室。塔楼钥匙只有一把，案发时没人能上三楼。只要这样做证，隆卡尔之死就成了不可能实现的密室杀人……"

让-保罗插嘴："这种说法解开了塔楼密室之谜，多少比丫头的克劳迪恩凶手论现实一点。不过，还是有很多不自然的地方。"

爸爸接话："这种推理的前提是，假设开雷诺的男人设了埋伏，却没抓到七点半下出租车的伊莎贝拉。虽然要特别马虎的绑架犯才干得出这种事，但也不是没可能。

"不过，伊莎贝拉如果要逃开男人，从侧木门冲进庭院，木门内侧的锁就必须是开着的。锁为什么会开着？能开锁的只有克劳迪恩一个，可是娜迪亚，在你帮驱说的设想中，她是稳健派，不是过激派达索的同伴。

"伊莎贝拉逃走后，男人肯定打算在凉亭等一会儿，适当时候再回侧木门。只要在那儿监视，伊莎贝拉早晚会出现。天下着雨，这种方法比一个人摸黑搜寻庭院要合理得多。

"至于屋内和伊莎贝拉绑架计划同时进行的隆卡尔谋杀计划，同样有不少疑点。如果达索和雅各布是谋杀隆卡尔的共犯，他们为什么要把现场变成密室？如果塔楼大厅不是密室，嫌疑范围至少会平等地扩大到二楼的四个人。

"不，如果把隆卡尔之死伪装成意外或者自杀，还会更加完美。假如是这样，他们就会注意杀人手法。采取毒杀，伪装成隆卡尔服毒自杀就行。既然凶手之一是医生，应该很容易搞到毒药。

"如果隆卡尔被推倒在地后受了头部重伤濒死，他们等着他断气也可以。是不是致命伤，医生雅各布很容易判断。就算刀杀，也没必要伤在被害人自己绝对刺不到的地方。

"富豪达索权力极大，如果尸体一看就只可能是意外或自杀死亡，连我也不能把隆卡尔的死定性为谋杀。最后，这套推理还有个关键疑点。"

"我知道。把凶器带出现场的方法对吗？就算为了处理凶器把它带出来了，警察得知案件之后，放回东塔杀人现场就行。构建了密室还特意把凶器带出现场，一切都会白费，伪装出来的隆卡尔自杀，会从根本上垮掉。明明如此，他们为什么还会那么做……"

我哑口无言，如鲠在喉，说不出接下来的话。让-保罗嬉皮笑脸，仿佛在说"没错，解释解释这个难题吧"，一副小看我的样子。

我不禁看向驱。既然代言人无话可说，就只能本人开口了。

爸爸从容地问我："对了，娜迪亚，你是改变意见了吗？放弃克劳迪恩凶手论，换成跟驱一样的达索、雅各布共犯论了？"

"才没有。刚刚那些是驱的推理，我只是帮他说的。根据让-保罗告诉我们的调查情报，我的克劳迪恩凶手论和驱的达索、雅各布共犯论都符合逻辑。驱肯定会这样下结论，所以才需要用到本质直观。能在自圆其说的多个解释体系中找出真相的，只有本质直观。对吧，驱？"

"没错，娜迪亚。"

驱终于开了金口。看见无能的代言人被莫伽尔警督追问得哑口无言的模样，他大概终于下了亲自出马的决心。

我问："驱，在你的本质直观里，密室是封存隐藏死亡可能性的特权之死的存在，对吗？如果隆卡尔是自杀的话，这没问题，但他无论怎么看都死于他杀。这种情况，你的直观会找到什么样的逻辑可能性，选择哪种可能性作为真相？"

我一套话，驱便低声说："本该被囚的伊莎贝拉逃走报了警，导致犯罪计划出现了致命破绽，此时，凶手决定伪装成密室杀人，混淆警察视线。这个问题，娜迪亚想得没错。"

"但和你所说的密室本质直观矛盾？"

"没有。凶手既然把凶器带出现场，可见他从没打算把隆卡尔之死伪装成自杀。然而，他仍然伪装出了密室之死。这是因为，他半自觉或不自觉地想隐藏死亡可能性。就某种意义而言，达索一开始就计划把现场变成密室。"

"在疑似伊莎贝拉的女人报警之前？"

"对。对试图摆脱罪责的杀人犯来说，最大的难题就是处理尸体。如果没有尸体，根本就没有案子可查。本来，达索有自信实施完美犯罪。

"他打算抹消尸体。如果杀害隆卡尔，密闭东塔，隆卡尔的尸体就会从公众视野消失，在永远密闭的东塔大厅里静静化为一堆白骨。这就是达索原本的计划，不过，它也是死亡的另一种隐藏形态。"

"什么意思？"

"通过封存特权之死，来隐藏死的可能性。达索是有意这么做的。"

爸爸回应了驱的话："某种意义上，隆卡尔的死也是被选择之死。他也有病死、意外死、老死这些平庸的死亡可能性，相比之下，死在复仇者剑下，或许也是一种特权之死。

"被复仇者所杀，是一种冲击力几乎等同自杀的高密度独特死法。任何人都可能死于癌症、心脏病、交通事故，却不是任何人都能死在复仇者剑下。可以说，这也是一种被选择之死。

"杀人犯想给隆卡尔带去足以匹敌自杀的特别之死，具体手段则是给死者提供塔楼密室。近代人梦想中的特权之死既有建筑要求，也有呼应物的要求。

"达索把隆卡尔的尸体放在东塔，命令用人不能去三楼，他想借此创造一个密室，而这个密室只能是平衡特权之死的特权墓地。至少，他一开始的计划是这样……如果密室之死正如你所定义，情况就是这样。我这么说有问题吗？"

"我要补充一点。死于复仇的隆卡尔之死，并不只是非普遍的固有性。把这种特权性封存在密室里，借此隐藏自己的死亡可能性，才是杀害隆卡尔的凶手的重点。

"说到底，无视法律的个人复仇就是这种东西。虽然自相矛盾，'以眼还眼、以牙还牙、以痛还痛、以死还死'却也是近代自我、贯彻自我的自我、身为自我主人的自我所信奉的究极品德。古代法失去了社会性，蕴藏于近代自我之中。

"平凡的自我既然只是在公共中生活，就必须尊重近代司法制度。然而，脱离日常公共世界、梦想特权之死的我，反而傲慢地扮演着古代法，甚至支配古代法的神明。

"复仇者为他人带来死亡的架构，基本和刚才说的皮埃尔先生自杀的架构相同。不管哪种，都是试图在自己或他人之死面前保护自我不动如山的勇敢形象。结果，就像飞蛾被诱蛾灯那暗藏毁灭的苍白光芒引诱一样，他们也被引进了死亡的领域。达索也是这种人。

"达索是被选择的复仇者，他选择那种密室作为埋葬隆卡尔之死的墓地，和密室中的死的本质直观并不矛盾。而他之所以把东塔变成隆卡尔死后的墓地，是因为他隐藏死亡的半自觉或不自觉冲动之中，还有另一层关键含义。"

"什么含义？"爸爸皱着眉问。

"西塔中埃米尔·达索创作的灭绝营全景，也是封存死亡的想象中密室。埃米尔用精致全景重现记忆深处阴森蠢动的死亡风景，或许是为了把它赶出自己的内心。如果把它锁进西塔密室，自己就能最终摆脱考夫卡时代那地狱般的记忆……

"然而，这是不可能的。藏在埃米尔心底的记忆之魔在全景中重现，渐渐吞噬了埃米尔整个存在。

"晚年，埃米尔几乎在建有全景的西塔度过了所有时间。地狱全景将可憎的记忆变成现实，将他吞噬殆尽。终于，他就此死去。所以，西塔还是封印埃米尔·达索之死的密室。

"为了摆脱灭绝营的死亡记忆，隐藏死的可能性，埃米尔修建了精致的全景，最终却至死也未能逃离过往。这一事实反转偏离，在儿子达索眼中，封存父亲死亡的西塔成了隐蔽自我死亡可能性的存在象征。他那么不愿意进西塔，正因为西塔是封存死亡的密室。

"为了对应西塔，东塔也必须封存死亡。西塔锁的是灭绝营犹太人之死，是想象中考夫卡全员的死，具体来说，是考夫卡囚徒埃米尔的死。既然如此，能与西塔之死形成绝妙平衡的，就只有考夫卡看守的死。

"我确定，达索计划为路易斯·隆卡尔提供东塔这座化为密室的墓地，正是因为受了这种半自觉或不自觉的象征性思考的影响。"

达索一开始就计划杀害被囚禁的隆卡尔，封锁放置尸体的东塔，他与雅各布合谋，无视卡桑和克劳迪恩的反对意见，决意处死纳粹战犯。

达索与雅各布有关零点零七分响声的证词虽不可靠，但据法医判断，隆卡尔死于五月二十九日晚上十一点五十分至三十日凌晨零点十分之间。凶手应该就是在这二十分钟里下的手。

达索没想到警察会介入纳粹战犯处刑计划，隆卡尔在大厅里拼命逃窜时，他从背后又补了一刀。如果从胸口捅到心脏，就算警察介入也不会有任何问题，然而，达索偏偏是从后背捅的。

处死隆卡尔后，管家告知有巡警前来，达索和雅各布想必毛骨悚然。

警察早晚会发现隆卡尔的尸体，一旦发现，看伤口就必然会怀疑隆卡尔死于他杀。两人浑然忘我地想个不停。他们必须想个办法，免得警察看破案件真相。

驱继续说："既然如此，只能用难以想象的事态迷惑只会用常识思考的调查当局——这就是他们的结论。要嫁祸反对处刑的卡桑和克劳迪恩，达索和雅各布都有所犹豫。

"刺伤在那个位置，肯定会被怀疑是他杀。那就干脆把凶器带出现场，再做证说案发时没人进出塔楼。

"如果书房关着门，案发时肯定有人能进出塔楼，达索和雅各布能相互提供不在场证明，当局自然会怀疑到没有不在场证明的克劳迪恩或者卡桑头上。但是，达索和雅各布想避免这种事态，他们没有嫁祸克劳迪恩和卡桑以换取自身安全的卑劣意图。

"达索和雅各布的目的，是把嫌疑范围扩大到四个人，制造出谁都不可能是凶手的状况。所以他们才会用卡桑的手绢，才会唆使克劳迪恩逃跑，让嫌疑扩大到他们身上。这是计划的结果，是为了将通常情况下最可疑的达索和雅各布隐藏在四个人之内，让警方无法抓住案件真相。"

"可是，驱小哥，侧木门门锁的问题还没解决呢。"让-保罗疑惑地说。

"莫伽尔警督举出的疑点都能解释。七点半还早，小路照样可能有附近居民经过。如果不想被人目击绑架，在围墙内下手比墙外安全。

"所以，开雷诺的男人开了侧木门的锁。站在车顶上，很容易就能扒住墙头。他翻墙爬进院子，打开门锁，藏在暗处。可是，七点半从侧木门进来后，伊莎贝拉·隆卡尔激烈反抗，甩掉了他，消失在黑暗的树林里。

"男人没有离开凉亭回侧木门埋伏，是因为伊莎贝拉还有一个地方可以逃。达索家正门是从里面上门闩锁门的，开关不需要钥匙。伊莎贝拉·隆卡尔也可能打开正门门闩出去。

"有这个前提，难怪开雷诺的男人没有得出监视侧木门就能抓住伊莎贝拉的结论——应该说，这才是理所当然的判断。无奈之下，男人只能在夜晚的广大庭院中四处寻找伊莎贝拉。毕竟，不管出现什么紧急事态，达索都禁止他联系自己。

"一个落汤鸡似的男人突然来到宅子门前要见达索，这已经足够让用人和两个客人起疑了。达索不允许他做这么鲁莽的事。

"然而，男人也不可能出去找公用电话联系达索。在这期间，伊莎贝拉·隆卡尔可能会从容不迫地逃掉。男人进退两难，淋着雨在院里徘徊了足足五个小时……"

我被爸爸反驳得哑口无言，驱却轻易跨过了这道难关。这个日本人真是聪明得让人不得不感叹。他总强调说，道理这东西想怎么编就怎么编，所以才需要本质直观，可是，只要他愿意，那不管卡桑凶手论也好，用人凶手论也罢，他都能立刻想出好几种合理的解释。

爸爸和让-保罗都在认真聆听。面对如此受教的听众，驱继续说：

"不过，我的假设也只是众多自圆其说的解释体系里的一个。警督的两种假设和娜迪亚的克劳迪恩凶手论都有可能成立，目前还不能优先保证我的解释就是事实。它也只是许多各有其理的解释里的一种。

"如果我的解释比其他解释优先，也只是因为它是符合密室现象本质直观的唯一假设，并没有其他根据。在这种情况下，不论卡桑和克劳迪恩的共同犯罪、克劳迪恩的单独犯罪，还是达索和雅各布的共同犯罪，都能权利平等地主张自己的真理性。

"不过，如果遵从'密室是特权之死的隐藏'这一本质直观，就只剩下达索是主犯的解释体系。用东塔里的看守之死平衡西塔里的犯人之死——卡桑和克劳迪恩会有这种半自觉、不自觉的构想吗？大概不可能。这种构想，唯独埃米尔·达索的儿子才可能有。

"如果要从多个各有逻辑整合性的解释体系中选出不与密室本质直观相矛盾的假设体系，必然会得到主犯达索、从犯雅各布的结论。其他都不可能，绝对不可能……"

驱终于说完了。他最后一句话仿佛自言自语，像是要强迫自己接受这个假设。让-保罗频频抚摸下巴，爸爸把烟斗里的灰敲进了烟灰缸。

"爸爸、让-保罗，你们好像有点不满啊。爸爸，你还觉得达索知道隆卡尔死于他杀时的惊讶表情不是演出来的？"

"确实，但那也只是我的直觉。如果能证明事实就是事实，这点感觉马上就会一扫光。"爸爸一边用针掏出烟斗斗钵里的灰，一边如此回答。

"先不提这个，驱小哥，我有个问题。"让-保罗慢吞吞地问。

驱看向巨汉困惑的脸，自己脸上毫无表情，冷静至极，完全看不出情绪。

巴贝斯探长拿起白兰地酒杯，缓缓说："我不明白的是，你为什么不像平时那样有把握？拉鲁斯家谋杀案、蒙特塞居案、阴阳人案……你当时解释什么本质直观的时候，感觉要更有把握一些。你是不是有事瞒着我们？"

不愧是久经训练的"老警犬"，读懂他人表情和态度的才能真是绝妙。巴贝斯探长毫无顾忌，直截了当地说出了我心中的疑惑。驱抬起头，像做出了什么决断似的，理直气壮地放话：

"没有。娜迪亚也帮了忙，今晚能推理出的情况，我已经全说了。把您提供的调查情报放进密室现象本质这个筛子里，只会留下达索、雅各布共犯论。其他假设体系就算自圆其说，也和密室本质相矛盾。"

正在这时，电话铃响彻室内。让-保罗伸长胳膊，从地板的电话上捞起听筒。短短几秒，大个子警官脸色突变。

"玛森警督打来的。里拉大门案逮捕的皮雷利终于招了。他说，杀害康斯坦特的凶手，是个下巴上有伤痕的壮汉。"

爸爸从搭档手中抢过话筒。他满脸紧张，话里混着警察俗语，开始跟同事玛森警督交谈。

让-保罗眉开眼笑地说："没错了，丫头。这一来，今晚我们就能逮捕卡桑。只要让他交代，我们就能掌握隆卡尔被害的真相。如果抓住卡桑和克劳迪恩讯问，最后也能证明驱小哥的推理对不对。"

隆卡尔离开酒店后，卡桑跟踪他前往里拉大门，打死了吉恩·康斯坦特，绑架了玻利维亚人——事实果真如此吗？如果是，驱的推理该怎么办？

驱认为，四人之中，达索和雅各布是过激派，卡桑和克劳迪恩是稳健派。既然是稳健派，卡桑会不惜杀人也要绑架隆卡尔吗？这个新事实和驱的假设大为矛盾。

驱虽然不像平时那么自信，最后还是昂首挺胸地做出了宣言：基于本质直观展开推理，凶手只可能是达索和雅各布。名侦探危矣。我一边想，一边情不自禁地露出嘲讽的微笑。娜迪亚·莫伽尔的推理终于要赢过驱的现象学推理了。

这份期待让我兴奋不已。我不是想打败驱，也不是想享受优越感。我从无那种念头。

以驱的性格，他绝不可能显摆自己的推理能力，不可能以此为豪，也不可能借此蔑视他人。人摆架子大都是为了隐藏过剩的自卑感，矢吹驱却不会用这种方法找自信。他虽然不炫耀自己，却是个真正的自信家，不管多耀武扬威的人都赢不了他。

如果我想打败这样的驱，沉浸在自我满足之中，我就是个浑身怨念和自卑感的讨厌女人。

可是，娜迪亚·莫伽尔不一样。如果我的推理赢过了驱，他可能会稍微认真一点，把我当作平等的人类看待。我期望如此。真心实意，只期望如此……

中篇　瓦尔基里的悲鸣

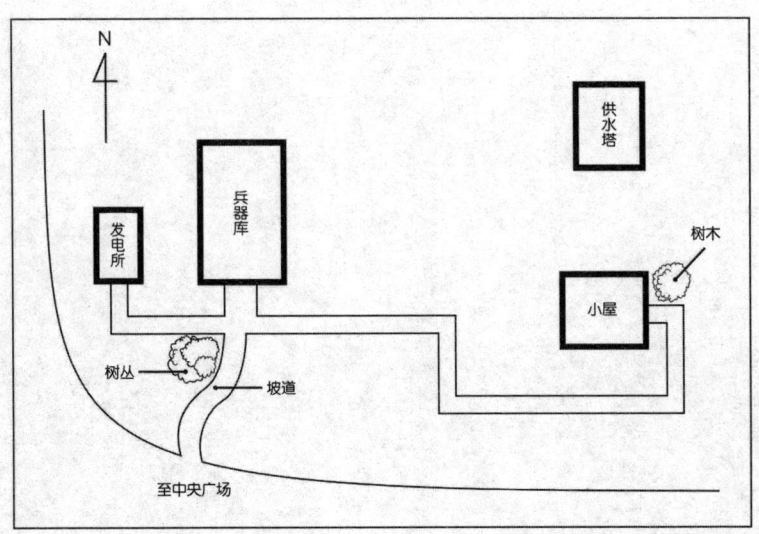

考夫卡集中营小丘

第五章　地狱大门

1

荒芜的柏油路自梅赛德斯窗边滑过，路边是无穷无尽的冻土、枯草，以及污迹斑斑的积雪。左右两侧，可以望见舒缓起伏的平原和郁郁苍苍的针叶树林。

冬季，森林地带一片枯寂，而在森林那头，在南波兰加利西亚地区和斯洛伐克的交界处，白雪皑皑的贝斯基德山森然耸立，似在拒绝来客。或是因为头顶雪云低垂，此刻不过下午两点，加利西亚的冬景却已沉入黄昏般的晦暗。

联结德属西里西亚及加利西亚古都克拉科夫的干道向东穿过波兰领土，一直延伸到乌克兰，此时此刻，大概是预料到苏军将要进攻，路上仿若无人地带一般空旷。自克拉科夫出发已约有一个小时，却只有十辆左右带着前线任务去往后方的军用车及跨斗摩托从对面开来，放眼前后，完全不见民用公交和卡车的影子。

昨天，苏军终于打破沉默，横渡维斯瓦河，攻入华沙市内。在三百万大军的总攻下，北起波罗的海、南至加利西亚的东部战线全线吃紧。

至于西部战线，德军也吃了场致命的败仗。为了重现一九四〇年将盟军击坠大西洋的闪电胜利，去年十二月十五日，投入一千辆虎式坦克和二十五万士兵的阿登战役拉开帷幕，比利时南部雪原至今战火熊熊。然而，胜负之势已然明朗。德军在坦克决战中使出了全部余力，盟军却迅猛反击，即将取得压倒性胜利。

投入阿登战场的德军几乎全灭，几天前开始了绝望的撤退战。这些士兵在决战中落败，他们被盟军炮声追赶，畏惧着野马战斗机和喷火战斗机的空袭机枪扫射，垂头丧气地奔向祖国。

败将残兵战意全无，用手边布条草草裹起冻伤，拖着疲乏的双脚在厚雪中缓慢前进。伤病士兵创口流脓滴血，走路姿势如同幽灵。冻死的德国士兵抛尸路旁，再也走不动的重伤伤员发出悲痛的呻吟。痢疾患者的军装满是污垢，渗着血便的痕迹。

苏军似乎早等着德军大败于西线，前所未有地派出三百万大军，发起最后攻势。去年夏天，苏军从东普鲁士边境抵达华沙对岸，却为了整顿过长的补给线而停止进攻。

为一举扭转此等不利战局，德军制定了两段战略。然而，苏军真会在维斯瓦河对岸屏息布阵，眼睁睁看着德军在西线击溃盟军吗？

古德里安[1]总参谋长曾经警告党卫军首领希姆莱[2]，称苏军会在一九四五年初再次发起攻击，希姆莱却从容不迫地表示："大将，我不信苏军会进攻，他们只是纸老虎。"显然，希姆莱混淆了现实与愿

1　海因茨·威廉·古德里安，德国陆军大将，著名军事家。

2　海因里希·路易波德·希姆莱，重罪战犯，曾于纳粹德国政府担任多个要职。

望，深陷自我欺骗无可自拔。

一九四五年一月十一日，苏军冒着严寒展开华沙镇压战，暴露了第三帝国首脑层判断不当的事实。毫无疑问，东线从秋季开始的小康状态即将告终。

由秋至冬，苏军储备了大量补给物资，自后方补充新兵重组队伍，随时都可能全军突破德军防线，向德国本土发起狂风骤雨般的攻击。七十五万德军节节败退、疲惫不堪，连装备也破败至极，未必能抵挡规模空前的三百万大军的攻势。

维斯瓦河沿岸防线一旦崩溃，东线德军转眼就会被逼退至距首都柏林不足一百公里的奥得河一线。维斯瓦河与奥得河之间的区域东西延伸达四百公里，如今却好似无人区，在缺乏联络的情况下，只有少数预备军和没有实战经验的民兵队伍零星四散。

受坦克战致命败北与苏军新攻势影响，德军扭转战局的美梦在东西两线都开始彻底崩塌。时至今日——一九四五年一月十二日，第三帝国已被逼至断崖绝壁。

不久之后，克拉科夫至塔尔努夫这条主干道想必也会塞满仓皇溃逃的大群德军，濒临毁坏的坦克、自行火炮和运兵车。

苏联空军对地攻击机伊尔-2应该会先于地上部队行动，在混乱撤退的部队头上撒下如雨的子弹。这可能是明天，可能是三天后，也可能是一周后，不论怎样，只是数日之差。既然已能预见结果，这都没什么区别。

空中终于舞落白絮，强风混杂小雪，猛然吹向在空旷干道上疾驰的黑色轿车。狂风威胁般的怒吼响彻四周，无数雪粒砸向挡风玻璃，在雨刷扫不到的玻璃边缘结了冰。

特殊规格的发动机配有机械增压器，响声诡异刺耳。机械增压车特有的发动机噪音有"梅赛德斯的悲鸣"之称，但现在听来，这仿佛能切断神经的声音，倒更像战争女神瓦尔基里宣告第三帝国没落的威吓喊叫。

这辆疾驰的梅赛德斯S轿车，乃是设于克拉科夫的纳粹党卫军东部辖区司令部的高级指挥官专用车。然而，此刻独自坐在后座上的，并非它的主人克鲁格大将。

党卫军少校海因里希·威尔纳靠在窗旁，头戴饰有雄鹰和骷髅徽章的军帽，身披军用外套，嘴角露出一抹嘲讽的微笑。他忽然讽刺地想，听着梅赛德斯发动机的声音想到战争女神的悲鸣，倒也不是什么怪事。

瓦尔基里[1]是大神奥丁的九个女儿，负责将战场上英勇牺牲的日耳曼战士的灵魂带回神都瓦尔哈拉[2]。此时此刻，阿登雪原上仍有成百上千的德军在丧命。整场战斗的死者数量，想必要以万为单位。

瓦尔基里只有九个，却要长途跋涉地把数万名死者送到不知位

---

1 即Valkyrie，是日耳曼神话中的战争女神，负责寻找阵亡的英灵并将其带往瓦尔哈拉。但瓦尔基里并非只一位，在瓦格纳的歌剧中，其由奥丁的女儿们组成。

2 即Valhalla，是北欧神话中的天堂，也意译作英灵神殿。

于何方的神都，劳动强度这么大，发出悲鸣不也理所当然？而且，战争结束之前，瓦尔基里可没工夫放下铠甲、头盔、长枪等工作道具休息。

不管西部战线还是东部战线，英勇的日耳曼战士的尸体都不断堆积成山，速度之快，甚至超过秋日落叶。这一切的结局将是诸神黄昏——但却不是瓦尔哈拉，而是扎根柏林首相府的第三帝国的"诸神的黄昏"。

威尔纳少校沉默不言，脸颊贴着冰冷的玻璃，双眼凝视荒凉的西里西亚原野。他眸中一片惨淡阴霾，仿若这幕光景的倒影。

闭上眼睛，晚秋的俄罗斯大地便会骤然浮现。和窗边光景一样，那里也满是雪、泥土和枯草构成的肮脏条纹。时至今日，施迈瑟冲锋枪可恨的连击声仍在耳边回荡。

残忍的黑衣士兵抓来数百个犹太人，用他们的铲子在郊外挖出巨大墓穴。从早到晚，大屠杀连绵不断，几百具尸体已经将墓穴填了一半。受刺刀威胁而被迫挖坑的犹太人，已经在坑底当了尸山下的第一批牺牲者。

机枪扫射下，当场丧命者和重伤者血肉横飞，四肢僵硬如毁坏的人偶，不断跌进尸体成山的墓穴。屠尽镇上犹太人之前，大屠杀不会结束。

在机枪扫射下死去的，不只有看似会参加游击队的强壮成年男性，还有瘦弱的白胡子老人，头戴便宜三角巾的盘发妇人，刚刚学会走路的幼儿。这些人年龄不同，阶层各异，没有任何罪孽，却都遭到别动队无差别的射杀。

若说有罪，生为犹太人就是他们的罪。为"最终解决"犹太人问题而成立的党卫军灭绝队被送往东线前线，唯一任务就是杀光占领地的犹太人。

持续的机枪枪声与临终惨叫交错混杂，化作刑场的大地满是深至脚踝的浸血泥泞。催吐的血腥臭味四处飘荡，比沼泽雾气更加浓密。

配备冲锋枪的党卫军黑衣士兵，被刺刀猎来的无力犹太镇民。血和泥，恐惧和茫然，痛苦叫喊和濒死呻吟。

当时，威尔纳神经质地用舌尖舔湿干燥的嘴唇，左手不自觉地触碰和屠杀者一样的黑色军装胸口。或许，他在努力压制阴郁的呕吐感。

母亲牺牲自己，用后背护住了婴儿，孩子在枪林弹雨中勉强存活，落进浸血的泥泞，挥着四肢哇哇大哭，声音尖锐得像要撕破耳膜。一个瘦得两颊凹陷、长着黑眼圈的金发青年士兵走过来，把二十岁左右的年轻母亲的尸体踢进墓穴，不耐烦地抓住婴儿双脚……

威尔纳不禁移开视线，不再看这幅光景。或许是因为脸板得太久，他面颊肌肉有些颤抖。我的脸在痉挛，看起来应该像在恶心地嘲笑什么——带着非现实的情绪，威尔纳置身事外般想着这些无谓的问题。

已经三年半了。一九四一年六月，第三帝国未经宣战便发起突袭，轻松攻破苏军在国境搭建的防线。受此一击，苏军陷入混乱，首战便有一千二百架飞机被毁。他们朝东向俄罗斯平原败退，几乎拿不出任何像样的抵抗。

　　德军击垮残兵败将，继续发动猛攻。八月，中央军将莫斯科纳入射程范围；九月，南方军镇压基辅，北方军包围列宁格勒。已靠闪电战镇压波兰、北欧、法国的德军又取得了重大胜利。

　　前线士兵陶醉在首战胜利中，无不相信元首的话：不到冬天，苏军就会被粉碎歼灭，残兵败将会被赶往乌拉尔山脉之外；英国孤立无援，只能投降，大西洋到乌拉尔、北海到北非的广大地域，都将处在第三帝国的铁血支配之下。然而，半年不到，他们的信心已经开始动摇。

　　秋日雨季不久即至，天气恶劣，空军难以出击掩护陆军。德军坦克和军用卡车陷入深至腰部的泥泞，寸步难行。游击队逐渐活跃，开始不断在德军官兵背后用匕首、火焰瓶、旧式机枪发起袭击。

　　编入党卫军师团，突破德苏边境线以来，威尔纳屡战屡胜。此刻，他的心境却缓缓产生了变化。俄罗斯大地上，广大的平原，深不可测的森林，无数湖泊、大小河川复杂交错。这片大地漫无边际，还有数量庞大如黑蚁蚁群的俄军——他们不像生来即无恐惧本能、面对死亡也毫不胆怯的英勇士兵，倒更像为战斗而造的泥偶。

　　转瞬之间，秋雨夹入雪粒，全面降雪终于到来。气温骤降，泥泞冻结如石。在零下三十摄氏度的严寒中，坦克发动机点不着火，高级望远瞄准器也出现故障。配给前线官兵的防寒装备严重不足，士兵被暴风雪吹打，饱受四肢和面部冻伤的折磨。莫斯科的尖塔遥遥在望，德军进攻却被严冬和暴雪所阻。

　　支撑德军闪电战胜利的是满天轰炸机和战斗机援护下的大规模坦

克部队机动力量与压倒性火力，但这些条件已不复存在。暴雪之中，梅塞施密特轰炸机与容克斯运输机无法起飞，马克IV型坦克也因发动机结冰而难以前进。

德军在遥望莫斯科的雪原上狼狈地进退两难，就在此时，朱可夫[1]将军麾下似乎等待已久的百个苏军师团发起了猛烈反攻。T-34坦克上骇人地攀着十多个突击步兵，卷着雪烟疾驰而来。不少士兵被迅猛前进的坦克甩落在地，卷进后续坦克履带，碾得粉身碎骨。

然而，坦克攻入德军防线后，侥幸生存的突击步兵便纷纷跳下，展开不屠尽敌军誓不罢休的残忍讨伐战。一场战争结束后，他们中的一半，甚至三分之二以上都会成为尸体。

可是，这些来自莫斯科的苏军仍未停止足以震慑地狱恶鬼的死亡突击，投弹、开炮、机关枪扫射、刺刀捅杀……

威尔纳是党卫队队员，条顿骑士团[2]的后裔，他感觉自己内心深处"决断、勇气、忠诚"的誓约已经开始猛烈动摇。

与此同时，学生时代起就构成他精神骨骼的死亡哲学、主张通过凝视自我死亡可能性而恢复实存本真状态的马丁·哈尔巴赫的哲学，也开始一并沉入血与泥的汪洋。

元首将自己比作传说中的法国征服者，故意选了和拿破仑攻打沙俄相同的日子进攻苏联，然而，让他走上和一百三十年前的先人相同

1　格奥尔吉·康斯坦丁诺维奇·朱可夫，苏联著名军事家、战略家，苏联元帅。

2　又译德意志骑士团，1198年成立，早期成员均为德意志贵族。

的悲惨末路的，不也正是这个选择？这话当然不能告诉上司，也不能告诉战友和部下，但威尔纳的确产生了这种疑惑。

沉重疑惑的内核，是他在莫斯科近郊村镇目睹的别动队大屠杀。战士无惧死亡的决断本支撑着威尔纳的精神，然而，每当想起那幅光景，这份决心就会被一种难以治愈的无力感纠缠，会沾满浸血的泥泞，连轮廓也开始模糊。

苏军战士领先于自我之死，在面对它之前就像泥偶一般匆匆死去。他们的存在是奇观也是威胁，由无数毫无抵抗就被屠杀的犹太人堆成的尸山则是更具压力的威胁。那些死者浑身沾满绝对无法翻覆的泥土，不停用愚钝的沉默反对哈尔巴赫有关此在结构的哲学真理。

投入巴巴罗萨计划[1]的不只德国国防军。法国投降，西线作战结束后，为确保德国生存圈，第三帝国第二正规军党卫军也全部参加到对苏作战之中。

警旗师和维京师编入南方军团，帝国师编入中央军团，骷髅师与警察的混合军编入北方军团。他们连日断然突击，连国防军将军也对其勇猛果敢又妒又赞。追击敌方败将的国防军和党卫军经过占领地后，新成立的别动队便会驻扎其中。这支机密组织的处刑队显示出恶魔般的效率主义，在白俄、乌克兰、俄罗斯占领地上的大量城镇里堆起了超乎想象的尸山。

威尔纳亲眼所见，别动队的任务并非在前线和苏军交战。这支特

1　是纳粹德国在"二战"中发起侵苏行动的代号，一九四一年六月至一九四二年一月实施。

殊新部队的唯一任务就是大屠杀，队伍成立的目的，乃是灭绝共产党员、游击队等敌对分子，以及囊括男女老少的整个犹太民族。

灭绝部队分为ABCD四队，每队三千人，以盖世太保头目、国家保安总局局长莱因哈德·海德里希为最高指挥官。占领地上，但凡他们所至之处，无不持续上演冷酷无情的大屠杀。

别动队一旦占领城市，便会强制聚集成千上万的犹太人，当天全部虐杀完毕。截至一九四二年冬天，海德里希灭绝部队已在东方占领地屠杀了多达五十万犹太人。

攻破苏联国境以来，隶属党卫军步兵连的威尔纳每天都顶着炮声、硝烟和死亡危险在最前线作战，从未有机会悠闲地视察后方占领地的村镇。晚秋那一天，他首次被派往战线后方执行联络任务，目击了别动队虐杀犹太人的现场。

第三帝国首脑决定"最终解决"犹太人问题；为执行该任务，别动队被派往东方占领地。这两件事，连党卫军的下级士官也知道。

然而，党卫军官兵心怀军人的自豪，大都看不起新成立的别动队。就算制服上的军徽同样是骷髅和以如尼字母S为原型的闪电，灭绝部队却尽是些脏水沟清洁工似的集中营看守、盖世太保拷问官、谍报部间谍，和我们党卫军官兵大不相同。我们是勇敢的狼群，他们只是猎食尸体的苍蝇。

首次目击别动队大屠杀之日以来，威尔纳一直难以把这群恶徒当作和自己无关的清洁工加以轻蔑，难以无视他们的存在。浑浊血腥的噩梦记忆刻进脑海，比铅块更沉重的自我逼问开始诅咒他。

学生时代至今，他信奉了十多年死亡哲学。然而，在大屠杀带来的匿名之死的庞大集合面前，死亡哲学岂能与之比肩？支撑自己的有意义之死、勇敢之死、有威严之死……面对在雪中冻结的尸山这一绝对现实，这些观念还算得了什么？

威尔纳曾经下令枪毙被捕的游击队少年。如果少年的眼神能够杀人，他注视行刑人的严肃尖锐视线大概能让威尔纳的心脏立刻停跳。不过，威尔纳的死亡哲学当时勉强承受住了少年的憎恨。至少，当时他还能如此说服自己。

持续的战斗，是下定决心的战士们的残酷斗争。为了赢得这场赌上民族荣耀的斗争，为了取得最后的胜利，哪怕对方只是少年兵，他也必须冷酷地下达处刑命令。如果想懦弱地逃避这份义务，不就正说明自己对死亡的觉悟还不够鲜明、不够坚固？

威尔纳按下心中犹豫，下令处死少年兵。他们的立场随时可能逆转，他也可能站在游击队枪口前。到时，他一定能像游击队少年这样，用带着严肃决心凝视死亡可能性的眼神回视行刑人，直到子弹贯穿心脏。毕竟，这始终是赌上战士和战士之死的斗争。

然而，他在莫斯科近郊前线的小镇目击了大屠杀。这段记忆如同强酸，不断腐蚀着支撑他人格的逻辑，以及为他带来决心的精神脊梁。一直浸在强酸里，不管多坚固的钢筋都会被腐蚀成一团破烂。那之后虽然已经过了很久，威胁死亡凝视和决断逻辑的诡异景象却仍栖息在威尔纳脑中，毫无离去的迹象。

2

空中，无数雪粒在强风刮卷下盘旋飞舞；地面，落下的雪目不暇接地左右飞散，仿佛魔女的扫帚在扫地。梅赛德斯S伴着瓦尔基里的悲鸣在加利西亚主干道上风驰电掣，看来是想在大雪封路之前多跑一段。

"少校，您睡着了吗？您也看见了，路上这状况，轮胎容易打滑。下雪可能会耽搁点时间，但我三点过一定能开到考夫卡。"驾驶席上的党卫军施密特中士突然说。

他是威尔纳多年的战友，忠实的部下，从未辜负过威尔纳的期望。

梅赛德斯空调效果欠佳，车里冷得像个冰窖。施密特中士的话唤回了回忆里的威尔纳。他在座位上挺直背脊，披好外套衣襟，若无其事地回答：

"没，醒着呢。看着景色，突然想起了俄罗斯前线的事。"

"是在德米扬斯克负伤那次吗？"施密特附和地点头。

"你为什么会这么想？"

"可能是因为在下雪。我当时也没想到自己能活。"

威尔纳再次想到，传说中的德米扬斯克攻防战，的确是名副其实的地狱战场。一九四二年二月，占据优势的敌军将骷髅师和国防第五师逼至结冰的伊尔曼湖南面的德米扬斯克，断了他们的退路。暴雪之中，德军彻底孤立，在两三重的包围圈里进退两难。粮食、燃料、弹药、医疗品……各种补给物资都严重不足。

苏联军队冒雪前进。德军不仅日日夜夜都要遭受其残酷无比的波状攻击，还只能啃雪代替面包，把雪盖在身上代替毛毯。无数官兵在死守雪中战壕和阵地时死于敌弹，更多人则死于严寒、饥饿和疲劳，尸体堆积如山。

援军突破苏军包围网解放德米扬斯克之前，漫无止境的消耗战足足持续了一个月。战场的齿轮残忍旋转，碾碎了数以万计的官兵躯体，把他们变成血淋淋的残骸。

威尔纳严守骷髅师师长西奥多·艾克的命令，曾两三次在步兵中队前方发起肉弹敢死突击——自然，施密特中士也一起。前方，"斯大林管风琴"[1]演奏着杀戮的旋律；四周，无数炮弹轰然爆裂，火焰炸飞了雪、泥、士兵的血肉。

保卫战最后，威尔纳身中炮弹碎片，胸腿受了致命伤。他被送往战线后方，在急救医院勉强夺回一命。凭借德米扬斯克攻防战的功勋，他升至少校，受命在德国本土专心疗养，与此同时，去年夏天和他一同跨过德苏边境的部下和战友却战死殆尽。本来，威尔纳自己也做好了无法活着回国的思想准备。

能从带着巨镰的死神徘徊的战场奇迹生还，威尔纳心中五味杂陈。一想到战死的部下和被迫进行无望消耗战的战友，他便不由得自责。像神话英雄那样在火焰与惨叫交织的战场上壮烈牺牲，难道不比

1　德军对苏联研制的喀秋莎火箭炮的戏称。

这更幸福？住院时，威尔纳夜夜难眠，一直在痛苦地逼问自己。

一九四三年春天出院后，威尔纳渴望回归骷髅师原队，但不知为何，负责队员人事调配的党卫军作战总部保留了他党卫军少校的头衔，却派他前往柏林的国家刑警总部。

或许，接到刑警总部委托的负责人正巧在翻阅人事档案时看到了即将出院的海因里希·威尔纳少校的名字。就这样，威尔纳成了刑警总部经济案件法官康拉德·摩根博士的贪污犯罪调查助手。

摩根原为地方法院法官，因抗议主席法官判决而辞职，其后于克拉科夫的党卫军警察法院担任法官助理，却又跟党卫军警察高级指挥官克鲁格大将发生冲突，被罚至党卫军维京师。

再后来，摩根调至国家刑警总部担任党卫军法官，但由于过往经历，他不得负责政治案件。从摩根的经历就能看出，他向来是个专注司法工作的搜查法官，是个不惜为探寻案件真相而与上司对立的硬汉。

卡塞尔党卫军警察法院请求国家刑警总部的摩根法官协助调查布痕瓦尔德集中营贪污案，这是前所未有的举动，也是撼动战时第三帝国的科赫案特别调查的开端。

魏玛辖区武装党卫队[1]队员伯恩斯坦是个杂货商人，他长期与布痕瓦尔德集中营营长科赫勾结，屡有倒卖物资等违规行为。手握贪污证据的辖区党卫军警察法院虽对两人展开讯问，追责行动却被职权高

1　由党卫队特别机动部队发展而来，是一支准军事快速预备队，其使命是和警察部队一起镇压国内的反抗。

墙截断。

集中营相关司法权不归党卫军警察法院所属的党卫军法制局所有，而在党卫军经济管理总部手中。集中营警备队由武装党卫队管辖，一般党卫队的司法组织无法制裁其内部犯罪。

因此，为了曝光科赫一伙的经济犯罪，卡塞尔党卫军警察法院请求柏林的国家刑警总部提供援助，希望他们能派遣一位拥有武装党卫队军官头衔的调查官。要进入集中营调查犯罪现场，这是唯一的方法。为此，专司经济犯罪调查的摩根决定让人事局推荐的武装党卫队少校威尔纳担当助手，亲自前往魏玛。

威尔纳前往魏玛当地调查时，战前在法兰克福刑警队担任调查官的施密特中士也与之同行。

说到第三帝国的警察机关，既然党卫军国家长官希姆莱同时兼任德国警察长官，可见警方隶属党卫军帝国保安总局。保安总局之下有保安谍报部和保安警察，保安警察又分为盖世太保和刑事警察。谍报部负责指挥别动队这类特殊部队，盖世太保则身负秘密警察职能，主要负责在德国本土和占领地上镇压抵抗运动，剿灭犹太人。

保安总局旗下的警察组织中，只有刑事警察负责谋杀案、抢劫案等一般警察工作。施密特原本并非职业军人。战前，他是法兰克福警局的优秀刑警，因为战争征兵，他才成为武装党卫队队员，被派到了苏联战线。

威尔纳成为摩根助手时，施密特已经调回本土，以武装党卫队预备中士的军衔回归原职。威尔纳推荐了他，安排他协助调查集中营犯罪。施密特在法兰克福警局负责的是谋杀、抢劫等凶恶犯罪，和经济犯罪实在不沾边，不过，或许是乐于跟曾经在苏联战线同生共死的上司再次共事，他积极回应了威尔纳的邀请。

贪污腐蚀着集中营的管理体制，随着调查推进，其严重性不断曝光。科赫何止倒卖物资，甚至还在集中营内大肆勒索犹太资本家，秘密屠杀知情的犯人。

结束布痕瓦尔德集中营的贪污调查后，摩根法官向盖世太保长官米勒汇报了相关情况。米勒将调查资料交给自己的上司——帝国保安总局长官海德里希，海德里希又交给了希姆莱。面对贪污案曝光的冲击，他们的结论应该都是只能寻求上司指示。

在希姆莱的默许下，摩根终于传唤了科赫。经过连日严厉讯问，科赫被逼坦白，他在集中营内外的共犯陆续被捕。然而，即便消灭了科赫一伙，摩根仍未停止追查。无可救药的贪污已经超出德国国内集中营，浸透到东方占领地上新建的多个集中营。

发现新猎物后，摩根法官成立了追查本土及占领地各种集中营犯罪的特别调查队，像飞奔的猎犬一样发起了迅猛进攻。于是，摩根窥见了第三帝国不为外人所知的诡异暗渠。

这条暗渠血流成河，超乎想象。东方占领地上机密建设的杀人工厂已经屠杀了几百万犹太人，这就是摩根调查队找到的秘密。

不过，集中营仍然是劳动营。就算囚犯人权日日惨遭践踏，待遇差得不如家畜，看守会借惩罚之名私自施暴，集中营仍然是监狱性质

343

的强制设施。事态发生绝对变化，是在帝国宣布"最终解决"犹太人问题之后。基于希姆莱的命令，劳动营重整为灭绝营。

灭绝营的"营"字是一种欺骗。不管"扎营"是为了改造、监禁囚犯，还是强制囚犯劳动，这都并非其主要目的。

在这种地方，只有身负大屠杀相关可恨杂务的囚犯能活着。他们是从囚徒群中选出来劳作的特权者，但这份特权并无永久保证。死亡只是延期了短短几个月，最终，他们注定也会被抓去毒气室。

奥斯维辛等大型集中营周边设有众多工厂，始终留有劳动营的色彩，而基于灭绝政策设立的新集中营有别于此，只安排了少量骷髅团——党卫军看守部队的官兵——和乌克兰人之类受他们指挥的占领地雇佣兵，加起来也不过百名左右。

他们支配着囚监管理下的几百个囚犯，高效地屠杀每天用火车拉来的成百上千个牺牲者。

总之，灭绝营的真面目是"杀人工厂"，是故意造来灭绝犹太人、吉卜赛人、疯子、绝症患者等"劣等分子"的设施。党卫军别动队机关枪编织的杀戮暴风吹遍东方占领地后，这些地方便陆续建起了灭绝营这种可怕的"杀人工厂"。

几年之内，苏联占领地的灭绝营"处理"了几十万名俄籍犹太人，完成了应尽的任务。此后，占领地的"杀人工厂"被彻底破坏，以免在苏军反攻时留下大屠杀的证据。

之后，波兰、东西普鲁士、西里西亚各地纷纷起用经过实验的"杀人工厂"新系统，陆续建起用以灭绝三百万波兰籍犹太人的大小灭绝营。

首先是建有六个毒气室、每天能"处理"一万五千人的贝尔森集中营，其次是索比堡集中营、特雷布林卡集中营、改造为"杀人工厂"的迈丹尼克集中营……与党卫军东部辖区最大的奥斯维辛集中营相比，威尔纳乘着梅赛德斯在小雪中前往的考夫卡集中营规模虽小，却也是新设立的灭绝营之一。

为了追查贪污分子和杀人犯，威尔纳曾与摩根同去卢布林和奥斯维辛进行现场调查，就在那时，他得知了党卫军内部也唯有首脑和相关人员知情的灭绝营真相。时至今日，他仍然忘不了当初那压倒性的冲击。身为调查官，摩根和威尔纳把有名有姓的杀人犯赶到了绝路，也面对了庞大得无法计数的匿名尸体之山。

每天都有一万多犹太人在毒气室遭到虐杀，曝光集中营里发生的一两件谋杀案又有什么意义？然而，调查官只能忽略为"最终解决"人种问题而实施的大屠杀，检举集中营管理人的贪污渎职，以及现场负责人违规虐待和滥杀囚徒的行为。

事实上，在集中营调查情况时，摩根的下属曾屡屡遭遇生命危险。得知既得权益即将被夺，自己可能遭到检举后，集中营各级管理人不仅妨碍调查，还杀鸡儆猴地公开处死提供情报的囚徒和看守，甚至试图制造意外来取调查官性命。

虽有上至集中营营长，下至现场看守的腐败分子大力干扰工作，摩根特别调查队仍然取得瞩目成果，成功检举了八百起贪污与谋杀案，并让其中两百起获罪。

如今，威尔纳必须拼死歼灭的敌人是腐败至极的集中营"贵族"，是他们麾下残忍不堪的大群违法者。这是场逃不掉的斗争，也是场和苏联战线一样必须不断面对死亡危险的残酷战斗。

海因里希·威尔纳下了严肃决心：最后，一定要把集中营官僚最大的权威，奥斯维辛集中营营长鲁道夫·赫斯送上断头台。

他或许认为，要保护青年时代信奉至今的哈尔巴赫死亡哲学免遭强酸腐蚀，唯一的方法就是拿出赴死的决心，朝着比战场更危险的调查活动迈进。为了平衡犹太人轮廓晦暗、堆积成山的庞大之死、模糊之死、诡异之死，就要拿出集中营"贵族"首领赫斯的死，又或者，是可能在调查途中倒下的威尔纳本人的自尊之死。

一九四四年四月，赫斯终于受讯，高层却突然命令摩根特别调查队解散。希姆莱最初虽暗中支持摩根调查，但眼看集中营贪污曝光可能无限扩大，他也逐渐产生了不安。

威尔纳和施密特的新单位是克拉科夫党卫军东部辖区司令部。赴任前夜，威尔纳消沉地整理好残留工作，在柏林的刑警总部办公室与搭档摩根法官拘束地谈了最后一次话。

"我们的调查都白费了，摩根法官。或许，这一开始就是徒劳。毕竟，我们对数不胜数的尸山视而不见，却想检举那些故意虐待、残杀囚犯的看守，还有他们的负责人。"

"我们在调查过程中有很多发现，其中也有很多知道了就睡不好觉的东西——比如灭绝营的内幕。灭绝营那些勾当是可耻的大屠杀，我也经常不禁感到厌恶。

"可是，'处置'犹太人是国家命令，是神圣的义务，我们无可奈何。威尔纳少校，这是元首决定的'最终解决'犹太人问题的方案，你总不会反对吧？你该不会被人类自欺欺人的人道主义毒害了，想说什么不能杀人，必须尊重生命，想要临阵脱逃吧？"

"我不是胆小鬼，摩根法官，这您应该很清楚。我只是怀疑，我们是不是不能在'最终解决'犹太人问题的同时维持严正纪律？

"或许，我们只能二选一。清白合规地执行灭绝政策，这只是高层的梦想。灭绝政策必然会违背希姆莱长官的原意，只能交给无赖、法外狂徒、虐待狂去办。既然如此，如果要审判科赫的同类，就只能否定'最终解决方案'。"

"你怎么想是你的自由，但这些话，你给我好好封印在头盖骨里，不管出了什么事，都别当着别人说。这是我最后的忠告。"

"我记住了。可是法官，我不打算跟他们休战。我没法无视集中营'贵族'的腐败，逃避自己的任务。"

"调查队已经解散了，是希姆莱长官的指示。我们已经没办法了。"

"打不了正规战，就学俄国人打游击。长官的理想是根绝渎职违规，可现实是，如果坚决执行，集中营的管理体系就会土崩瓦解。长官的想法还在理想和现实之间动摇。如果我们能检举足够有冲击力的案件，让希姆莱长官判断的摆针再次偏向理想……"

摩根不发一语，凝视着这个宣称要私自继续调查的青年军官。一席话说完，威尔纳少校面无表情地耸耸肩。有些人只管下决定签文件，根本不想面对自己造成的庞大的他人之死，这些人都是懦夫，一旦事实摆在眼前，立刻就会贫血昏厥。

还有些人仿佛精神病患者，不堪虐杀而神经衰弱甚至自杀的半病人让他们快乐，虐待和杀戮让他们愉悦。领导人只管带着自己的信念签署文件，精神病患者和疯狗支配着集中营现场，位于这两者之间、巧妙联结他们的，则是最终逃离制裁的奥斯维辛营长赫斯等"优秀官僚"。

领导逃避现场，官僚把脏活推给现场，如此一来，剩下的要么是在酒精中毒、肠胃故障后最终神经失调的家伙，要么就是热情远超命令所需、不惜违纪也要沉迷在嗜虐暴力里的法外狂徒。任何地方都毫无直视固有之死的高贵决断。

如果不和灭绝营的现实继续斗争，威尔纳的主义、理想，乃至人格都会如沙像一样崩塌坠落。他那用伟大的哈尔巴赫哲学武装精神、以果敢赴死的高贵日耳曼战士为目标的自我，将会了然无迹地坠向无意义的荒凉大地。

威尔纳时常盼望能向教过自己的哲学家哈尔巴赫倾诉内心苦恼，谋求他的建议。哈尔巴赫如此伟大，一定能用饱含智慧的贤者之言给他忠告，告诉他应该如何面对砂砾般的尸山。然而，他无法向老师征询建议，只能自己做出决断。

哈尔巴赫曾说："日日夜夜，每时每刻，你们这些忠诚的侍从都必须巩固自己的意志。为了拯救构成国家的民族本质，为了激发民族的内在力量，你们心中必须不断涌现牺牲的勇气。"

为了拯救民族的本质，需要拿出牺牲的勇气。在苏联战场上，威尔纳的勇气消耗殆尽，灵魂容器几乎见底。协助摩根法官调查时，仅剩的勇气也行将枯竭。他无力地感觉到，自己即将干涸。然而，决意崇高而生、崇高而死的勇气还剩最后一滴。如此贵重的一滴，应该浇到何处？摩根调查队被强制解散后，这是威尔纳面对的最大难题。

"唯有精神世界才能保证民族的伟大。是选择精神世界，选择追寻伟大的意志，还是选择甘于没落的无意志？我们永远需要在这之间做出决断，也正是这份决断紧紧催促着我们的民族，要她成为将历史引向应有方向的步行法则。"时至今日，哈尔巴赫严肃的话语还在威尔纳脑中回荡。追寻伟大的意志决断。为了做出决断，勇气还剩最后一滴。他希望还剩一滴。可是，在这被逼存活的世界里，何处才能找到追寻伟大的意志？眼前浩瀚展开的，不就只有贪婪吞噬各种精神、甘于没落的无意志黑暗大海吗？

话虽如此，他也不可能在杀戮者身上找到追寻伟大的意志。不论是集中营里嚣张跋扈的嗜血无赖，用酒精逃避现实而患上肝硬化的精神病人，还是在洁净办公室里签署大屠杀文件的领导，统统都处在甘于没落的无意志的全面支配下。不管什么地方，都找不到凝视自我死亡可能性的精神。

威尔纳已有赴死的觉悟，时间却所剩无几。第三帝国崩溃前，他必须展开关键行动。在苏联的小镇和奥斯维辛，他目睹了犹太人的尸山。那是庞大无比的匿名之死，它背后没有什么唤醒人类本真自我的命运之光，只有无限蔓延的黑暗大地、荒芜的泥土平原、一堆堆精神瓦砾。

十二月访问考夫卡时，威尔纳心中播下了决断的种子。它很快生根发芽，急速成长，如今已经成熟结果。奉克鲁格大将之命，威尔纳随行视察了考夫卡集中营。这或许是他的命运。良心发出呼唤，命他付诸关键行动，履行崇高义务，这道呼声和超越人类智慧的伟大存在一同在他耳畔催促，让他做出坚毅的决断。

我会动手，我绝对逃不掉。威尔纳心境严肃，咀嚼着连忠实部下也不能告知的决意。

若想对抗把世界变为无意义泥块的不祥宿命，就要实施能像灼热电光那样贯穿虚空、照亮一切的纯粹行为。若非如此，他就无法在尊严之死、在刻有海因里希·威尔纳名讳的固有之死中死去。

3

梅赛德斯驶过一座小石桥，开进考夫卡村。道路左右散落着濒临崩塌的贫寒住宅，小雪之中，为周边农民服务的三家店——经营烟酒的粮食店，兼营电器的工具店，角落设有酒吧的杂货店——都拒客地锁着门。

或许长期战争耗尽了店内商品，又或许店主预测苏军会发起总攻，关店去了安全的森林里避难。黑色豪车开过了荒无人烟的考夫卡村。

考夫卡集中营近在眼前，舒适的紧张感让威尔纳微微发抖。然而，跟驾驶席上的部下搭话时，这位年轻的党卫军少校若无其事、语气冷静，完全听不出即将深入敌营的紧张。

"中士，我稍后有特别任务给你。我们这次来考夫卡，并不只是为了完成克鲁格大将的命令。你可以拒绝我的请求，毕竟从某种意义上来说，我让你办的事属于越权。不过，如果事情始终能按计划进行，我的行动也会合法化。"

中士慎重地把着方向盘，饶有兴致地回答："就算您不说，我也知道您想让我干什么。您想把考夫卡集中营的营长拉下马。胡登堡是赫斯的爱徒，集中营精英官僚中的精英，史上最年轻的集中营营长。

"如果能曝光这位骷髅团精英的贪污行为，希姆莱长官肯定也会大大动摇，决定重新开始调查。少校，您是这么想的吧？"

"原来你知道。"威尔纳面露苦笑。施密特不愧是个干练的前刑警，他的嗅觉总是让自己惊叹。

中士继续说："您以为我的眼睛是装饰吗？摩根调查队解散后，您的表情一直很忧郁，但自从上个月跟克鲁格大将一起视察过考夫卡，您脸上又有了以前那种紧张感。考夫卡一定有什么让您振作的东西。

"还有那个乌克兰兵。我们当年在千钧一发之际救了个差点被游击队处死的乌克兰侦察员，他居然就在考夫卡集中营工作，真是奇迹。年底来司令部的时候，我看见他跟您在说悄悄话。

"那个叫费多伦科的乌克兰兵跟您透风了吧？是不是有什么能给考夫卡集中营营长造成致命打击、让调查官垂涎三尺的好消息？您肯定想在考夫卡闭营前拿出营长的犯罪证据。

"要是跟这有关的事，您随便吩咐。调查队就那么强制解散了，我也不服气。对了，胡登堡做什么了？渎职？贪污？您表情那么高兴，他犯的事儿肯定不小。"

"在我下达具体指示之前，你别再乱猜了。到底要查什么，你很快就会知道。"威尔纳冷漠地命令。

一旦发挥警犬般的本能，这个男人就能看透自己的真意。威尔纳早知中士不惜冒险越权也会追随自己，胸中却仍有一丝感动。他之所以故意板起脸，就是不想暴露情绪。

"瞧，考夫卡集中营到了。"

驾驶席上又传来施密特中士的声音。透过纷飞的小雪，只见晦暗的远方模糊浮现出大大小小的建筑，它们处在铁丝网的重重包围下，散发着拒人于千里之外的气息。集中营位于冬季荒芜的旱田中央，背后紧接茂密的森林。

集中营前方，两座装有机关枪和探照灯的高塔威严耸立，塔楼之间隐约可见灰色正门。条纹道闸和入口坚固铁丝门旁有间简陋的尖顶小屋，小屋周围有几个监视兵在站岗。

专用铁路沿营地左侧向前延伸，其右正是集中营的核心设施：毒气室和巨型焚尸炉。畜牧车和货车拉来的大群囚犯在停车场分为大小两队，大队直接以洗澡之由被赶进毒气室，转眼就变成中毒而死的尸山。

拔掉尸体金牙，夺取囚犯佩戴至死的钟表和贵金属……完成这些工作的车间与毒气室相邻，也在右侧区域。

　　威尔纳曾冒着生命危险在多个灭绝营搜集过犯罪证据，去年十二月随克鲁格大将初次访问考夫卡时，仅凭粗略观察外观，他就正确推测出了集中营的构造和设施配置。

　　正门上方悬着一个写有"劳动使人自由"的大牌子，邪恶的嘲讽像毒液一般滴落。奥斯维辛集中营正门也有相同的标语。

　　第一次看到这东西时，威尔纳心中作呕，觉得《神曲·地狱篇》里的"若想进入此处，就该舍尽希望"才更合适。这道门虽然无耻地诈称为"自由之门"，实际却是让但丁也毛骨悚然的"地狱之门"。

　　两座集中营的标牌之所以相同，是因为考夫卡集中营营长赫尔曼·胡登堡是鲁道夫·赫斯的爱徒，并且曾在奥斯维辛集中营担任联络官。他两年前之所以能当上新设考夫卡集中营的营长，也是因为有赫斯的大力推荐。

　　三十岁就当上了党卫军少校，虽然规模较小，却也管理着一所独立集中营——如施密特中士所说，这种晋升速度确实引人注目。一直以来，高层都对胡登堡管理集中营的才干评价颇高。

　　纷飞不停的小雪中，监视兵朝来自克拉科夫辖区司令部的梅赛德斯敬了一礼。梅赛德斯穿过刚刚开启的大门，滑入考夫卡集中营，在内部道路上再次加速，伴着发动机轰鸣继续前进。

　　医院、管理办公室、数栋木造囚犯棚屋、砖造车间和仓库……集中营内，简陋的建筑物杂乱无章地排在一起。给囚犯点名的广场上搭有木造绞刑架，上面挂着三具全裸的绞刑尸体——这大概是越狱失败而惨遭处死的囚犯。

如果集中营是地狱，营长赫尔曼·胡登堡就是地狱恶鬼的首领。胡登堡少校和威尔纳算是老相识。这个男人虽然官至少校，十年前读大学时却被蔑称为"丑小鸭"。他身材瘦弱，唯独屁股像女人一样翘，走路时还会滑稽地摇来摇去，因此得到了这个外号。

纳粹学生同盟支部在哈尔巴赫校长的指导下急进推行大学革命时，胡登堡自称地区冲锋队的联络员，潜入了组织。威尔纳当时就隐隐感觉，对此人大意不得。

胡登堡眼神异样，闪烁着浑浊的白光。这不是年轻率真的眼神，不是蕴含理想、充满气魄的眼神，也不是威尔纳所知的那种圆滑狡诈的眼神，不是仗势欺人的傲慢眼神。硬要说的话，那是厚颜无耻的自满眼神。对这个男人而言，现实世界大概等同不存在。

胡登堡的双眼完全不看外界，只会不知厌倦地眺望心中镜子里的自画像，自恋地陶醉其中。这个男人大概生活在只有自己一人的梦想王国，在那里，他不管遭受怎样的嘲讽和轻蔑，都不会受伤，在那个魔法世界，丑小鸭或许也能变成天鹅王子。

他是乡村商人的儿子，办起实事来，确实也是个符合出身的能干男人。满脸痤疮的自恋狂胡登堡之所以能为繁杂的事务工作付出异常精力，难道不正是因为数字和账本能够随他心愿，是不会摧毁梦想世界的例外对象？这就是威尔纳对胡登堡可疑性格的观察结果。

威尔纳虽对胡登堡有所警戒，却还是被他装成愚钝办事员的演技欺骗了。胡登堡其实是党卫军辖区司令部派来的间谍。虽并未造成巨大毒害，但间谍就是间谍。

十二月访问考夫卡时，胡登堡营长去了一百公里以外的奥斯维辛，不在营里。快十年没见了，看我突然出现，那只鸭子会有什么表情？

后座上的威尔纳露出冷酷的微笑。施密特中士按监视兵的指示穿过集中营中央广场，将梅赛德斯开往北方。他在供水塔所在的小丘前减速左转，沿砂路驶入左侧区域。军官活动区被灌木丛所包围，冬季枯萎的花坛之间有三栋大小不一的漂亮洋房，每栋之间隔着一定距离。

营内共有八名军官，左右两栋洋房是他们的宿舍。中央漆作白棕两色的蒂罗尔风格木屋则是营长宿舍兼管理总部。

梅赛德斯刚在营长宿舍门口停下，胡登堡安排好的党卫军中尉就踢着擦得雪亮的长靴，迈着大步走了过来。

中士迅速下车，打开后车门，笔直地站在车旁。威尔纳少校随意披起黑色外套，慢慢走下车，整理好饰有雄鹰和骷髅徽章的军帽，厌烦地回应了娃娃脸中尉那夸张的敬礼。十二月来的时候，他见过这个男人。

汉斯·哈斯勒中尉，二十七岁，曾因多次虐囚和三桩杀人嫌疑而被摩根列为调查对象，是个应该让心理学家判定为患有精神病的虐待狂。

他受上司胡登堡提拔，与后者同到考夫卡任职，是个联络官。如果希姆莱没有下令中止调查，单凭奥斯维辛时期的罪行就能让他上法庭受刑。从结果而言，希姆莱对摩根调查队下达的解散命令救了哈斯勒的命。

"中尉，你上衣衣摆有脏东西。如果是犹太人的血就不好了。希姆莱长官一直强调党卫队队员必须注重自身仪表，请你反省。"

军装上的血痕，应该来自在哈斯勒私自制裁下半死不活——也可能是遭其毒手——的不幸犯人。

听见这句嘲讽，骷髅团的精英中尉绷起了脸。他自尊心受损，表情里渗出一丝扭曲的凶暴反感，却又不自然地眨了眨眼。也难怪，面前这位克拉科夫司令部派来的傲慢长官佩戴着双剑银橡叶骑士铁十字和东方战线从军徽章的勋略，他当然会试图掩盖自己反抗的眼神。

窗帘后方，有人正在偷看刚到的客人。威尔纳少校并未在意投向自己的阴险目光。簌簌的小雪沾湿了外套肩头，他在通往营长宿舍的石路上快速迈步，唇角刻着一抹讥讽的嘲笑。

第六章　恶鬼履历

1

汽车发动机的声音自中央广场一路靠近。这不是集中营货车和工作车的声音，不是专门配给考夫卡集中营营长胡登堡的军官用KdF[1]的声音，而是梅赛德斯——装有机械增压器的特制梅赛德斯的声音。梅赛德斯500K产量仅有二十五辆，是豪车中的至尊。听见它异常魅惑的发动机响声，向来憧憬高档车的党卫军少校陶醉地竖起了耳朵。

来的大概是梅赛德斯-奔驰S——听着有"梅赛德斯的悲鸣"之称的机械增压车特有的尖锐运转声，考夫卡集中营营长胡登堡如此判断，并且又一次想：觉得这种声音不快的人，没资格去爱世上最美的钢铁淑女梅赛德斯。

克拉科夫司令部的梅赛德斯S是东部辖区党卫军警察高级指挥官克鲁格大将的专车。十二月，克鲁格大将未经通知就率领麾下一名党卫军军官来访，而胡登堡当天不巧去了妻儿居住的奥斯维辛集中营宿舍，不在营内。

次日自下属哈斯勒中尉口中得知克鲁格大将来访一事时，胡登堡

1　1938年，小批量量产的第一代甲壳虫汽车"Kraft durch Freude"（KdF，意为"快乐就是力量"）。

大失所望，认为自己错过了争表现的好机会。若他并未外出，就能率先带领东部辖区的最高权威看遍集中营每个角落，让他再次为管理人胡登堡的才干所惊艳。或许，大将还会把考夫卡集中营营长的勤勉表现汇报给希姆莱长官。

梅赛德斯的运转声越来越近。虽说下达给胡登堡的是"极密紧急"命令，但克鲁格大将总不可能亲自出马。那么，究竟是谁擅自用了长官专车？

不可能是他。胡登堡明明在反复思考后得出如此结论，清晨产生的威胁感却在此刻复苏。他知道跟随克鲁格大将前来考夫卡的党卫军军官姓甚名谁，这或许加剧了他的不安。文件堆积成山的书桌前，体格未达党卫军标准的瘦弱营长不安地抬起头，像一只胆小的兔子般竖起耳朵，听着金属瓦尔基里那宣告暴风雨来临的悲鸣。

今早天还没亮，胡登堡就被电话铃吵醒了。这个时候是谁有什么事？他睡眼惺忪地打开台灯，一边瞄着闹钟表盘，一边急急向枕头边的电话伸出胳膊，手肘碰到了身旁犹太女人赤裸的乳房。昨晚喝的酒还留在体内，他感觉脑袋有些沉重。

电话那头是克鲁格大将的秘书，胡登堡在克拉科夫司令部见过他两三次。对方好像在司令部忙了个通宵，他以不容置喙、公事公办的语气告诉胡登堡，一份克鲁格大将与雪纳瑞上将联合签署的极密紧急命令将在下午送至考夫卡集中营，请他在营中待命。

党卫军法官摩根毫不留情地揭发了集中营内的渎职违规事件，让全国集中营管理层为之战栗，至于克鲁格，则是摩根从前的上司。摩根对现场情况一概不知，只管盲目行使司法权，让众多集中营陷入极大混乱，而克鲁格曾经把这个形式主义结晶一样的障碍踢去维京师，是个有实力的人物。

雪纳瑞是党卫军内的传奇人物。中将时期，他担任对国防部的联络官，随骷髅团团长、党卫军少将西奥多·艾克处死了因密谋背叛元首而被捕的冲锋队队长罗姆，因此声名大噪。既然能和艾克一起负责罗姆的死刑，可见他极受元首和希姆莱长官信任。

目前，在包含东波兰加利西亚地区在内的党卫军东部辖区，克鲁格大将是名副其实的最高权威。这个绝对支配者掌握着广大东部辖区各类居民的生杀大权，连古代专制君主也无法与之相比。至今为止，胡登堡办公室从没收到过东部辖区最高权威和党卫军上将联名签署的命令书，何况还是"极密紧急"命令。

胡登堡大吃一惊，赶紧询问发生了什么事，但对方并未回答他的疑问，冷漠地挂断了电话。

按照命令，毛毯下的成熟女人浑身赤裸。她看着频频用被单擦拭面部油汗的胡登堡，双眼如木雕人偶一般没有感情。

她已经二十八岁，还生过一个孩子，但至少从外表上看，她的美貌和肉体魅力并未衰减。被推下囚犯列车时，她确实很憔悴，但自从入了营长的眼，住进独栋小屋，吃上营养饭菜，她便渐渐恢复了姿色。

女人端正的容貌虽和自由生活时无异，表情却和被绝望腐蚀的无法得救的犯人一样，给人一种不管怎么刺激都不会有反应、深层精神已经麻痹的可怕印象。

察觉到女人的视线，睡衣领口邋遢大敞的考夫卡集中营营长不由得毛骨悚然。对了，说不定是这个女人的存在暴露了。如果辖区司令部首脑知道他把犹太女囚当情妇，肯定不会善罢甘休。在他的计算中，这个秘密明明绝对不会为外人所知……是哪个环节判断失误了？

可能是上个月克鲁格大将在自己外出时突然来视察的时候。胡登堡跟身边做杂务的乌克兰兵费多伦科问过情况，对方满脸喜悦，用不熟练的德语反复说，大将身边的党卫军军官当年在苏联救过自己的命，没想到能在这里再会，他实在太感动了。

年底，费多伦科和拿到短休的乌克兰战友去克拉科夫城里待了两三天，可能曾与克拉科夫司令部的党卫军军官重叙旧情。如今，胡登堡为自己放着这件事没确认的大意懊悔不已。

就算手握营长职权，他也不可能让骷髅团德军照顾自己的犹太女囚情妇。他烦恼不已，最终决定，只能让一直跟着自己当勤务兵、机灵又可信的乌克兰兵来做这件事。那个男人不会问多余的问题，只会忠实地执行命令。如此这般，照顾女人的正是乌克兰兵费多伦科。

胡登堡的犹太情妇是集中营里公开的秘密。然而，没有一个军官和士兵会向外部泄密。毕竟，考夫卡是胡登堡的独立王国，他是全面支配集中营的最高权威。

下属骷髅团团员不可能故意背叛营长胡登堡。女人的事，可能是费多伦科和恩人党卫军军官聊天时不小心提到的。

这个乌克兰雇佣兵连德语都说不好，判断经常有失分寸。他就算无意出卖胡登堡，可能也会不慎提起不该外泄的秘密。假若事实果真如此，集中营营长最后可能会被逼入绝境。

胡登堡自负地认为，担任考夫卡集中营最高负责人期间，他做事绝对问心无愧。就算当着希姆莱长官的面，他也有自信对此严肃起誓。未曾渎职的集中营营长大概属于特例。滥用职权中饱私囊的贪官数不胜数，因摩根检举而受刑的布痕瓦尔德集中营营长科赫只是其中之一。

不管哪个集中营，发现犯人偷偷夹带的贵重物品后，骷髅团监视兵一般都不会向上司申告，而是直接据为己有。下级士兵要么是呼吸着野蛮空气长大的下层社会民众，要么是惯犯，甚至还有不少以虐待为乐的精神病人，在他们看来，捞这种油水简直理所当然。

至于那些乌克兰雇佣兵，更是会不以为罪地偷窃仓库里的烟酒粮食，再违法高价卖给囚监。胡登堡一直为怎么处理他们而头痛。

雇佣兵之中，费多伦科还算得体，至今从未听闻他有偷盗等违纪行为。因此，胡登堡提拔他当勤务兵，允许他自由进出想偷酒水粮食就能偷个痛快的营长宿舍。

雇佣兵长官也不是正经货色，总是不以为意地染指更大规模的渎职行为：倒卖物资，做假账，贪污从犯人那里回收的黄金和宝石等贵重物品……总而言之，从上到下，集中营管理体制一团腐败，一定会让希姆莱长官愤慨不已。

但胡登堡确信，自己是唯一的例外。就算摩根仗着司法权闯进考夫卡，也找不到赫尔曼·胡登堡少校的半点罪证。胡登堡甚至在尽量阻止监视兵贪油水和违规私自处罚囚犯，但如果想根绝这些事，那就是白日做梦了。

集中营中不少骷髅团下级士兵都会通过虐囚消除自己的社会自卑感。而不管自不自卑，这其中很多人都有性格缺陷，完全不具备社会意识和伦理意识。

如果不对这种下级士兵的违规行为睁一只眼闭一只眼，就不可能管理运营集中营。规则有极限，用规则管理监视兵也有极限。倘若严格遵循规则，就不可能完成经济管理总部下达的指标。

胡登堡向上反映营中情况吃紧，而柏林方面只给了一个官僚答复：如今是战争非常时期，请在条件允许范围内拿出最大效率。

然而，全面战争下的制约并非配给严重不足的直接原因。发放给囚犯的物资还没送达考夫卡，就已经凭空蒸发了一半。一定是负责运输的官吏巧妙地做了假账，违法贪污了物资。

条件如此恶劣，考夫卡集中营却仍能连年超额完成严苛指标。这是足以让大前辈鲁道夫·赫斯也为之感叹的惊异数字，也是集中营官僚胡登堡的辉煌纪录。

如果万事都循规蹈矩，谁能用破纪录的效率管理、运营集中营？就算监视兵和现场负责人有些许违规和逾矩，也只能视而不见。然而，摩根这种不知现场辛劳的人仍然会以下属违法行为为口实，追究胡登堡的管理责任。

希姆莱长官之所以下令解散摩根特别调查队，一定是因为他慧眼看出了赫斯营长和胡登堡这些现场管理人的苦恼，理解了纪律和效率之间的矛盾给他们带来的纠结。然而——这话可不能大声说——这位长官总爱朝令夕改，现在还不能安心。他说不定又会改变想法，命令摩根重新展开调查。

管理责任上的问题都有理由，能够解释得清。赫尔曼·胡登堡完全问心无愧。考夫卡集中营营长为自己精干实务者的身份而自豪，他从无中饱私囊的渎职行为。

如果说他有问题，那就只有住在集中营小屋里的犹太情妇这一个。这么个从波罗的海地方村镇送来南波兰考夫卡集中营的女囚，其生杀大权当然在营长胡登堡手里。

这女人虽是犹太人，外表却像德国人，是个金发碧眼的美女。如果不明实情，谁看了都会相信她是个地道的北方日耳曼人。她只有四分之一犹太血统，但犹太人毕竟是犹太人。

暴力凌辱女囚，用劣质面包和干瘪的马铃薯块勾引她们——这是集中营监视兵的日常。统领考夫卡乌克兰兵的大胡子下级士官伊利亚·莫查诺夫也从女囚里挑了个情妇，还让她怀了孕。胡登堡虽然手握营长大权，却也无法处罚他。

这个男人惯用连胡登堡也不忍卒睹的残酷私刑虐待囚犯，但即便如此——不，应该说正因如此，他才是个极其能干的看守长。

莫查诺夫给人一种捉摸不透的诡异印象。如果不想接触他的毒气，就只能尽量避免跟他打照面。

总之，这个斯拉夫野蛮人还没到达人类的领域，跟野兽差不多，甚至不如狗。狗忠于主人，他却没有忠诚心。他是头龇牙咧嘴的狰狞野兽，一旦情况有变，就会毫不犹豫地咬碎胡登堡的喉咙。胡登堡想尽快处分他，但如果没有这个人，就不可能连续超额完成指标。

不过，还是得在缝纫车间那个女人显肚子之前处理掉她。列车运来的犯人里，直接无条件送去毒气室的首先是老人、儿童，其次就是孕妇。让犹太孕妇吃集中营匮乏的配给粮食属于严重违纪，营长或许会被追究管理责任。

必须给莫查诺夫发个新女人，处理掉那个叫玛利亚的情妇，设法让他服气。为了战时经济运转，处理犹太人的优先方针从灭绝转换为强制劳动，囚犯列车自去年秋天开始急剧减少。不过，还是得开个下趟车到了就让他挑个喜欢的女人的条件，叫哈斯勒中尉跟他说说这事。

莫查诺夫的例子已经说明，下级看守就算动了女囚也无所谓。但集中营营长不同，会闹出大麻烦。奥斯维辛营长鲁道夫·赫斯是胡登堡在集中营官场上多年来的上司，他曾不厌其烦地教导胡登堡：无论如何，不要对女囚出手。

他究竟是着了什么魔，才会忘记真心尊敬的赫斯营长的忠告？后日升任骷髅师师长的艾克在萨克森豪森集中营培养了赫斯，赫斯在奥斯维辛集中营培养了胡登堡，一脉相承，胡登堡如今正在考夫卡集中营努力教育哈斯勒。从艾克大将到哈斯勒中尉，他们连成一条忠诚的铁链，想必希姆莱长官也会为之侧目。

不过，如果犹太情妇一事暴露，事态就会陷入绝境。这条光荣的忠诚铁链，或许会凄惨地断送在赫尔曼·胡登堡这最强的一环手中。

接到司令部打来的紧急电话后，考夫卡集中营营长更加疑神疑鬼。晦暗的晨光透进窗帘缝隙，为了逃避急剧膨胀的不安，胡登堡下意识抚摸着女人。

他是个不输给赫斯的爱妻之人，还是个把家庭放在第一位的忠诚丈夫，然而，他只身前来赴任，妻子和三个女儿都留在奥斯维辛的宿舍——或许，这就是他向诱惑低头的原因。

如果忠诚的妻子雷吉娜在身边，他不可能让犹太女囚当情妇。然而，赫尔曼·胡登堡是个工作狂，显然会在建设中的考夫卡集中营忙得发疯。这种情况，他可能带妻女同行吗？

雷吉娜的父亲是个纳粹老党员。她虽并非美女，却拥有健康的魅力、必要的充分教养，以及最重要的一点：教育孩子的热情。她热爱德国的自然，爱好森林浴，毕生梦想也十分质朴，是在故乡黑森林山中建一幢木头小屋。

胡登堡打从心底里相信，她是个配得上第三帝国精英的好女人。然而，她的头发十分粗糙，还是肮脏红土般的赤褐色。胡登堡绝不会表露心声，但从新婚时代开始，这一直是他不满的源头。

他自幼憧憬柔软芬芳、会在阳光下散发成熟麦田般金色光芒的金发。当这样一个理想中的金发女人蹒跚走出破烂的囚犯列车时，他怎能按捺住把她——把她的金发据为己有的诱惑？

女人心中毫无波动，胡登堡的情绪却越发不安。

不用担心，先这样吧。就算这个女人惹出了问题，也绝不可能是东部辖区最高权威来送命令书。即便事情公开，最差的结果也只不过是警告或转职。虽然可能失去营长这把交椅，但应该不会遭到降级处分。

然而，他长达十年的清廉经历仍会出现重大污点。到时候，要想佩戴军官肩章，登上足够高的位置，拥有一辆重达2.5吨、能以150公里最高时速在高速公路上疾驰的梅赛德斯-奔驰500K，就成了美梦中的美梦。最坏的情况下，他还会被调到武装党卫队师团，前往前线作战。

他绝对不想上战场，他实在受不了那种地方。德军骸骨在东部战线堆积如山的惨状吓得他差点心脏爆炸。听闻这件事那天，他整晚都在做噩梦，梦到俄军捉住自己，把自己拷问至死。

就算不会流放前线，他也肯定会坐冷板凳。他是同辈中的杰出人物，忍不了这种屈辱。为了避免这种结果，他必须绞尽脑汁地精密计算。

如果用学生时代听到厌烦的哈尔巴赫校长的惯用语来形容，这就是"决断"。他虽没有赴死的决断，却会为了保身而丢弃多余的东西。虽然心存不舍，但在下一趟列车抵达时，他必须下决心送这个女人进毒气室。

按照惯例，胡登堡清晨六点前起床，把女人赶回小屋，在费多伦科的服侍下吃完早饭，如常在办公室桌前整理堆积如山的文件。然而，他实在没法专心工作。不安的源头，正是他早饭时让费多伦科交代的那个男人的名字。

下雪之前，他一直焦躁地盯着座钟钟面。三点过，屋里的内线电话响了。正门监视兵汇报，辖区司令部的使者到了。

在隔壁房间等待的哈斯勒中尉发出了脚步声。他的胸挺得几乎弯折，踢着擦得雪亮的长靴大踏步从走廊迈向楼门。奉胡登堡之命，他要去迎接克拉科夫司令部来的使者。

梅赛德斯停在营长宿舍门口的声音、开门声、紧随其后的关门声，胡登堡忍无可忍地站起来，从桌边走向蒂罗尔风格的大窗。克鲁格大将专车上坐的是谁？他急于知道来人身份。他留意着别被外面的人发现，悄悄掀起了蕾丝窗帘。

果然是他。考夫卡集中营营长愕然呢喃。在费多伦科口中听到对方名字时，他大受冲击，如今，那种感觉鲜明地苏醒了。不知是因为惊愕，还是因为苦闷的不安，他捏着窗帘的手指颤抖起来，抖得自己都难以置信。

来人时髦地斜戴武装党卫队军帽，随意披着被雪沾湿肩头的外套，在石路上大步前进。他把党卫军军官威严的制服穿得一派潇洒，仿佛这是为他量身定制的时装。他就像希姆莱长官美学理想的化身，是头典型的日耳曼野兽。

泛着白光的金发，冰蓝色的冷酷双眼，给人沉着甚至冷酷印象的坚毅下巴和精悍脸颊，强韧肌肉包裹下高挑柔软的身体，匀称的四肢，宽厚的肩膀，结实的胸膛。

胡登堡学生时代就和此人结下了孽缘。对方做了件合乎性格的蠢事，志愿加入了武装党卫队骷髅师。胡登堡还以为他死于激战，尸体冻在俄罗斯雪原上了。

然而，他不仅活到现在，而且官至少校，得到象征第三帝国军人最高荣誉的双剑银橡叶骑士铁十字勋章，充分利用自己武装党卫队军官的头衔，成为摩根的助手，在集中营违法行为调查中出了一臂之力。

他仗着司法权搅乱集中营现场，甚至逼到了自己敬爱的奥斯维辛集中营营长赫斯身边。如果没有希姆莱长官的制止，或许赫斯营长最后也会站上党卫军警察法院的被告席。

这个男人带来了克拉科夫辖区司令部的极密紧急命令，马上就会出现在办公室门口。他真的只是为此而来吗？他帮摩根法官接连曝光了集中营管理层的渎职行为，难以相信他来考夫卡只是为了传达司令部的命令。胡登堡从早上开始就因犹太情妇而不安，如今更是百倍忐忑。

吃早饭时，他严厉地质问勤务兵费多伦科，想知道救过后者性命的克拉科夫司令部党卫军军官是什么人。

乌克兰兵用磕磕绊绊的德语回答：那位军官随克鲁格大将访问考夫卡时，自己当然没提过营长的情妇。年底去克拉科夫时，他和朋友在酒馆闹到天亮，也没空去见这位恩人。

用生疏德语拼命辩解的乌克兰兵一脸憨厚，看来并没有故意撒谎。然而，当他说出军官姓名时，胡登堡倍受冲击，全身血液几乎倒流。"海因里希·威尔纳。"费多伦科毫不犹豫，带着敬意道出了恩人军官的名字。

总不可能是同名同姓的其他人。费多伦科曾志愿为德军搜集苏军情报。某天，他因间谍身份暴露而被游击队抓捕，就在即将行刑之际，骷髅师一名步兵中队长突袭游击队据点，救出了费多伦科——从经历来看，这个中队长无疑就是胡登堡认识的海因里希·威尔纳。

去年十二月，威尔纳在胡登堡外出时来了考夫卡集中营。虽然费多伦科并未提及犹太情妇，威尔纳却可能有所察觉。

如果威尔纳知道那个女人在这儿，他就真完了。威尔纳一定会亮出比野兽更凶暴的尖牙，毫不犹豫地咬进不幸的胡登堡的心脏。胡登堡一边擦拭额头上的冷汗，一边告诉自己必须冷静，绝不能让对方看见这慌张的狼狈相。

胡登堡瘫坐进办公椅，拿起桌上的酒瓶，朝小杯里倒满米黄色的白兰地，随即一口喝干。他捏起拳头，手背在下巴上一阵乱擦，抹掉了唇角溢出的酒水。随即，他用力闭上眼睛。内心深处长年封印的记忆在脑海中逐渐苏醒，气势汹汹，无从抵抗。

2

当时，赫尔曼·胡登堡还在南德毗邻法国国境的小城弗莱堡读大学。他老家在乡下，到大学城要坐一小时左右火车。

赫尔曼是家中第三子，他父亲是个厉害的家具厂老板，一个巴登-符腾堡地区的守旧小资本家。父亲的信念与身份相符，认为做生意不需要学问，赫尔曼不顾他的反对升了学，但对乡村商人的儿子来说，大学的权威氛围实在难以适应。

小小的大学城被茂密的黑森林包围，在静谧的自然中沉睡。城市中心，尖顶大教堂巍然耸立；大学门口，亚里士多德和荷马的雕像俯视着来自德国各地的学生。

大学城位于阿尔卑斯山山麓，享受着全世界屈指可数的优美自然环境。在这里，南德连绵不断的文化与传统历久弥新，未有半分失传。不过，这座地方城市的生活并非和新时代潮流完全无缘。

每到雪季，国内外滑雪游客就会聚集到位于阿尔卑斯山麓地带的弗莱堡，和观光游客一起，把巴黎、柏林等大城市繁华热闹而轻薄嘈杂的享乐气息带到这座自中世纪存在至今的地方城市。新时代的城市之风不仅吹进酒店、餐馆、闹市所在的城中心，也吹进了大学。

来自大城市的学生大多成日沉浸于奢侈的爱好与社交，定有决斗规约的传统学生社团成员反感堕落低俗文化的浸透，至于赫尔曼，则感觉两边都不是自己的容身之所。

柏林的卡巴莱[1]、华丽歌剧、脱衣舞、表现主义艺术、前卫电影和十二音音乐都超出乡村小资本家儿子的理解，他觉得它们十分肮脏，只能皱着眉头从旁经过。

然而，他也不敢贸然接触以脸颊刀伤为傲的凶猛学生社团成员。他是个质朴生意人的儿子，对愚蠢的以命换命没兴趣。而且，他打小

---

1 设舞台、舞厅，伴有歌舞表演的西式餐厅或夜总会。

就知道自己很胆小。

他入学之后才发现，自己原来根本没有做学问的才能。同窗的优等生都用嘲讽的眼神看着他这个无可救药的差生。身材瘦弱，对外貌没自信，没有城里人的爱好和社交才能，病态地畏惧着肉体危险，班里濒临留级的差生，这就是赫尔曼·胡登堡，一个被侮辱性地称为"丑小鸭"的二十岁青年。

一九二九年，华尔街股价暴跌，空前的全球恐慌随之席卷而来，一夜就将魏玛共和国走出"一战"荒废、实现奇迹复兴的繁荣经济基础破坏殆尽。德国各地破产的企业数不胜数，街上塞满了连明天生活都没着落的失业人群。随着惨淡局面到来，时代浪潮发出诡异的轰鸣，涌进了阿尔卑斯山山麓的小小大学城。

一九三三年一月，纳粹政权于柏林成立。和德国其他城市一样，呼吁国民社会主义革命的纳粹冲锋队也在弗莱堡掀起了毫不留情的暴力斗争风暴。

赫尔曼因不习惯大学生活而郁郁寡欢，甚至因为某次屈辱的遭遇而患上了神经衰弱。然而，国民社会主义革命的激流意外袭来，成了他人生的关键转折点。

赫尔曼对教会学校老师忠诚得近乎卑微，又生来就是会本能避开肉体威胁的谨慎性格，因此从小就活在镇里坏孩子的谩骂中。

但他相信，总有一天，自己一定能成为大人物，让这些家伙惊恐不安地抬头仰望。在学校被坏孩子欺负、被侮辱和咒骂伤害时，他回家后总会躲进卧室，想象自己的光明未来。

成为伟人的是自己，不是他们。赫尔曼渴望大学毕业后在城里当法官，威严的法袍会成为钢铁铠甲，挡住低俗之徒们那自小就让他烦恼的赤裸、不快的视线。当他身穿法袍莅临法庭时，凄惨的被告一定会哭喊着跪倒在他脚边，哀求他下达慈悲的判决。

那当然不可能。幻想之中，赫尔曼把未来注定堕落为罪犯的坏孩子们粗暴地拖上法院被告席，无视他们窝囊的哀求声，下达了无比公正的判决。

然而，大学入学以来，勉强支撑赫尔曼人格的学业自信也从基础开始动摇。他的成绩连能不能毕业都成问题，根本不可能当上法官。为了逃避抑郁，赫尔曼在没有根据的梦想世界里越陷越深。

只有在编造的幻想里，他才能成为自幼向往的大人物。赫尔曼渐渐觉得，自己凌驾于无知低俗的大众和得到他们尊敬与赞赏的架空世界，要比现实更加现实。这种时候，自己仅仅是个"丑小鸭"的现实世界仿佛位于倒置望远镜的彼端，远得不得了，也小得不得了。

赫尔曼躲在出租屋的房间里，几乎从不外出。雨渍浸脏的墙壁成了擦亮的镜子，一清二楚地照出穿法袍的他、穿将军军装的他、穿主教祭服的他……

他虽然是这样的青年，却也习惯每周穿着父亲的旧西装去街上逛一次。某个周日下午，他在教堂广场附近看见个十六七岁的少女。她挽着一位似曾相识的初老绅士，正在愉快地散步。

透过群众肩膀间的缝隙，青年望着少女在阳光下闪闪发光的金发，彻头彻尾地陶醉了。夺走赫尔曼灵魂的并非少女的美貌，也不是其他任何东西，而是裹在她脸旁的丰裕黄金之火。

下一个周日，赫尔曼被尚未满足的渴望赶出门，晃到了教堂广场。哪怕只有一次也好，他想走近看看那个金发少女。在欲望的驱使下，他期待那对父女有周日来这儿散步的习惯。

幸运的是，他轻易就在身穿礼拜日华服的人群中找到了挽着父亲散步的她。自此以后，赫尔曼从没落下过周日的散步。

夺走忧郁青年赫尔曼灵魂的少女名叫汉娜·古腾堡。她父亲是弗莱堡大学的文学教授，赫尔曼自然觉得似曾相识。虽然院系不同，但他在学校里见过古腾堡教授一两次也不奇怪。

汉娜的母亲丽达是个德裔立陶宛人，来自沙俄统治时期被称为科诺的考纳斯，于独女三岁时病逝。丽达在古腾堡教授居住在波罗的海地区时与其相识，并于立陶宛第二大城市考纳斯成婚。

传闻，丽达的母亲是立陶宛籍的犹太人。正因这层关系，汉娜外婆的远方亲戚，犹太青年伊曼努尔·加德纳斯，才会在哈尔巴赫教授门下学哲学时寄宿在弗莱堡的古腾堡家。

既然加德纳斯是犹太人，他的远方亲戚肯定也是犹太人。丽达母亲是犹太人的传闻或许就是这么来的。希特勒政权成立前夜，加德纳斯离开自己留学的大学城，转到了宜居程度远胜于此的法国大学。

汉娜可能遗传了父亲。倘若传闻属实，她体内有四分之一犹太人的血。但看外表，她是个完美的日耳曼美少女。在扭曲热情的驱使下，赫尔曼常常尾随广场上挽着父亲散步的汉娜。

赫尔曼很小就喜欢金发女性，有机会就想触摸漂亮的金发。

　　他想，若能拥有那位少女的金发，他什么都愿意做。可是，她那么迷人，绝不可能爱一个绰号"丑小鸭"的丑陋年轻人。

　　悲惨的赫尔曼，只能在周日下午挤开人群，追在汉娜身后，为她美丽过人的金发陶醉叹息。就算是用小拇指，就算只有一次，他也绝不可能摸到汉娜的头发。

　　某个深冬的下午，他如常尾随古腾堡教授和汉娜，在人群里钻来钻去。就在这时，一个青年从对面走来，在擦肩之时揪住他的衣领。是在大学决斗社团中以暴力狂著称的留级生哈夫纳。赫尔曼不知这是要干什么。哈夫纳毫不留情地挥出两三拳，打得赫尔曼满脸鼻血。赫尔曼像条胆小的流浪狗般趴在广场上，甚至在因哈夫纳的侮辱和蛮横暴力凄惨地啜泣。他躺着一动不动，没有丝毫抵抗的意图，只一味等待风暴离去。哈夫纳阴险的低语传进他耳中：

　　"鸭子，我知道你想干吗。别再用你肮脏的眼睛看那位小姐。"

　　原来如此。赫尔曼想。哈夫纳也是汉娜的追求者。他发现赫尔曼的存在，于是在公众面前侮辱他、揍他，想让他离汉娜远点。赫尔曼摇摇晃晃地站起来，或许是因为被打肿了脸，他的视野奇妙地扭曲。当时，看两个学生打架的群众围成一圈，他在其中瞥见了自己倾慕的汉娜的脸。

　　有生以来第一次，前所未有的凶暴冲动攥住了赫尔曼的心脏。比天使还清纯的汉娜看到了狼狈不堪的自己。他不由得摘下手套，摔在可恨的哈夫纳脸上。难以置信，被称为"丑小鸭"、遭到人们蔑视的胆小鬼赫尔曼，居然要求和脸上有刀伤的暴力狂决斗。

　　次日早上，赫尔曼在被子里悲惨地颤抖，不敢去约定地点决斗。去了就可能被杀，他绝不可能自愿去那种地方。不可能，不可能。

　　那天，他一步也没离开出租屋房间。超出想象的屈辱体验在赫尔曼心头盘绕不去，日夜折磨他脆弱的神经。想象之死的可能性持续诅咒着他，把他的人格推上了或将崩溃的危险极点。

　　他没好好吃饭，饿得皮包骨头。有一天，他突然听到了不该听见的声音。在朦胧的意识中，他想，这大概是幻觉。躲进房里之后，他有时会出现幻听。他想，我可能是疯了……

　　"你们是被选中的英雄，是国民社会主义革命的伟大战士，你们此刻正该崛起，切断《凡尔赛条约》那把我们锁在屈辱深渊之中的铁链……"

　　一片"胜利万岁""胜利万岁"[1]的欢呼声中，男人充满威猛迫力的怒吼响彻四野。赫尔曼回过神来，发现那是隔壁房间传来的收音机广播声，好像是迅速勃发的新政党纳粹的党首在政治集会上的演讲。这番演讲充满不可思议的自信，魔法般的魅力让听众兴奋不已。赫尔曼听得入了迷。

　　"你是被选中的勇士，是英雄……"赫尔曼突然起立，挥出在极端兴奋中握紧的拳头，打向涂料剥落的石墙。肾上腺素在周身血管中澎湃，太阳穴在激烈脉动。没错，我是英雄，是被选中的勇士。如此简洁而无比深远的真相，他之前为什么不明白？

1　Sieg Heil，德国法西斯分子见面时的问候语。

自己提出决斗却逃跑的懦弱赫尔曼，不敢直视死亡可能性的胆小赫尔曼。这个赫尔曼是"被选中的勇士"，是"英雄"。是党首义正词严地告诉他的。

不久，街头行进的冲锋队褐色队列里就有了学生赫尔曼的身影。赫尔曼的叔叔是个入党十年的好战纳粹党员，也是个党卫军成员，彼时已经成为手握大权的巴登大辖区干部。当从小就没霸气的侄子突然兴奋地冲进家里时，他吓了一跳，但听说侄儿志愿参加冲锋队后，他便高兴地向地区组织推荐了他。

穿着冲锋队的褐色制服，身在战斗组织冲锋队，他却很快发现自己具备事务工作需要的才能。目睹他的实干能力后，学生冲锋队的同志和地区组织干部都惊叹不已。

其中虽然肯定有叔叔这个大辖区权威者的影响，但如果没有优秀的实干才能，赫尔曼也不可能成为备受瞩目的干部候选生。有一次，他被叫去叔叔家，得到一个机密任务：监视刚刚就任的弗莱堡大学校长，著名哲学家马丁·哈尔巴赫。

赫尔曼无法理解叔叔的指示，于是提出了疑问：哈尔巴赫教授是忠于元首的纳粹党员，还以校长身份推动着国民社会主义大学革命，难道不是个伟大的爱国者？大学革命领袖应该得到尊敬，为什么要监视他？

叔叔回答：纳粹刚刚掌握国家权力，却已经出现了重大分歧。元首认为国民社会主义革命已经取得胜利，戈林[1]、戈培尔[2]，以及统领叔叔所属党卫军的希姆莱等党中央干部也持相同意见。

政党必须聚集国防军、金融界、教会等国内主要势力，开始建设第三帝国。破坏的时代已经终结，如今是建设的时代。

要建设新国家，最重要的就是团结国防军。然而，党内还残存着过激分子的强大势力，其中心人物正是冲锋队队长恩斯特·罗姆。冲锋队拥有十七万专属队员，地方上还组织了约四百万队员，是德国国内仅次于国防军的最大最强武装势力。罗姆身为其支配者，是党内实质的二把手。

以罗姆为首的过激派宣称，革命才刚刚开始。他们轻率鲁莽，要求粉碎教会等传统保守势力，打倒资本主义势力，实现企业国有化，解散国防军，以冲锋队作为国民社会主义革命军。

倘若实现他们的主张，国内就会大乱，刚刚成立的第三帝国就会在反对势力的猛烈反击下瞬间土崩瓦解。不管用什么方法，都必须让不负责任的过激派沉默。

哈尔巴赫是德国知识界的巨头，正在罗姆的支持下推进全国大学革命。看看他就任校长时的演讲和其他言行，个中意图显而易见。关于此事，哈尔巴赫的党内人脉也有所暗示。过激派哈尔巴赫或许会违背元首的意图，为了阻止他失控，必须展开秘密活动，潜入他身边收集情报。

1　赫尔曼·威廉·戈林，重罪战犯，盖世太保创始人。

2　保罗·约瑟夫·戈培尔，纳粹德国国民教育与宣传部部长。

　　哈尔巴赫身边聚集了学生冲锋队、纳粹学生同盟和全国学生联盟的权威活动家，氛围颇不安定。哈尔巴赫召集过激派学生前往黑森林山中别墅，举办研修会，主持会议讨论斗争方针，筹划各种阴谋。

　　哈尔巴赫校长指导的过激派学生中，甚至混入了被罗姆直属老冲锋队队员煽动的危险分子。

　　在赫尔曼看来，为师从哈尔巴赫而特意进入弗莱堡大学的哲学系，海因里希·威尔纳就是关键人物。威尔纳是校内纳粹学生同盟的领袖，赫尔曼早就知道他的存在。

　　然而，赫尔曼在冲锋队地区活动中专注执行实务，威尔纳则是纳粹学生同盟弗莱堡支部的领袖，在哈尔巴赫的影响下与各地大学活动家合作，致力于学校改革。两人所属团队并不相同。伪装潜入哈尔巴赫的圈子后，赫尔曼才跟他说上话。

　　海因里希·威尔纳被爱慕者称为齐格弗里德，是个跟"丑小鸭"赫尔曼完全相反的青年。他金发碧眼，容貌精悍，身材魁梧，体力、气魄和头脑都优于常人，连决斗社团的暴力狂哈夫纳也对他敬而远之。

　　哈夫纳刚入学时挑衅过威尔纳，结果反被揍得半死。据说，威尔纳来自苏台德地区的名门世家，在柏林上中学时就沉迷于与十几岁少年不符的颓废思想与爱好。

　　此外，威尔纳还是备受哈尔巴赫期待的优秀哲学门徒。为了混入哈尔巴赫的圈子，赫尔曼也努力读过他的代表作，却因几乎看不懂而搁置一旁。

然而，单单听来的知识也足够让赫尔曼对哈尔巴赫哲学产生模糊的反感。哈尔巴赫的哲学以死亡为主题，似乎在指责逃避决斗的赫尔曼。

肉体魅力、精神威力、丰富的爱好、多彩的知识——哈尔巴赫的爱徒威尔纳不费吹灰之力，天生就有赫尔曼没有的一切。而且，威尔纳还是苏台德地区名门企业家的儿子，是南德乡村家具厂厂长之子无法比拟的富人阶层。

或是因为心怀反感，赫尔曼感觉威尔纳对纳粹主义并不忠诚——这一点，看看他对犹太人的态度就知道了。

一九三三年六月，弗莱堡举行要求封锁犹太人学生组织的示威游行时，威尔纳确实在队伍前方指挥学生冲锋队。然而，赫尔曼所在的地区队伍打算用集体私刑处置犹太学生时，也正是威尔纳利用纳粹学生同盟领袖的权威强行制止了他们。

还没完。直到纳粹夺取政权前不久，威尔纳一直和哈尔巴赫门下的犹太学生加德纳斯交往甚密，赫尔曼好几次目睹他们在大学中庭热切交谈。

威尔纳对犹太人态度暧昧，他的老师哈尔巴赫亦然。哈尔巴赫本就是在弗莱堡大学担任哲学教授的犹太哲学家的高徒，在老师推荐下继任了他的职位。对于纳粹理论领袖阿尔弗雷德·罗森堡[1]科学论证日耳曼民族优越性的人种理论，哈尔巴赫也会时不时提出批判。

---

1 纳粹党最早的成员之一，也是纳粹党的思想领袖，其著作成为纳粹德国迫害犹太人的理论依据。

　　受命监视期间，赫尔曼曾经目击威尔纳亲密问候古腾堡父女，跟他们在街头热烈交谈。威尔纳一定是在犹太学生加德纳斯的介绍下认识他们的。

　　赫尔曼明白，那次侮辱行为跟古腾堡父女并无关系，是爱慕汉娜的哈夫纳的独断妄为。然而，自从知道自己是"天选之人"后，他对汉娜的欲望急剧萎靡，对金发的强迫性观念也逐渐减淡。

　　赫尔曼不再是从前的赫尔曼，汉娜也不再是难以企及的高岭之花。这个女人是容易屈服于权力与荣誉诱惑的种族的一员，身穿褐色军装的赫尔曼则是未来的精英，既然如此，她完全可能在某一天迷上他。

　　然而，汉娜的父亲是个反民族的自由主义知识分子，外婆还是个犹太人，配不上冲锋队干部候选生。就算能选汉娜当恋人，赫尔曼现在的立场也已经不允许他这么做了。

　　哈尔巴赫对待犹太人斗争的态度很暧昧，威尔纳是他的弟子，所以才能在明知汉娜外婆传言的情况下跟这对父女密切来往。

　　赫尔曼开始间谍活动后一年，大学形势出现剧变。一九三四年四月，哈尔巴赫终于被迫辞去校长一职。执着于校内古旧秩序的保守势力和警惕哈尔巴赫过激主义的政府当局纷纷批判其大学改革构想，并最终葬送了它。

　　在哈尔巴赫影响下成立的弗莱堡学生社团也被当局勒令解散。威尔纳败于斗争，心灰意冷，遭到驱逐似的离开了弗莱堡。

　　那年秋天，赫尔曼在教堂广场看到了驼着背独自凄凉散步的古腾堡教授。汉娜好像去立陶宛投奔外婆了。

文化部和大学内的反哈尔巴赫派逼迫哈尔巴赫辞职时，赫尔曼带来的秘密情报起了不小作用。他这番功绩得到肯定，因此获许加入党卫军。此时，希姆莱的党卫军已经确保了第三帝国精英集团的地位。

这是赫尔曼一生的幸运。换作两年后，他肯定入不了党卫军。只有组织急剧膨胀的混乱时期，漂色伪装成金发、身高体格都在正规标准之下的小个子赫尔曼才能混进去。

不久后，赫尔曼被分配到集中营警卫部队骷髅团，离开了大学城。对手威尔纳和扭曲欲望的焦点汉娜都已不在弗莱堡，他对这里毫无留恋。

赫尔曼前往达豪集中营，在联络官鲁道夫·赫斯手下得到集中营官僚应有的全面训练。赫尔曼·胡登堡不断升职，速度让同期加入的每个党卫军成员都羡慕不已。两年前，他终于成为最年轻的集中营营长。

就这样，他渴望成为大人物的少年时代的野心漂亮地实现了。在第三帝国权力机构中，官至考夫卡集中营营长的党卫军少校赫尔曼·胡登堡，乃是大人物中的大人物。

3

办公室门响了。那家伙就在门外。胡登堡不觉伸出舌尖，不安地来回舔舐干燥的嘴唇。必须注意态度，不能向这个有奇妙因缘的男人示弱。他从桌旁慢慢站起，拽着上衣衣摆抻平制服，努力拿出集中营营长的威严，命令门外的部下进来。

门开了。哈斯勒中尉在门口站得笔直，用古板的军人语气汇报："克拉科夫的威尔纳少校到了。"话音未落，个子绝不算小的哈斯勒被推到一旁，一个更加高大的强壮男子登堂入室，毫不客气地把门砰一声摔在哈斯勒鼻尖上。

一双冷若零下三十摄氏度晴空的清澈碧眼淡然凝视着胡登堡。没错，就是他。胡登堡虽有心理准备，还是不禁窝囊地呻吟起来：

"海因里希·威尔纳……"

"您居然还记得我，真是荣幸啊，营长阁下。"

男人把军帽往胡登堡堆满文件的办公桌上随意一丢，嘲讽地回应。他的军装外套好像在门厅交给负责办公室杂务的勤务兵费多伦科了。

他把黑色公文包放到身侧，傲然躺进沙发中央，带得腰带上的短剑一响，又在衣袋里一阵摸索，缓缓掏出支雪茄。胡登堡没有抽烟的习惯，他喉咙太脆弱，扁桃体动不动就发炎，雷吉娜甚至在奥斯维辛宿舍的药草园为他栽培了利咽的药草。营长办公楼禁烟，但他根本没勇气从这个男人手中强行夺过烟草。

胡登堡犹豫地坐上茶几对面的椅子，跟他相向而视。主客颠倒了。这里的主人胡登堡被来者气势压倒，产生了一种身处长官书房的不安情绪。

威尔纳叩响银制打火机——和双剑银橡叶骑士铁十字勋章一样，上面雕着两把交叉的剑和橡树叶，大概是勋章的副奖——点燃细卷雪

茄，板着脸若有所思地缄口不言。胡登堡被这阵沉默压倒，虽然觉得
自己窝囊，还是主动巴结着开口：

"对了，我听说你去了骷髅师，还以为你在俄罗斯战线……"

"战死了？"男人不快地接话，毫不客气地往屋主脸上喷出口烟。

胡登堡一边拼命抑制烟雾诱发的咳嗽，一边迎合地说："一开始
是这样。我以为学生时代的朋友在俄罗斯战线光荣牺牲了，但你还活
着。之后的事我也听说了。你在科赫案里那么活跃，我真是感同身受
地高兴啊。对我这种老实的集中营管理人来说，科赫跟他手下的贪官
都是敌人。"

"赫尔曼·胡登堡，你或许的确不是贪官。但你是汉斯·哈斯勒
的上司，得为他的杀人行为负责。他是个精神异常的虐待狂，是'开
膛手杰克'的肮脏同类。"威尔纳眯起双眼，苛刻地断定。

这是污蔑。胡登堡想。不能容许他如此中伤我的心腹。如果沉默
不语，他说不定还以为我承认了长官的责任。胡登堡绞出浑身的勇气
提出反驳，特意用上礼貌周到的语气，却觉得自己声音走了调。

"哈斯勒中尉是优秀的骷髅团团员，是我的左膀右臂，请你不要
这样污蔑他。摩根调查队已经解散，今天来考夫卡的你不是调查官。
行了，你有什么事？"

威尔纳丢掉雪茄烟头，满不在乎地踩在脚底。胡登堡心中发出呻
吟。扫得一尘不染、擦得微微反光的胡桃木地板，可是集中营营长的
骄傲之一啊。

威尔纳慢慢打开公文包，随手拿出个封得严严实实的信封。

"克拉科夫司令部下了彻底破坏并撤收考夫卡集中营的紧急指令。这是命令书。"

信封扔到桌上。胡登堡压住焦急之情，撕开命令书标签。辖区司令部下的是什么紧急指令？从早烦恼至今的谜题终于水落石出。集中营营长看着命令书，脸色逐渐苍白。

读完后，胡登堡愕然大叫："离最终期限只有三天了！这怎么办得到？"

"敌军昨天镇压了华沙中心，苏军很快也会开始进攻加利西亚地区，克拉科夫司令部认为，他们或许一周之内就会攻到考夫卡周边。三天后撤退，应该勉强做得到吧。"威尔纳事不关己，公事公办地淡淡说。

"可是，彻底破坏集中营设施需要一定的准备和时间，要资材也要人手。考夫卡兵器库没那么多火药能把集中营里的砖楼和水泥楼炸回空无一物的平地。

"所以，去年十月把克拉科夫的犯人转去奥斯维辛时，我才汇报说考夫卡最好也撤收。可柏林的经济管理总部……"

话到最后，成了句抱怨的嘟囔。眼下战况不利，为免进攻波兰的苏军知道"最终解决"的秘密，为了彻底断绝他们掌握证据的可能性，各地灭绝营陆续接到了破坏及撤收命令。

然而，奥斯维辛和位于南波兰加利西亚地区的考夫卡集中营始终没接到撤收指示。希姆莱确信，苏军威胁不到与德国本土西里西亚地区接壤的加利西亚占领地。

考夫卡规模虽不及奥斯维辛和达豪等大集中营，却是座拥有高性能毒气室和焚尸炉等最新设备的"优秀杀人工厂"。希姆莱留着考夫卡，可能是想给预定战后建设的新型集中营提供样板。

胡登堡等来等去都等不到考夫卡撤收的指示，感觉自己被孤身留在敌区，因此心生不安，甚至建议柏林经济管理总部同样撤收考夫卡。

总部无视了考夫卡集中营营长的意见，如今火烧眉毛，倒是又下了个破坏撤收的紧急命令，期限还只有三天。绝对不可能。不管胡登堡是个多优秀的现场官僚，也没法变不可能为可能。

奇妙的是，下撤收命令的是东部地区党卫军警察高级指挥官克鲁格大将。所有集中营都由党卫军经济管理总部管辖，给考夫卡集中营下撤收命令的应该是总部部长奥斯瓦尔德·波尔。胡登堡提出疑问，威尔纳干瘪地回答：

"昨天，克鲁格大将收到了希姆莱长官的紧急文件命令。'敌军接近时，相应地区党卫军警察高级指挥官获得对集中营的最高命令权，全权负责集中营设施撤收事宜'……基于长官命令的这些内容，克拉科夫司令部昨夜决定破坏撤收考夫卡。武装党卫队主要人员会全面协助撤收作业。

"工兵部队已经接到命令，明早会从克拉科夫出发，应该正午前就能到考夫卡。他们都是爆破处理的专家，当然，炸弹之类的必要资材也会用卡车送来。"

听完威尔纳的说明，胡登堡脸上重现生机。他搓着双手，讨好地问："既然如此，这事也能交给你吧？"

"破坏设施可以。"威尔纳没好气地回答。

"毒气室上个月就没运转了。去年开始，重点不再是'特殊处理'犯人，而是把他们当劳动力使用。艾希曼主任在柏林克鲁菲斯特街的办公室里为难着呢。战况不利，所以军需生产才优先于'最终解决'。国家保安总局要求执行'最终解决'，经济管理总部优先军需生产，两边甚至展开了骂战。中央的混乱也影响了现场。

"先不说这个。考夫卡总共还剩下五百个左右特殊劳役的犹太犯人。命令书说不用把他们送到奥斯维辛，那就是要在指定期限内想办法处理掉。这是我的工作吧？"

"对，我负责破坏设施，至于虐杀囚犯，赫尔曼·胡登堡，那是你的工作。"威尔纳不知在想什么，居然说了"虐杀"这个禁词。

见他不以为意地谴责光荣的工作，胡登堡不由得提高音量："虐杀？你好像有误会。"

"没误会。特殊处理、排除、执行……不管用什么官话隐瞒，都抹消不了大屠杀的事实。你是肮脏的杀人专家，奥斯维辛的优秀联络官，得到了赫斯营长的推荐，可喜可贺地当上了新设集中营考夫卡的管理人。你负责杀了多少犹太人？五万，十万，还是更多？"

"'最终解决'是元首决定的最高政策。你难道想无视国家要求的神圣义务？"胡登堡挺直背脊，威严地反驳。

威尔纳吐出烟雾，眯着眼回答："'最终解决'才是无与伦比的欺骗。你知道吗？目击杀戮现场时，'最终解决'的最高负责人希姆莱差点因为贫血晕倒。"

"胡说。这怎么可能？！"

"当然可能，这是事实。"

"骗人！你撒谎！"听见有人用不可饶恕的话侮辱自己敬畏的党卫军长官，胡登堡不由得大叫。

"我认识个发疯自杀的别动队士官。他是个实习法官，被海德里希煽动，觉得自己身负民族使命，志愿加入了本可以不去的虐杀部队。他原本是个对什么都很谨慎的法学家，就是他看到希姆莱差点晕倒的。"

当时，希姆莱在前线视察明斯克的刑场。两百多个无力抵抗的犹太人当着党卫军长官的面被赶尽杀绝。希姆莱听了几个小时枪声和临死惨叫，看见血流成河，凄惨的尸体堆积成山，脸色一片惨白。如果没有参谋长卡尔·沃尔夫扶着，他大概已经受惊昏厥。

希姆莱好不容易振作精神，用一副苦恼负责人的认真语调对排好队的别动队队员说："你们应该知道，我并不喜欢这种残酷的任务。但是，不管任务多么严苛，你们都必须完成。"

杀戮部队那个青年士官负了伤，跟威尔纳住进同一家医院。他的神经疾病比肉体更重。为了逃离噩梦，他变得酗酒并因此患上肝硬化。他被幻觉俘虏，几乎每天深夜都会发出恐怖的惨叫，从床上蹦起来。

这个讲述希姆莱明斯克逸闻的青年还说："我们必须杀了那些人，但看见他们的脸就扣不动扳机，所以，我们让他们跪下，从背后射穿他们的脖子——可结果还是一样。各种脖子在我幻觉里飘来飘去，突然就被子弹打得皮开肉绽，满是鲜血。"

一个闷热的夏夜，这名士官从医院屋顶跳楼自杀了。

"总之，希姆莱腿软了。"威尔纳翘着唇角嘲讽。

"侮辱希姆莱长官，你觉得自己还有权利把骷髅章别在衣领上吗？侮辱党卫军长官就是侮辱元首！"胡登堡盛气凌人地高喊。

"你说胆小鬼阿道夫？我从没信过那个男人。你潜进我们社团当间谍的时候，不也喊过'阿道夫想背叛革命'？"

身穿制服，戴着骷髅和如尼字母S徽章的第三帝国精英军人居然会说这种话。胡登堡愤慨不已，继续谴责："那你为什么要宣誓效忠希姆莱长官，为什么要加入党卫军？"

威尔纳看着胡登堡，轻蔑地皱起眉头，嘲讽地回答："冲锋队被肃清，国民社会主义革命遭遇了悲惨挫折。哈尔巴赫校长辞职，罗姆受刑后，我离开了大学。这你知道吧？

"说实话，我其实是被明里暗里的压力赶走的。再在弗莱堡待下去，我大概会被当成罗姆一系的过激派抓起来，还可能送去你刚当上狱卒的达豪集中营。

"既然如此，不管希特勒和希姆莱有什么阴谋，我都必须决意为祖国赴死。我退学后志愿参加了国防军，是从国防军被选去武装党卫队的。希姆莱军队里尽是不懂战争的门外汉，严重缺乏受过训练的职业军人。因此，大量优秀的国防军士官被编入了武装党卫队。

"我虽然看不惯希姆莱那个混蛋，但也没法违抗命令。我被任命为新的党卫军军官，编入骷髅师，去了俄罗斯战线。

"之后发生了什么，你应该也知道。我负伤回到后方，痊愈后参加了协助摩根法官揭发集中营腐败的任务。后来，希姆莱下令解散调查队，我半年前调到了东部辖区司令部。

"我希望在前线工作，却遗憾地做了个文职。但我觉得区别不大。要不了多久，德国全国都会变成战场，再也没有前线后方的区别。战争已经——不，是一开始就注定会败北。在希特勒背叛革命的瞬间，这已经成了定局。"

"战争注定败北？！"胡登堡失神大叫，随即自重地压低了声音，"你胡说什么？看在学生时代老朋友的分上，我就不追究你的暴言了。我可不忍心看到老朋友被捕被枪毙。"

威尔纳面露嘲笑地回答："你大可把我说的话告诉盖世太保，但又有谁会信？我可是俄罗斯战线的英雄，是荣获骑士铁十字勋章的武装党卫队红人军官。

"克鲁格大将想让我当副官，正在跟柏林人事部交涉。他听说总部轿车全派去前线视察，今天还让我坐他的专车过来。东部辖区的党卫军警察高级指挥官就是这么爱海因里希·威尔纳。

"胡登堡的批判简直难以置信，这个集中营官僚害怕自己的渎职贪污曝光，所以才这么敷衍地污蔑我——我会这么反驳。到时候，你觉得克鲁格信我还是信你？"

"你不用威胁我。我说了，我不会把你的反国家言论暴露给第三者。别说这些了，我想知道你的心里话。你真觉得战争会败北？"

"当然。阿登战役大败，变成废铁的虎式坦克和德国官兵尸体堆积如山——西部战线已经崩溃，斯大林随时可能下达总攻命令。

"要不了几天，东部防御线也会分裂崩溃，几百万敌军会从东西两面攻进德国本土，大概不到夏天就能分出胜负。你还相信戈培尔在电台里鼓吹的梦话，觉得我们能打胜仗吗？"

面对威尔纳的嘲笑，胡登堡暧昧地摇了摇头。威尔纳确实是个情报通。站在他的立场上，轻易就能获知汇报给克鲁格大将的极密军情。但是，德国可能败北吗？

胡登堡心底有所动摇。

德国不可能输。他逼自己思考。战况确实不利。与三年前西至大西洋、南至北非、东至莫斯科郊外的镇压形势相比，德国现在的确被敌军所压制。然而，西、南、东三面的前线都和上次大战近似，而在上一场大战中，德国凭这种状态持续激斗了足足五年。

如此想来，倒不用特别在意被压制的形势。就算失去占领地，只要死守德国本土国境，元首不久就会开发出带来应许之胜利的新兵器。战局会再次逆转，德国会成为最后的赢家……

然而，胡登堡胸口还是有种消化不良般的沉重压迫感。如果苏军真的步步紧逼，别说考夫卡，连奥斯维辛也不安全。假如这只是威尔纳在吓他，那该有多轻松啊——可是，预测苏军总攻的是克拉科夫司令部，是军队总参谋部。破坏撤收考夫卡集中营的紧急命令就证明了这个事实。

到时候，奥斯维辛宿舍里的妻女会怎么样？他宁愿相信她们会得救。长官赫斯应该会保护胡登堡妻女的安全，一定会把她们平安送到柏林。敌军绝不可能一年半载就攻到首都柏林。先冷静观察事态，之后再想未来的事。没错，就这么办……

威尔纳抽完第二根雪茄，用长靴鞋跟碾碎烟头，正面凝视烦恼重重的胡登堡，低声说：

"对了，有件事想问你。"

"什么？"胡登堡声音发颤，心想终于来了——威尔纳要追问自己让女囚当情妇的事了。

"硬要说的话，是哲学问题。这事在大学还挺出名。你被哈夫纳侮辱，把手套摔到他脸上要求决斗，结果却没去决斗现场。你怕死，所以跑了。我不觉得逃跑有问题，这根本无所谓。

"我想知道的是，在你心中，这三样东西有什么关系？第一，逃避决斗的自己，也就是拒绝面对死亡可能性的自己；第二，加入党卫军，宣誓为祖国赴死的自己；第三，担任集中营营长，堆起几万人尸山的自己——立场大概能整理出这三种。

"第二和第三种之间看似没有矛盾。你宣誓效忠希姆莱，所以听他命令行动。然而，再多思考一些，就会发现矛盾只是藏起来了。有的人觉悟为民族尊严赴死，决意通过领先并面对死亡可能性来实现究极自我，对他们而言，'最终解决'政策强加的现实就是矛盾。

"我的朋友陷在第二和第三种立场的深渊里，跳楼自杀了。这只是因为，除自杀之外，他想不到方法能解决这种矛盾带来的苦恼。

"这样看来，第一和第三种立场的关系反倒和谐。只有不思考自己死亡可能性的人，才不会严肃思考庞大的他人之死。不过，在这种情况下，为祖国荣誉赴死的第二种立场会蒸发到什么地方？

"我彻底思考过这三种立场的和谐与矛盾，也算得出了结论。我想知道你的看法。"

原来不是追问犹太情妇的事啊。听了威尔纳的话，原本担心不已的胡登堡松了口气。他不擅长哲学，但似乎能回答威尔纳的提问。十年间，他也彻底思考过这个问题，对结论有信心。

"海因里希·威尔纳，你在俄罗斯战线拼死战斗，是个配得上双剑银橡叶骑士铁十字勋章的战士。所以你才想问这些问题吧。我这种待在后方、不用冒生命危险的人，你大概看不顺眼。

"但你误会了。你死去的别动队朋友引用过希姆莱长官的演讲，听那句话就能明白，我们的任务很残酷，却必须忍受这种残酷。"

"你的意思是，我的朋友没你勇敢，没你坚定，所以才忍受不了残酷，因此毁灭了？"

"不。我是说，他大概不知道，也没必要知道残酷的真实含义。"胡登堡谨慎回答。讲述真实必须冷静，必须选用不招致误解的适当言辞。

"这话怎么说？"

"死亡——至少你和哈尔巴赫教授所想的那种死亡——不存在于任何地方。哈尔巴赫教授在讲座中强调，死是不可超越的可能性，或许确实如此，畏惧死亡时，他还没有死；实际死亡时，他已不能畏惧死。意识到死亡时，死并不存在；死亡存在时，已不能意识死亡。总之，人追不上死亡。哈尔巴赫教授说，这就是人类有关死亡的存在结构。

"可是，果真如此吗？某种意义而言，我是个死亡专家，教授见过的尸体肯定没我见过的多。而我觉得，人不能超越自己的死亡。不仅如此，死亡还根本不存在，哪都找不到。你之所以勇敢，是因为你对这个真理多少有自觉。我只能这样想。

"我害怕决斗而逃跑，逃避的却并非死亡可能性。我是在拒绝一种错误观念，一种把死——大写的死奉为特例，并将拥有它的人视为特权存在的观念。死的特权化才是恐惧的源泉，我党和祖国清楚掌握着这个秘密。死并不存在，所以我才会逃避决斗，所以就算把几万个犯人送进毒气室，我也不会像你朋友一样发疯——因为死不存在啊。

"这和死的觉悟，以及只能通过死亡证明的绝对忠诚相矛盾——你是想这么说吧。并不矛盾。曾经，元首的话让我决定志愿参加冲锋队，那番话暗示我一个真相：为死亡烦恼是最愚蠢的消遣。"

室内响起大笑。听着威尔纳肆无忌惮的笑声，胡登堡不悦地皱起眉头。

捧腹大笑的威尔纳终于喘匀了气："哎呀，这笑话太棒了，没想到你也有幽默感。世上没有死，人类死不了？赫尔曼·胡登堡，你发明了超越哈尔巴赫实存思想的新哲学啊。不过，你要怎么用这种新哲学解释被你在毒气室杀掉的数万犹太人的尸体？"

"麻烦你别小看我。我读书的时候是没你优秀，因为太难，哈尔巴赫教授的著作我也没读完。办实事的人不需要哲学知识，但这是我认真想出的结论，绝不是笑话。

"世上没有死，人类死不了——这结论可能确实很难接受，却是无法否定的事实。很遗憾，我不会用你那么复杂的词语，否则，我应该能说得更准确一些。"

"不，我已经明白了。既然没有死亡，人就不可能被杀，就不可能有杀人犯，连灭绝营的营长也不可能是杀人者。很讲逻辑，很有说服力。唯一的瑕疵，就是忽略了死亡在这种情况下仍然存在的事实。

"哈尔巴赫可能会说，如果没有死亡，人类就不可能不安。不安是无人可免的基本感情，再乐观的人都会突然不安，而这正是因为他逃不出人都会死这个严肃的事实，正是因为他在不自觉地努力，尽量不去思考或许明天就会死的可能性。"

我也有不安。胡登堡想。想到犹太情妇一事暴露后可能会被赶去战场就不安，想到妻女可能会被伊利亚·莫查诺夫一类的野蛮俄军抓住，就会不安难耐。然而，他并不觉得这种不安是隐藏死亡可能性的结果。

世间存在的是痛苦，任何地方都没有让人成为人的特权经验的死。就算畏惧精神和肉体的痛苦，为这种可能性感到不安，也并非是在畏惧死亡。这和自己死亡可能性所致不安造成的难耐痛苦并不相同。

赫尔曼·胡登堡同样迟早会"死"。这只是自己会消亡的平凡事实，消亡本身并无哈尔巴赫赋予的那种重大含义。身为人类，自然会期待消失时尽量不痛苦。

尽量减轻死亡的痛苦，化死亡为单纯的消亡——这是胡登堡的崇高理想。哈尔巴赫爱好的大写之死必须回归为单纯的消亡之死，病态夸大的死亡观念必须还原于平凡的死亡事实。

为此，胡登堡废寝忘食地设计了效率高于"最终解决"至高命令要求的毒气室，不惜用尽匮乏的资材，也在考夫卡把它建了起来。对囚犯来说，毒气室之死是预料外的突然之死，又或连死都不算的瞬间消亡。

威尔纳大概觉得，他是想逃避杀了人的自己，所以才诡辩说死亡不存在。这是严重的误会和污蔑，但威尔纳根本没打算发现真相。

胡登堡厌烦而严肃地说："死亡并不存在，这是国民社会主义的深远教义，我大胆断言，你和你的别动队朋友，甚至哈尔巴赫教授都不可能理解它。我积累了许多不能说的经验，现在才能如此确信。"

威尔纳耸耸肩，一脸瞧不起人的表情。胡登堡大感屈辱，生出一种展示决定性证据的冲动，又使尽浑身解数抵御了这种诱惑。

如果能举出那两个例子，想必傲慢的威尔纳也会瞬间脸色铁青。头一件，是哈尔巴赫目击"最终解决"现场时的态度。德国伟大的哲学家几乎是在害怕。这位思想家号称彻底思索过死亡，怎么还会在堆积的平凡之死面前战栗？胡登堡目睹了伟大死亡哲学家对现实之死的彻底无知，看清了他窝囊的门外汉本质。第二件，是那个女人得知儿子死讯后的态度。

不过，不管哪个秘密，胡登堡都绝不能说出口。虽然很遗憾，但他只能放弃用实例粉碎威尔纳的傲慢，否则可能节外生枝。

片刻后，威尔纳好像厌倦了哲学问答，务实地说："天黑之前，我想视察一下明天要爆破的设施。"

"那我让哈斯勒中尉带路。晚饭七点开始，考夫卡所有军官都会热情招待你……哈斯勒中尉！"

听见胡登堡的呼喊，在门外待命的党卫军中尉现了身，干净利落地问："营长，有何指示？"

"带威尔纳少校视察集中营设施。少校想去哪儿，你就带他去哪儿。"说着，胡登堡压低嗓门，用威尔纳听不到的音量小声说，"但绝对别让他靠近女人的小屋，明白吗？"

必须拦着他。如果威尔纳见了那个女人，胡登堡就完了。她在弗莱堡度过少女时代时就跟威尔纳交情不浅，见面时还会亲密问候。假如威尔纳知道老友成了集中营营长的情妇，一定会拼死告发他。

毕竟，威尔纳曾在担任摩根副官时将科赫送上处刑台，他如果豁出一切，真不知会做出什么事。这家伙一边露骨地大吐反国家言论，一边狡猾地讨克鲁格大将欢心，根本就是只护尾巴的狐狸。

暮光早早照进窗户，透过蕾丝窗帘，可见三个男人的身影。纷落的小雪中，威尔纳盯着汽车后备厢，哈斯勒在一旁跟他说话。

跟威尔纳来的下级军官在稍远处待命。长官和胡登堡会谈时，开梅赛德斯S的施密特中士一直在门边小屋等候。

明天开始处分残留囚犯。这五百个在饥饿线上勉强存活的犹太人全是选来做特殊作业的，不可能像货车运来的犯人那样高效送进毒气室。不过，这正是看胡登堡本事的时候。

毒气室处理四百五十人，让剩下五十人做完清理工作后挖好自己的坟墓，然后枪杀。一天足够了。仓库堆放的物资用卡车运，金块、宝石、现金等贵重物品优先，体积大价值低的就废弃。

那个女人也混在犯人堆里送去毒气室。四百五十人里多一个人，威尔纳不可能发现。这样一来，胡登堡滥用职权的活证据就会成为焚尸炉的烟，消失得一干二净。

胡登堡又喝了一杯白兰地，恍惚忆起汉娜·古腾堡乘囚犯列车抵达的命运之夜。温热液体灼烧喉咙，滑入胃底。他怎可能按规矩送她去毒气室？他越是强逼自己死心，越是压抑欲望，脑中汉娜的清纯美貌就越鲜活。

十年过去了，青春时代始终憧憬渴望的金发女人彻底成为无力的存在，蹒跚来到胡登堡眼前。汉娜在父亲的安排下逃往安全地带，但在对苏战役中，德国占领了立陶宛。

汉娜在立陶宛结了婚，生了儿子。她没提过丈夫，胡登堡也不想知道，大概是死了吧。盖世太保的犹太人狩猎行动远及占领地立陶宛，偶然之下，汉娜和十岁的儿子被送到了胡登堡担任营长的考夫卡集中营。

第七章　鮮血饗宴

1

无数雪粒在强风吹拂下狂舞，寒冷的北风几乎夺走全身体温。党卫军中尉哈斯勒一边用皮手套下的指尖撇落冻住睫毛的雪粒，一边想着今晚大概要下暴雪。新雪已给营长宿舍宽广前庭里的花坛、长椅和树篱施上一层淡妆，砂路上也积起了薄雪。

"少校阁下，您想从哪开始看？"

脚下冻砂嚓嚓作响，哈斯勒转过头，彬彬有礼地询问目中无人的可恶长官。他在努力掩饰内心的反感。这混球虽然讨厌，但上级毕竟是上级。

继十二月随克鲁格大将前来视察后，威尔纳已是第二次从克拉科夫司令部来考夫卡了。哈斯勒初次见面时就很讨厌他。

"重点是监视塔、士兵宿舍、兵器库、发电所。对了，监视兵几点吃晚饭？"威尔纳随口回答。他打开梅赛德斯的后备厢，正在检查虽旧却结实的黑色大皮包里的东西。

男人军装下的后背散发出拒人于千里之外的威严气息，还是别从旁偷看他在检查什么为好。他手下的施密特中士在车旁等待长官指示，军帽和军用外套都被雪打湿了。

"七点。除了有警卫任务的，德军和乌克兰兵都会在各自食堂集合。需要我帮您把包送去客房吗？"

哈斯勒中尉想展现自己机灵的一面，威尔纳却翘唇露出刻薄的微笑，沉默地摇摇头，像在说"不用了"。

确认没有异常后，威尔纳无言地点点头，关上后备厢上好锁，瞥了一眼手表。

"还有时间。两间士兵宿舍的食堂我都想看看。先视察正门，然后去士兵宿舍。"

"毒气室和焚尸炉呢？"

"明天再说。"威尔纳少校一边戴皮手套，一边索然地回答。

根据胡登堡营长的简单说明，撤收考夫卡集中营的命令终于到了。苏军进攻迫在眉睫，这是不得已的决定。毕竟，考夫卡距维斯瓦河防御线不足三十公里，前线还算理想的状态虽从秋季持续至今，但若敌军攻破前线，第一个攻击的可能就是考夫卡集中营。

克拉科夫司令部派来的威尔纳少校明天就会指挥工兵队爆破集中营设施。如果他视察是为了明天的工作，怎么尽关心些奇妙的地方？兵器库和发电所倒罢了，居然还要特意视察士兵宿舍食堂。这男人究竟在想什么？

很明显，灭绝营的核心设施是毒气室和焚尸炉。为了隐藏"最终解决"的真相，必须在敌人发现前彻底破坏集中营这些主要部分。除此以外，士兵宿舍和囚犯棚屋也好，工厂和仓库也罢，都是被敌军完好占领也出不了什么问题的普通设施。

然而，威尔纳对毒气室和焚尸炉无甚兴趣，偏要先看士兵宿舍食堂。这不像爆破处理专家的想法，反而更像来视察警卫兵福祉情况的经济管理总部负责人。考夫卡集中营明天就要从地面消失，看这里的福祉设施有什么意义？

不过，胡登堡营长指示，按威尔纳的要求给他带路。虽然不知道他在想什么，但只要不接近那个犹太女人的小屋，先去士兵食堂也没问题。

哈斯勒穿过树篱夹道的砂路，带两名客人前往集中营中央广场。威尔纳少校和施密特中士跟着带路的哈斯勒前行，在小路逐渐积起的新雪上留下了脚印。

广场中央高耸着监视塔，西侧灌木丛后是军官活动区，他们刚刚待的营长宿舍就在这里。中央广场东侧是三栋仓库和巨大的工厂，在纷落的雪中，建筑看不太清。

仓库是港口就能看见的那栋砖楼，里面放着从犯人手里抢来的各种物资。工厂是栋用松木搭成的坚固大楼，阴森仿若乡村小学校舍，关着几百个被迫劳动的专业皮匠、鞋匠、裁缝、珠宝匠。

仓库背后是寒酸的囚犯棚屋，一共六间。享有特权待遇的囚监的几间小屋，简陋的囚犯伙房、厕所和洗脸设施围绕搭有绞刑台的点名广场而建。工厂和囚犯棚屋都被铁丝网栅栏围得严严实实，除工作时间外，犯人昼夜都不得离开指定区域。

工厂背后，一座气氛阴暗的大烟囱水泥设施耸立在堆炭场、菜园、工具棚和肥料厂之间。这座构造物里有焚尸炉，背后则是灭绝营的核心设施，砖造"杀人工厂"。考夫卡集中营全盛时期，这里每天都能"处理"上千名囚犯，是胡登堡营长引以为豪的新锐设施。

这座砖楼看似仓库，一扇采光的窗户都没有。建筑正面是足以容纳上百名囚犯的巨大脱衣间，四壁搭了几层放衣服和随身物品的木架。

脱衣间铺了木地板，通往毒气室的宽走廊则是水泥地。无窗脱衣间和走廊的光源都只有高耸天花板上垂下的几颗电灯泡，周围充满阴森的淡薄黑暗。

从脱衣间沿走廊向内，只见伪装成浴室的毒气室大门分列左右。水泥墙很厚，镶着钢化玻璃小窗的钢铁隔断门也极其坚固。这种结构彻底隔绝了大量犯人死于氰酸气体时的呻吟和惨叫，走廊上的人什么也听不见。

毒气室正对列车站台。挤在货车里抵达考夫卡的犯人首先会在站台旁广场上分为大小两队，以适合强制劳动的特殊技能人士和壮年男子为主的小队被赶往囚犯棚屋中央的点名广场，分成各种作业班，从此由作业班班长，也即囚监管理。

大队里的老人、儿童、孕妇、病人注定一死。他们听命把随身物品和衣服留在脱衣间，只带贵重物品，就这样被送进毒气室。尸体则直接从后门运到焚尸炉。

不论是安抚刚到的囚犯，带他们去毒气室，还是高效处理尸山，都是被选为作业员的囚犯的工作。

选为作业员的囚犯和注定刚到就被送去毒气室的囚犯几乎全是犹

太人，但特殊作业员还是会努力工作。为避免恐惧的囚犯意识到几分钟后就将逼近被虐杀的命运，作业员像哄小孩那样温柔地安慰他们，引诱他们从脱衣间踏上走廊，再从走廊迈进毒气室。

要把囚犯赶进毒气室，最佳道具并非负责监视的骷髅团团员的冲锋枪和皮鞭，而是同为犹太人的老犯人的绝妙演技。他们真心同情又饥又累的新犯人，诚心诚意地安慰他们，让他们冲个热水澡，洗净满是污垢的身体。

如果采取暴力强制，大群犯人就会陷入不可收拾的恐慌状态，接着开始绝望反抗，十几二十个警卫兵没那么容易镇压得住。除非用无差别枪击堆起尸山，否则不可能解决囚犯暴动。暴动是不可饶恕的丑闻，如果真出了事，"杀人工厂"的作业效率就会遭到致命打击。

囚监达索那种被选中做特殊工作的犯人，为什么能心安理得地欺瞒自己的犹太同胞，不断上演谎言？虽然他们并不相信自己能保住性命，但仍抱有一丝幻想。

集中营中央广场南侧是德军和乌克兰兵的隔断型长条宿舍、附属食堂、粮仓、医院和管理办公室，北侧是一座略高的山丘，山脚下是停放卡车和作业车的木造车库。从车库旁的坡道往上，则是发电所、兵器库、水井、供水塔等设施。供水塔下方，悄悄蹲着一间小砖房。

按威尔纳的指示，他们先在正门周边走了一圈。大门左右是一号和二号监视塔，塔下是警卫兵值班室，右侧监视塔旁还有医院。

施密特驾驶梅赛德斯开过的营内中央道路笔直延伸，从囚犯棚屋和仓库之间经过，在肥料工厂前左转，再通过仓库和工厂的间隙延向中央广场。自中央广场向北，在山丘前进入向西延伸的砂路，就到了营长宿舍等军官宿舍所在的区域。

沿柏油路从广场走到正门，再返回广场。按来客要求视察广场南缘的德军及乌克兰兵宿舍和附属食堂，然后登上广场中央耸立的三号监视塔。这是营中最大的监视塔，能把集中营尽收眼底。

登上设有机关枪和探照灯的屋顶后，哈斯勒率先离开三号监视塔，向兵器库所在的北侧走去。雪花纷落，两名客人沉默地迈步。

视察完广场北缘小丘上的设施后，今天的工作就该告一段落，得回营长宿舍了。虽然才五点，距军官团晚宴开席还有时间，周围却已经浸入深冬黄昏沉闷的光芒。雪势渐强，集中营不久就会锁在暴雪所致的黑暗之中。

在这一带引路必须慎之又慎。哈斯勒中尉登上积雪打滑的斜坡，沉默地再次跟自己确认。从登山口到丘顶一般需要四五分钟，陡坡左右是茂密的丛林，途中四处横放着防止山土崩塌的圆木。

爬到顶端，左手边是树丛，尽头是兵器库，兵器库西侧是发电所，再往东一段是供水塔，塔下有间小砖房——正是胡登堡营长严令不得让客人靠近的犹太女人的小屋。

对于胡登堡营长私养犹太情妇一事，哈斯勒并不想做任何评判。营长很能干，却是个不知愉悦手段的平庸凡人。但我不同，他想。

奥斯维辛集中营的赫斯营长让胡登堡坐上了考夫卡集中营营长的交椅，只要不惹胡登堡营长不快，自己必定也能继续加官晋爵。想在几年后官至集中营营长，必须有胡登堡长官作为强力后盾。为此，自己必须始终是考夫卡集中营营长最得力的部下，不能有任何闪失。

胡登堡营长大概担心克拉科夫司令部知道犹太情妇的存在，既然如此，巧妙处理这个问题，就是联络官显身手的时候。如果能在女人这事上卖营长一个人情，说不定就有了张关键底牌。

幸好，威尔纳指定视察的是兵器库和发电所，并不包括供水设施。先看兵器库，再看发电所，然后直接回营长宿舍。在兵器库和发电所位置只能看见小屋西侧，屋子后窗有铁栏，内部还牢牢钉着结实的板窗。正常来说，威尔纳根本没机会见到那个女的。

登上广场北缘山丘后，首先映入眼帘的就是兵器库。哈斯勒命令警卫兵开了门。库内兵器不多。除营长外，驻扎考夫卡集中营的骷髅团只有八名军官、二十一名德军、二十六名乌克兰兵。

军官比例大于士兵，是因为集中营内各种管理业务的比例大于军事作战工作。兵器库里只有若干步兵小队规模的便携火器、后备弹药、炸药和导火线，但也足够杀光掀起绝望暴动的瘦弱犯人。

当然，考夫卡集中营成立两年有余，从没出过囚犯暴动之类的丑闻。这是因为营长有本事，却也不能忽略囚犯管理现场负责人哈斯勒联络官的功绩。哈斯勒中尉的"死亡纪律"在考夫卡全体囚犯心中敲实了一个恐惧的楔子，没有一个人例外。

"夜间兵员怎么配置的？"威尔纳问。

"晚上七点以后，兵器库一人，正门周边四人，三座监视塔分别两人、两人、三人，合计七人，囚犯宿舍周边三人。剩余四十人七点起在各自食堂吃晚饭。晚上三班倒，十五人规模的警备持续到早上四点起床时间。犯人完成当天工作后关进铁丝网栅栏封锁的区域，由囚监监视。这套警备体制从没出过问题。"哈斯勒自信满满地回答。

考夫卡集中营的警备体制完美无缺，外人挑不出毛病。哈斯勒信心十足，威尔纳却若有所思地忽略了他的态度，面无表情地点点头。

接着，哈斯勒带两名客人看了兵器库旁边的发电所。视察结束后，三人离开这间放着大型发电机的小屋，出门就看见一群疲惫不堪的犯人如幽灵般走向下山口。除领队的囚监和前后两名乌克兰兵之外，所有人都在被纷落小雪沾湿的衣服里冻得手脚僵硬，摇摇晃晃地蹒跚而行。

供水设施上周出了故障，他们奉命前来修理，交替下井，从早至今都浸在冷水里。

一个疲惫不堪的犯人脚下踉跄，抱着沾满泥土的大簸箩倒在哈斯勒脚边。他细得一手就能捏住的青黑色脖子满是皱纹，诡异凸起的喉结正在痛苦痉挛。他瘦得让人无法直视，一副躯体仿佛干瘪的皮肤贴在骷髅上。

哈斯勒本能地做出了反应。他口出咒骂，抬起沾满积雪的长靴，脚尖踢在男人脸上。囚犯本在挣扎起身，结果却发出悲鸣，被踹倒在踩乱了的雪地上。

在乌克兰兵皮鞭和枪口的驱逐下，囚犯队伍缓缓走向下山口，将倒霉的掉队者抛在雪上。哈斯勒中尉盯上的牺牲者不可能活着回棚屋，一定会被残虐的制裁折磨至死。监视兵和囚监都熟知此事，队伍末尾的男人却还是独自离开同伴，茫然地站在原地。

午后下起的小雪越来越密，天冷得几乎冻住湿透的囚服。主动离开行进队伍的男人和倒地的囚犯穿着同样的衣服，身材同样消瘦，同样剃着寸头，却仍有不同之处——虽然微弱，但他眼中还有感情。

哈斯勒的注意力离开地上浑身是血、奄奄一息的白发男人，转向前方呆立不动的男子。这些犹太人居然为了和自己的同胞同生共死而离队？既然如此，那就遂了你的愿。

哈斯勒向枯木般的犯人伸出手，眼角突然浮现威尔纳的身影。前面好像有什么引起了他的注意。哈斯勒不自觉地追随党卫军少校的视线，为意料外的景象惊愕不已。

雪幕那头，供水塔下的砖房若隐若现。后窗有人影，是那个女人。那是胡登堡营长严令绝不能让客人靠近的小屋，后窗的人影一定是被监禁的犹太女人。

脚下发出濒死呻吟的犯人和旁边站着的男人，瞬间都离开了哈斯勒脑海。兵器库到供水塔下小屋有三十米，傍晚视野本就不好，何况现在风雪交加。就算威尔纳发现了窗边的女人，也不可能看清她的脸。不过，既然营长下了严命，就不能放任不管。

但哈斯勒不能朝女人怒吼，也不能涉雪冲到小屋窗边。威尔纳可能只是随便看看周围的风景，必须让他的注意力离开小屋。哈斯勒揪住犯人衣领是想拧断他脖子，现在却把他推进雪地，若无其事地走向小屋。

行走时，他自然而然地用后背挡住威尔纳的视线。总之，一到目的地就让那个女人看看自己足以吓停她心脏的恐怖表情，赶她离开窗边。

只能这样了。然后再找个合适的借口，劝威尔纳早点回营长宿舍。不能再让他靠近小屋一步。原来板窗一直关着，怎么偏偏今天开了？

对了，都怪那个犹太人。山丘上很少见犯人，今天是偶然带了一队来修供水设施。女人肯定是听见陌生的犯人惨叫，疑心出了什么事，所以打开了一直紧闭的板窗——总而言之，是哈斯勒的失策。

兵器库正面的砂路延向东方，小路正前方可以看见小屋后窗。小路在距后窗约十米处南拐再东拐，在南侧绕小屋半周，来到东面门前。

哈斯勒在第一个拐角离开小路，笔直走向后窗，长皮靴把积雪冻住的枯草踩得咯吱作响。他偷偷望向背后，幸好，威尔纳和施密特没跟来。自己可能是杞人忧天。

打算保护同伴的囚犯站起来，经过威尔纳身旁，蹒跚走向倒在地上白发染血的男人。擦肩而过时，威尔纳和囚犯似乎说了什么。大概是党卫军军官在威胁傲慢的犯人，害怕的犯人则拼命谢罪，求他放过自己。

哈斯勒的视线回到小屋，只见结实的板窗已从里面关牢。应该是犹太女人看见他接近后关上的。他走近小屋，伸手探进铁栏之间推了推板窗。窗户纹丝不动，像是反锁了。

哈斯勒安下心来，回头看向兵器库。离队的囚犯扶起浑身是雪的同伴，架着他走向前来迎接的囚监。最终，由于营长限制哈斯勒行动的命令，两个犯人捡了条命。

2

女人无视胡登堡的声音，挂掉了电话。胡登堡狠狠叩下听筒架，转动拨号盘，却始终无法接通。女人大概没把听筒放回原位。

考夫卡集中营营长因焦躁和无处发泄的愤懑而双肩颤抖，却还是安静地放好了卧室电话的听筒。挂钟指针指向六点过。

据集中营营长指示，犹太女人小屋装有内线电话。不过，女人不得主动致电主人，打电话的总是主人胡登堡。

然而，女人却不畏惩罚、不以为意地给胡登堡打了第一个电话，用失去感情的声音发出胁迫的话语。难以置信，怎么回事？饶不了她。

因精神疲劳郁积而失眠的夜晚，胡登堡会从卧室给女人打电话。不管凌晨一点还是两点，他想叫女人就能叫。只要叫醒在宿舍兼任警卫的勤务兵费多伦科，命令他带女人来卧室就行。

单凭权力拥有肉体尚且不够，还必须拥有女人的灵魂——当然，靠的不是爱，而是冷酷的力量。爱谁是各人灵魂的自由决定，哪怕皇帝的绝对权力也无法干涉。就算肉体被控，灵魂始终自由——有些人是这么相信的。什么爱，什么灵魂的自由，统统喂狗去吧。在这里，灵魂自由没有生存空间。

汉娜罔顾犯人身份，给主人卧室打电话时，胡登堡正为哈斯勒中尉的报告心生动摇。那小子居然说，威尔纳可能透过小屋后窗看到了汉娜的脸。

他害怕的事随时可能发生。汉娜·古腾堡是威尔纳的老朋友，就算在下暴雪，就算相隔甚远，他应该也能认出她。虽然已经过了十年，那女人几乎还和少女时代一样漂亮。

威尔纳肯定对关在小屋里的女人有兴趣，说不定明天就会去见她。胡登堡没法凭职权禁止。爆破处理负责人有权进入集中营任何地方。

汉娜是不是也发现威尔纳了？如果是，她就有理由打电话。如果没出什么大事，她不可能威胁胡登堡。

胡登堡从办公桌抽屉取出党卫军军官短剑，系上剑带，拿出卧室衣柜里的外套穿好。

不能让那女人乱来，否则自己就完了。他看看挂钟，快六点一刻了。还有时间让她认清自己的身份。

他想按计划在毒气室里一起处理女人和众多囚犯。如果可能，他不想考夫卡集中营在威尔纳滞留期间闹出谋杀案。然而，如果女人的反抗意志和她在电话里说的一样顽固，他就必须在今晚做个了结。就算解决掉女人再回来，他也完全赶得上晚宴。

为免发出声响，他十足小心，悄悄推开书房门。军官们刚开始在深处大厅集合，厅里传来他们的谈笑声。走廊刚巧空无一人。胡登堡蹑手蹑脚地走出宿舍大门。应该没人看见他外出。

从宿舍到女人小屋要十五分钟，来回半小时。加上处理女人的时间，七点前也完全回得来。他对部下下了严令，叫他们七点前别来书房。

如果能在晚宴开始前神不知鬼不觉地回到书房，就算女人的尸体被发现，嫌疑也落不到胡登堡头上。他会告诉威尔纳，自己一直在书房工作到七点。如果找不到凶手，这件事就会混在整治骚乱里不了了之。

杀了女人可能会招致威尔纳怀疑，但如今苏军攻击迫在眉睫，他就算回司令部大闹，上级也不可能正式立案。只要没人看见胡登堡去女人小屋，作案就是完美的。

货车抵达考夫卡时，女人带着个八岁左右的男孩。少年相貌端正，很像母亲。为救儿子性命，女人拼命哀求胡登堡，愿意答应他一切要求。

在卧室里，不管受命做出多么屈辱的行为，女人都忍了下来。因为她相信，只要舍弃女人的羞耻心，玷污自己的尊严，甘于奴隶的境遇，就能勉强保住儿子的命。

又是灵魂自由。不知何时起，胡登堡觉得女人的天真是一种不可饶恕的傲慢。她表面顺从，但灵魂深处却似乎还保留着未被玷污的纯洁。胡登堡觉得不能容忍，这种态度不可饶恕。

胡登堡决定让统率乌克兰兵的伊利亚·莫查诺夫管教她一段时间，并命令莫查诺夫用尽手段，残忍地粉碎女人的自尊心。他不知道莫查诺夫做了什么，也不想知道。

大概是用拷问让她饱尝物理痛苦，让她知晓肉体会背叛灵魂的残酷真相。胡登堡相信，只要肉体还掌握着背叛的权利，它就是崇高灵魂最后的主人。

或许，莫查诺夫选的是比拷问更节约劳动力的办法。他可能把她丢进考夫卡集中营女囚堆里，强迫她深入地品尝剥夺一切人性的极限疲劳与饥饿，除了磨灭最终存在之外什么也不是的匿名之死，以及对间歇性袭来的蛮横暴力的恐惧。

不管怎样，莫查诺夫的管教效果很明显。凄惨战栗的女人就像只害怕被猛兽咬碎头盖骨的小动物，她跪在地上，头几乎是挨着胡登堡的鞋恳求他：我什么都做，别再让我去伊利亚那儿了。过去，她下跪是为了孩子；这时，她哀求却是为了自保。

胡登堡慢条斯理地道出真相——当女人第一次躺在考夫卡集中营营长床上时，她的孩子已经被送去毒气室了。

收女囚做情妇已是重大违纪，如果连她儿子都救，集中营营长的渎职行为就等同犯罪。胡登堡不可能如此违规。抵达考夫卡第二天，营长没有下达特别指示，与胡登堡长女同龄的男孩被送到了毒气室。

以净化雅利安-日耳曼人种、增加人口为目的的"生命之泉"计划包含一条秘密政策：将东方占领地上拥有纯种北方人血统的儿童送往德国，由德国家庭抚养。在胡登堡的暗示下，女人相信儿子成了德国家庭的养子，过得很幸福。带着这种信念，她每晚都任由胡登堡摆布。

或许是为了追求新的刺激，不知不觉，胡登堡产生了让女人知道儿子命运的冲动。这场赌局胜负已定，结果也的确如他所料。

就是那天晚上。那天晚上开始，女人眼中住进了赤裸裸的无底虚无，好像一具毫无生命的尸体。知道最爱的独生子遇害时，女人会疯狂地掐住胡登堡的脖子，还是会绝望得想自杀，打碎手边的玻璃杯，用锐利的碎片割断颈动脉？

然而，这些戏剧性事件完全没发生。莫查诺夫的彻底管教起了实际效果，从那天晚上开始，她变得比古代奴隶更像奴隶。这女人终于成了胡登堡的所有物。那或许是个仪式，是个最终确认暴力狂哈夫纳、死亡哲学家哈尔巴赫和革命主义者威尔纳都不足为惧的仪式。胡登堡刻意在女人眼前暴露本可隐瞒的真相，不就是为了这个吗？

即便知道儿子被杀，女人仍甘于屈辱地服侍他，也许就是哀莫大于心死吧。对于此时的女人，勇敢之死和尊严之死根本不存在了。其实，不论是侮辱胡登堡的留级暴力狂哈夫纳，伟岸地主张凝视迫切死亡可能性才能予人本真的哲学家哈尔巴赫，还是言行举止仿若哈尔巴赫哲学活样本的学生领袖威尔纳，都是对人类一无所知的蠢货。

那个女人证明了这一点。胡登堡十年前就明白，女人以其存在证明的事实拥有无法否定的重量。胡登堡知道伟大之死和镌刻固有姓名的死不可能存在，所以才能成为灭绝营的优秀管理人。犹太人的尸体在毒气室堆积如山，里面哪可能有勇敢、尊严、伟大的存在？

或许事实正好相反。正是为了证明固有的人类之死不可能存在，胡登堡才会努力成为优秀的"杀人工厂"管理人。他在集中营现场为官的十年经验告诉他，哈尔巴赫的死亡哲学只是学者的空谈。

虽然内心某处仍有一抹挥之不去的缺憾，女人却彻底抹消了这种感觉。世上没有勇敢的死，她就是活证明。

这种征服感无可替代。胡登堡心中已经形成完美的闭环。那顺从的女人不正在讲述明明白白的事实吗？逃避决斗的屈辱只是无须记忆的琐碎小事，哲学家哈尔巴赫及其崇拜者叫嚣的超越死亡根本不值一提。

假如她为给儿子复仇而舍弃性命，为极力抗议而自杀，胡登堡的信念或许会出现裂痕，克服学生时代自卑后形成的、稳定的第三帝国干将人格或许会从根基开始动摇。可是，那女人连句抗议都没有，只是老老实实地服从胡登堡的命令。

勇敢的死、尊严的死，这种东西根本不存在——因为死本就不存在。汉娜·古腾堡的存在揭示了"人类连死都无从实现"的真理。人类就算死，也只会像事物一样凡庸地消亡。

在胡登堡看来，大量士兵在战场上果敢赴死，无非是错误脱离人类存在必然性或疯狂使然的产物。他如此确信，并且有证据——有个女人没有勇气也不具尊严地苟延残喘，悲惨地活成了胡登堡的美丽所有物。

圈养犯人汉娜做情妇的确是滥用集中营营长职权，但胡登堡的违规行为仅此一件，不会损害他的完美经历。如果女人是认真的，多少会有些危险，不过，今晚还是必须解决她。

不，严格地说，他还有一次违规。外出旅行时，胡登堡与大学时期的旧知意外重逢，感动不已，于是邀请对方来自己工作的考夫卡做客。

他偶然在克拉科夫著名酒店大堂遇到的人，乃是大学时代的恩师。就读弗莱堡大学时，胡登堡听过哈尔巴赫教授的课——虽然真实目的是秘密监视教授的过激言行，但哈尔巴赫确实是他的老师。

集中营——尤其是除了高效"杀人工厂"之外什么都不是的灭绝营——对德国国民严格保密，一般禁止邀请外人到营内做客。

可是，就算以前的事让哈尔巴赫教授的经历有些瑕疵，那也已经过去了。哈尔巴赫仍然是著名的纳粹党员，代表第三帝国的伟大哲学家，起领袖作用的大知识分子。据说，连同盟国意大利的最高掌权人都真心敬佩哈尔巴赫的学识。招待从前认识的教授来职场，不同于向帝国间谍公开集中营。

十年过去，大学时代被蔑称为"丑小鸭"的差生成了第三帝国的精英。胡登堡实在抵挡不住诱惑，想看看老师哈尔巴赫教授得知这个事实时有什么反应。

招待教授到考夫卡不算重大违规。哪怕严重警告他不能屈服于集中营管理人难以抵御的诱惑，不能收漂亮女囚当情妇的奥斯维辛赫斯营长，也没少招待老朋友到集中营做客。这只是微小违纪，根本没法跟科赫那种恶徒，明显背叛国家的渎职、腐败、受贿和越权行为相比。

说实话，胡登堡或许想让恩师看看女人空虚的双眼。那双像瞎子一样的眼睛可以证明，任何地方都不可能存在响应良心呼唤而超越死亡的决意和凝视死亡的觉悟。

哈尔巴赫哲学没有任何根据，只有不可饶恕的错误，以及认为人类带着如此信念就能安逸生存的天真期待。胡登堡邀请学生时代的老师来考夫卡，或许是为了让他看看"死亡并不存在"这个撼动哈尔巴赫哲学基础的事实。

回头想想，他倒不是没冲动地想过，让那位著名哲学家认真观察成千上万具被处理后仿若沉默石块的尸体堆成的山。他想知道，老师还能不能跟以前一样主张超越死亡和实存的本真状态。

或许，证明威尔纳之类幼稚青年狂热追捧的哈尔巴赫死亡哲学毫无根据时，那个女人对自己来说已经没了意义。得知儿子死亡那晚，女人抹消自己的人格实体，只作为让胡登堡迷醉的金发美女而存在。

不过，他觉得金发的魅力减弱了，当他最终从哈尔巴赫哲学的强迫观念里得到解放时，他对金发女人的执着心理是不是也会随之消失？

假若如此，他就能重新开始构建和妻女共度的理想生活，构建一个支撑清洁帝国的清洁家庭。今夜亲手抹杀那个女人。这是清算或将给第三帝国精英经历造成致命伤的愚行的必要勇敢行为，也是降临在一个丈夫和父亲头上的、旨在始终保护希姆莱长官称赞的有序德国家庭的试炼。

胡登堡走在暴雪带来的黑暗里，用电筒照亮脚下，斜穿过中央广场西北角，经车库迈入通往丘顶的坡道。积雪易滑，他爬得颇为艰难，却还是裹着满外套的雪急急迈步。

如果磨蹭行事，上坡去兵器库换岗警备的士兵可能会赶上来，导致计划乱套。

要在换岗士兵来之前爬到坡顶，藏进兵器库前的小树丛。六点半换岗士兵到之后，两个警卫兵会进兵器库盘点。如果没有异常，下午班士兵就把钥匙交给晚班士兵，然后去吃晚饭。

胡登堡盯的是两个警卫兵进兵器库的一两分钟时间。如果趁此机会走出树丛，走过兵器库门口，就可以在不被目击的情况下抵达女人的小屋。

回程也有适当方法。好比从女人的小屋给警卫兵打电话。电话装在兵器库门边。胡登堡只要以发动机异常为由命他去旁边小屋查看即可。士兵会相信这通电话来自营长宿舍。趁警卫兵离开兵器库前的哨岗，胡登堡就能从此经过。

胡登堡顺利潜入树丛，只从空隙露出一双眼睛，窥视蹲在暴雪黑暗里的混凝土建筑。兵器库门口有个大门檐，檐下亮着电灯、装着电话的位置就是哨岗。不知为何，哨岗并无人影，大铁门也锁得严严实实。

寒风凛冽，士兵可能躲到屋后避风去了——如此说来，建筑正面门檐下的夜灯正隐约照出一串从兵器库门口往东绕向屋后的脚印。

这自然违规，但在下级乌克兰士兵中，这种程度的违规并不罕见。胡登堡不禁窃笑。快六点半了，换岗的士兵马上就会到。不过，照此情形，他似乎不用躲在积雪覆盖的树丛里等他来。

小路从建筑前方延向女人的小屋。小丘登山道至兵器库间有许多残缺或被雪掩埋的脚印，但暴雪之后好像谁也没往前走过，地上都是崭新的积雪。胡登堡走向供水塔下的小屋，在新雪上留下一串脚印。

3

哈斯勒中尉带威尔纳少校和施密特中士回营长宿舍时是五点半。当时营内太暗，已经难以继续视察。他带施密特去了门旁小屋，带威尔纳前往会客大厅，然后敲响书房房门，向胡登堡营长汇报情况。

听报告时，营长的态度似乎非同一般。听说女人和威尔纳可能远远见了一面时，胡登堡脸色苍白得像犯了贫血。

哈斯勒强调：威尔纳距小屋足有三十米，当时已是黄昏，周围很昏暗，还有无数狂舞的雪粒妨碍视线，他看清窗边人长相的可能性很小——甚至根本看不见。就算他推测供水塔下的小砖房里住了个陌生女人，也绝不可能知道更多。

毕竟，在哈斯勒的催促下，威尔纳和施密特立即下了小丘。哈斯勒认为，自己呈给胡登堡的报告并未刻意夹杂以自我辩护为目的的谎言。

然而，营长一脸僵硬，好像根本没听心腹的说明。他几乎把嘴唇咬出血，拇指指头执拗地用力揉搓右侧太阳穴。被迫整理思绪时，胡登堡营长总会下意识这样做。

片刻后，营长离开了办公桌。他并未指责哈斯勒的失策，只是在书房里不安地走了一圈又一圈。他发现哈斯勒还在，于是粗暴地挥挥手，怒吼"开饭前别来烦我"，命他速速退下。

哈斯勒回到大厅，没看见威尔纳的身影。他前往门旁小屋，忍着焦躁诘问施密特中士。中士不得要领地回答："少校刚回来就说想在雪里开梅赛德斯，找我拿了车钥匙。"哈斯勒在书房向久等的营长汇报时，威尔纳已经从部下手里拿走梅赛德斯的钥匙，又一次出了门。

营长叫他带路，但准确地说，是让他监视。就算对方是辖区司令部的使者，也不能在集中营随意开车。可是，营长严令军官团晚宴七点开席前不得打扰他，这又不是什么无视指示也要汇报的大事。总之，别让威尔纳接近女人的小屋就行。

哈斯勒走进门旁电话室，打集中营内线叫来兵器库警卫兵，以高压口吻严厉指示：如果克拉科夫司令部的威尔纳少校想靠近女人的小屋，无论如何都要拦住。我在营长宿舍，给我紧急通报。

他又打电话给值班室，设法找到换岗的警卫兵，让他立刻去兵器库，接到指示前两人一起执勤。换岗时间是六点半，乌克兰兵应该会提前二十分钟到兵器库。去小砖屋必定会经过兵器库，两个警卫兵不可能看漏入侵者。监视态势万无一失。

接着，哈斯勒叫来正在监督犹太厨师做晚饭的勤务兵费多伦科，让他带两三个乌克兰兵巡视集中营，确认梅赛德斯的位置。这个中年乌克兰兵比起朴实更接近愚钝，但应该也能找到消失的汽车。

海因里希·威尔纳。哈斯勒想。这混球真麻烦。然而，为免营长事后责备，他必须安排完善。反正，这人肯定在中央广场或者通往正门的柏油路上开着梅赛德斯享受雪道驾驶。虽然不是什么大乱子，但既然营长下令监视，他就不能放着不管。

约二十分钟后，六点过，费多伦科返回宿舍，向参加威尔纳欢迎晚宴的几位军官和在大厅喝餐前酒的哈斯勒汇报：梅赛德斯丢在正门附近医院背后，轮胎陷在雪里，车辆进退不得。结束报告后，费多伦科回到厨房。

若是这样，就不必过多戒备了。医院在集中营南端，和北端的女人小屋位于反方向。威尔纳把梅赛德斯开到正门，结果轮胎陷进雪地，他进退两难，于是抛下汽车，现在应该正东看西看地走在回营长宿舍的路上。这么一想，哈斯勒安心了些。

之后二十分钟，中尉心烦意乱，一直在装修得清新脱俗的营长宿舍大厅等威尔纳回来。不明内情的同僚军官正在轻松品尝餐前酒，话题尽是品评胡登堡营长的情妇。一个男人半开玩笑地说，营长都养犹太女人做情妇了，部下军官难道不该享受同等待遇？

大厅沙发下乱塞着一个小文件包。哈斯勒在书房见过，好像是威尔纳的包。就算取出机密文件的空包已经失去作用，这也太不小心了。

哈斯勒想把它收好，伸手一提，居然挺重。包上了锁，打不开。里面究竟装的什么？他想起威尔纳傲慢的表情，觉得自己像个傻瓜，又把包踢进沙发底下。管他装了什么，要丢就丢，要怪就怪威尔纳不小心。他可没义务担心东西被盗。那男的甚至还命令他别管汽车上的大包呢。

不到六点半，骷髅团驻考夫卡全体军官都到了营长宿舍，聚集在大厅里。施密特中士在门旁小屋，费多伦科和几个煮饭做家务的犹太人在厨房，胡登堡营长在书房。

大厅兼饭厅位于建筑深处，察觉不到大门有人出入。哈斯勒给在门旁小屋待命的施密特中士下了严令，让他看见威尔纳回来就到大厅跟自己汇报。只要在门旁小屋擦亮眼睛，就能万无一失地监视出入宿舍的人。

但威尔纳太慢了，慢过头了。哪怕要从医院走回来，花的时间也太长了。他可能去了囚犯棚屋那边的点名广场，但天下着暴雪又这么黑，就算拿了车里的手电筒，他也几乎看不到什么。

某种白蚁嗡鸣般的微弱声音在响，是胡登堡营长书房里的电话。哈斯勒中尉瞥了一眼大厅挂钟：快六点半了。铃声执着地响个不停，中尉第一次意识到营长可能不在书房。

这台电话是营长的专用机，但营长有令，自己不在时，由联络官哈斯勒代接来电。哈斯勒把餐前酒酒杯放到桌上，离开七名同僚军官正在谈笑的大厅，来到走廊，缓缓推开书房房门。

屋里果然没人。办公桌上的电话还在尖锐鸣叫。哈斯勒拿起听筒，疑心营长去了哪里——就算在隔壁卧室，应该也能听到电话铃声。

"胡登堡营长？"听筒里传来烦躁的声音。

"不，我是联络官哈斯勒。"

"我是克鲁格，赶紧让营长接电话。"

致电者是东部辖区的党卫军警察高级指挥官。克鲁格大将十二月突击视察时，哈斯勒曾代替外出的营长带领他参观集中营。当时，同行的威尔纳少校跟营长勤务兵、负责营长宿舍杂务的乌克兰兵费多伦科热切地聊过天。

"我是哈斯勒中尉，您见过我一次。胡登堡营长不在办公室。当然，他马上就会回来。"哈斯勒回答党卫军辖区司令官，紧张得声音发颤。

"司令部的威尔纳少校应该在你们那边——"

"真不巧，少校也不在宿舍。"

"都这种时候了，他们在干什么？营长也行，威尔纳少校也行，随你找哪个，让他们赶紧给克拉科夫司令部打电话。听见了吗？！尽快！"听筒里满是愤懑的吼声。

"还有其他事要我转告吗？"

"紧急事态。敌军已对东部战线发起全面进攻，苏军装甲团试图突破我军在图卢兹郊外的防线。总之让他们给我打电话！紧急！听懂了吧，中尉？"

一阵摔听筒的声音，对方挂了电话。胡登堡的卧室在书房隔壁，为了不经走廊直接来回，两个房间之间的墙上有扇门。哈斯勒敲门确认，果然没有回音。

他从没进过营长卧室，但还是咬牙转动了门把手。卧室收拾得很整洁，床罩上却有件惹人注目的东西：配给党卫军军官的手枪的皮套——当然，是胡登堡的。

确认胡登堡不在卧室后，哈斯勒狂奔离开房间，摔得书房门哐当一响——他不自觉地用了太大力气。

他奔向营长宿舍大门，踩得走廊�哐哐作响。同僚军官听到混乱的脚步声，从大厅门口探出头来，而他决定无视。毕竟是克鲁格大将亲自下的命令，他必须尽快找到胡登堡营长。

他是联络官，只有他有义务向营长汇报紧急事态。如果汇报营长前就兴奋地到处说苏军突破了战线，哪怕对方是同僚也违反军人纪律，可能给决策秩序和命令系统造成致命混乱。

如何把司令部的指示和情报通知部下，这应该交由营长判断。有时甚至可能到最后都不告知部下任何情况，只会下达必要命令。

紧急事态、紧急事态、紧急事态……克鲁格大将的怒吼在哈斯勒脑中疯狂回荡，铜钹般响个不停。必须设法向营长紧急转达克鲁格大将的话。如果找不到营长，没办法，那个烦人的党卫军少校也行。他必须向长官转达克鲁格大将的话，让他们去接紧急指示。

他看向门旁小屋，只见施密特中士还跟一小时前一样，正无所适从地坐在长椅上。哈斯勒急着跟营长汇报辖区司令部打来的电话，于是在小屋门口慌慌张张地问正在抽配发的便宜烟的中士："你知道胡登堡营长在哪儿吗？"他的声音透着焦躁。

"大概十五分钟前出去了。穿着外套，出了大门。"

十五分钟前，也就是六点一刻左右。哈斯勒正在大厅听同僚胡言乱语，不可能知道营长离开书房到了门厅，之后还外出了。

他让施密特在小屋待命。假如营长回来，中士应该会听命转达自己有急事找他。哈斯勒裹上外套，推开楼门。

　　如他所料，午后下起的雪成了暴雪。冰冷的强风在耳边咆哮，前方不远处的树木被纷纷纷扬扬的雪粒织成的纱幕遮盖，只剩惨白黑暗里的模糊轮廓。虽然营长未必在犹太女人小屋，但还是该从那里找起。

　　哈斯勒用电筒照亮脚下，踢开覆盖大地的雪，从宿舍前庭跑向中央广场。积雪深至脚踝，几束电筒灯光在黑暗的中央广场上缓缓移动——是结束任务回来吃晚饭的士兵。他本想让他们紧急集合，但还是选择作罢。

　　床上的空枪套突然窜进脑海。营长瞒着他在暴雪天外出，说不定是想从人间抹杀犹太情妇……

　　并非不可能。如果辖区司令部长官知道女人的存在，可能会出现胡登堡营长不乐见的事态。养犹太女囚做情妇一事一旦暴露，集中营最高负责人便会被指违规。这和看守殴打女囚、骷髅团下级军官选犹太美女陪酒的性质完全不同。

　　可是，威尔纳少校并不是克拉科夫司令部派来考夫卡管理营内风纪的。他是辖区司令部的使者，爆破设施的负责人，来时还专门坐了党卫军警察高级指挥官克鲁格的专车。就算这个党卫军军官在东部辖区司令部工作，胡登堡营长的戒心也未免太过了。

　　而且，他汇报时就跟胡登堡强调过，威尔纳就算发现那栋小屋里关了个女人，也不可能知道她是营长的情妇。

　　不过，胡登堡营长毕竟谨慎得有些胆小。他担心威尔纳可能察觉犹太女人的存在，或许得出了处理掉女人比较安全的跳跃结论。毕竟，威尔纳明天就可能讯问犹太女人，让她交代自己是营长的情妇。

谁都无法断言这绝对不可能。

倘若自己的推测多少有些根据，事情目前还不能公之于众。如果紧急集合警卫兵，营长秘密处分女人的计划可能会出现漏洞。

胡登堡营长想解决情妇也好。这样一来，哈斯勒就握住了他的把柄。养犯人做情妇已属不能公开的违规，但还不足以构成威胁筹码。

哪怕被害人是囚犯，为自保杀人也不可能只遭调职或降级处分。假如有人告发，胡登堡或许会跟布痕瓦尔德集中营营长科赫一样站上法庭，获得死刑判决，走向绞刑架。

或许，今晚这些事会给哈斯勒带来意想不到的幸运。手握营长把柄，万事都能随心所欲。或许，他不必再为营长这一职位等好几年，现在就能在考夫卡建设梦中的美女牢笼。

既然如此，他绝不能让士兵紧急集合。只有自己独自掌握的秘密，才能成为威胁他人的可贵筹码。

坡上的雪绊住了哈斯勒的脚步，他却仍旧执着地走向女人小屋所在的山丘。雪势比他出宿舍时更猛了。

斜坡小路上有许多杂乱的脚印，路中央被踩得一片狼藉，不规则地凹陷。

暴雪转眼就积起来盖住周围，他难以确认每个脚印的形状。如果鞋印来自同一个人，数量似乎太多。但他并不确定。

就算有脚印，也得不出胡登堡和威尔纳去了女人小屋的结论。

六点十分左右——早于规定时间二十分钟——换岗的警卫兵已经上了坡。这是哈斯勒亲自下的命令。既然士兵爬了坡，小路上有脚印也不奇怪——完全没脚印才叫人疑惑。若是那样，就说明哈斯勒三人一小时前下坡后再也没人走过这条路。

哈斯勒终于爬到坡顶，在这里，他能透过暴雪带来的惨白黑暗隐约望见箱形兵器库的简陋轮廓。埋至长靴脚踝的积雪很绊脚，但他还是一路小跑。

抵达兵器库正面后，哈斯勒额上聚起疑惑的皱纹。他用手电筒照了照，四处都不见本该在兵器库前站岗的士兵。

而且，兵器库的铁门还半开着。哈斯勒走进库房，按下门边的电灯开关，没看出什么异常。擦亮的步枪和冲锋枪在枪架上摆得整整齐齐，弹药箱也封着没动。

他灭掉屋里的灯，从外关上厚重的门——但他上不了锁。兵器库钥匙由警卫兵保管。警卫兵去哪儿了？

哈斯勒在及膝的积雪里艰难迈步，从混凝土方形建筑东侧往后绕。兵器库前有许多杂乱的脚印，多个脚印自此向后延伸。

部分脚印指向女人的小屋，但小砖屋可以稍后再探索。转过建筑后方拐角后，电筒光环捕捉到了某种奇怪的东西——那是什么？

看见圆形光斑里浮现的东西，哈斯勒大为愕然，不禁倒吸一口凉气。士兵——而且是两个——倒在地上，半身埋在雪里。他们不可能在睡觉，是死了。两具尸体都还没被雪完全掩埋。

电筒的黄色灯光照亮了他们丧命瞬间的扭曲表情。下午执勤的警卫兵和在哈斯勒指示下提前到岗的夜班警卫兵都被杀了。凶手大概骗他们从建筑正面来到后方，然后杀了他们。

从覆盖士兵尸体的新雪厚度推测，凶手几乎是同时下手的。假如遇害时间不同，盖在尸体上的雪的厚度也会产生差异，而他并未看到这种区别。

哈斯勒用电筒照亮了手表。现在是六点四十五分，距他离开营长宿舍已经十五分钟。他虽是赶着来的，却在积雪中举步维艰，耗时跟平常相差无几。

他伸出右手，再次用电筒照亮尸体。突然，一阵难以置信的强烈冲击窜过手腕。赤色飞沫染红白雪，麻痹感官的痛苦浪潮猛然涌遍全身，右臂前端痛得像摁了一块灼热金属，喉咙深处险些爆发惨叫。

他拼命吞下难耐的痛苦惨叫，左手下意识抓向好似浸在熔炉铁汁里的右臂前端，却抓了个空。右拳不在它该在的地方。腕端鲜血喷涌，温热地浸湿了左手手套。

被击飞的电筒掉在雪地里。此时，哈斯勒已然丧失理智的判断能力，甚至无法正确判断自己遇到了什么，只顾蹲身拿回电筒。

他跌倒似的跪在雪上，伸出左手去捡电筒，为眼前所见而全身僵硬。雪里不但有金属电筒，还有紧握电筒的皮手套。手套不是空的，还塞着什么拳头形状的东西。

哈斯勒不顾一切地抓住手套。他想到了里面是什么。他茫然了。那不是雪，是有弹性有分量、适合放在手套里的——活人的手。

怎么回事？他喃喃自语。是我看见的这回事吗？装着紧握电筒的人类右手的皮手套被扔到地上，血染红了新雪——是这么回事吗？

哈斯勒窝囊地啜泣起来。为什么？为什么自己抓着电筒的右手会离开手腕，滚在雪里？为什么会变成这样……

无法抵抗的力量抓住他的后领，冰冷的金属物件抵上他的喉咙，阴森的低语传到他耳边。过度的冲击，消退感官的剧痛，大量失血……哈斯勒朦胧的意识逐渐远去，隐隐觉得在哪听过这声音。

"是……是你杀了两个警卫？"他呻吟。

他本想大叫，传入耳中的却是凄惨的沙哑声音。这人用什么砍了我的手？斧子？剑？大匕首？

难耐的高温灼烧着失去手腕的右臂。被煤气喷灯烤皮肤的犯人也这么痛吗？哈斯勒难耐地扭动，党卫军军官的军帽掉进雪地。

他拼命挣扎。从黑暗里袭来、砍掉他独一无二的右手的男人，用刀抵着他喉咙的男人……他终于想到了他的身份。他确实很熟悉他的声音。

男人在哈斯勒身后用力压着他。正常来说，这种情况根本动弹不得。但哈斯勒伸出左手，努力要打开枪套盖子。手枪，要拔手枪。

左手指尖碰到了枪柄。快了，快了……哈斯勒中尉拼命挣扎，想拿出皮套里的手枪。就在这时，利刃瞬间切开他的喉咙。颈动脉被割裂，鲜血喷涌而出，给刚积的新雪染上不祥的颜色。

何等讽刺。身为骷髅团团员、党卫军中尉，哈斯勒竟和自己过去屠杀的女囚一样，被纳粹党卫军短剑割开了要害。大量血液流向周围，不久，他的心脏停止了跳动。

第八章　雪中密室

1

傍晚前的小雪于六点左右转大。六点四十分，无数雪粒狂舞，一度遮蔽周遭视线。不过，这场雪成不了降雪量三十厘米以上的大雪，肯定很快就会减弱，不知不觉间停歇。

军队天气预报说雪会下到半夜。考虑克拉科夫地区今年冬天的降雪倾向，也能做出相同判断。

六点五十分。指针刚到这个位置，保罗·施密特就蹑手蹑脚地走出门厅。确认周围没人后，他推开营长宿舍大门，从宿舍前庭走上军官居住区的砂路，在积雪上留下一串脚印。

雪路极其难走。施密特本想赶路，但就算因苏联战线经验而擅长雪上步行的他，也花了四五分钟才走到中央广场。探照灯光束规律地扫过黑暗的考夫卡广场——是广场中央三号监视塔探照灯的光。

砂路通向广场西北角，自此向东北斜进，就能抵达通往丘顶的坡道入口。施密特在雪中举步维艰，却还是尽量加快了脚步。

如他所料，雪势正在减弱。六点四十之后的十多分钟是雪最大的时候。

雪比刚才小了些，他看见前方远处黑暗里有个黄色小光点，应该是下山的人的手电。为避免被监视塔发现，施密特一开始就没开电筒。考夫卡集中营六点半进入夜间警备态势，让囚犯做的野外工作应该六点前就结束了。

此时，除了在各自位置站岗的夜班警卫兵，骷髅团监视兵都回到了温暖的宿舍，囚犯都回到了比牲口棚更简陋的棚屋。电筒光应该来自没赶上规定时间六点半的兵器库警卫兵，他肯定害怕吃不到七点的晚饭，正急着赶去乌克兰兵食堂。

如果士兵叫住他，问他为什么夜间未经许可就在集中营内乱走，他便难以执行威尔纳少校的命令。施密特没亮灯，慎重地绕了一大圈，避开前方接近的电筒光点。在强风吹拂下狂舞的无数雪粒填满视野，几乎看不清路。距离这么远，应该不会被发现。

威尔纳少校的话在脑海回荡："中士，严守时间，六点五十出发，七点抵达供水塔下的小屋，确认有没有出事。如果有，扣住相关人员等我来。严格来说，这不是命令，是我对你的请求。不过，事后应该能正当地变成命令。"

施密特复述了长官的话，确认道："是哈斯勒说去年为止都是胡登堡营长的司机在住、现在没人住的那间小屋吧？什么没人，简直扯谎。少校，你也看到后窗那个人影了吧。那屋里大概住了个女人。"

少校暧昧地点点头。这番对话后，施密特带着梅赛德斯的钥匙走出楼门，摇着曲轴给冷掉的发动机点上火。车暖得差不多之后，威尔纳少校开动了高档车。此时距他们五点半结束视察只过了不到五分钟。少校开始收网了。施密特一脸了然地点点头。

施密特是指定时间六点五十分离开营长宿舍的。六点十五分，胡登堡营长外出；六点半，哈斯勒中尉外出。胡登堡神秘地行动，哈斯勒脸色大变地去找胡登堡。他们其中一个的目标或许是丘顶，当然，也可能两人都去了女人的小屋。

硬要说的话，他觉得胡登堡的态度更可疑。透过门旁小屋的窗户，他看到胡登堡掩人耳目地四下打量，确认没人后才快步走进暴雪。这是闹的哪出？简直跟干活的盗贼一样。不过，胡登堡马虎得像个缺乏经验的小贼，没发现施密特正透过窗户监视自己。

小屋光源只有台灯，窗帘又厚，在外面不好判断屋里是否有人。威尔纳少校下达秘密指示后，施密特一听见门厅和大门有动静，就会透过窗帘缝隙监视正面门廊。不然，他可能也看不见胡登堡外出。

威尔纳少校五点半开梅赛德斯出门，施密特六点五十分离开营长宿舍，其间，除胡登堡和哈斯勒之外，只有营长勤务兵费多伦科和七个党卫军军官进出大门。

费多伦科六点左右外出，约二十分钟后浑身是雪地回到宿舍。施密特推测，哈斯勒得知威尔纳少校擅自外出后着了急，命令他出去找人了。为了参加晚宴，七个军官依次聚集，他们从大门走进内部大厅后，再也没人离开宿舍。

哈斯勒六点半离开营长宿舍后，施密特忍着焦躁又等了二十分钟。少校反复叮嘱他，"无论发生什么"都要六点五十分出发，七点抵达小屋。

施密特是个军人，对他来说，长官威尔纳的命令是绝对的——哪怕附了句"这不是命令，是请求"也一样。少校在给胡登堡或者哈斯勒设套。为了重启受命中止的集中营渎职调查，他想抓住让希姆莱长官不得不改变态度的冲击性新罪证。

施密特惦记着来考夫卡途中和威尔纳少校在梅赛德斯里进行的暗示性对话。经过考夫卡村时，威尔纳沉默片刻，随即言辞谨慎地跟他说了几句。

施密特发挥老练警官的本能，读出了少校言下之意的言下之意。当然，就算要冒险越权，中士也决定跟老长官威尔纳少校一起行动到最后。在法兰克福警局当调查刑警时，施密特满怀与罪犯斗争的热情，却尝过好几次因高层政治判断而被迫中断调查的懊恼滋味。

就因为中止调查的命令，到手的猎物在眼皮底下溜走了。他绝对忘不了这种屈辱。他早有被指越权的觉悟。如果少校要私下调查，以警察为天职的自己会奉陪到底。

威尔纳少校是他自在苏联战线就跟随至今的长官，还是他的好友。把威尔纳丢在敌营里独自逃命，简直是想想就恶心的小人所为。如此卑劣行径，施密特根本无法想象。

疑似士兵电筒的光点在距此三十多米处转向，对方似乎没发现他。暴雪黑暗中浮现出小丘轮廓，施密特在积雪里磕磕绊绊地快步走去。

他走进广场北侧中央车库的阴影，终于点亮了电筒。在此已无须戒备监视塔，只要沿着山坡小路登顶即可。从宿舍到路口一般要十分钟，爬坡要五分钟，然而，出发之后才六分钟，施密特已经开始爬陡坡了。

他从车库侧面走向通往兵器库和供水塔所在丘顶的陡坡小路，留意着不要踩滑，不断向上爬去。坡上的雪被踩得乱七八糟，有无数被新雪埋掉一半的脚印。在法兰克福从警时，施密特调查过数不胜数的抢劫案和谋杀案。他用手电照亮凹凸不平的大量雪坑，瞥了一眼。考虑到六点之后的降雪倾向，他推测半小时内有若干人上下坡。

而且，这些人并不是结伴上下的。脚印上的积雪状态各不相同，有的脚印几乎全被新雪掩埋，只看得见一个小坑，有的脚印还能勉强看清鞋底花纹。最新的脚印朝向下坡，肯定是中央广场上遇到的那个打电筒的人留下的。

施密特五点半在小丘上视察时，小雪刚开始转暴雪，地上只积了薄薄一层。为了视察兵器库和发电设施，威尔纳、施密特和哈斯勒曾经上下小丘，在他们前后，十三个囚犯和两个监视兵也下了小丘。这些人把微微覆盖小丘坡道的雪踩得乱七八糟。

六点左右下起暴雪，积雪转眼就深至脚踝，应该彻底盖住了五点半留在坡道上的大量脚印。施密特观察的脚印虽只是一个小坑，但肯定是暴雪持续一定时间——至少半小时——后留下的。

据哈斯勒说明，兵器库警卫兵六点半换岗。脚印本该只有上坡换岗和下坡回宿舍的士兵踩出的上下一组，这些——特别是上坡的脚印——似乎太多了。

施密特只瞥了一眼，无法判断更多情况。小路太窄，后来的人踩了之前的脚印，脚印几乎全部互相重叠，还被新雪盖住了。

如果时间充裕，他或许能确定准确人数和方向。事先掌握小丘上除警卫兵以外的人数，能成为执行少校指示时的重要情报。

但很遗憾，他必须七点准时抵达小屋，没时间彻底调查脚印。新雪很快就会完全盖住坡道上的脚印。

总之，小丘上除了警卫兵还有几个人。胡登堡和哈斯勒可能都上了坡，加上换岗的士兵，一共三人，和上坡方向脚印暗示的事实大致吻合。

少校预测小屋会出事，施密特无法想象究竟是什么事，但还是尽量警戒。他走得更快了。

他很快爬上坡顶，来到兵器库前。库房门口有个足以让警卫小队列队的大门檐，檐下被长明灯照亮。兵器库附近没人。

然而，本该严锁的铁门半开，门缝中漏出电灯灯光。警卫兵在兵器库里？施密特留意别发出声响，悄悄靠近库房入口，藏在门后窥视内部。

库里没人，入口附近的枪架却有异常：少了四支枪。枪架下方一个弹药箱被拖到水泥地上，封条已经开了。见此情景，施密特皱起眉头。

警卫兵配有步枪，不用另行武装。囚犯暴动时，他们可能会将步枪交给平常只带手枪的军官，但现在并未出现这种事态。有人从兵器库拿了四支步枪。

施密特背对入口，重新扫视兵器库前方。坡道终点和库房之间有许多被雪掩埋的脚印，左侧放着发电机的小屋却似乎没人去。发电所周边的新雪很整洁，一个脚印都没有。

门檐下有无数杂乱鞋印，其中大多被雪覆盖，但也有少许轮廓分明，足以辨别鞋底形状。设有内线电话的兵器库入口在门檐下方，因此积雪很薄，旁边吹来盖住门前地面的雪只有建筑周围那些雪一半厚。

从门前大量脚印踩乱积雪的位置出发，留有左右脚一共四步鞋印。看来，有人往那间小屋所在的东边去了。第五步在门檐外，檐外脚印都被新雪掩埋成小雪坑，只能勉强辨别出是鞋印。

施密特伸出胳膊，用电筒照亮前方，却只看见雪上通往女人小屋的脚印。

脚印只有檐下四个很明显，往前的都被新雪埋了一半。这或许跟风向也有关。六点四十分下暴雪后，风大概没朝南吹。若是朝南，雪就会被兵器库挡住，吹不进正面门檐下。

这串脚印是什么时候踩出来的？观察鞋印上的积雪状态也很难得出结论。坡道上的脚印可能是和第一个脚印同时产生的，也可能是在六点四十后下暴雪那十多分钟中留下的。总之，有个人经过兵器库门前去了女人小屋，现在还在屋里。

不管看连续状况还是计算步幅，檐下脚印和通往供水塔下小屋的脚印肯定都是同一个人留下的。既然没有返程脚印，说明屋里现在除了女人还有别人。

少校指示里说的大概就是这个人。如果出现问题，他要遵命扣住此人；如果对方想逃，他必须制服；如果对方用武器抵抗，最坏的情况下，他可能得用手枪射击对方的腿。

为免迟到，施密特尽量加快了步伐，现在离七点还有些时间。他不到三分钟就爬完了平时要爬五分钟的坡，考虑到陡坡积雪的恶劣条件，成绩相当不错。

少校命令他严守时间，他便在兵器库门檐下等待指定时刻来临。当然，他没打算浪费时间。搜集些小屋那人的情报好了，施密特想。他单手拿着电筒蹲向雪地，仔细观察起四个问题鞋印。

距门前乱雪约半米的第三步右脚鞋印比其他痕迹清晰，甚至能看见鞋跟处的楔形小缺口。发给士兵的野战系带靴鞋底钉有铁钉，这是另一种军用长皮靴。

既然只有骷髅团约五十名官兵能在集中营来回行走，自由留下脚印，不妨推测这是党卫军军官的军靴。虽说越狱的囚犯也可能穿着军官军靴在附近徘徊，但目前可以忽略这种可能性。

鞋长约二十五厘米。哈斯勒体格不及巨汉施密特和魁梧的威尔纳，却也充分满足党卫军成员的身高标准，鞋码应该略大于此。这或许是胡登堡的鞋。

党卫军有很多初期成员跟胡登堡一样瘦弱，不满足后来制定的队员采用标准。严格地说，或许连希姆莱长官都不合格。

在党卫军组织成立前就入队并升至事务部门管理层的干部军官，就算有黑色或褐色的眼睛和头发，就算没有北方日耳曼人那种秀丽的骨相，就算体格瘦弱或肥胖，一般也不算大问题。

　　胡登堡大概是考夫卡骷髅团军官里个子最小的，鞋码当然也小。从鞋印推测，胡登堡在小屋里的可能性比哈斯勒大。施密特或许要在少校抵达前强制扣押考夫卡集中营营长。想到这里，他略感紧张。

　　威尔纳少校的计划如果失败，事态多少会有些棘手。下级军官没个正当理由就用手枪抵着党卫军高级军官的胸口，军事法庭不可能只判他降级。

　　不过，担心之后的事也没用，他只能相信少校，听命行事。他不认为少校会做没把握的事，假如结果有失，他也有陪少校下地狱的觉悟。施密特重振士气，开始调查檐下的大量脚印。

　　坡上多个脚印都持续到檐下，其中大部分相互重叠，在雪面杂乱处消失。不过，正如他先前确认的那样，经乱雪通往供水塔下小屋的脚印只有去程一组。就算去掉最新的下山脚印和通往小屋的脚印，剩余痕迹数量也不及坡道登山方向的多——兵器库周围藏了一两个人。

　　施密特绕向兵器库后方，发现方形混凝土建筑东侧有多个即将被落雪掩埋的脚印。其中部分脚印从西侧通往檐下，但只是一个人的。就算有人绕了建筑一圈，剩下的人应该也还在库房里。

　　施密特追随脚印，冒着纷纷扬扬的雪绕到建筑角落，举起电灯照亮周围——光圈中浮现出难以置信的场景，他不禁倒吸一口凉气。兵器库后墙足足有三个人形小雪堆。三具尸体……

　　在激战地迪米扬斯克，有些疲惫不堪的士兵会埋在雪里睡得像个死人，然而，后方工作地备有温暖床铺，士兵入夜就能上床睡觉，没人会做这种疯事。

　　眼前突然冒出遇害的尸体，连见惯这些的警察也没法平静。施密特深呼吸定了定神，随即用手指扫掉尸体面部的雪。

　　第一具尸体上的积雪比另两具薄，是哈斯勒中尉。利刃割开了他的喉咙。结冰的血实在太多，施密特试着挖开埋住他右臂前端的红雪。

　　施密特不由得绷起脸。尸体居然没有右手。凶手似乎在砍断哈斯勒右手后缓缓割开了他的颈动脉。手腕伤口出血量太大，不像死后砍断的。

　　第二具尸体是他见过的人，是傍晚视察时在兵器库站岗的大胡子乌克兰兵。最后一具尸体还是个少年。他们都被利刃从颈后捅到了延髓。

　　施密特突然想起，苏军也有专门选出来学习杀人技术的特种兵刺客。悄悄靠近德军身后，左臂勒住对方脖子，右手倒握匕首，猛插进牺牲者头盖骨和颈骨之间——要在夜晚用一把匕首解决德军步哨，这种杀法效率最高。

　　或许，小屋里潜伏的既非胡登堡也非哈斯勒，而是和考夫卡集中营无关的第三者。想到这里，施密特中士毛骨悚然。假若如此，这就是等同敌袭的紧急事态……

　　小屋里难道潜伏着苏军特种兵？特种部队负责渗透战线后方，在敌阵展开秘密破坏活动，完全有可能潜入考夫卡扰乱后方。德苏两军在最前线对峙了半年，而考夫卡距前线不到三十公里。

　　前线半径三十公里范围内有前线司令部、燃料弹药之类补给物资的仓库、通信基地等约十处德军后方据点和军事设施，其中规模最大的应该就是考夫卡集中营。虽然考夫卡是集中营，最初建设时并非作战军事据点，苏军前线司令部却仍有可能将其划为破坏对象。

若有必要，铁丝网栅栏重重包围下的水泥楼和砖楼建筑群可以转为要塞，刚好成为德军被苏军逼退后的反击据点。如果克拉科夫司令部预测无误，苏军即将发起总攻，特种部队渗透至考夫卡毫不奇怪。

一串从三具尸体处出发的脚印在建筑西侧消失。妥当地推测，凶手大概绕兵器库一圈后回到了门槛，然后向小砖屋进发。

威尔纳少校三令五申的时间即将到来，没工夫继续检查三具尸体了。施密特沿来时路径从东侧回到兵器库前方，一边注意避开通往正东的脚印，一边走向供水塔下的小屋。

沿着积雪掩埋的小路，脚印从兵器库向东延伸约二十米，在距傍晚出现年轻女人身影的小屋后窗约十米处向南迁回。后窗关着板窗，但板窗上有个不知是节孔还是破损的小洞，透出微弱的室内光。

施密特跟着通往小屋入口的脚印，在时而及踝时而及膝的雪中前进。他沿路绕行，看到了小屋南面。小路由西向东，距小屋约五米。

南面有两扇窗户。两扇都是玻璃窗，都能透过窗帘看到电灯灯光，窗框外也都跟后窗一样装着铁栏。

他继续随脚印前进，绕到小屋东侧。东侧是小屋入口，与兵器库所在西侧方向相反。自兵器库延伸至此的脚印经过一棵大冷杉，在门前消失。脚印两列平行，看似一个个平滑的小雪坑，从积雪状态判断，神秘人物在暴雪结束前进了小屋，现在肯定还在屋里。

　　强风夹着小雪猛吹，骇人的响声仿佛魔女的怒吼。手表正好指向七点，少校指定的时间到了。施密特来到小屋门口，正要握住门把手，却为光斑里浮现的夸张景象吃了一惊——什么情况？

　　门上不仅有把手，还有坚固的门闩。门左端和左门柱上分别有两个铁制固定件，总共四个。一根金属棍穿过固定件孔洞，从外侧锁住大门。金属棍呈纵长圆柱形，截面直径约三厘米，长约四十厘米，右端有个用以抓握侧滑的钩状把手。

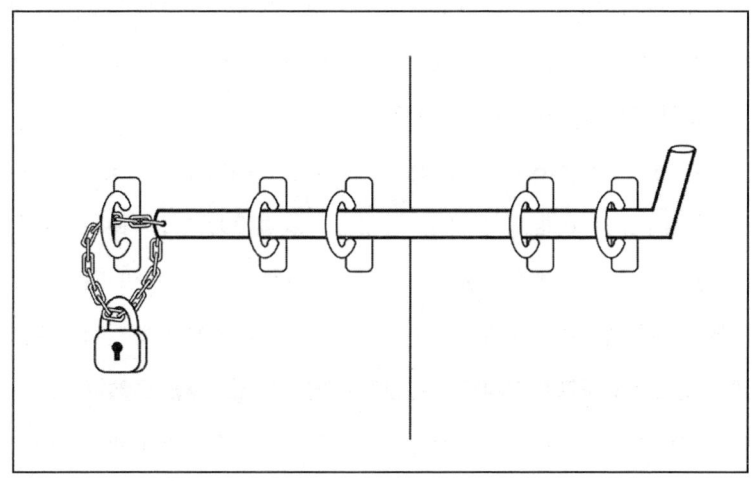

汉娜小屋正门门闩

　　除这道金属门闩外，还有别的机关让屋里人开不了门。

　　金属棍左端有个直径约两厘米的小洞，门柱两个固定件左侧约十厘米处钉了个直径约两厘米的铁环。门闩金属棒穿过四个固定件后，左端小洞会被链子和铁环锁在一起，链子两端又被一把方锁锁在一起。总之，如果完全上锁，只有拿钥匙的人才能开门。

此刻，链子和锁并没发挥作用。链子坠在门柱铁环上，链头挂着没锁的锁，钥匙插在钥匙孔里。不过，门闩金属棍穿过了门和柱子上总共四个固定件，钩状把手抵着右端固定件，金属棍不能继续向左。

小屋西面和南面的三扇窗户嵌了铁栏，正门外面有门闩、链子和锁头构成的三重固定机制。施密特终于明白，小砖屋改造成了关犯人的牢房。他还没看北面，那里就算有窗户，肯定也嵌着铁栏。

施密特摇摇头，难以置信地转身回视。然而，不管他多么执着地用电筒照明，结论都不会改变。除自己留下的脚印外，小屋门口只有一组抵达的脚印，一个离开的都没有。

穿小码军官军靴的男人确实来到小屋，用钥匙开了锁，解了链子，拔出门闩金属棍后打开门，进了屋。既然没有离开的脚印，男人现在只能在屋里。那么，进去就没出来的他怎么能把门外的门闩金属棍插进四个固定件？这不可能……惊愕之中，施密特不觉呢喃。就算建筑北面有扇没铁栏的窗户，可以爬窗离开小屋，谜题仍然解不开。就算窗户铁栏能轻松取下，或者——虽然几乎没有这种可能——小屋某处有个外面看不见的秘密出入口，唯一的结论也丝毫不会动摇：门不可能锁得上。

就算有人从门以外的地方离开小屋，也必须从出口回到门外才能插上门闩。然而，小屋门口只有兵器库过来的一组脚印，建筑南北两侧都没有男人返回门口的痕迹。究竟怎么回事……

定好的时间快过了，没工夫再想门闩之谜。施密特把眼前的难解之谜赶到脑海角落，将电筒塞进外套口袋。

他戴着手套抓住门闩右端把手。金属棍发出刺耳的摩擦声，缓缓抽离门柱固定件。

这根圆柱形铁棒不仅重还生了锈，要把它拔出固定件，连以臂力为傲的巨汉施密特都得花不小力气。如果采取推理小说那种空想手段，在门里以针为支点用绳子拉扯门闩，不可能插得上它。

施密特掀开手枪枪套盖子，以便随时拔枪。苏军的破坏人员可能藏在营内，他在兵器库背后发现尸体时就往膛室填了实弹。只要解除保险，扣动扳机，子弹就会直接冲出枪口。

门后有人的气息。对方可能听到金属摩擦声，发现他想开门。拔出金属棒后，中士立刻贴向左侧门柱，后腰抵着门闩固定件，谨慎地端稳了枪。

屋里人转动门把手，门开了。透过门缝，施密特看见了手握门把手的男人的侧脸。他放松肩头力气，皱眉念出他的名字。

"胡登堡……"

不是潜入考夫卡搞破坏的苏军。胡登堡营长果然来小屋了。

考夫卡集中营营长一脸失魂落魄的虚脱表情，半天没发现紧贴门柱戒备的施密特中士。小屋灯光照亮了胡登堡的侧脸。他布满血丝的眼球疯子般转个不停，唾液沾湿了半张的嘴唇，脸颊在神经质地痉挛。

明明没过多长时间，考夫卡集中营营长相貌的变化却大得惊人。施密特突然想，这怎么看都是刚犯了罪的人的表情。

他溜出宿舍时像个偷偷摸摸的小贼，但他犯的事可不像欺诈或者闯空门。在法兰克福的时候，施密特抓过一个同样表情的男人。那人因破产而走投无路，杀了岳母想骗遗产。他是个一脸穷酸的老板，旁人都笑他比老鼠还胆小。胆小的人想不开杀了人，就会露出这种表情……

不过，施密特不能一直观察胡登堡的表情。他走出门柱阴影，吓得胡登堡往后跟跄了两三步。

"我还以为是费多伦科……你是开梅赛德斯的中士？"胡登堡吞了口唾沫，沙哑地嘟囔，随即拼命虚张声势道，"我在小屋的事办完了，你跟我一起回宿舍。"

胡登堡蹒跚着要出门，推开堵住入口的党卫军巨汉中士，勉强往屋外新雪上迈了一步。就在这时，施密特侧身一移，用身躯挡住他，彬彬有礼而不容拒绝地命令："请您回去。"

"什么？"中士居然无视命令，营长惊呆了。

施密特淡淡地重复："请您回屋。"

"你想干什么？听着，你不能进来。我再下一次命令：跟我一起回宿舍！"

胡登堡趾高气扬地大叫，试图隐藏内心的动摇。他双肩颤个不停，丝毫看不出骷髅团精英军官和集中营优秀官僚的自信与从容。他的人格支柱似乎已在一瞬间灰飞烟灭，只剩胆小鬼那连恐惧都藏不好的懦弱本能。

"胡登堡营长，很遗憾，我不能遵从您的命令。"

施密特用身体将瘦弱的对手推回屋门，走进了小屋。壁炉里堆成小山的煤炭正在熊熊燃烧，热得人几乎冒汗。

胡登堡为什么不想让他看小屋内部？营长态度极其可疑，但还不能断定真的发生了威尔纳少校暗示的事件。可以先确认女人的情况，然后再用手枪抵着胡登堡的胸膛扣押他。而且，施密特有个无视营长命令的绝佳借口。

"你会后悔的，中士！"

胡登堡整个人都被推进屋里。他尖声惨叫，像个在强盗胁迫下陷入歇斯底里状态的中年女人。

"营长，这是为了保证您的安全。敌军破坏人员正潜伏在小屋周围。我没开玩笑，是真的。救援抵达之前，我们只能在屋里警戒袭击。出去绝对会被杀。"

"你说什么……"胡登堡无言以对。

施密特反手"砰"地关上门，缓缓继续："两个乌克兰警卫兵和哈斯勒中尉在兵器库后方遇害，一看就是苏军破坏人员干的。您如果想看尸体，我可以奉陪。但我们途中很可能遭遇狙击，未必能一起活着到兵器库。"

他没说谎，的确有尸体被捅穿延髓身亡。事后就算出问题，他也能为自己巧言辩护，说自己真的是想保胡登堡安全。至于敌军特种兵是否真的还在小屋周围徘徊，他也半信半疑，不过，还是这么吓唬胡登堡比较有效。

胡登堡头衔跟威尔纳一样，都是武装党卫队的少校，但他没上过战场，不可能有胆子面对敌军的枪口。而且，由于病态的不安，胡登堡神经一直高度紧张，似乎用小拇指戳一下就会瞬间崩溃。他不可能扛得住苏军袭击的恐惧。

施密特严肃地说出事实，言语间有股足以压倒对方的迫力。胡登堡深信敌军来了，脸色大变地冲向入口，不顾一切反锁上门。

"敌军可能会狙击，请不要靠近窗户。"

施密特一边警告，一边捡起掉在脚边的东西——短剑的剑柄。剑身在根部附近折断，几乎没有残留。这是配发给党卫队军官的短剑的剑柄。

他的警告起了作用。考夫卡集中营营长摇晃着倒进餐椅，手肘撑桌，双手抱头。遭到狙击的危险几乎不存在，毕竟，施密特已经留着命走到了小屋门口。

如果真有危险，就必须关掉小屋的灯。然而，关灯就得摸黑在屋里走动。为了搜查小屋，施密特决定不关。

胡登堡跟个疯子似的不停嘟囔，施密特没理他，专业地四下一看，觉得这像个普鲁士贫农的小屋。

他和胡登堡所在的房间直通室外，好像是客厅。房间东侧是正门，南侧是坡璃窗。简陋的窗帘挡着窗户，但施密特住室外已经确认窗框上嵌着铁栏。

客厅北侧中央是砖造的壁炉，煤堆正在蓝色火焰中燃烧。壁炉前有个尖锐的细长金属制品——党卫军军官短剑的剑柄掉在正门附近，剑刃则莫名从根部折断，如今正掉在壁炉前。

壁炉前堆着备用木柴和煤炭，右侧是水龙头、洗手池和小型烹饪台，还有个满是煤烟的出烟口，但似乎没怎么用过。小屋三餐都是外面送来的，屋里大概只会用壁炉烧水泡咖啡或红茶。

壁炉左侧有扇平开门，门后好像是杂物间。施密特开门看了看，只见里面乱七八糟地放着烂椅子之类的旧家具，掉漆的风琴，一大堆空酒瓶，大小纸箱，捆起来的杂志和报纸，旧自行车，清洁工具……样样都布满灰尘。

除此之外，还有旧轮胎三个，电池、电线束、拖索束、千斤顶以及装着大小螺丝刀、扳手、锤头之类修车工具的大木箱——应该是胡登堡的司机住这里时留下的。先不说风琴，坐牢的人怎么可能有机会在室外坐汽车？

房间中央是倾斜的饭桌和两把椅子。门旁是餐具柜，窗户左侧是旧衣柜。这就是屋里所有家具了。

施密特草草看过一遍，然后走向正门反方向的室内门。门把手下有个钥匙孔，门后应该是卧室。住这儿的年轻女人只可能躲在卧室里。他抓住室内门把手，顿时听见椅子倒地的嘈杂声响。胡登堡踢开椅子冲过来，铁青着一张脸，激动地抓住中士的肩膀。

"开不了，门锁了！"

他疯狂大叫，不让施密特开卧室门。施密特转了转门把手，冷酷地命令："确实锁了，我来撞开。营长，请您退后。"

"别开，别开！我不想看！"

胡登堡面色苍白，浑身颤抖，一脸人格随时可能崩溃的疯狂异样神情，流露哀求神色的双眼茫然失焦。施密特强行推开了他。

2

卧室门相当结实。施密特透过门把手下的大钥匙孔向内窥视，无奈地摇着头退后了几步。钥匙孔位置不合适，看不见房间深处。

随即，他用长满肌肉的厚实肩膀撞了两三次门。连串冲击后，铰链吱呀作响，门锁终于哐当坠地。施密特在门口往里一瞥，冷静地告诉身后的胡登堡：

"后窗和床之间躺了具女尸。我原来是当警察的，现在要简单搜查现场，请您跟来当证人。有的证据过段时间就会消失，就算官方之后会派调查官，发现尸体后也该立刻站在警察的角度检查检查，说不定会发现有用的线索。"

施密特不由分说地拽起胡登堡的胳膊，走进了卧室。损坏的室内门半敞着，在巨汉身体的撞击下，把手下方门锁的螺丝已经弹飞了。

"是自杀，这女人偷了我的手枪自杀了。我听见她自杀之前在惨叫，'我要去死，要去死！'隔着卧室门听到的。汉娜出声之前，我在客厅等了五分钟，等她自己从卧室出来。"胡登堡一脸走投无路，拼命说个不停，仿佛在求施密特相信自己。

施密特回答："营长，拜托您让我稍微查查，之后再听您的证词。我或许能找到什么重要证据。如果不是自杀，这些证据就会指向凶手。"

施密特言辞恭谨，却拿出一种不容拒绝的迫力，让胡登堡到南窗旁的安乐椅上坐下。胡登堡散架似的瘫进这把布料开裂、沾满污垢的旧椅子，似乎连辩解的力气都没了。

卧室面积与客厅相当。从室外看，南侧玻璃窗应该和客厅窗户平行。窗外果然也嵌了铁栏。西侧也有窗户，但平常似乎没开过，兵器库边上看见的就是它。西窗是扇结实的板窗，外面同样有铁栏。

卧室和客厅北面都没有窗户，也就是说，小屋只有四处开口：朝东的客厅正门，朝南的客厅窗户和卧室窗户，朝西的卧室后窗。玻璃窗双开，后窗板窗单开。三扇窗户外都有铁栏，窗子不能往外推，只能往里拉。正门外侧有门闩、链子和锁。

如施密特所料，小屋是间完美牢房，关在这里的女囚绝对无法自由外出。窗户铁栏纵横交错，缝隙很小，她连拳头都伸出不去。爱德蒙·唐泰斯[1]那种专心努力越狱的人可能拆得开这东西，以女人之力却没那么容易。

建筑正门也是木门，结实程度却很符合牢门定位，破烂的室内门根本无法与之相比。门厚足有五厘米，四角和四边钉着加固铁材，铰链似乎也是特制的。就连施密特中士这种自信于臂力的巨汉，也很难在没有斧头或金属撬棒的情况下破门。

卧室北侧，两个壁橱间有个衣柜，木衣架挂着好几件与女囚身份不符的华丽服装。大红的绸缎裙子、银狐的毛皮……男人在小屋饲养情妇，这肯定是他为了自己看着舒服才给的。

1　大仲马作品《基督山伯爵》的主人公。

由此可以推断女人的身份，以及她和胡登堡的关系。威尔纳少校给考夫卡集中营营长设的什么套，施密特终于看出了端倪。

室内门旁墙上装着台老式电话，听筒线从根部扯断，无力地垂落在地。就算胡登堡想打给营长宿舍通报紧急事态也打不了。施密特必须扣着考夫卡集中营营长等威尔纳少校来，这对他来说再好不过。看着断开的电话线，中士露出了满意的微笑。

房间中央是张仿佛十九世纪遗物的旧床，床上搭着简陋的被子，呈头部形状凹陷的枕头上有把黄铜大钥匙。施密特拿起钥匙插进室内门钥匙孔，发现两者完全一致。看来，女人在卧室里锁了室内门，把钥匙扔在了枕头上。

女人年约二十五，容貌端正。她仰躺在地，头朝南窗，双脚朝西窗，流出的血将周围地板染得颇为诡异。她的脸和头发满是血污，却还看得出生前不发一语就能吸引男人视线的美貌。

她断气时瞪圆了澄澈的碧眼，至今仍未瞑目。死亡美女形状姣好的薄唇微微分开，嘴角露出犬齿，好像向施密特投来"幸福"的微笑。

傍晚透过后窗看见女人时，她长至腿部的漂亮金发整齐地盘在一起，如今却浸入血海，在无力瘫倒的上身周围乱成一团，让人觉得她瞬间中断的生命尤为凄惨。

她身穿貌似旧毛毯做成的灰斗篷、手工毛衣，以及样式老旧的毛线裙。和衣柜里各种昂贵服装相比，这身日常装扮简陋得近乎凄凉。

或许，她只有奉命去主人床上时才能穿毛皮大衣和绸缎裙子。不

汉娜小屋内部

过，她是特别冷，还是患了感冒？室内门虽然关着，但隔壁屋的壁炉烧着大火，卧室虽不像客厅那样热得冒汗，却也绝不寒冷，远比室外温暖。而她不但穿了毛衣，还披着毛斗篷。施密特略感异样。

她裙角开裂，双腿伸直张开约二十度，左臂曲肘举至头顶，右臂在距躯干略远处伸直，双脚距后窗约半米，脚尖朝向窗户右端，头部离床约四十厘米，朝向枕头。

尸体面部略微右倾，不移动头部即可观察到左太阳穴下的圆形伤口。不必劳烦医生，施密特就能看出死因：子弹贯穿了左耳上部。

沾满血污的头发犹如吸足水的海绵，乍看之下，头部伤口周围观察不到枪口火焰导致的烧伤，可能需要将毛发样本交给专家做精密分析。保险起见，施密特凑近女人的太阳穴，鼻腔里却只有浓郁的血腥味。果然，火药味已经消失。

女人左手握着一支对她而言过大的手枪——配发给党卫军军官的制式手枪鲁格P08——食指搭在扳机上。这只手并未沾血，能闻到微弱的火药味。自动手枪会利用射击时的气压装填下一颗子弹，喷发的硝烟虽不及左轮，却也多少会让开枪者手部沾上烟雾成分。外行闻不出如此微弱的气味，施密特却确定女人开了枪。

他用手绢裹住手枪，将它抽出女人掌心。鲁格枪口留有刺鼻的火药味，明显刚开过枪。

弹仓留有六发子弹。若弹仓与膛室全部填满，鲁格能装八发子弹。然而，此地并非战场，不可能有人随身携带装满实弹的手枪。从尸体伤口判断，鲁格只发射了一颗九毫米巴拉贝鲁姆弹。这颗弹头滑出枪口，轻而易举击碎女人的头盖骨，瞬间便彻底破坏了她的脑髓。

鲁格枪只发射了一颗子弹，女人死于左太阳穴的枪伤，枪口和女人左袖口都留有微弱火药味。左撇子女人是自己击中太阳穴自杀的。

如果分析伤口周边毛发样本后找到了枪口喷发的硝烟成分或高温气体导致的焦痕，自杀的可能性将进一步增大。如果没找到，这就是伪装成自杀的他杀。凶手让女人握着手枪抵住太阳穴，逼她扣下扳机……

"被害人是左撇子？"施密特确认。

"对，是。"胡登堡茫然地点头。

施密特轻易就从鲁格枪柄上拉开了女人的手。尸体和生前一样柔软，没出现死后僵硬，皮肤也还有温度。门外汉都看得出这是具刚丧命的新鲜尸体。

从体外血液的凝固状态看，女人死亡应该不足二十分钟，大概只有十分钟或五分钟。施密特虽在职场上见惯了尸体，但毕竟不是医生，无法判断得更准确。他翻过尸体，没看见其他外伤。

检查完尸体后，施密特开始慎重地搜查卧室地板，终于在房间西南角找到了目标。他缓缓拿起这个九毫米子弹的弹壳。

随后，他依次观察了三扇窗户和正门。每扇窗户都牢固得超出预料，一关就与窗框严丝合缝。窗户没有钥匙孔。窗和窗框之间连根线都穿不过，更别说绳子了。

施密特尤为仔细地搜查了客厅正门附近的窗户和卧室南窗，思考是否可能存在某种在室内插上门外门闩的远程操作机关，却并未发现类似痕迹。

而且，每扇玻璃窗角落都有个小蜘蛛网，蛛网毫无破损。这些网虽然小，却也得一夜才能织成，如果它们并非出现于半小时内，说明这几扇窗户一定时间内未曾开关。最近只有西面后窗开过，这是施密特傍晚时亲眼所见。

双开玻璃窗的内锁在底框中央分踞左右，金属棒完全插进左侧五金，拉拽棒上凸起，就能解除把金属棒固定在五金里的装置。

金属棒在弹簧作用下向右弹出，尖端卡进右侧插槽，窗户就此上锁。开锁时，抓住金属棒凸起推向左侧五金，再按下凸起启动固定装

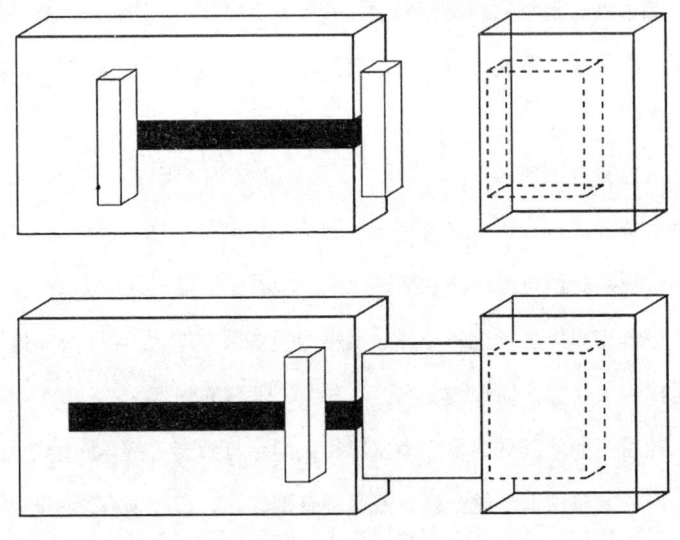

汉娜小屋三扇窗户的内锁

置，以免金属棒位移。

后窗只有向右开的一扇板窗，所以底框上是插槽，侧框上是弹簧金属。三扇窗户的内锁都是一个类型。小屋正门也和三扇窗户一样，没有动手脚的空间。正门门闩虽比窗户大，但因为没有门锁，自然也没有钥匙孔，并且，上下左右都没有线或绳子能穿过的空间。

搜查完室内后，施密特留下虚脱瘫在卧室安乐椅里的胡登堡，从正门走到户外暴雪中。就算这多少会让营长怀疑他有关潜伏敌军的说明，也已经不必在意了。

此处发生了自杀或谋杀案，事态发展正如威尔纳少校所料。如果营长想逃跑，施密特可以强制扣押。不过，胡登堡的精神活动似乎已经麻痹，没闲心猜测他的行动。

降雪不复六七点间的势头，暴雪似乎快停了。施密特打起手电，慎重地绕小屋走了一圈，在三扇窗户附近观察得尤为认真。除门口外，小屋方圆十米内一个脚印都没有。

就算再找远点，结论应该也一样。周围只有从兵器库门檐通往小屋门口的脚印。

施密特在小屋门口发现了一个新脚印。是刚才开正门时，试图慌乱逃窜的胡登堡留下的。

这个脚印和兵器库门前的一样，都有楔形划痕。在兵器库和小屋之间留下脚印的无疑就是胡登堡。充分确认靴底划痕后，施密特回到小屋。

他向安乐椅里垂头丧气的胡登堡出示凶器鲁格枪，用警察讯问嫌犯的语气问：

"营长，这是您的枪吧？"

"肘节上有道小擦伤，确实是我的。这女人用我的枪自杀了。"

胡登堡一脸虚脱，问什么答什么，似乎连演戏自保的力气都没了。他紧张的神经仿佛终于绷断，刻在脸上并非焦躁也非不安，而是沼泽泥泞般的无力。

照这状态，说不定现场讯问就能让他自白，等威尔纳少校一到，便能将包在漂亮包装纸和缎带里的凶手送出去。施密特努力放缓语气，抛出了话饵：

"您说说情况吧，我说不定能帮忙。"

"她打电话叫我来，我快六点半的时候到了小屋，在客厅跟她说了会儿话。她突然激动地冲进卧室，并马上锁了门。"胡登堡语焉不详地讲述。

施密特逼问："当时是几点？"

"我跟她说了一刻多钟话。"

"那就是六点四十到五十之间？"

"不到五十，还得早五分钟。"

"六点四十五左右？确定吗？"

"我以为她精神状态不稳定，很快就会出来，所以敲着门叫了她一会儿，结果她什么都没回答。大概过了五分钟，我听见可怕的叫声和枪声同时传出卧室，下意识看了一眼表，所以记得是六点五十。可能因为下雪，枪声回响了很久，很诡异。"

"然后呢？您没想过撞开门吗？"

"我才不想看见自杀女人的尸体。我实在受不了跟尸体待在一个屋檐下，想从正门跑出去，可是转了门把手也打不开门，手指都快拧掉了也没打开。我到小屋之后，正门外有人把门闩插上了。

"我用拳头砸过，也用身体撞过，但这门很结实，光这样不会坏。客厅仓库有我司机用过的工具箱，但里面没有斧头之类的东西。改造小屋时，能从屋里破坏正门的工具已经全拿走了。我徒手跟门搏斗了一会儿，但你也见识过门有多牢。

"我想用短剑剑尖撬开门，但剑从根部折断了。小屋虽然有三扇窗户，却都嵌了铁栏，不可能逃得出去。乌克兰兵费多伦科早上会来给女人送饭，我正想放弃，等他来，就听见门外有拔门闩的声音。然后，你出现了……"

"这倒勉强能说明您和女尸一起关在小屋里的理由……"施密特怀疑地眯着眼，低声说。

"当然，这都是事实。"胡登堡无力地嘟囔，仍旧一脸茫然。

"我还有个问题。营长，这种下暴雪的晚上，您为什么要来小屋？打电话叫您的女人是谁？她为什么用您的枪自杀？"

"这……"胡登堡脸颊抽搐，咬着嘴唇低下头。

施密特发挥讯问者的才能，继续套他的话："您不想说，我也不是不明白您的心情，但我知道她是犯人，还是您的情妇。"

听见这话，胡登堡剧烈抖动，如同触电。看来答对了。警察出身的武装党卫队中士感觉自己的工作就是解决今晚的谋杀案，不禁满意地翘起嘴角。

集中营里有两种人：囚犯和看守。考夫卡没有女性看守，就算被害人是女看守，也不该被幽禁在窗上有铁栏、门外有门闩的小屋里。因此，她是囚犯。

观察衣柜里的豪华服装，可以推测女人的立场。这个美女为何会遭到囚禁？不用多想，是考夫卡的支配阶级备好牢笼予以监禁，像饲养宠物一样饲养她，让她在床上服侍自己——那么，女奴隶的主人是谁？

考夫卡集中营营长胡登堡是个最大限度遵守规则的现场官僚，调查过程中，摩根调查队确实没发现他有科赫那种渎职行为。这种人不可能对部下的违规行为坐视不理。能在考夫卡养情妇的，只有营长胡登堡一人。

死者是囚犯，考夫卡只有胡登堡能让犹太女囚做情妇——结论：女人是胡登堡的情妇。如此简单的三段论，任谁都能得出正确答案。

胡登堡暧昧地点点头。施密特继续追问："她为什么会用您的枪自杀？"

"她偷了我的枪。"营长挤出回答。

"什么时候，在哪儿？"

"应该是今早在我卧室。汉娜昨晚到今早都在宿舍卧室，我早饭前在书房做工作准备，她一个人在卧室收拾。她应该就是当时偷了柜子里的枪，藏在外套下带走了。"

"汉娜……这是她的名字？是汉娜打电话叫您过来的？"

"汉娜·古腾堡。我真没想到她会拿手枪自杀，我是为了阻止她才来的。离开宿舍前，我想起这把没退子弹的手枪，拼命找了一阵，只找到空枪套，只能认为她是认真的。所以，为了阻止她自杀，我赶到了小屋。之后的事，我已经说过了。"

说完，胡登堡抱住双肩，似乎很冷。片刻沉默后，他发出感情枯竭的单调声音，哀求似的继续：

"中士，是不是该回宿舍了？你刚刚出去也没被狙击，就算敌军破坏成员入侵营内，也已经不在附近了。既然如此，我们应该尽快回宿舍，编队展开搜索。如果兵器库后面真有三具尸体，必须成立搜索队找出敌军。这你应该也明白。"

　　无耻的男人。中士神情扭曲。他还以为胡登堡茫然若失，没发现自己去了户外搜查，结果却并非如此。这家伙想确认有无伏兵，把自己当盾使了。

　　话说回来，连日屠杀成百上千犹太人筑成尸山的灭绝营最高负责人居然会受不了跟情妇的尸体待在同一屋檐下，为逃跑还折断了短剑，真够好笑的。

　　"请老实坐好。如果想逃，我就只能动粗了。您比比我俩的体格，最好别想着跟我格斗。"

　　"中士，你还不明白吗？"胡登堡抬起苍白的脸，声音意外平静。

　　哼，有点本事。施密特想。明明被女人自杀事件吓得失魂落魄，一旦得知敌军可能已经入侵，倒是立刻就想起自己的职责，变回了优秀的管理人。在这之前，还利用他人安危确认了可以安全返回宿舍。

　　"我知道我该做什么，胡登堡营长。"施密特冷漠地回答。

　　"你知道什么？"

　　"汉娜可能是他杀。"

　　"胡说。汉娜·古腾堡是自杀。六点五十分，在上锁的卧室里。"考夫卡集中营营长呢喃着，似乎真的很伤心。

　　"尸体状态确实像自杀。汉娜站在后窗和床之间，拿着鲁格射中太阳穴后死亡。从尸体倒地的位置看，事实确实如此，但……"

　　"但是什么？"胡登堡反问。他熬过了精神动荡，语气意外平静。

　　"有可能是伪装自杀。"

　　"你是想说他杀？客厅到卧室的门从卧室里上了锁，我又被外面的人关在客厅里，绝对没人能瞒过我的眼睛打开室内门出入卧室。

"而且，室内门钥匙总共两把，一把给了费多伦科，小屋里只有汉娜手头这一把，还放在卧室里。如果是他杀，凶手是从哪入侵卧室，又是从哪逃走的？"胡登堡好像觉得很滑稽，面容因怪诞的微笑而扭曲。

"不是窗户。卧室两扇窗户都嵌着结构相同的结实铁栏，我使出浑身力气也摇不动。铁栏横竖空隙不到十厘米，别说人，凶器手枪都过不去。

"再说，两扇窗户关得很严，还从室内上了锁。那种锁没法在户外用线或者针来关，窗户附近也完全没发现针、图钉、钉子、线、绳子、钢琴线之类机关道具，或者使用道具的痕迹。

"目前，尸体太阳穴伤口上没有烧焦的头发或火药味之类枪口接触过的痕迹。头发和皮肤都沾满了血，只有精密分析检查后才能知道真相。既然如此，就必须考虑手枪在一定距离外开枪的可能性。

"卧室南面是玻璃窗，如果从外面开枪，玻璃会碎。西窗是木板窗，不论新旧，都没有子弹的贯通口。木板上有个小节孔，但直径只有一厘米，如果有九毫米子弹穿过，不可能不留痕迹。

"凶手、凶器手枪和射出的子弹都没经过卧室窗户。关于这一点，还有其他证据，其中最关键的，就是窗下没有可疑脚印，小屋周围也没有，只有你我的脚印。总之，不管用什么方法，让女人断气的物体都不可能通过窗户。"

"是，毕竟她是自杀。"

"不。就算凶手不可能从窗户入侵，也还有一个地方可以进出杀人现场——自然，就是客厅和卧室之间的室内门。"

"我已经说过，门从卧室关了上了锁，你也看见钥匙在枕头上。谁还能进卧室？"

"就是您，营长。"施密特一边微笑，一边向考夫卡集中营营长抛出致命的告发之词。

"什么？！"胡登堡面色苍白，双眼圆睁。

"发现尸体的隔壁屋里，有个人有杀人动机。他在室内门上动了手脚，把女人之死伪装得像极了密室自杀。营长，这个人就是您。"

施密特微笑着讲完了。考夫卡集中营营长命数已尽，只要扣着他等威尔纳少校来就行。

"我为什么非杀汉娜不可？破坏撤收集中营前，我预计把她和其他犯人一样'处理'掉。她明天就会被送去毒气室，我有理由今晚杀她吗？更别说用你乱猜的小把戏伪装成自杀了。"胡登堡低声反驳，似乎在可怜愚蠢的对手。

施密特不为所动，淡然继续："有。傍晚视察时，我和威尔纳少校在兵器库前看到她站在小屋后窗边。不知道为什么，带路的哈斯勒中尉很慌张，避着我们悄悄走向小屋，大概是为了把她从窗边赶开。中尉的态度给我一种感觉，好像无论如何都不能让我们看见她。中尉跟您汇报了这件事，于是您决定今晚解决她。"

"为什么？为什么我为这个就必须杀汉娜？"

"威尔纳少校参加过摩根调查队，告发了好几个渎职的营长，把他们赶上了被告席和死刑台，您可别说您不知道。集中营营长滥用权限玩弄女囚明显违法，是比贪污物资更严重的道德败坏罪。希姆莱长官出了名的有洁癖，如果知道自己满怀信任提拔成集中营营长的骷髅团最高干部有这种恶劣至极的背叛行为，他一定会勃然大怒，让地狱恶鬼都感到胆寒。

"这跟与流氓无异的下级看守的无耻行为不同。党卫军把净化民族血统视为最高价值，高级军官却偏偏滥用职权和犹太女人偷情。此事一旦暴露，党卫军少校胡登堡就会前途尽毁。您担心威尔纳少校知道汉娜的存在。如果等到明天，少校可能会讯问她。您必须阻止这件事。"

"荒唐。她是自杀。亲自动手确实比让她自杀舒坦点，但我没杀。她是锁上卧室门自杀的。"

"卧室门锁没锁都无所谓，说到底，我很难相信钥匙只有两把，您有备份。第三把钥匙现在肯定就藏在您口袋或者客厅某个地方。"

"我不知道什么备份钥匙，就算有，也是照顾女人的费多伦科在保管。"胡登堡烦躁地回答。

混球，还在装糊涂。施密特以调查官的无情声音下令："那麻烦您起立。"

营长似乎无意拒绝，摇晃着站了起来。施密特没给他抗议的时间，迅速搜完他的身，不甘地咬住嘴唇。

钥匙那么大，藏在衣服里绝对能找到，他却一无所获。胡登堡老实让他搜身，说明一开始就没把钥匙放在身上，肯定藏在客厅某处。

只要有时间，不可能发现不了。

"先不提钥匙，原因呢？我为什么要亲手杀汉娜？"

胡登堡栽进安乐椅，像在对自己提问。他或许因精神冲击而意识朦胧，现实感变得很淡薄。

施密特回答："我已经说过了。您学生时代就认识威尔纳少校，很清楚他是什么样的人。如果少校知道考夫卡集中营营长情妇汉娜的存在，您将无路可逃。接受讯问后，汉娜可能会交代成为您情妇的经过，您必须加以警戒。为了阻止她开口，您只能今晚杀掉她。

"您决定杀掉汉娜，于是神不知鬼不觉地溜出宿舍，登上山丘，刺死活着就可能成为目击者的两个警卫兵，甚至处理了来找您的哈斯勒。再然后，您杀了她。

"胡登堡营长，我再详细讲讲自己的推理吧。您六点半抵达丘顶，首先把兵器库的监视兵带到库房后刺死。不久，换岗的士兵来了，您也捅穿后颈杀了他。兵器库旁边的脚印差不多被雪埋了，但还能勉强辨认。您处理尸体的时候，哈斯勒到了兵器库。

"哈斯勒是六点半离开的宿舍，所以应该是六点四十五到的。他找长官有事，绕到兵器库后面找警卫兵，结果被藏在黑暗里的杀人犯割断了喉咙。"

胡登堡主张，他到小屋的脚印是六点半左右留下的，但嫌疑人的证词不足为信。六点四十分后下了十多分钟暴雪，脚印就算是四十五分以后留下的也不奇怪。

剩下的问题，就是不能合理解释兵器库内部的凌乱状态。然而，施密特并未过分在意，而是继续叙述。细节矛盾之后再想，现在重要的是脉络。

"胡登堡营长，解决三个人后，您来到女人的小屋。为了在她头上开一枪再伪装成自杀，您欺骗或者威胁她，把她带进了卧室。汉娜左手有火药味，是因为您逼她握住手枪对准太阳穴，强迫她开的枪。您把她的钥匙丢在床上，在客厅用备好的钥匙锁上门。您为什么要弄得这么麻烦？

"因为，如果发现女人死于他杀，这件事可能会当成谋杀案被调查。曾在摩根调查队大显身手的威尔纳少校在这里，可能性就更高了。如果女人自杀，就算少校怀疑您和她的关系，也找不到什么证据。所以，为了把她的死伪装成自杀，您备好钥匙，让卧室成为密室。"

"你忘了，我被关在小屋里了。小屋外面有人插了正门门闩，我想出都出不去。"

"这也是您干的吧？"施密特皱着眉回答——对，还有门闩之谜。

"我怎么才能插上门外的门闩？不可能的。如果在外面插了门闩，我就必然在屋外，但我在屋里，不可能做得到。是不是，中士？要是解释不清这个，你的告发就没意义。

"还有，虽然我觉得不可能在小屋内部插上正门门闩，但就算我做到了，我又为什么要特意把整栋屋子变成密室？如果我提前杀了兵器库的警卫兵，就不用担心逃走时被看见，直接悄悄下山回宿舍，假装自己始终在书房就行。这样不完美吗？

　　"如果真是我杀的，我为什么要留在杀人现场，直到你发现我？"

　　"虽然还不知道准确情况，但我知道着眼点在哪儿。我已经想到您在屋里锁门闩的方法了。"施密特不甘地回答胡登堡。

　　这混球是怎么锁上正门外门闩的，动机又是什么？不破解胡登堡锁上正门门闩的原因和手法，就看不透汉娜遇害的真相。

　　胡登堡好像累了，不甚关心地问："什么方法？"

　　"正门、客厅窗户和卧室南窗连个过线穿绳的缝隙都没有，不可能用来锁外侧门闩，既然如此，就只剩卧室后窗。后窗装的是木头板，虽然小得连小拇指都过不去，但毕竟有个节孔，那大概就是见鬼的真相。您利用卧室后窗木板的节孔远程锁了正门门闩。没有其他可能了。

　　"威尔纳少校应该能看透您的小把戏，他头盖骨里真的装满了优秀的脑髓。"

　　施密特话音刚落，一阵猛烈的爆炸声忽然响起，震得卧室玻璃窗剧烈摇晃。"怎么了？！"胡登堡一边大叫，一边冲到南窗拉开窗帘，力气大得像要拽掉帘子。

　　爆炸冲击在继续。施密特越过胡登堡肩头看向窗外，眺望着小丘脚下集中营内的光景，勉强看清第二波、第三波爆炸。乌克兰兵和德军宿舍附近炸开了几乎灼伤视网膜的橙色闪光。

　　"果然有破坏人员潜入！你看见爆炸了吧？除了夜岗警卫兵，说不定所有人都被炸死了！"

胡登堡激动得大叫，像得了热病一样浑身颤抖。最初爆炸的似乎是营长宿舍。为了欢迎克拉科夫司令部的使者威尔纳少校，驻扎考夫卡集中营的所有军官都聚集在那里。

施密特看见两座士兵食堂也爆炸了。除分散在监视点上的少数夜岗士兵外，七点之后，所有人都到了各自宿舍的大餐桌旁。胡登堡说得对。驻扎考夫卡的骷髅团成员可能已经全军覆没，就算没被炸死，肯定也负伤了。

爆炸还在继续。集中营左右耸立的监视塔在冲天火焰中轰鸣倒塌。不止饭桌旁的官兵，连夜岗警卫兵也遇害了。看爆炸势头，两座监视塔上的士兵肯定也活不了。

爆炸地点发生火灾，木造士兵宿舍许多窗户都蔓延出蠢动的火舌。四处燃烧的大小火焰照亮集中营的黑暗，编织出怪诞的光影条纹。

施密特单手持枪，跑出正门。苏军可能还潜伏在户外黑暗里，但他必须把握准确情况。胡登堡双腿抽筋似的跟在他后面。

暴雪不知何时停了。冻结的暗夜里响起步枪枪声和冲锋枪的连续射击声，随即立刻停止。枪声来自囚犯棚屋所在的集中营东区，其后，黑暗的远方涌出如雷喊叫，冻彻骨髓的强风吹来了上百群众的呼唤。

胡登堡绝望地呻吟："怎么会这样……我的考夫卡，犹太犯人居然在暴动……我的……从没出过丑闻的考夫卡……"

考夫卡集中营明天就会开始撤收，全体囚犯都注定遭到"处理"。这项情报可能泄露给了部分犯人。囚犯们决定，与其在毒气室像畜生一样被杀，还不如尝试可能性微乎其微的越狱；反正都是死，不如全力奔向自由之地，后背沐浴监视兵的子弹而死。苏军的破坏工作给他们提供了一个绝佳机会。

犯人结束工作后，棚屋附近只有几名夜岗的骷髅团士兵监视。决意暴动的囚犯肯定趁夜偷袭了警卫兵，在复仇心的驱使下虐杀了残忍的看守。断续的枪声讲述着如此事实。

胡登堡嘟囔着，似乎在激励自己："没事，还有三号监视塔。只要三号监视塔没事，犹太人就一个都逃不出考夫卡。"

这应该是事实。三号监视塔屋顶能俯瞰营内的全貌，塔上的强力探照灯能充分照亮考夫卡集中营正门一带，机关枪的射程也足够囊括此处。

集中营被好几层高压电铁丝网栅栏围得严严实实，翻铁丝网必然会被电死，想逃只能走正门。然而，要抵达正门，就必须跑出仓库或工厂阴影，暴露在中央监视塔机关枪的射击范围里。

"没全炸死，有几个幸存者。"施密特小声说。

熊熊燃烧的木造士兵宿舍前方，几个蚂蚁似的人影正自西向东横穿中央广场。好像是爆炸中幸存的警卫兵正赶往现场镇压囚犯暴动。

积雪的集中营里响起机关枪的连击声。不是警卫兵施迈瑟冲锋枪那响板连敲似的声音，而是监视塔上MG-42通用机枪迫力更胜野兽咆哮的射击声。一直沉默的三号监视塔机关枪终于发出了杀戮的咆哮。

"啊？！"胡登堡愕然大叫。

怎么回事？施密特也很惊愕。监视塔机关枪喷撒出无数子弹，但目标并非正门，而是中央广场南端。熊熊燃烧的大火似乎连夜空都要烧焦，火墙前黑暗中零落浮现的骷髅团幸存士兵沐浴着监视塔机枪扫射的弹雨，接连栽进积雪的大地。

苏联特种部队早就连三号监视塔也占领了。趁此机会，人群欢声大作，从囚犯棚屋区怒涛般涌向正门。越狱囚犯队伍里也有零星枪火，似乎有犯人抢了警卫兵的枪在开火。

囚犯蜂拥而至，门前有人扣响了冲锋枪。正门警卫兵正试图阻止犯人大量越狱。

三号监视塔机关枪瞬间改变方向，门前警卫兵成了下一个牺牲者。监视塔机关枪瞄准警卫兵的枪火，撒下无数杀戮的种子。机枪猛扫之下，门前四个警卫兵都被子弹掀飞，全身支离破碎，无疑已经丧命。

集中营内再无阻止犯人越狱的枪声，监视塔机关枪终于沉默。囚犯先锋队伍正在突破考夫卡集中营正门。他们在自由的天地间忘我奔跑，冲向夜晚黑黢黢的森林，疯狂的欢呼声在暗夜中远去。

苏军先锋部队即将抵达考夫卡，只要在森林里藏几天，他们最终就能成功逃脱。苏军到来之前，党卫军和德军彻底搜寻越狱囚犯的可能性很低。苏军的进攻迫在眉睫，警察和军队都没时间搜山逮捕越狱囚犯。

胡登堡无力地低下头，散架般跪进积雪掩盖的大地，两臂抱住脑袋，凄惨地啜泣起来。就算集中营即将撤收，囚犯大量越狱也肯定是营长的管理责任。

骷髅团精英官僚的交椅会被剥夺。降级或调职不可能了事，党卫军法庭不下达死刑或徒刑判决就算他走运。作为惩罚，他注定会被送去最前线，成为自杀式作战里的盾牌。

机关枪枪声熄灭，越狱囚犯的欢呼远去，第一波冲击结束了。如此事态或许让考夫卡集中营营长绝望，施密特中士却并不在意。他虽然刚巧在现场，但这与他无关。

他还有更值得担心的事。意外的越狱骚动有没有波及威尔纳少校？少校有没有遇上敌军浸透的破坏人员？

正当施密特为直属长官威尔纳少校忧心之时，一阵冲破鼓膜的爆炸声轰然响起，雪地随之剧烈鸣动，接连传来两波爆炸声。

巨大火焰与缭绕烟雾吞噬了发电所和兵器库，随后，兵器库储备的炸药诱发了最后一波大爆炸。施密特被气流掀飞，重重撞向地面。后头部一阵冲击，他的意识缓缓沉向血色的幽暗深渊。

不行，不能晕过去，必须扣住胡登堡等威尔纳少校来……脑中回荡的思绪开始崩塌，变成抓不住的模糊存在。施密特的意识逐渐溶解，变为灰色的混沌。

3

东方天空中，阴森雷鸣连绵不绝，放眼望去，却是万里无云。轰隆作响的钝重声音，都是风从地平线那头吹来的德苏两军的炮声。

如克拉科夫司令部所料，苏军昨日下午对东部战线全线发起了狂风怒涛般的进攻。敌军占据压倒性优势，所至之处，德军防线无不崩溃，部队节节后退。前线昨天距考夫卡还有三十公里，如今却已缩至二十公里。

德军若无决定性反击，敌军明天就可能攻入考夫卡。昨晚，囚犯趁苏军破坏活动之机越狱，大都逃进集中营后的广阔森林。只要再在森林里忍耐一晚，他们就能获得最终解放，变回自由之身。

约十名士兵一早便带着警犬在林中搜索，抓捕和射杀的越狱犯人却寥寥无几。越狱者多达四五百人，除开不幸被几头警犬闻到藏身地或是衰弱得无法承受两晚饥饿与露宿的人，他们几乎都能得到渴望已久的自由。昨晚发生的事，或许是德国集中营史上最大的越狱事件。

施密特跟摩根法官、威尔纳少校一样，已将灭绝营的存在视为第三帝国的污点。一定要熬过今夜的严寒啊。他在心中对森林里躲藏的越狱囚犯说。

考夫卡集中营一夜之间化为废墟。起火的士兵食堂和营长宿舍自不必说，火灾还蔓延至大小木楼，甚至波及石楼与砖楼。周围充斥不去的烟雾和焦臭刺激着鼻黏膜。

加利西亚地区的严冬罕见如此晴天。碧空万里无云，太阳熠熠生辉。苏军可能是预计到晴天才决定的总攻日期。雨雪之类恶劣天气下，进攻军的立场比防御军更不利。

为免威尔纳少校白白牺牲，必须曝光胡登堡的罪行。为了揭发考夫卡集中营营长的渎职事件，震撼希姆莱长官，重建摩根调查队，少校展开秘密调查，却在即将成功之际不幸身亡。查清汉娜死亡的真相，就是施密特能献给他的最大哀悼。

被爆炸气流砸进雪地后，施密特中士不久就被严寒冻醒，随即翻滚下山，蹒跚着穿过中央广场南行。

他浑身是雪地撞进正门旁一片黑暗的管理办公室，趴在地上找电话。发电机被爆，营内处于停电状态，但外线电话并未受损。他成功向克拉科夫司令部汇报了紧急事态。

施密特紧急通报三小时后，克拉科夫派遣的汽车和分乘在运兵卡车上的五十人救援部队抵达考夫卡。然而，他们为营救伤员和收拾尸体已经竭尽全力，无计解决狂暴的猛火。工作持续了整夜。

上午，他们大致掌握了昨晚事件所致损失。死者包括八名党卫军军官、十三名德军、十六名乌克兰兵、九十二名囚犯，分别死于爆炸、火灾、枪击和刀伤。

死亡军官包括哈斯勒中尉和威尔纳少校，死亡乌克兰兵包括兵器库两名警卫兵。生还者合计十五人，包括八名德军、六名乌克兰兵和施密特，大部分都负了伤，只有施密特、乌克兰兵费多伦科和两名德军勉强参加了营救工作。

下落不明者共六人，包括队长伊利亚·莫查诺夫等四名乌克兰兵、胡登堡营长和一名军官。这些人极有可能被埋在火灾废墟里，也有可能离爆炸点太近，肉体破碎，无法收尸。

由于害怕突然爆发的囚犯暴动，部分乌克兰雇佣兵肯定放弃任务逃出了考夫卡。说到底，雇佣兵就是雇佣兵。第三帝国即将崩溃，乌克兰兵心生绝望，像逃离沉船的老鼠一样逃跑也不奇怪。

且不说乌克兰兵，胡登堡等两名党卫军军官的尸体应该就埋在废墟某处，却很难挖出来。毒气室和焚尸炉将于傍晚前爆破，所有生还者和救援成员六点就会撤离集中营。苏军先锋部队随时可能抵达考夫卡，没时间从容行事。

胡登堡在施密特昏迷期间消失不见。他应该和威尔纳少校一样，在回到燃烧的营长宿舍后被浓烟困住，最后烧死了。

这是率领救援部队的党卫军上尉的推测，施密特却有不同判断。且不说威尔纳少校，胡登堡是个只想自保的胆小鬼，怎么会为了营救部下和贵重物品不顾一切地冲进燃烧的房子？这种假设不太有说服力。

胡登堡还活着。他幸免于爆炸和火灾，和几个乌克兰兵一起逃出了考夫卡。假如留在现场，他必然会于党卫军法庭受审，承担越狱事件的责任。他将被判死刑或徒刑，运气好也是降级，前往难以生还的残酷战场，迎来战死的命运。

施密特怀疑，胡登堡正是有此预计才会失踪。他很可能换上平民的衣服，混进了由考夫卡前往克拉科夫的难民人潮。

他们在营长宿舍废墟里发现了威尔纳少校的尸体。炭化的焦尸面目难辨，但军服肩章还有少许残留，勉强能判定是党卫军少校的肩章。

发生火灾时，考夫卡的少校只有胡登堡和威尔纳。克拉科夫派来的救援队上尉断定这具焦尸就是威尔纳少校。从体格身高来看，尸体不可能是胡登堡，采用排除法，只可能是另一位少校——海因里希·威尔纳。

威尔纳少校不可能在无聊的集中营火灾里被烧死，他可是从地狱迪米扬斯克生还的不死英雄啊。施密特说服自己。

然而，在焦尸上找到银制打火机时，他不得不承认敬爱的长官已经死去。打火机上刻有橡树叶与剑的花纹，是他在法兰克福找著名工匠定制，纪念威尔纳获得双剑银橡叶骑士铁十字勋章的特制礼物。

担任侦探的威尔纳少校被烧死了，谋杀汉娜的嫌疑人胡登堡可能从考夫卡跑了。在敌军进攻带来的巨大混乱中，几乎不可能抓住胡登堡。

不过，他还有个好办法：在胡登堡妻女所在的奥斯维辛布网。摩根法官的调查文件有记录，胡登堡很疼爱妻子和孩子。如果此事属实，他或许会暗中联系家人。

可是，如威尔纳少校所言，此次追查胡登堡并非官方行为。施密特只是一介下级军官，不可能让克拉科夫司令部派调查员去奥斯维辛。

胡登堡就算活着也注定会垮台。施密特只能遗憾地得出结论，威尔纳少校检举考夫卡集中营营长渎职以重建摩根调查队的远大计划又半途瓦解了。

上午，汉娜·古腾堡和其他囚犯的尸体在考夫卡集中营"引以为傲"的高性能焚尸炉内一起火化，骨灰撒向大地。在撤收的混乱中，昨晚的事件只会不了了之，遭到遗忘。

调查官死亡，嫌疑人消失。然而，身为一名专业警官，施密特实在无法抛下昨晚事件的谜题离开考夫卡。况且，查清案件真相，也是对威尔纳少校的一种悼念。嫌疑人只有胡登堡一个，几乎可以肯定凶手是他。剩余疑点是有关双重密室的两个难题，这让施密特很是烦恼。

首先，胡登堡是如何在客厅锁上室内门的？其次，他是如何锁上正门门外门闩的？如果被害人仅仅是在密室中遇害，他也不必如此绞尽脑汁，可凶手偏偏将被害人伪装成自杀……

案发现场还有更奇妙的谜题。女尸在密室，有杀人动机的男人在隔壁房间，且房间从外上锁，他无法逃离杀人现场。被害人在密室，为什么嫌疑人也在密室？

两间密室相邻，如此看来，凶手所处环境无法杀害被害人。两间密室，被害人和嫌疑人分别关在卧室与客厅。小屋只有客厅有出口，换言之，小屋这间大密室里装了卧室和客厅两间小密室。小屋密室同时构成了三重密室。

施密特最初以为，这起案件——至少在第一层密室方面——很简单。为了将女人之死伪装成自杀，胡登堡藏了把备份钥匙，在客厅锁了卧室门。然而，据给汉娜·古腾堡送饭的费多伦科所言，他昨晚的推理很难成立。

费多伦科回答了他的问题，还从一直挂在皮带上的钥匙串里取了两把钥匙给他看。一把是小屋正门锁头的钥匙，一把是小屋室内门的钥匙。锁头钥匙有两把，另一把由营长保管；小屋室内门的备份钥匙由女人使用，费多伦科手里只有一把。

案发时，两把钥匙中的一把在费多伦科皮带上，另一把在反锁的卧室床上的枕头边。胡登堡没有备份，怎么才能在客厅锁上卧室门？

第三把钥匙绝对不可能存在吗？胡登堡不可能再配一把备份吗？乌克兰兵做证说，他在之前住小屋的司机那儿拿到室内门钥匙后，胡登堡营长从未下令让他返还。也就是说，胡登堡不可能用费多伦科的钥匙配备份。

他或许是拿女人的钥匙复制的。不过，配钥匙需要特殊材料、工具和专业技术，胡登堡肯定做不到。

考夫卡集中营地处荒野和森林包围之中，附近一家锁行都没有。最近的考夫卡村距集中营五公里，但在村里杂货店配钥匙很容易留下线索。要秘密配钥匙，必须去加利西亚地区的中心城市克拉科夫。

可是，去年十二月休假去奥斯维辛宿舍看望家人后，胡登堡从未离开考夫卡。施密特询问了费多伦科等多人的证词，确认了这一情况。

如此想来，胡登堡去年十二月就开始计划昨晚的密室杀人，预先准备好了备份钥匙——但这也很不合理。威尔纳少校发现营长情妇的存在，最早也是胡登堡滞留奥斯维辛期间。

假设胡登堡知晓此事后决意杀掉女人，秘密配了钥匙，也只能是离开奥斯维辛之后。但在那时，他不可能去克拉科夫配钥匙。

考夫卡集中营囚犯里有锁匠吗？施密特谨慎地向费多伦科确认，得到的却是否定回答。考夫卡所有锁匠都被送去毒气室了。

考夫卡强制劳动的囚犯有裁缝、鞋匠、珠宝匠、牙医，以及增建所必需的木匠、电工、水管工……却一个锁匠都没有。

胡登堡不可能在集中营里配钥匙，最后一种可能，就是秘密命令部下去克拉科夫配。可是，施密特身为警官的直觉告诉他，这种假设不甚现实。那个男人不可能冒险让共犯抓住事后可以威胁自己的把柄。

说到底，事前准备备份钥匙就是一种几乎没有说服力的可能。只要命令部下送汉娜·古腾堡去毒气室，集中营营长胡登堡随时都能合法抹杀她。

他昨晚不得不特意去小屋杀女人，应该是因为威尔纳少校来了考夫卡。他并非几天前就有计划。

得知威尔纳少校来访后，胡登堡临阵磨枪地制订杀人计划，决定当晚执行。他不可能在威尔纳和施密特昨天下午外出视察集中营的一两个小时里备好备份钥匙，使用新钥匙犯罪的可能性可以忽略不计。

既然如此，胡登堡要么是用独钥匙在客厅锁了室内门，穿过上锁的门回到卧室，要么正好相反，是把钥匙留在卧室，没用钥匙就从客厅锁了室内门。

不，还是该有备份钥匙，只能这样想。营长手头一直保管着费多伦科不知道的第三把钥匙——这种可能性并非绝不存在。威尔纳少校发现汉娜后，胡登堡慌乱中记起丢在某处的备份钥匙，想到利用钥匙将卧室变成密室，把汉娜伪装成自杀。关于第一层密室，目前就这么考虑。

昨晚搜身时，施密特没在胡登堡身上发现备份钥匙。钥匙是诡计的关键，当然要尽快处理，找不到也不奇怪。

关在小屋里时，胡登堡肯定在客厅某处藏起了钥匙。或许，利用机关锁上正门门闩之前，钥匙已经丢到门外，埋进雪里。不管如何，凶手不可能回收钥匙，彻底搜索就可能找到。

目击集中营爆炸和囚犯集体越狱后，胡登堡受打击过大，茫然若失。面对如此大事，情妇汉娜带来的担忧已经不足为虑。与导致囚犯集体越狱的重罪相比，养犹太女囚做情妇根本不值一提。

胡登堡丢下因爆炸昏迷的施密特，打算离开现场。不管钥匙藏在屋里还是屋外，他当时都不可能费力回收。囚犯集体越狱之后，隐藏汉娜死亡的真相已不再有意义。

假设胡登堡害怕承担越狱事件的责任而仓促决定逃亡，他回收备份钥匙的可能性就更低了。逃亡者没这种时间。施密特可以彻底搜索室内，就算钥匙扔在户外，他应该也能找到。

天气晴朗，雪基本都化了。与其白费头脑，不如先找钥匙。如果能在客厅或小屋前找到卧室钥匙，第一层密室之谜就会迎刃而解。

然而，头痛的根源仍未消失。第二个谜题比上锁室内门带来的第一个谜题更难解。不管用多异想天开的方法，针线一类小把戏都不可能锁上那把巨大的门闩。常识而言，门闩是从屋外锁上的。

胡登堡是如何锁上门闩的？而且，难题不只如此，原因比方法更神秘。凶手胡登堡为什么要刻意把自己困在杀人现场？

就算看破凶手在屋里锁上正门外门闩的把戏，若不能合理解释这个问题，便无法告发胡登堡是凶手。为什么？为什么胡登堡要做这种怪事，自己把自己关在小屋里……

姑且放下胡登堡这么做的原因。破解诡计优先于看透动机。只要厘清"怎么做"，或许就能明白"为什么"。

于是，在熊熊燃烧的考夫卡集中营彻夜执行救援工作的施密特灵光一闪，好像看透了凶手从小屋内部锁上正门外门闩的方法。

换作威尔纳少校，一定能用他清晰的头脑瞬间破解胡登堡设下的敷衍谜题。然而，少校已死，施密特只能独自探寻汉娜遇害的真相。

肯定跟他昨晚想的一样：后窗就是诡计的关键。如果能在小屋如愿找到证据，就能想象出凶手利用后窗的方法，随即展开实验。只要实验成功，密室之谜便会水落石出。

费多伦科还有一项重要证词：命他搜寻威尔纳少校之前，哈斯勒曾经致电警卫兵值班室，让兵器库换岗的警卫兵赶往岗哨。哈斯勒担心威尔纳少校前往汉娜的小屋，所以将兵器库警卫兵增至两人。

假如换岗士兵五点五十分左右从值班室出发，应该是六点十分左右抵达兵器库的。两名警卫兵几乎同时遇害，费多伦科提供的新情报扩大了案发的时间范围。

指挥救援队士兵埋葬完爆炸和火灾死者后，施密特终于从火灾善后事宜中脱了身。接着轮到爆破班工作了。他们撤退之前，考夫卡集中营会从人间彻底消失。

施密特受命指挥埋葬作业，决定在集中营后的茂密森林里搭建临时坟墓——不能把威尔纳少校葬在该死的灭绝营里。

他在离少校尸体稍远处掩埋了骷髅团官兵，向石制小墓碑真心敬上一礼。最终告别威尔纳少校后，施密特率领受命实施埋葬作业的小队返回集中营。

要是非直系长官的上尉又随便支使他就麻烦了。他一整晚都忙于救援作业和火灾善后，就算自作主张地休息，事后应该也不会出问题。而且，停留考夫卡期间，施密特还有项重要工作非完成不可。只要救援队上尉不发现，他就能在撤退之前自由行动。

施密特命小队在营长宿舍废墟处待命，独自走向中央广场的三号监视塔。彻底调查汉娜小屋前，有必要在监视塔上看看考夫卡集中营。为了重新调查，最好先把营内全局图装进脑子。

积雪融化，广场泥泞不堪。装着炸药的大卡车穿过广场，溅起点点泥浆。卡车目的地应该是毒气室和焚尸炉所在区域。爆破班即将开始行动。

天气温暖如春，积雪急速融化，监视塔楼梯浸了水，把施密特沾满泥泞的靴子沾得更加潮湿。他登上楼梯，来到发现三名警卫兵尸体的屋顶。

监视塔警卫兵之一被例行手法捅穿了延髓，另一人从背后被捅穿心脏，最后一人被割断了颈动脉。脖颈、心脏受伤的两人似乎大意遇袭，未经抵抗即遭杀害，另一个却多少有些抵抗痕迹。

尸体军服凌乱，塔上还有砸坏的椅子，纸盒里散落出的警备检查文件等格斗痕迹。

施密特在空旷的屋顶地板上找到一个反射阳光的银色碎片，漫不经心捡起一看，只见是个刻着如尼字母的银制钥匙扣。他见过这东西。再看钥匙的尺寸和形状，他觉得自己没认错：这绝对是他昨天开来的梅赛德斯的钥匙。

昨天傍晚，威尔纳少校从他这儿要走了钥匙。因为轮胎陷进积雪，克鲁格大将的专车被丢在医院旁边，钥匙则拔走了——肯定是少校拔的。

梅赛德斯还在医院后面。很可惜，为了不让苏军缴获，汇聚德国汽车工业精华的梅赛德斯S也注定会被破坏。

那辆车的钥匙怎么会在这儿？施密特脑中，从昨晚至今得到的无数观察与证据碎片绕着刚发现的钥匙猛烈旋转，逐渐构成难以置信的形状。

从克拉科夫出发后不久，他们在郊外的党卫军兵器库往梅赛德斯后备厢里装了大量炸药。威尔纳少校热心视察的正门左右监视塔、两座士兵食堂、小丘上的发电所和兵器库，昨晚均遭爆破……

还有，囚犯棚屋警卫兵有一人死于刀伤，两人死于枪击。或许囚犯先捅死了一名士兵，抢来他的枪射杀了另外两人，但若是这样，就无法解释兵器库的凌乱状况。

射杀两名警卫兵的枪或许是从兵器库偷来的。施密特回想起越狱囚犯胡乱开枪时的枪声与枪火，觉得他们的枪好像在三支以上。

旋涡之中，一幅难以置信的画面缓缓浮出施密特脑海。中士仿佛迎着地狱之风，身体颤抖，不安地掖住军用外套衣领。他紧紧攥住梅赛德斯的银色钥匙，用力之猛，甚至扎痛了掌心。

北京市版权局著作合同登记号：图字 01-2022-3352

图书在版编目（CIP）数据

哲学家的密室 . 上 /（日）笠井洁著；杜星宇译 .
-- 北京：台海出版社，2022.9
ISBN 978-7-5168-3327-8

Ⅰ . ①哲… Ⅱ . ①笠… ②杜… Ⅲ . ①长篇小说 – 日
本 – 现代 Ⅳ . ① I313.45

中国版本图书馆 CIP 数据核字 (2022) 第 113116 号

哲学家的密室 上

著　者：[日]笠井洁		译　者：杜星宇

出 版 人：蔡　旭　　　　　　　　　封面绘制：李宗男
责任编辑：员晓博　　　　　　　　　封面设计：李宗男

出版发行：台海出版社
地　　址：北京市东城区景山东街 20 号　　　邮政编码：100009
电　　话：010-64041652（发行、邮购）
传　　真：010-84045799（总编室）
网　　址：www.taimeng.org.cn/thcbs/default.htm
E - mail：thcbs@126.com

经　　销：全国各地新华书店
印　　刷：北京盛通印刷股份有限公司
本书如有破损、缺页、装订错误，请与本社联系调换

开　　本：880 毫米 ×1230 毫米　　　1/32
字　　数：354 千字　　　　　　　　印　　张：15.5
版　　次：2022 年 9 月第 1 版　　　印　　次：2022 年 9 月第 1 次印刷
书　　号：ISBN 978-7-5168-3327-8

定　　价：89.00 元